Assaf Gavron

Ein schönes Attentat

Roman

Aus dem Hebräischen
von Barbara Linner

btb

Die Originalausgabe erschien 2006 unter dem Titel
»Tanin pigua« bei Kinneret Zmora Dvir, Tel Aviv.

Für meine Mutter und meinen Vater

MIX
Papier aus verantwortungsvollen Quellen
FSC® C083411

Verlagsgruppe Random House FSC-DEU-0100
Das für dieses Buch verwendete
FSC®-zertifizierte Papier *Lux Cream*
liefert Stora Enso, Finnland.

1. Auflage
Genehmigte Sonderausgabe »Ein Buch für die Stadt«
Oktober 2012,
btb Verlag in der Verlagsgruppe Random House GmbH, München

Umschlaggestaltung: Kölner Stadt-Anzeiger unter Verwendung
eines Coverentwurfs von R·M·E, München
Umschlagmotiv: Martin Klimas
Druck und Einband: CPI – Clausen & Bosse, Leck
CP · Herstellung: sc
Printed in Germany
ISBN 978-3-442-74636-1

www.btb-verlag.de

Zu dieser Ausgabe

Krokodile leben länger. Länger als die meisten Tiere, auch länger als die meisten Menschen. Deshalb ist der Spitzname, mit dem Eitan Einoch angesprochen wird, durchaus passend. Zwar ist Eitan erst 33 Jahre alt – doch hat er schon mehrere Terroranschläge überlebt. Über Nacht wird der Experte für Zeitmanagement, der in Tel Aviv bei »Time's Arrow« arbeitet, zum Symbol des Überlebens: Israel feiert den Mann, der zum Tod gesagt hat: Nein, danke! Eitan aber, den sie das Krokodil nennen, will kein Held sein. Ja, er sinnt noch nicht einmal auf Rache: »Ich bemühe mich, niemand zu hassen. Nicht mal den, der mich töten will. Ich denke nur, wir müssen stark sein, egal, was ist.«

Fahmi Sabih ist schwer verletzt. Der Palästinenser liegt in einem israelischen Krankenhaus. Draußen vor der Türe protestieren Menschen dagegen, dem Attentäter medizinische Hilfe zukommen zu lassen. Doch tatsächlich wird er im Krankenhaus sehr fürsorglich behandelt. Am liebsten würde er sich dagegen wehren. Denn angeblich sind diejenigen, die ihm da helfen, seine Feinde. Aber er kann sich aufgrund seiner schweren Kopfverletzung nicht bewegen, ja, nicht einmal mit den Besuchern sprechen. Freilich – was ihm durch den Kopf geht, das erfährt der Leser in den vielen inneren Monologen.

Es sind diese beiden Welten, die Assaf Gavron in seinem Roman »Ein schönes Attentat« auf kluge, spannende, anrührende und lehrreiche Weise zusammenfügt. Immer wieder wechselt er die Seiten. Erst ist er bei Eitan und daraufhin bei Fahmi, dann wieder bei dem Israeli und zurück beim Palästinenser. So geschickt er dabei von Kapitel zu Kapitel die Erwartung kitzelt, wie es wohl weitergehen mag, so vielfältig sind die Perspektiven, die sich aus diesem steten Wechsel ergeben.

Gavron erzählt aus dem Zentrum der Bedrohung. Nicht selten tut er dies mit schwarzem Humor. So wird Eitan, der scheinbar die Attentäter anlockt und alle explodierenden Sprengstoffgürtel, pfeifenden Kugeln und fallenden Granaten überleben kann, von eigenwilligen Glückspielern umworben, die auf den nächsten Anschlag wetten: Das wird der Tatort sein, dies die Zahl der Toten. Was diesen Roman aber besonders auszeichnet: Er blickt auch auf diejenigen, die Mordpläne aushecken und Anschläge ausführen. Er schildert ihren Fanatismus, aber auch ihre Verzweiflung. Gavron sucht nach Gründen für diese Taten und Emotionen und lenkt den Blick auf die Not in Palästina und auf die israelische Politik, nicht zuletzt auf das Verhalten des Militärs. So rundet sich das Bild.

»Ein schönes Attentat« ist ein Buch, das zum einen davon handelt, wie Gewalt sehr häufig neue Gewalt provoziert. Vor allem aber ist es ein Buch, welches Hoffnung zu machen versucht, dass dieser tödliche Kreislauf durchbrochen werden kann. Dafür stehen Eitan, der Überlebenskünstler, und auch Fahmi, der Attentäter, die am Ende beide gemeinsam in einem Wagen sitzen. Doch Gavrons Roman erzählt nicht nur eine politische Geschichte. Auch handelt er von den sehr unterschiedlichen Liebesbeziehungen der Protagonisten, vom Leben in der Stadt und auf dem Dorf, von der Zeit und der medialen Öffentlichkeit. Eine zentrale Weltregion wird uns kunstvoll und kurzweilig nähergebracht – eine Region, in der die Krokodile nicht aussterben.

So handelt das »Buch für die Stadt« vom Politischen und Privaten im Nahen Osten, der dies ja tatsächlich ist – nah, sehr nah sogar. Die Aktion des »Kölner Stadt-Anzeiger« und des

Literaturhaus Köln, die das Interesse an der Literatur und die Lust am Lesen fördern will, findet im Jahre 2012 zum zehnten Male statt. Anlässlich des Jubiläums wird besonders intensiv gelesen und diskutiert. Neben Assaf Gavrons »Ein schönes Attentat« geht es auch um »Thymian und Steine« von Sumaya Farhat-Naser, eine »palästinensische Lebensgeschichte«. Beide Bücher ergeben eine differenzierte Darstellung des israelisch-palästinensischen Konflikts. Sie beharren nicht auf der eigenen Position, sondern bedenken auch, was der jeweilige Nachbar zu sagen hat. Literatur, die bewegt und die aufklärt.

Bettina Fischer
Literaturhaus Köln

Martin Oehlen
Kölner Stadt-Anzeiger

Hier geh ich aufrecht an dem Stein vorbei,
schwarzer Asphalt, Felsen und Bergrücken,
der Abend sinkt langsam, Wind bläst vom Meer,
das erste Sternenlicht über Beit Mahsir.

Bab al-Wad,
ewiges Gedenken sei unseren Namen,
Kolonnen brachen durch auf dem Weg zur Stadt!
Am Wegesrand liegen unsere Toten,
das Eisenskelett schweigt wie mein Kamerad.

Bab al-Wad, Chaim Guri, 1949

1

Ich stieg in den kleinen Neuner, wie jeden Morgen auf dem Weg in die Arbeit. Der kleine Neuner ist ein Sammeltaxi von der Größe eines Minibusses, das die Strecke der Buslinie Nr. 9 fährt. Eigentlich ist er eine Kreuzung zwischen Autobus und Taxi. Man hat den Vorteil beider Welten – die feste Strecke und den billigen Fahrpreis vom Bus sowie die Schnelligkeit und Flexibilität eines Taxis.

Seit den Anschlägen fahre ich nur noch mit dem kleinen Neuner zur Arbeit hin und zurück. Auch wenn der Bus Nr. 9 vor dem kleinen Neuner an der Haltestelle eintrifft, lasse ich ihn passieren. Ein Autobus ist ein zu leichtes Ziel für einen Terroristen. Ich weiß nicht, ob ich wirklich so denke, aber Dutschy hat es mich schwören lassen.

Ich dachte immer, der kleine Neuner würde nie das Ziel eines Anschlags. Erstens sind nur zehn Personen drin, elf mit dem Fahrer. Zweitens gibt es nur eine Tür vorn, und der Fahrer, der sie für alle öffnet und schließt, kann ja genau sehen, wer einsteigt.

An jenem Tag stieg ich an der üblichen Stelle ein. Es war gegen neun Uhr morgens. Eine grelle Wintersonne hing am transparenten Himmel, und nasse Blätter bedeckten die Allee.

Wir befanden uns auf der Diezengoffstraße, als sich eine alte Frau an mich wandte: »Sagen Sie, finden Sie den nicht verdächtig?« Ihre Augen wiesen auf einen jungen Mann, ein dunkler Typ. Er hatte eine graue Wollmütze auf und einen Kleidersack dabei. Ich sagte zu ihr: »Jetzt übertreiben Sie mal nicht. Er schaut ganz normal aus.«

Doch ich sah ihn weiter an. Ich dachte daran, dass sie es gerade mit Sprengstoffgürteln hatten. Bestimmt war ein solcher Gürtel ziemlich dünn, denn man trug ihn um den Körper. Es konnte also sein, dass sich in dem Kleidersack, den er hielt, kein Anzug, sondern ein Sprengstoffgürtel befand. Trotzdem sagte ich zu der alten Frau: »Alles in Ordnung. Keine Sorge.«

Sie bedachte mich mit einem säuerlichen Blick und wandte sich an einen anderen jungen Mann, der neben ihr saß. Wir saßen im hinteren Bereich, und der Mann, der ihr verdächtig vorkam, saß vorn. Die alte Frau flüsterte ihrem Nachbarn etwas zu, der daraufhin in die Richtung des Verdächtigen blickte und eine Sekunde später mit verneinender Geste abwinkte. Jetzt war ich mir sicher. Bloß eine Paranoide. Warum waren sie alle so paranoid in diesem Staat? Durften jetzt dunkelhaarige Männer schon nicht mehr in den Bus einsteigen?

Jemand im Funkgerät beschwerte sich, dass heute eine Grabesstille wie auf dem Friedhof herrsche. Im Radio sprachen sie über einen Anschlag im Wadi Ara. Die Fahrgäste hörten still zu. Danach kam ein Lied, ich weiß nicht mehr, welches.

Ecke Jabotinskystraße stieg die alte Frau aus. Sie verließ sich nicht auf unsere Einschätzung. Beim Aussteigen warf sie einen langen Blick auf den dunklen Typen mit dem Kleidersack und der Wollmütze. Er schaute zurück. Ich hatte in diesem Moment nicht den Eindruck, dass sein Blick irgendetwas besagte. Wenn ich gedacht hätte, dass da irgendwas dran sein könnte, dass ich zur Sicherheit vielleicht besser auch aussteigen sollte, so verwarf ich es sofort. Ich hatte keine Zeit für übermäßige Sicherheit. Vielleicht wäre ich ausgestiegen, wenn ich ein paar Minuten totzuschlagen gehabt hätte, hatte ich aber nicht. Wer hat die schon?

Der andere junge Typ sagte zu mir: »Die Leute sind gestresst, was?« Er hatte ein Ziegenbärtchen und trug eine große, silbrige Sonnenbrille. Seine Haare waren honigfarben, mit viel Gel nach hinten gesträhnt. Garantiert cool, seiner Ansicht nach. Ein hübsches Lächeln. Giora. Inzwischen weiß ich es. Giora Gueta aus Jerusalem. Ich weiß eine Menge Dinge jetzt. »Was für eine Paranoia. Die Leute sind komplett wahnsinnig«, bemerkte ich. Nach ein paar Sekunden sagte er: »Du meinst, er ist in Ordnung, oder?« Ich blickte wieder zu dem Dunkelhaarigen vor. Ich war mir nicht sicher. Wer konnte denn sicher sein? Aber ich erwiderte: »Doch, kein Problem.«

Giora und ich sahen hinaus, jeder aus seinem eigenen Fenster. Winter, aber sonnig. Ich sah Anzeigen für den Film *Monster AG* und einen kleinen Laster der Gad-Molkereibetriebe. Ein Bauarbeiter stieg ein und schrie: »Warum haben die zwei vorher nicht für mich gehalten?« Der Arbeiter hatte zwei Töchter. Ich habe es nachher im Y-Net gelesen. »Himmel, Leute, meine Zeit ist teuer«, sagte er. »Die Zeit von uns allen ist teuer, Herzchen«, gab ihm irgendeine Frau zurück.

Was ich am kleinen Neuner am meisten liebe, ist sein tadelloses Zeitmanagement. Ich arbeite auf dem Gebiet, ich kenne mich aus. So wird zum Beispiel das ganze Geschäft mit dem Zahlen und dem Wechselgeld während der Fahrt erledigt, nicht wie im Autobus, der an der Haltestelle stehen bleibt, bis alle mit dem Bezahlen fertig sind. Oder wie die Fahrer Geld bei anderen, entgegenkommenden Kollegen wechseln: Sie stimmen sich über Funk ab, halten den entsprechenden Betrag bereit, öffnen das Fenster, und wenn sie aneinander vorbeifahren, stoppen sie für zwei Sekunden und tauschen das Geld aus. Oder die Geübtheit der Fahrer – schneiden Autos, überholen Autobusse (die sie im Funk »Jumbos« nennen) auf der Gegenfahrbahn, stibitzen den Ampeln kostbare Sekunden, umgehen Staus, stechen in kleine Straßen abseits der üblichen Strecke, improvisieren. Kühne Aktionen, ein Vergnügen für den Beobachter.

Giora Gueta tippte mir auf die Schulter. Ich drehte mich erschreckt um und sah, dass es nur er war. Jetzt fiel mir auf, dass er einen Palm Pilot in der Hand hatte. Ich dachte im Stillen:

Was tut er so groß, ich habe auch einen. Was nicht ganz richtig war. Mein Palm hatte vor zwei Monaten den Geist aufgegeben.

Er sagte: »Hör mal, falls mir was passiert, möchte ich, dass du meiner Freundin Schuli in Jerusalem sagst, dass du ihr sagst …« Er dachte nach, aber es gelang ihm nicht, die richtige Botschaft zu finden.

Ich grinste. Wovon redete er? Wenn ihm was passierte? Fing er jetzt auch schon an? Die alte Frau, na gut, sie war sicher noch paranoid vom Holocaust, aber er? Ich erwiderte: »Falls was passiert, kann ich mir nicht vorstellen, dass ausgerechnet ich übrig bleibe, um deine Botschaften zu überbringen. Keine Angst, es wird nichts passieren.«

»Ich weiß, dass nichts passieren wird«, erwiderte er. »Aber falls … wenn du willst, kann ich auch jemand was ausrichten, wenn ich quasi … du weißt schon.«

Ich sagte sofort nein. Anschließend fragte ich mich, vielleicht hätte ich doch jemand etwas ausrichten lassen sollen? Vielleicht habe ich irgendeinen letzten Wunsch? Sollte ich vielleicht ernsthaft darüber nachdenken und irgendeinen hinterlassen, einen echten? Man kann nie wissen. Ich dachte, wenn ich jemand was hinterlasse, dann Dutschy. Trotz allem.

Und dann erwischte ich mich. Zum Teufel. Woran dachte ich da im Bus auf dem Weg zur Arbeit? An mein Testament. Wie weit war es mit uns gekommen? Auf der Rückseite des Autobusses vor uns war ein Wächter der britischen Königin abgebildet, und darunter stand: »Eine Reise ins Ausland? Nimm das Pelefon!« Im Radio sagte der Mann, der hinter dem Autobus, der im Wadi Ara explodierte, gefahren war, zu Rafi Reschef: »Ich bin optimistisch, optimistisch, optimistisch, optimistisch.« Ein Mobiltelefon klingelte, jemand antwortete. Ich zog ein Notizbuch heraus – seit mein Palm kaputt ist, bin ich ins Mittelalter zurückgestürzt – und notierte: Überprüfen, wie viel es kostet, ein Haus in Neuseeland zu mieten. Mit Dutschy reden.

Den jungen Typen fragte ich: »Bist du aus Jerusalem? Ich auch, eigentlich …« Aber ich sah, dass er mit anderen Sachen beschäftigt war. Sein Gesicht war ernst. Nachher dachte ich, die Leute haben manchmal eine Vorahnung. So wie wir alle möglichen Andeutungen fanden, die Dani Lamm machte, bevor er getötet wurde, wie das Gedicht, das er einen Monat davor geschrieben hatte. Genauso wie man sich von Soldaten, die starben, erzählt, dass sie sich beim letzten Telefongespräch auf besondere Art verabschiedeten, dass sie in ihren letzten Tagen Sachen sagten wie, sie hätten gespürt, dass demnächst etwas passiert.

Andererseits sagen das alle ständig. Man erinnert sich einfach an die, die tatsächlich sterben. Ich bin auch schon auf Hinweise gestoßen, dass ich demnächst sterbe. Einmal habe ich Vögel in der Dunkelheit fliegen sehen. Ich dachte, Vögel, die im Dunkeln fliegen, komisch. Das ist sicher ein Zeichen. Aber trotzdem lebe ich noch. Sogar jetzt. Sogar nach dem kleinen Neuner, nach Scha'ar Hagai, nach dem Café Europa. Nach Fahmi.

Ich sagte zu ihm: »Hör auf, daran zu denken, sei nicht bescheuert.«

Er lächelte. Ich stand von meinem Sitz auf, hob die Hand zum Abschied und stieg, ohne etwas zu sagen, aus dem Minibus aus. Auf dem Weg nach draußen schaute ich den dunkelhaarigen Typen, den Terroristen, nicht noch einmal an. Ich denke, ich sah ihn nicht an, weil ich wirklich nicht glaubte, dass er ein Terrorist war, obwohl die Möglichkeit besteht, dass ich ihn nicht ansah, um ihn nicht in Verlegenheit zu bringen.

Ich betrat das Diezengoff-Center durch Eingang drei. Mit den ganzen Anschlägen und Vorwarnungen sah der Eingang wie das Tor zu einem Militärcamp aus – Absperrungen, Wachleute, Metalldetektoren, die ständig piepsten, das Sicherheitspersonal aber nie dazu brachten, der Ursache des Piepsens nachzugehen. Wozu wurde ich also kontrolliert – um magnetische Wellen in meine Knochen zu jagen?

Jeden Tag erhielt ich eine andere Behandlung am Eingang –

einmal forderten sie mich auf, die Brieftasche oder das Telefon herauszunehmen, manchmal strichen sie nur mit dem Detektor über mich, ab und zu ließen sie mich passieren und hielten mich erst danach auf, als ob ich zu schnell durchgegangen wäre, als ob ich versucht hätte, sie auszutricksen. Einmal, nach einem schweren Anschlag, fingen sie an, Ausweise zu verlangen, und stellten einen zusätzlichen Kontrollposten an den Aufzügen zu den Büros auf, etwa sieben Meter entfernt vom ersten Eingang. Nach zwei Tagen zogen sie den zweiten Posten wieder ab. Noch einen Tag später brauchte man auch keinen Ausweis mehr. Nach dem nächsten großen Terroranschlag verlangten sie ihn wieder.

Ich hatte beschlossen, gar nichts zu sagen. Mich nicht aufzuregen. Auch wenn sie mich durchließen und erst danach wieder aufhielten, auch wenn sie einen weiteren Wächter aufstellten, der mich sieben Meter nach dem ersten noch mal kontrollierte und abtastete. Auch wenn ich die Tasche vom Rücken nehmen und den Reißverschluss aufmachen, die Brieftasche mit dem Ausweis herausholen und ihn vor ihnen zücken musste, nur um festzustellen, dass sie ihn nicht einmal anschauten – es hätte ein Bild von Arafat drin sein können.

Ich hatte beschlossen, sie ihre Arbeit machen zu lassen, nicht weil ich dachte, dass sie die Arbeit machen müssen und keine andere Wahl haben, sondern weil ich keine Energie habe. Was würde es nützen, wenn ich mich beschwere oder weigere, den Ausweis zu zeigen? Ich sah immer wieder Leute, die zu diskutieren anfingen, und ich identifizierte mich mit ihnen, aber es half ihnen nichts, es hielt bloß auf. Wie Fußballspieler, die mit dem Schiedsrichter diskutieren, nachdem er einen Strafstoß gepfiffen hat – gab es je einen Spieler, dem es gelungen wäre, den Schiedsrichter zu überzeugen?

An diesem Tag stand ein Blutspendefahrzeug vor dem Eingang. Blutmangel in den Krankenhäusern vor lauter Anschlägen. Aber ich hatte keine Zeit. Ich fuhr ins Büro hinauf. Ich hörte die Explosion nicht. Andere hörten sie. Unten hörten sie es, oben im Büro hörten sie es. Man hört Explosionen. Sie machen einen ordentlichen Krach. Aber ich hörte nichts, weil ich im Aufzug war.

Nicht dass der Knall auf diejenigen, die ihn hörten, einen sonderlich großen Eindruck gemacht hätte. So einen Krach gibt es ständig: Flugzeuge, Bauarbeiten, alle möglichen Unfälle und Abstürze. Im Büro sahen sie also alle ganz ruhig aus. Auf dem Weg zu meinem Zimmer steckte ich den Kopf durch alle Türen und sagte hallo, wie jeden Morgen. Die Leute lächelten und antworteten mir, guten Morgen, wie jeden Tag.

In meinem Zimmer begrüßte ich Ron und Ronen, und Ron fragte mich: »Hast du den Knall gehört?«

»Welchen Knall?«, fragte ich zurück.

Es dauerte etliche Minuten, bis wir begriffen, dass es ein Anschlag war, und hörten, dass er im Zentrum Tel Avivs stattgefunden hatte, worauf wir den Fernseher in der Aufenthaltsecke einschalteten und den Stadtplan mit der kleinen Flamme sahen, die die Stelle der Explosion bezeichnete, in der Tarsatallee, neben dem Habima-Theater. Sie sagten, es sei offenbar ein Bus gewesen.

Megastress. Alle, die schon in der Arbeit waren, hingen vor dem Fernseher. Wer noch nicht da war, würde länger nicht ankommen, weil man die Straßen gesperrt hatte. Ich war damit beschäftigt, allen Anrufern zu sagen, dass ich am Leben war. Ich sagte: »Nein, sie haben es noch nicht geschafft, mich zu erledigen.« Nach ein paar Mal meldete ich mich: »Hier ist Krokodil, und ich bin am Leben, wer will das wissen?« Ich redete mit Leuten, mit denen ich seit Jahren nicht geredet hatte. Ich sagte zu ihnen: »Gut, dass es ab und zu Anschläge gibt, damit wir mal wieder ins Gespräch kommen.« Und dann hörten die Telefone zu klingeln auf, denn die Leitungen brachen zusammen.

Im Y-Net berichteten sie von zehn israelischen Toten und einem Terroristen. Das Ergebnis – 10:1. Ein schwerer Torverlust für die Juden, um nicht zu sagen, eine böse Niederlage.

Ich arbeitete ein wenig. Ich musste mit unserem Schweizer Kunden, Iwan, sprechen, musste herausfinden, was die Nervensäge schon wieder wollte. Ich erledigte noch einige Anrufe und E-Mails und schrieb ein paar Sachen, bis Ron irgendwann sagte: »Das Linientaxi Nr. 9 – du fährst immer damit, oder?« Ich hob den Kopf vom Bildschirm. »Was?«

»Das Taxi Nr. 9?«, wiederholte er fragend.

»Ich nenne es lieber den kleinen Neuner. Was ist damit?«

»Der Anschlag. Es war ein Taxi-Minibus der Linie neun, der explodiert ist. Du fährst doch normalerweise damit, oder nicht?«

»Korrekt. Und?« Im ersten Moment dachte ich: So eine Scheiße, mit was fahre ich jetzt in die Arbeit? Diese Arschlöcher treffen doch jede mögliche Beförderungsart. Was bleibt: Normale Taxis? Noch ein Auto kaufen? Von welchem Geld …

Ich ging wieder ins Y-Net. Alle in dem Minibus waren getötet worden. Aber es schien nicht der zu sein, mit dem ich gefahren war. Irgendwie dachte ich, es wäre nicht die Zeit und die Richtung, und wo war diese Tarsatallee überhaupt? Es gibt Dutzende solcher Minibusse auf der Strecke, jeden erdenklichen Augenblick, alle neun Minuten fährt einer. Ich sagte zu allen: »Ja, ich fahre jeden Tag damit, was für ein Ding. Der Terrorist hätte in den Neuner einsteigen können, in dem ich war, und wer weiß?«

Erst da fielen mir der dunkelhaarige Kerl und sein Kleidersack wieder ein. Und die alte Frau, die ihn verdächtigte, zu der ich gesagt hatte, sie solle sich keine Sorgen machen. Und der andere Typ, der mich bat, seiner Freundin etwas auszurichten. Was für ein Ding, ich muss mit ihm reden, dachte ich.

Das Telefon klingelte. »Krokodil, ich bin am Leben«, meldete ich mich.

»Ha, ha«, sagte Jimmy.

»Hi, Jimmy«, sagte ich.

»Warum am Leben?«, fragte er.

»Warum nicht?«, erwiderte ich.

»Hör mal, nächsten Montag ist ein Termin in Brüssel, er ist wichtig, es ist mit …«, hier nannte er den Namen einer großen belgischen Telefongesellschaft mit drei Buchstaben, mit grauenhaftem französischem Akzent, »kommst du mit?«

»Habe ich eine Wahl?«, fragte ich zurück.

»Nein. Ich sage Gili, sie soll uns die Flüge und Hotels buchen. Lass dich informieren und sei mit den Präsentationen fertig. Und vergiss die Firmensitzung morgen früh nicht.« Jimmy legte auf, ohne eine Antwort abzuwarten. Das machte er immer. Er erklärte mir einmal, dass er diesen Luxus nicht hat, nämlich die Zeit, auf eine Antwort zu warten. Jimmys echter Name ist übrigens Rafi. Rafi Rafael oder Rafael Rafael oder Rafraf bei uns im Zimmer. Rafraf ist der Boss von Time's Arrow. Er ist Reserveoffizier der Luftwaffe, verantwortlich für das Zeitmanagement dort.

Ich rief Dutschy an und hinterließ ihr eine Nachricht: »Hi. Ich bin bei dem Anschlag nicht getötet worden, für den Fall, dass es dich interessiert. Nächste Woche bin ich in Brüssel. Bye.«

An irgendeinem Punkt im Laufe des Tages wurde von einem Sprengstoffgürtel geredet. Ein Augenzeuge, der in dem Minibus gewesen war, sagte, der Terrorist habe eine graue Wollmütze getragen und einen Kleidersack bei sich gehabt. Er habe vorn gesessen. Erst da begriff ich.

Mir blieb das Herz stehen, mein Atem stockte. Und dann machten sie weiter, denn Herz und Atem machen immer weiter, sofern man lebt.

Ich kehrte zur Aufenthaltsecke zurück. Alle waren wieder in ihren Zimmern, doch der Fernseher lief. Der Militärkorrespondent Dani Ronen redete von dem Kleidersack. Mir entfuhr ein kurzes, nervöses Lachen. Betäubung. Ich ging auf die Toilette, umklammerte mit beiden Händen den Waschbeckenrand. Eine Welle von Schmerz und Übelkeit überflutete mich. Ich versuchte, tief zu atmen. Schaute in den Spiegel. Dieses lachende Gesicht, wem gehörte es? Unbekannt. Nicht meins. In meinem Kopf herrschte

Nebel. Meine Schläfe hämmerte. Ich musste raus, an die frische Luft. Ich schüttete kaltes Wasser in meine Gesichtsgegend.

Ich ging auf die Straße hinunter und marschierte in Richtung der Stelle, an der sich der Anschlag ereignet hatte, die Diezengoffstraße hinauf, am Schuster und an der Galerie vorbei und dann rechts, bis ich gegenüber dem Museum, kurz vor dem Habima-Theater, an der Post anhielt.

Es waren ein paar Stunden vergangen. Fließender Verkehr. Man hatte die Fahrbahn abgespült, die Überreste vom Minibus abgeschleppt und die Toten weggeräumt, was von ihnen übrig war, was ihnen gehörte, was sie waren. Nicht einmal Polizeiabsperrungen gab es noch.

Wie durch ein Wunder – das sagen sie immer, wie durch ein Wunder – war kein Fußgänger oder anderer Autofahrer verletzt worden. Nicht einmal ein Kratzer. Ein Wunder. Nur die elf in dem Minibus waren getötet worden, und ein Auto, das am Straßenrand parkte, hatte Totalschaden (der Fahrzeugbesitzer, ein junger Mann namens Amir, der bloß einen Moment hinausgesprungen war, um eine Strafe für Falschparken auf der Post zu zahlen, bekam kein Geld von der Versicherung oder Entschädigungen, da er im Halteverbot gestanden hatte).

Die Sonne schwieg mit düsterer Gewalt. Ein Autobus tauchte auf, stieß schwarzen Rauch aus, wie der Auswurf eines alten Mannes. Ich betrachtete die Wasserflecken, wo man das Blut auf der Straße weggespült hatte. Der Verkehr strömte gleichgültig. Zweieinhalb Stunden danach, als wäre nichts gewesen.

Fast. Ein paar Fahrer verlangsamten und spähten nach den Flecken, bevor sie weiterfuhren; auf dem Gehsteig hatte man Gedächtniskerzen aufgestellt; es gab Leute, die dastanden und schrien oder weinten. Sie hatten Lösungen. Sie verkündeten sie. Sie sagten: umbringen, heimzahlen, geben, nehmen, einmarschieren, abziehen.

Ich blickte zu dem Hof des Hauses an dieser Stelle der Straße. Ich weiß nicht, warum meine Augen dorthin wanderten.

Vielleicht war es der Baum, der dort stand, eine betagte Olive, die nirgends hingehörte, nicht zu Tel Aviv, nicht zu der Straße, aber trotz allem ein alter Olivenbaum mitten im Innenhof eines Hauses. Ich betrachtete ihn und betrat den Hof, näherte mich fasziniert der Olive. Und dann sah ich an einem der großen Äste, ein wenig oberhalb des Stamms, den Palm Pilot des Typen, der neben mir gesessen hatte.

2

»Guten Morgen, Fahmi.«

Falls ich träume, hört dieser Traum nicht auf …

»Wie geht's dir heute? Lass mich mal die Pupillen sehen …«

Ich hasse dieses Licht, hasse das Waschen, warum kann sie mich nicht in Ruhe lassen?

»Jetzt werden wir dich waschen, stimmt's, Fahmi? Den Teil am Morgen, den du am allerliebsten hast, haha …«

Verpiss dich, Swetlana, Fotze. Ich brauch dich nicht.

»Hups … sind wir böse heute? Was für ein Gesicht … komm, wir sehen uns mal an, was du heute alles hast … ah! Du hast eine Tiefenmassage heute, was für ein Vergnügen …«

Ich treibe im Meer. Ich sehe den Strand, aber ich kann ihn nicht erreichen. Die Flut hält mich ab. Ich sehe Bilal am Strand.

»Hier, so ist es gut, komm.«

Hasse … ich bin nicht da, ich, wo war ich, bevor sie gekommen ist, um mich zu stören?

»Ah, ich sehe, dass du auch Besuch hast am Nachmittag. Wer kommt dich denn heute besuchen? Oder kommt eine Sie?«

Wo war ich … Ich treibe im Meer. Wo ist Mama? Lulu? Rana? Wo war ich, bevor sie gekommen ist und mich gestört hat … mit Bilal … mit dem Krokodil … irgendwo … im Dorf? In Tel Aviv? Tel Aviv …

Schafiq fing das Ganze an, in Tel Aviv. Er wollte eine Zigarette mit dem Fahrer rauchen. Legte den Sprengstoff ab, sperrte ihn hinten im Kofferraum ein. Dann rauchten sie eine Zigarette. Danach zog er den Sprengstoffgürtel wieder an, auf dem Rücksitz. Das Ganze, als sie schon in Jafo waren. Dann stieg er in ein Taxi nach Tel Aviv …

Bilal hatte einen Experten angebracht, der die Juden kennt, sich in Tel Aviv auskennt. Der sagte zu ihm, er solle an den Kreuzungsübergang am Rabinplatz gehen, wo immer viele Leute seien. Erklärte ihm, wo er sich hinstellen sollte, an welche Ecke, zu welcher Zeit. Aber nachher haben wir in den Nachrichten auf Kanal 50 und al-Dschazira gesehen, dass er in einen Autobus eingestiegen ist. Kein Platz. Kein Fußgängerübergang.

Was ist das …

»So ist's gut, Fahmi, du brauchst kein Gesicht zu schneiden, das ist bloß Wasser, zum Saubermachen, damit du hübsch bist für deine Besucher heute … Lass dich hinter den Ohren waschen, so …«

Jetzt hör endlich auf, du Nutte, welche Besucher, wo war ich? Wo war ich … Erinnerungsfetzen … hör auf, sie mir zu verdrehen, sie mir zu verspielen. Fußgängerübergang. Schafiq …

Schafiq. Er hat nicht begriffen, was ihm der Experte sagte. Ging mit den rasierten Wangen, dem Haarschnitt und den Kleidern, die ihm Bilal gegeben hatte, los und stieg in einen Bus. Ein kleiner Bus, erklärten sie im Fernsehen. Dani Ronen, der Clown. Wie ist er dorthin gekommen, wie ist er da eingestiegen, wie hat er bezahlt? Wie hat er sich gefühlt, eine Sekunde vor dem Paradies? Wie soll er sich gefühlt haben, er hat sich ganz gefühlt. Er ist sofort ins Paradies gekommen. Das schönste Gefühl, das er je im Leben hatte, besser als alles, was er sich vorgestellt hat. Das war der Moment.

Auch ich, mit dem Krokodil, mit der grünen Handgranate in Tel Aviv, wie habe ich mich gefühlt? Wie habe ich mich gefühlt?

Schafiq wusste, was er tat. Er wusste es. Nicht wie ich. Die Ampel sprang auf Grün. Der Fahrer des kleinen Busses drückte aufs Gas und schlug das Lenkrad ein. Er und die Menschen um ihn herum, sie alle haben ihr Leben gelebt, um diesen Moment zu erreichen. Bis zu diesem Augenblick. Jeder Zigarettenzug, jedes Blinzeln und Schlucken, jeder Hammerschlag, jedes Gefühl, jede Bewegung, jeder Atemzug und jeder Gedanke, jedes Wort von jedem einzelnen der Menschen in dem kleinen Bus. Bis dahin. Schafiq stand mit dem Rücken zu den Fahrgästen. Er drückte auf den Knopf, sein Körper brüllte auf mit all seiner babylonischen Kraft, seiner klaren, heißen …

»So ist's schön. Du bist sauber. Du bist ganz, sogar den Kratzer auf der Stirn sieht man fast nicht. Ich habe hier Patienten, die völlig entstellt sind. Versehrt. Du bist heil. Perfekt für deine Besucher. Also, wer kommt dich heute besuchen, Fahmi? Wen möchtest du sehen? Deinen Vater? Deine kleine Schwester? Deine reizende Freundin?«

Sie ist nicht meine Freundin, dumme Kuh, hör auf zu stören. Wo war ich … Nutte, schneidet den Faden ab …

Mein Vater. Ein guter Mensch. Ein trauriger Mann, seit Mama … er nicht, nicht er, nicht er, er … »Fahmi, ich bin damit nicht einverstanden. Nicht du.« »Keine Sorge, Papa, ich mache nichts.« Er stand mir direkt gegenüber, verdeckte den Fernseher mit seiner dicken grauen Löwenmähne. Seine braunen Augen waren zornig. »Papa, du stehst davor, lass mich das sehen …« »Ich weiß, dass du es machst. Ich weiß von Bilal. Er, ich weiß nicht, was mit ihm passiert ist, er ist ein verlorener Fall. Aber du? Du … du hast es versprochen. Hast versprochen, dass du auf die Bir-Zeit-Universität gehst … ihr beschert mir noch einen Herzinfarkt …« »Ich werde noch gehen, Papa, ich halte mein Versprechen, keine Sorge.« Bilal sagte später zu mir: Warum entschuldigst du dich? Warum erniedrigst du dich vor ihm? Er hat zugelassen, dass sie ihn gedemütigt haben und sein ganzes Leben lang auf ihm herumgetrampelt sind, das ist sein Problem …

Nein! Rühr mich nicht dort an, du Hu…

»So ist es schön, Fahmi, nicht aufregen jetzt, ja? Ich wische dich bloß hier ab, ganz langsam und vorsichtig, damit du sauber und hübsch bist und gut riechst für die Massage und deine Gäste … ja?«

3

Mein Name ist Eitan Einoch. Alle nennen mich Krokodil, denn: Eitan Einoch – »Hi, Taneinoch, hi, Tanin« – das heißt Krokodil. Was man die evolutionäre Entwicklung eines Namens nennt. Einoch ist, wie sich herausstellte, eine Evolution von Chenoch. Das hat mir ein Siedler aus den besetzten Gebieten verraten, der mich in der Zeit anrief, als mich alle Welt anrief, nach den ganzen Terroranschlägen.

Ich bin in Jerusalem aufgewachsen, jetzt bin ich in Tel Aviv. Ich arbeite bei der Firma Time's Arrow oder »Taimaro!« in japanischer Aussprache für unsere japanischen Kunden.

Mein großer Bruder hat Israel wegen der Anschläge vor eineinhalb Jahren mit seiner Frau und den drei Söhnen verlassen. Wir haben eine reiche Großmutter in Maryland, USA, die uns allen angeboten hat zu kommen. Auch meine kleine Schwester Dafdaf will mit ihrem Mann dorthin fliegen. Wir haben alle die amerikanische Staatsbürgerschaft, weil unsere Eltern von dort kommen. Mein Vater ist in Maryland aufgewachsen, an diesem so grünen, schönen, ruhigen und gemütlichen Ort. Meine Mutter stammt aus Denver. Sie sind nach Israel eingewandert, bevor ich geboren wurde. Weiß Gott, was sie dabei im Kopf hatten. Jedes Mal, wenn ich dorthin fahre, stelle ich mir diese Frage. Vielleicht fanden sie den jungen israelischen Staat aufregend. Exotisch. Mein Vater hatte große Ideen. Er wollte dem jungen Land beibringen, Erdnussbutter zu schmieren. Ephraim Einoch, der Amerikaner, der Kapitalist, der Unternehmer, der Importeur. Aber der Judenstaat wartete nicht auf Erdnussbutter. Jedenfalls nicht auf die, die er importierte.

Wenn ich sie jetzt so sehe, ist es, als ob jeder Terroranschlag einen Ziegel aus der Wand ihrer Immigration sprengt. Ihr Fehler. Sie können uns nicht die Schuld dafür geben, dass wir flüchten, doch es bricht ihnen das Herz. Es war schwer, was sie getan haben. In jungen Jahren das bequeme Leben in Amerika zu verlassen, in einen harten, heißen und primitiven Staat zu reisen, etwas aus dem Nichts aufzubauen: eine Familie. Ein Geschäft. Einen Staat. Sie nannten das Zionismus.

Und dann zu sehen, wie das Ganze explodiert. Und die Kinder und Enkel nach Amerika abwandern.

Ich werde nicht weggehen, noch nicht. Es ist nicht so einfach. Ich bin nämlich nicht sicher, ob ich will oder wohin, und ich bin nicht sicher, was mit Dutschy passiert und mit der Arbeit.

Ich stand dort mit dem Palm in der Hand. Leute gingen bei der Post ein und aus. Auf dem Tel Aviver Museum für Kunst stand auf einer Stoffbahn geschrieben: »Über das Leben und den Tod – eine Retrospektive der Künstlerin Oli Schauli-Negbi«. Meine Augen blieben an dem Wort Retrospektive hängen. Ich ging weg, zu Fuß. Ich ging und ging.

Ich versuchte nachzudenken, ob ich etwas hätte tun können. Es verhindern können. Den Fahrgästen sagen, dass der dunkle Typ verdächtig sei. Dem Fahrer. Hätte er mir zugehört? Die Wahrheit ist, diese Fahrer kennen keinen Gott. Er hätte am Straßenrand angehalten und angefangen, den Typen unter die Lupe zu nehmen.

Aber hier liegt das Problem – wenn er angehalten und angefangen hätte, ihm Fragen zu stellen, hätte der auf den Knopf gedrückt oder an der Schnur gezogen, oder –

Warum hatte er eigentlich gewartet, bis ich ausgestiegen war? Was hatte mich am Leben erhalten? Welcher von Gottes langen Fingern hatte mich mit seinem Erbarmen berührt und warum? Als ich am Diezengoff-Center ausstieg, stiegen einige Leute ein.

Der Fahrer sagte zu irgendeiner: »Tut mir leid, Herzchen, aber es gibt noch ein Taxi hinter mir.« Der Terrorist hatte gewartet, bis der Minibus voll war, und erst dann …

Wenn ich geschrien hätte, dass sie alle aufpassen sollten, hätte er sich in die Luft gesprengt. Wenn ich etwas zu dem Fahrer gesagt hätte und er hätte ihn angesprochen, hätte er sich in die Luft gesprengt. Wenn ich die Polizei angerufen oder es dem Sicherheitsdienst am Center gemeldet hätte, hätte es niemand mehr geschafft, etwas zu unternehmen. Im Prinzip, so fasste ich für mich zusammen, während ich durch den Regen lief, der langsam und grau zu tröpfeln begann, war ich sauber. Ich hätte nichts tun können, denn der dunkle Typ war unterwegs, um sich in die Luft zu jagen, und er hätte es so oder so getan. Alles, was ich tun konnte, war das, was ich getan hatte – mich selbst zu retten. Auch wenn es nicht mit Absicht gewesen war.

Ich dachte noch ein bisschen nach und begriff, dass ich mich zu billig davonkommen ließ. Es gab doch noch etwas, das ich hätte tun können. Ich hätte nicht so sicher sein sollen, dass der dunkle Kerl kein Terrorist war. Ich hätte den Typen neben mir retten können. Der Typ, von dem ich noch nicht wusste, wie er hieß, inzwischen aber weiß, dass es Giora Gueta war.

Ich hätte ihn retten können, denn er hatte mich gefragt, nachdem die alte Frau ausgestiegen war und bevor ich ausstieg. Ich erinnere mich an jedes Wort, an seine Stimme und die Art, auf die er mich fragte, an den Blick in seinen Augen, an das Lächeln seiner weißen, perfekten Zähne, wie er den Kopf in Richtung des Terroristen neigte und fragte: »Du meinst, er ist in Ordnung, oder?« Und ich antwortete: »Doch, kein Problem.«

Warum hatte ich das gesagt? Ich weiß, warum. Weil es mir mit Paranoikern und Hysterikern wie Dutschy reichte und ich deshalb mit dem umgekehrten Extrem reagierte – »kein Problem, alles in Ordnung, Schluss mit der Angst vor allem und jedem und dem Weinen und Jammern«. Dutschy war schuld, sie war dafür verantwortlich. Sie hatte mein Urteilsvermögen zerrüttet.

Ohne ihren destruktiven Einfluss, ohne ein jahrelanges Leben im Schatten permanenter Hysterie, im Schatten konsequenter Erwartung eines nahenden Unglücks, hätte ich vielleicht klar gedacht und gesagt: »Weißt du, was? Ich bin nicht sicher. Vielleicht ist er ein Terrorist.« Und dann wäre Giora vielleicht mit mir ausgestiegen. Wer weiß.

Ich hatte Hunger auf Fleisch. Ich hielt an der Bar Barabusch an und bestellte mir einen Hamburger, der auf der Karte »Der Kannibale ist hungrig heute Nacht« hieß. Ich wartete an der Bar. Der kleine Fernseher, der dort stand, war auf Kanal 50 eingestellt, und Dani Ronen redete mit ernster Miene, hob und senkte wie immer in einem fort seine dicken Augenbrauen. Ich hörte nicht, was er sagte, aber es spielte keine Rolle. Er sagt immer die gleichen Sachen: straffer ziehen, locker lassen, absperren, einkreisen, Augenbrauen zusammenziehen, eine Operation starten, eine Aktion, das Kabinett hat getagt, und das Kabinett hat beschlossen, die und die haben Verantwortung übernommen und die und die ihre Hände in Unschuld gewaschen. Ich ging Händewaschen, vielleicht dachte ich, ich hätte Blut an den Händen, und auf dem Rückweg zur Bar nahm ich eine Postkarte mit, auf der in großen schwarzen Buchstaben stand: »Geh raus!« Ich hatte keinen Schimmer, wer wollte, dass ich rausging, und warum. Draußen vor dem großen Fenster öffnete und schloss der Himmel abwechselnd seinen nassen Schlund. Ich ging hinaus zu ihm, den Heute-Nacht-hungrigen-Kannibalen in der Tüte in meiner Hand und »Geh raus!« in meiner Hosentasche.

Ich legte den hungrigen Kannibalen und die Pommes, die ich in der Tüte entdeckte, auf einen Teller und machte mich daran, meine kannibalische Absicht an ihnen auszuführen. Mein Körper arbeitete effektiv: Die Augen fingen den verführerischen Anblick des Hamburgers ein, sandten eine Botschaft ans Hirn, das Anweisungen an die diversen Körperteile weiterleitete. Der

Speichel lief in meiner Mundhöhle zusammen, und ich konnte spüren, wie mein Magen Verdauungssäfte freisetzte, um den Gast in Empfang zu nehmen.

Die Tür summte. Ich blickte die Wand an und den Kannibalen und beschloss, nicht zu reagieren. Ich begann zu essen.

Eine Minute später – Schlüssel in der Wohnungstür, Klinke, eine Person kam herein.

»Warum machst du mir nicht auf?«

»Hi, Dutschy. Entschuldige«, antwortete ich, wobei ich mir eine Sekunde, bevor sie mich sah, den Mund vollgestopft hatte, damit die Lage für sich selbst sprach. Ich machte mit den Schultern eine Bewegung in Richtung des Tellers. Sie blickte mich an. Ihre Augen standen auf Zorn.

»Warum antwortest du nicht auf dem Handy? Was machst du mitten am Tag zu Hause? Weißt du, dass es einen Anschlag gegeben hat?«

»Ja.« Ich suchte das Mobiltelefon in meiner Tasche. »Oi, anscheinend hab ich das Telefon in der Arbeit vergessen.«

»Weißt du, was ich mir für Sorgen gemacht habe? Hättest du nicht anrufen können?«

»Tut mir leid. Ich war sicher, du wärst beschäftigt … Moment mal, ich habe dich doch angerufen! Hast du die Nachricht nicht erhalten?«

»Ich habe eine Nachricht erhalten. Dass du am Leben bist. Wirklich vielen Dank. Und auch das vielleicht zwei Stunden nach dem Anschlag.«

Ich sah sie überrascht an. Ich wusste nicht, was ich darauf antworten sollte.

»Es war die Linie vom kleinen Neuner, Krokodil. Um Viertel nach neun in der Früh! Hast du vielleicht gedacht, ich mache mir keine Sorgen?«

»Du weißt, dass ich am Diezengoff-Center aussteige. Es war danach, beim Theater, hast du nicht im Fernsehen die kleine Flamme gesehen? Hier, schau mal.« Ich fand die Fernbedienung und drückte auf den Knopf. Dani Ronen und seine Augenbrauen sprachen. »Ich habe dir eine Nachricht hinterlassen, dass ich am Leben bin. Ich verstehe nicht, was los ist.«

»Ich hab's gehört, aber …« Tränen. »Ich wusste nichts.« Sie wischte sie ab. Sie stand da, zerbrechlich und traurig. »Ich wusste nicht, ob alles in Ordnung ist. Du hättest noch mal anrufen können. Ich hatte solche Angst. Du weißt gar nicht, was für Angst ich hatte.«

Ich schluckte endlich den Bissen hinunter – dieser Kannibale war mörderisch gut! – und ging zu ihr, um sie zu umarmen. »Ist schon gut, mein Schatz. Tut mir leid. Genug, Schluss jetzt. Ich dachte einfach, du hast gesehen, wo es war, du hast die Nachricht bekommen und … was weiß ich?«

Sie löste sich aus der Umarmung. »Ach, du meinst also, ich hätte mir keine Sorgen machen müssen.« Ihr Ton veränderte sich. Auch keine Tränen mehr. »Du sagst also, ich bin hysterisch und paranoid?«

»Das habe ich nicht gesagt …«

Jetzt war es bereits Wut, die zu reifen begann und Volumen und Körper erhielt wie ein guter Wein. »Wie kannst du nur so gefühllos sein? Nicht wenigstens noch mal anrufen? Du hast gewusst, dass ich mir Sorgen mache, du machst das mit Absicht. Um mir zu zeigen, dass ich bloß hysterisch bin … was willst du denn? Es war die Linie, mit der du jeden Morgen zu dieser Zeit fährst, wolltest du, dass ich mir die kleine Flamme im Fernsehen anschaue? Welche Flamme?«

»Auf dem Bild von der … Dutschy, ich habe gar nichts mit Absicht gemacht, ich schwör's, ich habe bloß … weißt du, dass es genau der Minibus war, mit dem ich gefahren bin? Ich habe mit dem …«

»Scheißkerl.« Jetzt schluchzte sie und wischte sich mit der Hand über ihre großen braunen Augen. Sie setzte sich an den Tisch und streckte die andere Hand aus, um sich zwei Pommes zu angeln.

»He, immer langsam mit den Pommes!«, sagte ich zu ihr. »Und wie war dein Tag?«

»Was meinst du wohl?«, antwortete sie.

Wir saßen ein paar Minuten still da. Ich kaute an dem Kannibalen, sie stahl Pommes und starrte auf die Tischecke. Schließlich hob sie den Blick.

»Was soll ich bloß mit dir machen?«, fragte sie.

Plötzlich traf mich der Gedanke – bis zu diesem Morgen hatte ich niemand gekannt, der auch nur irgendjemand kannte, der in einen Terroranschlag geraten war. Ein paar Wochen vorher hatte der Installateur, der wegen des Solarboilers bei uns gewesen war, erzählt, der Neffe seines Freundes sei bei einem Terroranschlag in Petach Tikwa eine Woche zuvor verletzt worden. Näher war ich dem Ganzen noch nie gekommen. Bis zu Giora Gueta. Eigentlich kannte ich auch Giora Gueta nicht wirklich. Was bedeutet »sich kennen«? Den Namen wissen? Sich grüßen? Dass das Opfer einen gekannt hat? Die Anzahl der Worte, die man miteinander gewechselt hat?

In der Nacht, als sie ins Bett kam, fragte ich: »Dutschy?« Sie sagte: »Ja?« Ich sagte: »Der Kannibale ist hungrig heute Nacht.« Sie sagte: »Idiot.« Ich kletterte auf sie drauf. Sie war zufrieden. Danach kletterte sie auf mich drauf. In der Früh ließ sie mich schwören, dass ich ein Taxi nähme, also nahm ich eins, obwohl ich noch nie von zwei Anschlägen an zwei Tagen hintereinander genau am gleichen Ort gehört hatte. Aus irgendeinem Grund, trotz dieser glasklaren, logischen statistischen Gegebenheit, sind die Leute überzeugt, dass die Terroristen sagen: »*Ahmad, wallah,* es hat geklappt, komm, wir versuchen es heute noch mal, denn es wird ein Haufen Leute da sein und kein Sicherheitsdienst.« Wobei in der Praxis die Armee und die Polizei im Gebiet eines Terroranschlags maximale Sicherheitsvorkehrungen treffen; die Leute meiden die Stelle; Familienangehörige werden hysterisch. Ich sagte das alles zu Dutschy. Sie erwiderte: »Aber der Achtzehner, in der Jafostraße, in Jerusalem, 1996.« Ich widersprach: »Das lag eine Woche auseinander«, doch ich wusste, dass das kein ernsthaftes Argument war. Also nahm ich ein Taxi. Ein kleiner Neuner flog an diesem Morgen nicht in die Luft. Aber was soll's. Auch kein großer Neuner explodierte während der ganzen Zeit, in der ich bei Time's Arrow arbeitete, an all den Tagen, an denen ich mit dem kleinen Neuner zum Diezengoff-Center fuhr. Also, was soll's?

4

Amr Diab singt »*Amarain*«, von den beiden Monden, womit er ihre Augen meint oder ihre zwei …

Jemand spielt mir diese Musik vor, die zwei Monde von Amr Diab, ich möchte den Kopf bewegen, aber der Kopf rührt sich nicht. Falls ich träume, hört dieser Traum nicht auf … Ich träume nicht, ich höre das Lied, ich rieche etwas, ich spüre die Tiefenmassage, die an meinen Muskeln zerrt, Finger, die tief in die Muskeln eindringen … aber der Körper rührt sich nicht, und die Augen öffnen sich nicht …

Nach den zwei Monden singt Amr Diab »*Habibi, ja nur al-ain*«, das Licht in deinen Augen, und »Immer bei dir«, und dann fängt Nawal Zu'abi zu singen an, es erinnert mich an *Ja lail ja ain*, die Sendung im libanesischen Future-TV, mit den Tänzen und den Mädchen … Wer spielt mir diese Musik vor? Ein guter Geruch, das ist nicht Swetlana, Swetlana würde etwas sagen, sie würde nicht still bleiben. Aber niemand redet, obwohl viel Lärm um mich herum ist, da ist jemand. Rana? Warum schweigst du? Ich höre zu, aber ich höre nur Amr und Nawal singen, und ich will nicht … wo war ich? Wenn ich im Paradies bin, wo ist dann Mama? Ich hasse, hasse, hasse, ich bin nicht da, ich …

Mein Großvater, Fahmi Sabih, gelangte 1949 nach al-Amari. Die meisten Einwohner von Beit Mahsir, die in diesem Jahr vertrieben worden waren, ließen sich im Ostjordanland nieder. Aber Großvater wollte nahe bei seinem Dorf bleiben. Nahe dem

Haus, das er gebaut hatte. Er war sicher, dass er wieder in seinem Haus wohnen würde. Am Ende kehrte er nicht zurück. Sah sein Haus, seine Freunde und Vettern nie wieder. In al-Amari konnte er keine Hühner züchten. Es war kein Platz. Dort traf er Großmutter Samira. Sie kam aus Dir Ajub, einem großen Dorf, das nicht mehr existiert. Die Juden errichteten nicht einmal eine Siedlung darüber. Nach 48 zerstörten sie es und bauten dort eine Straße.

Bidak turkusi bi-rasi … will in meinem Kopf tanzen … immer bei dir … Meine Muskeln sind weich, ich spüre das Öl auf meiner Haut, die kühle Luft vom Ventilator trocknet sie … ich pinkle … ah … Swetlana sagt manchmal zu mir: »Wow, du hast aber viel gemacht«, und sie sagt, ein Schlauch für den Urin, ein Schlauch für die Luft, ein Urinschlauch, ein Luftschlauch, ein Schlauch …

Mein Vater war der Dritte von vier Brüdern und zwei kleinen Schwestern. Meine Mutter war die Dritte von vier Schwestern und zwei jüngeren Brüdern. Sie wurde in Mughajir geboren, dem schönsten Platz der Welt. Großvater Fahmi sagte immer, Beit Mahsir sei schöner, da man von dort aus das Mittelmeer und an einem klaren Tag die Häuser von Jafo sehe. Als ich zehn war, sagte ich zu ihm, von Mughajir aus sieht man den Jordan, das ganze Jordantal und das Edomgebirge und an einem klaren Tag die Häuser von Amman. Er lachte.

Meine Eltern trafen sich an der Bir-Zeit-Universität, und nach ihrer Hochzeit zogen sie nach Mughajir. Es war nicht gerade üblich, auch 1977 nicht, dass ein Mädchen aus dem Dorf einen mittellosen Flüchtling heiratete, dass der Mann ins Haus der Frau zog, dass ein Vater seiner Tochter Land vererbte. Meiner Mutter und meinem Vater war das egal. Auch dem Vater meiner Mutter. Ehre war nicht allzu wichtig. Das Leben war wichtiger. Großvater Fahmi war konservativer. Er dachte, die Flüchtlinge sollten in den Lagern bleiben, auch wenn es eng und unbequem war. Er blieb in al-Amari, bis er starb. Er sagte, das Lager zu verlassen, hieße Verzicht, sich abfinden. Es besage, dass wir nie wieder in unsere Häuser zurückkehren würden, die die Juden gestohlen hatten. Mein großer Bruder Bilal denkt wie Großvater Fahmi. Meine kleine Schwester Lulu liebt das Leben, wie Papa. Ich weiß nicht, was ich geerbt habe.

Großvater Fahmi hatte ein Pferd. Samstagnachmittags ging ich immer zum Dorfeingang und wartete auf ihn. Dann kam er: ein ferner Punkt, der langsam zu einer weißen Staubwolke wurde, die sich am Horizont bewegte, danach das Klopfen der Hufe auf der Straße, und plötzlich war er neben mir, auf der grauen Stute, Gesicht, Kafija und Bart voller Staub, streckte die stärkste Hand, die ich je kannte, nach mir aus, holte mich hinauf, und zusammen ritten wir das Stückchen nach Hause, ich hinter Großvaters breitem Rücken, den Staub und süßen Schweiß von ihm und seiner Stute in der Nase. Im Haus wusch er sich das Gesicht und ging auf die Veranda hinaus, um den Kaffee zu trinken, den meine Mutter ihm zubereitete. Ich hörte sein Lachen drinnen und lächelte.

Großvater Fahmi starb vor zehn Jahren.

Meine Mutter im vergangenen Jahr.

Bilal ist vor fünf Jahren von Mughajir nach Ramallah gezogen. Er war achtzehn und fing an, an der religiösen Hochschule in ar-Ram, Kullijat al-Iman, zu studieren. Meine Eltern waren nicht begeistert. Er wohnte eine Weile in Studentenheimen und zog dann nach al-Amari. Es gab Platz in der Wohnung eines Onkels von uns, und Bilal glaubte, wie Großvater Fahmi, dass Flüchtlinge und ihre Kinder und Enkel in den Lagern bleiben müssten. Meine Eltern waren nicht der Meinung … Ich war sechzehn, als er wegging. Sie hatten ein Auge auf mich, sie wollten nicht, dass auch ich im Flüchtlingslager wohnen würde. Aber vergangenes Jahr bin ich zu Bilal und Onkel Dschalal gezogen. Ich versprach meinem Vater, dass ich an der Bir-Zeit-Universität zu studieren anfinge, dass ich bloß Miete sparte, nicht wegen der Ideologie im Lager sei wie Bilal. Doch zu Bilal sagte ich etwas anderes.

Ich weiß nicht, was wirklich … Bir-Zeit wartet immer noch auf mich …

Die Musik wurde abgestellt.

»Wie geht es ihm?«

Leise Stimmen. Es ist Papa. Der Rauchgeruch aus seinem Mund dringt bis in meine Nase. Warum flüstert er?

»Guten Tag, mein Sohn, wie fühlst du dich heute …«

Nicht jetzt, Himmel, ich versuche mich zu erinnern. Vielleicht kommst du morgen? Ich bin gar nicht hier … nicht da … treibe im Meer …

Die Armee errichtete einen Wall aus Dreck und Erde rings um Mughajir und blockierte den Zugang zum Dorf. Ohne Erklärung. Die Wassertanks aus Ramallah konnten nicht passieren, um den zentralen Brunnen aufzufüllen, und man konnte nicht hinaus, um den zweiten Brunnen jenseits des Walls zu erreichen. Der Brunnen trocknete aus. Bevor er austrocknete, verschmutzte das Wasser am Grund. Es hatte einen Virus. Einige Dorfbewohner bekamen eine Vergiftung davon, erholten sich aber wieder. Meine Mutter nicht. Der Arzt sagte, dass sie sauberes Wasser brauchte, um ihr System durchzuspülen und all die Flüssigkeit zu ergänzen, die sie vom Schwitzen und Durchfall verloren hatte. Bilal und ich fuhren über die Berge ins Dorf, umgingen die Straßensperren, aber das genügte nicht. Den Wall konnte man nur zu Fuß passieren, und wie viel Wasser kann man zu Fuß schon mitbringen? Lulu war die ganze Zeit bei ihr, hielt ihr die Hand und betete. Und Mamas Schwestern. Das Wasser, das wir brachten, war sofort verbraucht. Alle waren durstig. Ich sagte den Soldaten am Dorfeingang, dass meine Mutter im Sterben lag und Wasser brauchte. Sie versuchten, ihre Vorgesetzten anzurufen. Die Zeit verstrich, sie erhielten keine Antwort. »Es ist Schabbat, da erreicht man niemand.« »Meine Mutter stirbt, warum muss man mit jemand reden? Sie braucht Wasser.« »Das ist eine schwierige

Sache. Es gibt Sperren auf der Strecke, das liegt nicht in unserem Zuständigkeitsbereich.« »Wer ist dann zuständig?« »Wir wissen es nicht, wir versuchen, unseren Vorgesetzten zu erreichen, damit er es uns sagt.« Der Soldat gab mir eine Flasche Wasser. Am nächsten Morgen bat ich darum, meine Mutter ins Krankenhaus zu bringen. Ihr Zustand war sehr schlecht. Die Soldaten waren gereizt, wir waren nicht die Einzigen, alle waren durstig. Die Soldaten sprachen in ihre Mobiltelefone und schrien die Dorfbewohner an, die kamen. Sie schossen auf die Reifen eines Traktors und verhafteten den Fahrer.

Der Soldat, der mir Wasser gegeben hatte, erinnerte sich nicht an mich. »Was willst du? Ich hänge am Telefon mit dem Hauptquartier auf eigene Rechnung! Ich versuche herauszufinden, was mit dem Wassertanklaster passiert ist. Ich verstehe, dass ihr Wasser wollt. Ich verstehe, dass ihr durstig seid. Wir versuchen, uns darum zu kümmern. Wenn ihr uns im Nacken sitzt, nützt euch das gar nichts, okay? Geht nach Hause, es wird schon ein Tanklaster kommen und den Brunnen auffüllen. Hallo!«, schrie er ins Telefon. Doch ich bat nicht mehr um Wasser, ich bat um eine Ambulanz.

»Ach, mein Sohn, was für ein Ärger. Sie stehen da draußen und schreien. Das Krokodil, sie sagen irgendwas von einem Krokodil. Den Terroristen von den Geräten abhängen. Ich verstehe nicht, was hast du gemacht? Warum … Willst du, dass ich einen Herzinfarkt kriege?«

Was sagen sie von dem Krokodil? Ich kenne ihn. Wo war ich? Du hast mir den Faden … warum jetzt? Ich bin mitten drin in etwas, Papa, ich bitte dich …

Ein Krankenwagen traf ein, um meine Mutter abzuholen. Lulu und ich stiegen mit ein, aber am Dorfrand holten sie uns raus. Nur das Personal, Fahrer und Patient. Meine Mutter sagte, es würde alles gut werden. Man hatte sie an eine Infusion gehängt, und sie fühlte sich besser. Wir umarmten sie, und sie verabschiedete sich von uns. Als sich der Krankenwagen entfernte, brach ich zusammen und weinte hemmungslos, ohne Pause, lange Minuten. Lulu streichelte mich, sie war elf und ich fast doppelt so alt wie sie, aber ich war der, der weinte, und sie diejenige, die mich tröstete. Die Soldaten an ihren Telefonen starrten uns an, der Wall umgab das Dorf, zerschnitt die gelben Felder mit einem braunen, vertrockneten Streifen. Meine Mutter starb im Krankenhaus. Sie war zweiundvierzig. Nach einer Woche beseitigten sie den Wall.

5

Jimmy Rafael tönte im Besprechungsraum: »Guten Morgen!« Sein rasierter Schädel, der breit auf hundertsechsundsechzig Zentimetern Muskeln thronte, glänzte, als hätte ihn jemand mit Olivenöl eingerieben. »Ich brauche euch nicht zu erzählen, dass wir keine Zeit zu verschleudern haben, kommen wir also direkt zur Sache. Dimitri kenne ich seit vielen Jahren, wir haben ein paar wichtige Sekunden im Zeitmanagement der Luftwaffe und beim Studium der Zeittechnik in den Staaten zusammen verbracht. Er wird erzählen, was er macht. Achtet darauf, wie die Einsparung einiger Sekunden alles ändern kann.« Ich schaute kurz zu Ron. Seine Augen waren ausdruckslos, doch mir sagten sie: »Wieder mal Jimmy und seine Zeitstorys. Ist das nicht superschade um die Zeit?« Ich lächelte ein kleines Lächeln.

»Ich bin diplomierter Zeitingenieur und hoch qualifizierter Ampeltechniker«, begann Dimitri. Er war extrem groß und hatte ein Karohemd von der Sorte an, die man bei Time's Arrow nie sieht. »Ich arbeite bei einer privaten Consulting-Firma in Chadera. Meine Aufgabe ist es, tote Sekunden zu finden. Diese Geschichte handelt davon, wie ich sieben überflüssige Sekunden am Rabinplatz gefunden habe. Ich brauche euch die Stelle nicht zu schildern. Ein viereckiger Platz, je zwei bis vier Spuren auf vier Fahrbahnen ringsherum. Tausend bis viertausend Autos passieren stündlich den Platz. Mein Ziel war es, ihn so leer wie möglich zu halten und speziell die regelmäßige Verstopfung zu lösen, die die Ecke Ibn-Gvirol-/Zeitlinstraße blockierte.«

Er skizzierte die Kreuzung auf dem Flipchart, schrieb die Straßennamen dazu und markierte den problematischen Punkt. »… Eine Ampelphase, also die Zeit von einem Grünlicht zum nächsten, dauert zwischen vierundzwanzig und hundertzwanzig Sekunden. Die Sekunden sind sorgfältig zwischen Fußgängern, dem Verkehr in alle Richtungen und den Pausen dazwischen aufgeteilt. Aber wie jeder Autofahrer weiß, erhält nicht jede Richtung die gleiche Zeitspanne. Die Ampeltechniker teilen die Zeit nach Erfordernis der jeweiligen Stelle auf. Kurze Grünphasen im Stadtzentrum dauern zehn Sekunden. Die längeren, an den ruhigen Stellen, belaufen sich im Allgemeinen auf achtzig von hundertzwanzig Sekunden einer ganzen Ampelrunde. Am Rabinplatz habe ich entdeckt, dass es an der südöstlichen Ecke Ampeln gab, die Zeit regelrecht wegwarfen. Offenbar ein Programmierfehler. Eines der Stadien in dem Vorgang nahm zehn Sekunden in Anspruch, wo nur drei nötig waren.«

Jimmy ließ sein Lächeln zwischen den Anwesenden kreisen. »Sieben Sekunden!«, sagte er, blankes Vergnügen auf seinem Gesicht.

»Ja. Ich hatte sieben freigesetzte Sekunden an verschiedenen Stellen um den Platz herum, was bedeutete, dass man eine Seite aufräumen konnte und den Rest des Platzes bereinigen. Vielleicht erinnert sich jemand daran, dass der Platz bis vor ein paar Monaten in der Früh verstopft war? An diesem Übergang«, er zeichnete eine der Ecken an, »drängten sich Dutzende Menschen.«

»Ja, ich kann mich erinnern!«, sagte ich. Überraschte Blicke wandten sich mir zu. Dimitri sah mich schweigend zwei Sekunden lang an. »Ich regulierte das Vierundzwanzig-Stunden-Timing neu – die Stoßzeiten, die Stunden danach, nach einem Unfall, nach einer Demonstration. Zusammen mit einem Techniker der Stadtverwaltung öffnete ich den Kontrollkasten, er schloss seinen Laptop an und speicherte meine neue Software ein. Der Verkehr war ziemlich dicht in dem Augenblick. Wir ließen das Programm anlaufen, und innerhalb von Minuten geriet das Ganze hübsch in Fluss. Der Techniker kehrte ins Büro zurück. Ich feierte allein mit einem Gläschen in irgendeiner Bar.«

»In welcher?«, fragte Talia Tenne. Talia liebte Bars. Dimitri konnte sich nicht erinnern.

Nach dem Vortrag verschickte Bar ein Ergebnis seiner Wortgleichungen: »Dimitri = großspuriger Eierverdreher.« Er errechnete das aus dem Zahlenwert der Buchstaben mithilfe eines Gematrieprogramms, das er während seiner Arbeit bei Time's Arrow geschrieben hatte. Unter anderem gab es zum Beispiel: »Rafi Rafael = grundlose Glatze« oder alternativ »sturer Zwerggeneraldirektor«, und »Time's Arrow = gewaltige Zeitvergeudung«.

Wir bei Time's Arrow waren im Geschäft der Zeitersparnis. Keine sieben Sekunden – für uns waren sieben Sekunden eine finstere Ewigkeit. Wir arbeiteten jahrelang daran, ein oder zwei Sekunden einzusparen. Nicht bei Ampeln an einem Platz, sondern von der Gesprächszeit sämtlicher telefonischer Auskunftsdienste – 144 in Israel, 411 in Amerika, 104 in Japan, 1405 in Belgien ... Jeder Staat hat seine eigene Auskunft. Wozu soll eine Sekunde von den Anrufen bei der Telefonzentrale eingespart werden? Nehmen wir zum Beispiel mal einen unserer Kunden, die Firma, die diese Dienstleistung in Manhattan, New York, bereitstellt. Zweiundsiebzig Telefonisten beantworten die pausenlos hereinkommenden Anrufe – 5,5 Millionen Gespräche am Tag zur Klärung von Telefonnummern. Wenn wir bei jedem Telefonat eine Sekunde einsparen, sparen wir 5,5 Millionen Sekunden am Tag, macht dreiundsechzig Tage, was fast drei Monate Nettoarbeitszeit einer Person ergibt. Ungefähr zehntausend Dollar, die unser Programm dieser Firma pro Tag ersparen kann.

Diese Zahlen waren mein Job. Das Krokodil der Zahlen. Was die belgische Firma betraf, mit der Jimmy und ich demnächst ein Treffen hatten: vierundvierzig Millionen Gespräche im Jahr, über hundertzwanzigtausend pro Tag, dreihundert Schaltstellen, die zu jeder gegebenen Zeit arbeiteten ... Ich war im Verkauf. Ich verkaufte das Produkt an die Kunden – nationale oder private

Telefongesellschaften, Festnetz oder Mobilfunk oder Firmen, die telefonische Auskunftsdienste lieferten, Directory Assistent auf Englisch, abgekürzt DA. In den letzten Jahren sind pausenlos Telefongesellschaften privatisiert worden und aus dem Boden geschossen. Jede Gesellschaft braucht eine Auskunft. Dieser Markt ist dieses Jahr hundertfünfundvierzig Millionen Dollar wert, nächstes Jahr zweihundert Millionen.

Aus Jimmys besessenem Hirn: »Wir leben in einer Welt, in der jede Sekunde, sogar jede Zehntelsekunde Geld wert ist.« Oder: »Time's Arrow ist die FedEx des 21. Jahrhunderts. FedEx hat Tage eingespart, wir sparen Sekunden ein.« Wie sparten wir diese Sekunden ein? Software und Beratung. Unser Computerprogramm ersetzte die Telefonisten in Teilen des Gesprächs: Es nahm den Anruf entgegen, fragte nach Namen und Ort, ergänzte, fand innerhalb optimaler Zeit ein Ergebnis, gab die Nummer durch und wählte sie. Es konnte auch eine Stimme identifizieren, zumindest theoretisch. In der Praxis war die Identifizierung nicht perfekt, noch nicht, und die Gespräche wurden zwischen Computer und Telefonisten aufgeteilt.

Neben der Software machten wir Beratung: Programminstruktionen für die Telefonisten, Verkürzung der Gesprächsdauer, Haltung und Stimme; Anleitungen für die Gesellschaften zur Einteilung der Schichten (Verhältnis Arbeit/Pausen, Anzahl der Angestellten für eine Schicht, Anfangs- und Endzeiten), zu Raumgestaltung, Personalmobilisierung und Marktstrategien, Verkauf und Verbreitung. Das Ganze für eine Million Dollar auf den Tisch und jährliche Erneuerung für eine halbe Million plus minus, meist eher Minus als Plus, besonders in letzter Zeit, wo alle in der Krise steckten, inklusive regelmäßiger Programm-Updates. Interessiert?

Im Y-Net las ich die Namen der Toten. Ein Teil auf den Fotos war mir von der Fahrt her bekannt. Von dem Fahrer, 36, berichtete der Zuständige für den Arbeitsplan: »Er war überragend. Alle im

Team liebten ihn.« Gabriel Elgrabli, 41, verwitweter Bauarbeiter, der zwei Töchter, 11 und 13, hinterließ. Zwei Ungarn, Gastarbeiter offenbar. Der Terrorist, Schafiq Omar, 19 Jahre. Mali, ein junges Mädchen, Kunststudentin, »eine Blume, die gepflückt wurde«. Schlomo Jarkoni, 29. »Der wunderbarste Ehemann der Welt«, erzählte die Witwe, Jael, unter Tränen, im vierten Monat schwanger.

Ich traf einen Teil der Familien. Sie wandten sich an mich, nachdem das Ganze passiert war, nachdem sie von mir gehört hatten. Sie wollten eine letzte Erinnerung ihrer Liebsten in den letzten Augenblicken, in ihren Augen immer der gleiche verzweifelte, geschlagene Blick. Jarkoni zum Beispiel: Seine Frau, Jael, rief an und fragte, ob ich mich an Schlomo erinnerte. Ich erinnerte mich nicht. Das Foto im Y-Net war mir unbekannt. Anscheinend war er im Diezengoff-Center erst eingestiegen. Eine Woche nach Jael rief mich ein Mädchen namens Smadar an. Auch sie fragte nach Schlomo. Er war ein paar Minuten vor dem Anschlag bei ihr gewesen. Hatte das Mobiltelefon bei ihr vergessen. Das Telefon hatte den ganzen Vormittag pausenlos geläutet, aber sie antwortete nicht. Schaltete es auch nicht aus. Schaute es nur an und wusste es. Sie hatte den Knall gehört. Es war ein schöner Wintermorgen. Sie saß den ganzen Tag vor dem Telefon, sein Samen noch warm in ihr.

Es gab einen unidentifizierten Leichnam, das musste er sein. Ich holte seinen Palm heraus. Vielleicht sollte ich ihn der Polizei geben? Oder seiner Familie? Aber er hatte mich um etwas gebeten, die letzte Bitte in seinem Leben. Ich schaltete das Gerät ein. Gräuliches Flüssigkristall in Glas eingesperrt, darin tanzende schwarze Buchstaben. Der Kalender zeigte an, dass er gestern, am letzten Tag seines Lebens, um acht Uhr morgens einen Termin hatte. Danach stand nichts mehr drin bis zum Abend, und am Abend: »Schuli?« Das war der Name, den er zu mir gesagt hatte. Sie würde ich suchen.

Ich synchronisierte – ich übertrug die gesamte Information von Giora Guetas Palm auf den Computer zum Abspeichern. Ich machte das zur Sicherheit, für alle Fälle. Lange Zeit später dachte ich, dass es Instinkt war, als ob ich gespürt hätte, dass es in diesem Gerät eine Information gab, die ich brauchen würde …

Die Büros von Time's Arrow befanden sich im dreiundzwanzigsten Stock des Diezengoff-Centers mit Aussicht auf das Mittelmeer und die dicht gedrängten, hässlichen Häuser Tel Avivs.

Ich begutachtete die Website der belgischen Firma. Danach rief ich in der Schweiz an.

»Iwan!«

»Eitan, wie geht es dir? Ich habe gehört, es hat einen Anschlag in Tel Aviv gegeben?«

»Ach ja. War praktisch nichts. Haha.« Das war Anweisung der Firma – jegliche Spur feindlicher terroristischer Aktivität im Nahen Osten generell und im Raum Tel Aviv speziell zu bagatellisieren. Alles, was passierte – wenn etwas passierte –, musste, falls es potenziellen Kunden und Investoren jenseits des Meeres dank der feindlichen Medien zufällig zu Ohren kam, bestenfalls wie die Landung einer Fliege auf der Stirn eines Elefanten behandelt werden – eine vorübergehende, kaum fühlbare Belästigung, die die Ordnung der Welt und der Firma nicht störte.

»Es war nahe bei euch, oder? Im Zentrum von Tel Aviv?«

»Nein, nicht … wirklich. Ich hab es nicht mal gehört.« (Ich war im Aufzug.) »Und bei euch? Ist kürzlich was explodiert?«

Er brach in lautstarkes Gelächter aus. Die Schweizer waren unsere wichtigsten Kunden. Das System funktionierte gut bei ihnen. Aber Iwan verlangte die ganze Zeit Änderungen. Er hatte gute Ideen, doch wer hatte die Zeit? Änderungen in der Software sind vergleichbar mit einer Überschreitung der Chinesischen Mauer, während die chinesische Armee auf ganzer Länge mit Schießgeräten ausschwärmt: Man muss mit den Leuten in der Produktion reden, vom Marketing, von der Entwicklung und

Qualitätskontrolle, der Installation ... während sie alle mit voller Kraft an anderen Dingen arbeiten. Jimmy sagt immer, wir als kleine Firma können Lösungen und Service mit einer Schnelligkeit und Flexibilität liefern, von der große Firmen bloß träumen. Das ist Blödsinn, wir sind schwerfälliger als ein Reaktor.

Iwan machte Vorschläge. Ich sagte ihm, sie seien ausgezeichnet. Mir tat der Kopf weh.

Wenige Minuten nach Mittag landete bei rund dreißig Angestellten von Time's Arrow eine E-Mail von Talia Tenne mit der Frage: »Essen?« Sie schlug den Salat-Service vor, aber mir war nicht nach Grünzeug, ich bestellte Schnitzel von der Espressobar zusammen mit Bar, Ron, Schoko vom System und Joasch Green, der mit mir im Verkauf arbeitete und den seine Frau verlassen hatte. Unser Essen kam zusammen mit den Salaten, und wir setzten uns mit Talia Tenne und den Mädchen in die Essecke.

Bar blätterte in der *Jediot Acharonot*. Er las vor: »Schulamit Feigenstein, 72, verdächtigte den Terroristen einige Stationen, bevor er sich in die Luft sprengte. ›Ich habe versucht, die Fahrgäste um mich herum aufmerksam zu machen, aber sie haben mich nur verspottet‹, klagte sie.«

»Was hab ich gehört, Krokodil?«, sagte Talia Tenne zu mir. »Du warst gestern in einem Anschlag?«

»Ja, siehst du etwa nicht, dass ich tot bin?«

»Nein, eigentlich nicht ... Warst du daneben oder so was?«

»In der Nähe. Diezengoff-Center. Schon mal davon gehört? Großes Gebäude, nicht weit von der Anschlagsstelle.«

»Nu, jetzt reg dich nicht auf.«

Ich liebte Talia Tenne. Sie war unschuldig. Und lustig. Und kümmerte sich um die mittägliche Ernährung der meisten Angestellten der Firma, was schön von ihr war. Außerdem war sie schön. Sehr schön. Ihre Haut war weiß und glatt wie Seide.

»Unglaublich, wie die Intifada näher rückt, nicht? Demnächst ist sie bei uns.«

Manchmal schaute ich aus dem Aufenthaltsraum in Richtung Osten und wartete darauf, dass ein Flugzeug kam, das in den Turm des Diezengoff-Centers krachte.

»Wenn der Berg nicht zu Muhammad kommt, kommt Muhammad zum Berg«, sagte Schoko, Hühnerleber mit Püree kauend.

In der Woche, in der die Intifada begonnen hatte, hatte man für Time's Arrow einen Massagetag in Mizpe Hajamim organisiert. Aber es gab Unruhen im Norden, und die Straßen waren blockiert. Also fuhren wir nach Sede Dov und flogen nach Machanaim, und von dort ging es per Taxi weiter nach Mizpe Hajamim. Vom Flugzeug aus schien uns, als könne man den Rauch der brennenden Reifen auf den Straßen sehen. Wir saßen in weißen Frotteebademänteln in Mizpe Hajamim, tranken Kräutertee und erhielten schwedische Ölmassagen.

»Sie werden den Turm schon noch runterholen, lacht nicht.«

»Ein Höllenauto fährt zum oberen Parkdeck hinauf, durchbricht dieses witzige Stäbchen, das sich Sperre nennt, fährt weiter bis genau unter den Turm und *wumm*!«

»Schoko, hör auf, ich esse gerade!«, sagte Talia.

Siebenundzwanzig Minuten war die Durchschnittszeit, die ich auf die Mittagspausen verschwendete – ich habe es einmal ausgerechnet.

Ich hatte keinen Nerv zu arbeiten. Im Y-Net wurde berichtet, dass man den letzten Toten der Linie Neun identifiziert hatte. Giora Gueta, 23, aus Jerusalem. Das war mein Mann. Ich kann nicht mehr hier bleiben, dachte ich, ich muss seine Freundin finden. Ich stand auf und sagte wie jeden Tag: »Es gibt eine Grenze des Mutwillens, und das ist eine davon.«

»Ein halber Tag?«, fragte Ron. Es war ein stehender Witz, ich sagte immer diesen Satz, und er antwortete immer mit der gleichen Frage, auch wenn es acht Uhr abends war, was normalerweise der Fall war. Doch heute war es wirklich ein halber Tag. »Ein halber Tag«, antwortete ich.

6

Großvater Fahmi wurde wütend, wenn man von 1948 als einer Niederlage sprach. Ein schwarzer Tag. Man redete nicht gerne davon, er allerdings schon. Denn er und seine Freunde hatten Dinge getan. Sie hatten Widerstand geleistet. Er erzählte mir, wie sie Kolonnen von Juden erledigten, die nach Jerusalem hinauffuhren. Sie gingen vom Dorf in die Berge oberhalb der Straße nach Jerusalem und schossen auf die Autobusse. Die Straße war versperrt, die Juden konnten nicht nach Jerusalem durchkommen. Sie schnitten Jerusalem wochenlang ab. Die Juden erzählen selber davon. Sie haben die Überreste der Busse dort liegen lassen. Das ist Großvater. Sein Name steht auf diesen Fahrzeugen. Auch als sie die Busse und Laster mit Panzerung versahen, fanden Großvater und seine Freunde einen Weg, sie zu treffen und aufzuhalten. Die Straße war voller Fahrzeugskelette: Was sie dort liegen gelassen haben, ist nur ein kleiner Teil. Ein Andenken. Großvater stieg vom Berg herunter, um auf einen Autobus zu schießen, dann ging er wieder nach Hause. Acht Monate dauerte ihr Heldentum. Deswegen schmerzte es ihn, dass sie von einer Niederlage redeten, weil sie wie die Löwen gekämpft hatten. Einmal fiel ein Flugzeug bei Beit Mahsir vom Himmel, und sechs jüdische Soldaten starben darin. Großvater nahm ein Souvenir aus dem Flugzeug mit, eine der Uhren aus der Pilotenkabine …

»Dein Vater ist ein guter Mann. Ein trauriger Mann. Er hat solche Sorgen nicht verdient, wirklich nicht. Und deine Freundin, die ist rei-

zend, wie sie gekommen ist und dir die Kassette vorgespielt hat. Am Anfang habe ich die Lieder gehasst, aber ich fange langsam an, sie zu mögen. Amarain, amarain … *haha …«*

Was? Nein, deine Geschichten interessieren mich einen … warum bist du …

»Nicht böse sein, Fahmi, was sind denn das für Töne, nicht böse sein. Ich bin hier, um dich zu behandeln, stimmt's? Du magst die Massagen, stimmt's?«

Stör mich nicht … Großvater Fahmi … ich …

»Wir werden dir die Sinne zurückgeben. Den Geschmack und den Geruch, Sehen und Hören, Tasten und Bewegung, Druck und Schmerz … Schauen wir doch mal, wie es mit den Schläuchen steht. Ein Schlauch zum Atmen, ein Schlauch für den Urin …«

»Fahmi, was machst du? Was hast du da?«, fragt mich das Krokodil, es ist misstrauisch, schaut zur Seite …

Nein, ich bin nicht hier, ich bin nicht da, wo war ich? Das Krokodil? Großvater Fahmi?

»Doktor Hartum kommt gleich, benimm dich gut …«

Doktor Hartum ist eine Hündin, du bist eine Hündin, hör auf, mich zu …

Die Wohnung war kalt. Ein alter Spiralheizofen strahlte orangefarbene Wärme ab. Tee in Gläsern. Bilal und Chalil Abu Zeid: ein beeindruckender Mann, groß, mit mächtigen Armen und starker Brust, rasiertem Schädel und Bart. Ein silberner Ring am Mittelfinger. Helle, kluge braune Augen. Schon älter. 1990 hat man ihn in den Südlibanon ausgewiesen. Danach kam er zurück, war in Ramallah im Gefängnis …

Bilal sagte: »Mein Traum ist, auf den Berg zu sehen, neben den Überresten von den alten Autobussen, die mein Großvater 1948 erledigt hat, Mitsubishi, Peugeot, Toyota Modell 2000. Verstehst du, wovon ich rede?«

Abu Zeid blickte Bilal an. Bilal erwiderte seinen Blick. »Wie gedenkst du, das zu machen?«

Bilal zeichnete eine Karte auf ein Papier, mit Pfeilen. Er erklärte.

Abu Zeid rauchte eine ganze Zigarette, bevor er etwas erwiderte. Der Rauch der Zigarette aus seinem Mund vermischte sich mit dem Kältehauch, der aus Bilals Mund kam. Bilal kniete sich auf den Boden und wärmte sich die Hände dicht am Heizofen. Er sagte: »Es ist Zeit. Was hat Ramallah gemacht? Wie viele Schießereien der Fatah auf der Straße 443 und ein bisschen in den Siedlungen? Was hat al-Amari beigetragen, Wafa Idris mit ihrem Anschlag in Jerusalem?«

»Wir haben diese Woche etwas Großes getan.«

»Denk an das Dorf Silwad, Wadi Charmija. Er hat sich auf dem Bergrücken mit einem Karabiner postiert, zehn Soldaten nacheinander abgeschossen und ist von dort entkommen, ohne dass sie ihn erwischten. Die Straße nach Jerusalem – das ist ein Symbol, es ist die meistbefahrene Straße. Das wird ihnen einen Schock versetzen. Sie werden denken, es ist wieder 48. Die Bedingungen dort … mein Großvater hat die Kolonnen nicht umsonst von dort beschossen. Das Wadi ist wie bei Silwad.«

»Es ist nicht Silwad«, sagte Chalil. »In Silwad gibt es ein Dorf. Innerhalb einer Viertelstunde war der Kämpfer in sicheren Händen.«

Abu Zeid nahm die gezeichnete Karte und drückte sie an die orangefarbene bloße Spirale des Ofens. Mit der brennenden Seite in der Hand stand er auf, öffnete ein Fenster, spähte kurz nach draußen, in den Regen, und warf sie hinaus. Dann schloss er das Fenster, kehrte zu seinem Plastikstuhl zurück und rieb sich den Ruß von den Händen.

»Es gibt Probleme bei diesem Plan. Er nimmt zu viel Zeit in Anspruch, die wir nicht haben werden. Und der Rückzugsplan ist nicht gut. Das Gleiche, wir haben die Zeit nicht. Die Gegend wird innerhalb von fünf Minuten voller Straßensperren und Helikopter sein. Das ist nicht 48.«

Bilal sah ihn fragend an: »Gibt es keinen anderen Weg?«
Chalil fragte: »Wer würde es machen?«

Was … was jetzt?

»Swetlana, wie geht es ihm?«

»Wie üblich. Etwas nervös heute Morgen.«

»Haben Sie heute schon seine Pupillen kontrolliert?«

»Nein, Doktor Hartum.«

Nein, du Nutte, lass mich, lass mich in Ruhe, aua … Drecksstück, du bringst mich um mit der Lampe …

»Hmmm … schön. Gab es Darmtätigkeit? Wie ist der Urin?«

»Darm nichts. Der Urin ist in Ordnung.«

Geh weg, Hartum, ich war mittendrin, wo war ich … wo … dieser ganze Lärm um mich herum. Falls ich träume, hört dieser Traum nicht auf …

»Okay, Fahmi, alles in Ordnung. Kein Grund zur Aufregung. Swetlana pflegt dich hier gut. Am Nachmittag werden wir ein MRI mit dir machen und dir bekannte Bilder zeigen und vertraute Töne vorspielen. Das ist eine Durchsuchung des Gehirns, die seine Reaktionen auf Reize überprüft. Swetlana, haben wir Fotos? Musik?«

»Ja, Doktor Hartum. Alles da.«

Nein … ich erinnere mich an nichts. Will mich nicht erinnern. Will nicht verstehen. Will nicht erinnern. Falls ich träume …

Kinder spielten Fußball im Regen. Sie schrien und traten den Ball vor einer Mauer voller Parolen und Plakate. Bilal schickte die Kinder in die Nacht … Es gab ein neues Plakat von dem Glaubensmärtyrer Schafiq mit dem Tempelberg im Hintergrund … Pfützen und Schlamm von dem Staub, den die Panzer und Bulldozer beim letzten Mal produziert hatten. Andere Kinder spielten Murmeln unter einem Schuppendach. Der Regen hörte nicht auf. Applaus der Zuschauer aus den Fernsehern in den Häusern entlang des Wegs. Der Wind versuchte, die Wellblechbahnen wegzublasen, die mit grauen Blocksteinen auf den

Dächern gehalten wurden. Großvater Fahmi wohnte acht Jahre in einem Zelt, bevor er ein Haus aus Blocksteinen baute.

Das Telefon klingelte. »Meinst du, dass du jetzt glücklich bist, oder wie?« »Papa?« »Was werden sie ausrichten, eure virtuosen Operationen?« »Welche Operationen?« »Fahmi, ich bin kein Idiot.« Ich sagte: »Vergiss nicht, was Großvater Fahmi 48 gemacht hat: Er hat ihnen Angst eingejagt, er hat nicht nachgegeben, er hat unseren Leuten Stolz gebracht.« »Ja. Und wo genau hat uns das hingeführt? Nach al-Amari?« Ich gab keine Antwort. »Ignorier mich nicht. Du hast mir etwas versprochen. Vergiss das nicht. Du hast versprochen, dass du dich auf nichts einlässt. Du hast es versprochen, Fahmi.«

7

1935, zwei Wochen nachdem die britische Polizei eine arabische Demonstration in Jerusalem gewaltsam aufgelöst hatte, versammelte Iz ed-Din al-Qassam seine Leute und rief den Dschihad aus, den Heiligen Krieg. Er sagte ihnen, sie sollten sich noch am gleichen Abend auf den Aufbruch vorbereiten. Er verabschiedete sich von seiner Frau und seinen Kindern und ging mit seinen Leuten in die Berge in der Gegend um Dschenin.

Jeder seiner Leute trug einen Koran in der Tasche. Tagsüber lasen und studierten sie den Koran. In der Nacht waren sie Soldaten. Eines Nachts stieß der Wächter Mahmud Salam al-Mahmuzi auf eine jüdische Patrouille. Er schoss auf den Kommandeur der Patrouille und tötete ihn. Ein anderer jüdischer Polizist aus der Patrouille rannte los, um den Zwischenfall zu melden, und eilte von dort nach Hause, zu seiner Frau.

Die Briten reagierten heftig. Eine große Truppe wurde aus allen Teilen Palästinas zusammengezogen und in Haifa konzentriert. Am nächsten Tag wurden fünfhundert britische Soldaten ausgeschickt, um Iz ed-Din al-Qassam zu ergreifen. Sie wussten, dass er der Anführer des Aufstands war. Nach einer langen und blutigen Schlacht, die eine ganze Nacht dauerte, fiel Scheich al-Qassam im Kampf und wurde einer der ersten Glaubensmärtyrer in einem langen Krieg. Er säte den Samen der Revolte gegen den Zionismus und den Imperialismus und zog eine Generation groß, die sein Werk fortführte.

Der Soldat, der losrannte, um den Zwischenfall zu melden,

war Dutschys Großvater. Ihre Mutter wurde neun Monate nach jener Nacht geboren. Auch mein Vater wurde in dem gleichen Jahr, 1935, geboren, in Maryland, USA.

Ich fuhr mit dem kleinen Neuner nach Hause. Die Abregungsphase war, aus meiner Sicht, einen Morgen danach beendet. Die Fahrt war stiller als sonst, die Fahrer im Funk fluchten weniger und begingen weniger Verkehrsdelikte. Sogar die Jumbos, die großen, echten Neunerbusse, schienen die gebeugten Fahrer der Minibusse zu respektieren.

»Wie bist du gefahren?«, fragte mich Dutschy.

»Taxi«, antwortete ich ganz natürlich.

»Lügner«, sagte sie.

»Lügner? Welchen Grund habe ich zu lügen?« Und wirklich, welchen Grund hatte ich?

»Echt, mit dem Taxi?« Sie kam und gab mir einen Kuss. Ich machte den Kühlschrank auf und suchte nach einer schnellen Lösung für meinen Hunger.

Nein, nicht wirklich mit dem Taxi. Mit dem kleinen Neuner. Aber meinst du wirklich, ich sollte dir das sagen? Ich hätte den Nerv, mich jetzt zu streiten?

»Ja, wirklich, mit dem Taxi.«

Nichts ist mehr so wie vor dem elften September. Alles hat sich an jenem Tag geändert, aber gleichzeitig ging das Leben weiter. Die Kurzfassung: Dutschy und ich lebten seit vier Jahren zusammen, Dutschy und ich beschlossen zu heiraten, das Datum wurde auf den elften September 2001 gelegt, Dutschys Mutter erlitt einen Herzanfall und verschied einen Tag vor der Hochzeit, Hochzeit abgesagt, und seitdem war dieses Wort, »Heirat«, nie mehr in unserer Nähe vernommen worden. Es war, als ob es um uns herum einen sterilen Kreis gäbe, den dieses Wort nicht zu durchdringen vermag, als wäre es mit Schloss und Siegel versehen worden, als hätte man eine ganze Armee nach ihm ausgeschickt, und es hätte sich in Höhlen geflüchtet. Nichts war von ihm zu hören, nicht einmal Grüße, kein Ton, anscheinend betrachteten wir es als einen Wink Gottes oder, noch schlimmer, von Dutschys Mutter, dass wir nicht heiraten sollten. Sie hatte ihr Leben auf dem Altar der Botschaft geopfert. Das Medium ist die Botschaft. Ich nehme an, das war der Grund, weshalb wir nicht darüber sprachen. Ich vermute es bloß, denn wir haben nie darüber geredet. Sie verschied, und mit einem Schlag schien sich ein Ventil zu öffnen, das gewaltigen Druck abließ, und alle Aufmerksamkeit wandte sich von der Hochzeit dem Begräbnis zu.

Dutschys erste Reaktion war ein kurzes Lachen. »Das stimmt nicht«, sagte sie am Telefon. »Nu, Papa, du nimmst mich doch auf den Arm.« Dann sagte sie: »Gut, gut«, und legte auf, sah mich an und sagte: »Meine Mutter ist an einem Herzinfarkt gestorben.« Erst dann füllten sich ihre Augen mit Tränen, und sie ging ein Taschentuch suchen.

Dutschys kleiner Bruder, Wuwy, schien nicht so besonders traurig zu sein. Ihrem Vater tat es garantiert nicht leid. Schon davor hatte mich Dutschy einmal schwören lassen, dass es zwischen uns, was auch immer passieren mochte, selbst wenn es am Schluss nicht gutgehen sollte, nie eine solche Hassbeziehung geben würde wie zwischen ihrer Mutter und ihrem Vater.

Dutschys Vater hieß Noam Ne'eman, was in etwa so viel bedeutet wie mild und treu. Das ist ein Witz. Zwei Witze zum Preis von einem. Er verließ Dutschys Mutter nach sechs Jahren Ehe und zwei Kindern und fuhr nach Nicaragua mit seiner zweiten Frau, die er nach ein paar Jahren, plus Kindern und Waffengeschäften, wieder auf den Müll warf. Er kehrte nach Israel zurück und heiratete mit sechsundvierzig ein Mädchen, das halb so alt war wie er. Dutschy war drei Jahre jünger als sie, als die beiden sich trauen ließen. Sie und ihr Bruder gingen nicht zur Hochzeit.

Ich mag Noam Ne'eman. Ein Mann mit Mumm in den Knochen. Macht, wonach ihm gerade ist. Die Hälfte der Zeit gelingt es ihm, die andere Hälfte geht es daneben. Vor kurzem ist er zum Beispiel gewaltig auf die Nase gefallen mit einer Start-up-Firma, in die er eine Million Dollar investiert hat. Er hatte zu mir gesagt: »Wenn du eine Million Dollar auf der Bank hättest, in welchen Bereich würdest du sie reinstecken?« Ich erwiderte: »Ich würde sie im Bankbereich anlegen.« Er blickte mich geringschätzig mit seinen Widerstandskämpferaugen an, die alles gesehen hatten, und paffte an seiner Zigarre. »Dutschy!«, schrie er. »Hättest du nicht was Ernsthafteres finden können als den da?« Er versetzte mir mit seiner großen, sonnengebräunten Hand einen Schlag auf die Schulter. Am Ende steckte er seine Million in den Mobilfunkbereich, eine Firma namens »We-We«. Ein Jahr später war seine Million im Eimer.

Dutschys Mutter fand nicht wieder zu sich, nachdem Noam Ne'eman sie abserviert hatte. In Wirklichkeit herrschte zwischen Dutschys Eltern keine Hassbeziehung. Sie liebte ihn insgeheim bis zu ihrem Tod. Was heißt lieben, sie betete den Boden unter seinen Füßen an, war von ihm besessen. Sie wollte ihn, aber sie hatte nicht ihn, sie hatte zwei Kinder. Bei jedem Schritt, den sie taten, jeder Richtung, in die sie sich wandten, konnten sie sicher sein, dass Lea Ne'eman dort stand und mit dem Finger »nu nu nu« machte. Denn Lea Ne'eman bestand aus Bitterkeit. Sie liebte das Leben nicht. Es gab nichts, was sie nicht misstrauisch gemacht hätte. Es gab keine Entscheidung, die Dutschy oder Wuwy trafen oder auch nur potenziell zu treffen gedachten, die Lea nicht mit wütenden Schreckensprophezeiungen aufgenommen hätte. Es gab keinen Schritt, den sie machten oder erwogen, bei dem sie nicht gezwungen gewesen wären, über das Bein zu springen, das sie ihnen stellte, um sie zu Fall zu bringen.

Es hatte etwas sehr Passendes, dieser Herzinfarkt am Vorabend der Hochzeit ihrer Tochter, dachte ich, und ich nehme an, dass viele das Gleiche dachten. Sie hatte die Waffe des Jüngsten Gerichts gezogen, die letzte Waffe, die sie ziehen konnte. Und es funktionierte, weiß Gott, wie und warum. Der Ring, den ich gekauft hatte (»Diamanten sind für die Ewigkeit, also kauf keinen Diamantring«, hatte Dutschy gebeten), lag immer noch in irgendeiner Schublade begraben und wartete.

»Und wie war dein Tag, Dutschy?«

Ihre Geste besagte, hör auf, ich will nicht darüber reden. Noch ein irrsinniger Tag. In den letzten Monaten kam sie immer völlig erledigt nach Hause, von einem Betrugsprozess um Aktien und Kapitalmarkt, der sich ewig hinzog. Sie verfluchte den zweiten Rechtsanwalt, den Idioten Gewirzman, den gereizten und müden Richter, ihr Gehalt, ihren Chef Boaz, der nach Jahren, in denen sie sich die Seele aus dem Leib geschuftet hatte, auf keinen ihrer Hinweise reagierte, dass sie als Teilhaberin einsteigen wollte.

Ein paar Minuten aß ich schweigend kalte Nudeln aus der Schüssel. Sie saß auf dem Sofa. »Nu?«, hakte ich nach. Sie schnitt bloß eine Grimasse. »Dieser Arsch.« »Wer, Boaz? Gewirzman? Der Richter? Wer diesmal?« Sie zuckte die Achseln. »Ja. Nein. Alle drei sind Riesenarschlöcher, das steht fest. Ich weiß nicht, ich weiß echt nicht, was ich mache, wozu ich mich dermaßen umbringe. Gewirzman hat eine weitere Vertagung beantragt, ohne sich mit mir zu beraten. Als ich ihm draußen sagte, dass man sich so nicht verhält, meinte er, ich sei ein großes Baby.«

»Also echt.« Manchmal dachte ich, dass Gewirzman recht hatte, sagte aber nichts.

»Was, also echt?« Sie machte sich bereit, ihre Fingernägel auszufahren. Ich liebe ihre Instinkte.

»Du bist in einer guten Kanzlei, mit gutem Gehalt, du arbeitest mit betuchten Klienten, bekommst große Fälle.«

Sie blickte mich an. »Es wird nicht funktionieren, Kroko. Ich bin schon seit einem Jahr an der gleichen Stelle. Auch wenn es deiner Meinung nach ein guter Platz ist – was es nicht ist –, komme ich seit einem Jahr immer noch nicht vorwärts. Dieser Prozess …«

Ich schüttelte den Kopf. Wie viel kann man jammern? Wie weit kann jemand das, was man hat, nicht anerkennen, wenn man so viel hat?

»Mach bloß nicht dieses Gesicht. Es wird dir nicht gelingen, mich davon zu überzeugen, dass es bei mir in der Arbeit ganz wunderbar ist, auch wenn du dich noch so anstrengst, dich selber zu überzeugen. Das nützt nichts. Du könntest eine Spur verständnisvoll und unterstützend sein. Ich verdiene ein bisschen Unterstützung von meinem Freund nach einem solchen Tag.«

Ein solcher Tag. Wow. Man hat eine Vertagung beantragt, ohne sich mit ihr zu beraten, und sie ein großes Baby genannt. Auweia. Sie hat Unterstützung verdient. Verdient sie immer. Sie ist schrecklich arm dran. Ihr Ton ließ bei mir manchmal die Sicherung durchbrennen.

»Weißt du, ich habe den kleinen Neuner genommen, kein Taxi.« Warum sagte ich das? Vielleicht wollte ich, musste ich streiten.

»Lügner.«

»Lügner? Welchen Grund habe ich zu lügen?«

»Krokodil.«

»Was?«

»Du nimmst mich auf den Arm. Stimmt's?«

Das war der Punkt, an dem es kein Zurück mehr gab. Hier konnte ich die Sache mit einer Lüge einschlafen lassen oder der Wahrheit treu bleiben – was nichts war, worauf ich täglich beharrte – und den Weltkrieg eröffnen, der vor der Tür stand.

Ich sagte: »Stimmt nicht. Ich nehme dich nicht auf den Arm. Ich bin mit dem Neuner gefahren.«

Dutschys Haar und Haut hatten die Farbe, die ich früher einmal helles Milchkaffee nannte, in den ersten Tagen, als wir noch die Zeit fanden, nebeneinander liegen zu bleiben und uns zu streicheln. Der Kaffee stammte von der Großmutter, diejenige aus der Nacht des Zwischenfalls, die Jemenitin war. Die Milch kam von ihrem Großvater und Vater. Wenn Dutschy kurz vorm Explodieren war, verdunkelte sich ihre Gesichtshaut, und ihre großen Augen überzogen sich mit Wolken. Die Farbe entsprach nicht dem Ausdruck eines beleidigten Kindes, das gleich in herzzerreißendes Weinen ausbricht, bei ihr war es die Wut.

»Warum bist du nicht mit dem Taxi gefahren, wie ich dich gebeten habe?«

»Weil ich das dumpfe Gefühl hatte, dass ich nicht in die Luft fliege. Und weißt du, was? Ich bin nicht in die Luft gesprengt worden. Und weißt du noch was? Ich habe in den Nachrichten nichts davon gehört, dass heute noch ein kleiner Neuner explodiert ist.«

»Das hat nichts damit zu tun.«

»Das hat nichts damit zu tun? Womit hat es denn dann was zu tun? Du wolltest, dass ich mit einem Taxi fahre, aus einem bestimmten Grund. Ich dachte, du irrst dich. Ich hatte recht. Ich verstehe nicht, worüber wir uns jetzt streiten.«

»Ich glaub es nicht. Du bist wirklich mit dem kleinen Neuner gefahren?«

»Klar! Warum denn mit dem Taxi?«

»Vielleicht weil ich dich darum gebeten habe? Ist das kein Grund?«

»Nicht wenn dahinter keine Logik steckt.«

Ich holte einen Stuhl aus der Essecke und setzte mich ihr gegenüber. Sie stellte den Fernseher leiser, der auf Kanal 50 lief. Dani Ronen und seine ernsthaften Augenbrauen schwadronierten dort. »Was gibt es da zu glauben?«

»Ich glaub's nicht«, wiederholte sie. »Sag mal, ist zwischen uns gar nichts mehr übrig geblieben? Ein bisschen Achtung? Ein bisschen Rücksicht? Ein bisschen Vertrauen?«

»Was hat das damit zu tun?«

»Was das damit zu tun hat?« Sie schüttelte den Kopf und legte die Hände an ihr Gesicht. Ihre Augen waren feucht. Sie sagte: »Ich hätte längst auf Ori hören sollen.«

Hoppla, Ori. Ich hatte schon angefangen, mich zu fragen, wann sein Name auftauchen würde. Ihr Psychologe. Dutschy sagte schon lange, sie hätte den Eindruck, er sei der Ansicht, dass sie nicht in diesem Beziehungssystem bleiben müsse, obwohl er nichts dergleichen äußere. Ich hatte mit ihr gestritten. Sie gab die Behandlung auf, und wir beschlossen zu heiraten. Die Hochzeit wurde abgeblasen. Ein paar Wochen nach der nicht stattgefundenen Hochzeit kehrte sie zu Ori zurück. Er habe in letzter Zeit etwas in ähnlichem Sinne zu ihr gesagt, erzählte sie mir.

»Ori weiß gar nichts.«

»Er weiß mehr, als du dir vorstellst.«

»Wie kann er etwas wissen, wenn er nur deine Geschichten kennt?«

»Das ist, was wichtig ist, wie ich die Dinge sehe und erlebe.«

»Aber es ist nicht die Wahrheit.«

»Es spielt keine Rolle, ob es die Wahrheit ist oder nicht. Das ist meine Erfahrung, und er behandelt mich.«

Wie oft hatten wir schon darüber geredet?

»Aber er spricht über deine Beziehung mit mir. Das betrifft uns beide, oder? Wie kann er etwas darüber sagen, nachdem er nur deine Seite gehört hat? Ich weiß, wie du manchmal Sachen in verzerrter Form darstellst. Die Version, die er erhält, ist von deiner Laune an dem Tag abhängig, an dem du sie ihm erzählst. Was ungefähr so viel Bestand hat wie die Wellen im Meer. Du … ich kann nicht … Wie kannst du so was glauben?«

Wir schwiegen ein paar Minuten. Dutschy stellte den Fernseher wieder lauter. Dani Ronen sagte, die Sicherheitskräfte hätten einige Hinweise, die auf Nablus deuteten. Die Terrorzellen in Nablus hätten sich in der Vergangenheit auf Tel Aviv konzentriert, und sie seien die Einzigen, die in der Lage wären, einen so effektiven und exakten Anschlag auf die Beine zu stellen. Dies hatte Dani Ronen eine hochrangige Sicherheitsquelle erklärt und sogar hinzugefügt, dass der Sprengstoffgürtel, den der Terrorist, Schafiq irgendwas aus Nablus, trug, ein Gewicht von achtzehn Kilo hatte. Die Armee bereitete sich darauf vor, in Nablus in Aktion zu treten.

»Schau hin«, sagte sie und deutete auf den Bildschirm, »zehn Menschen sind tot.«

»Elf.«

»Elf. Und du warst in diesem Autobus.«

»Nicht Autobus.«

»Das ist mir egal. Was auch immer.« Sie erhob die Stimme. »Du hättest es sein können. Also bin ich erschrocken, okay? Ich hatte Angst. Ich habe am ganzen Leib gezittert. Also habe ich eine einfache Bitte an dich gerichtet. Sie ist deiner Meinung nach irrational? Dumm? In Ordnung. Aber ich habe dich darum gebeten. Deine Freundin hat eine deiner Meinung nach irrationale Bitte an dich gerichtet – fahr bitte, einen Tag in deinem Leben, mit dem Taxi. Warum machst du genau das Gegenteil? Was habe ich an mir, das dich dazu bringt, streiten zu wollen? Mich nicht zu respektieren? Hasst du mich? Das ist Hass. Ich bitte dich um etwas, du scheißt darauf. Was ist das anderes als Hass, und nun stellt sich die Frage, wenn du mich so sehr hasst, meine Bitte missachtest, was machst du überhaupt hier? Warum bleibst du?«

Ja, warum eigentlich? Eine gute Frage.

Streiten ist eine Frage des Wollens. Man kann fast wegen allem streiten, genauso wie man wegen fast allem auch nicht streiten kann. In meiner amerikanischen Familie stritt man sich überhaupt nicht. Mit Dutschy war es das Gegenteil, wir stritten uns ständig. Wegen allem. Jeden Tag. Vielleicht lag das an dem Streitmangel aus den Jahren des Lebens mit meiner Familie. Oder etwas an ihr brachte mich auf die Palme. Oder etwas an mir brachte sie auf die Palme. Sie beschwerte sich über meine Familie, ich mich über ihre. Sie war gestresst, ich ruhig. Sie dachte, wenn es einen Anschlag auf den kleinen Neuner gegeben hatte, musste es kurze Zeit darauf noch einen geben, ich dachte das nicht. Allerdings genoss ich das Streiten nicht, keineswegs. Ich wusste nicht, warum es dazu kam. Ich folgerte, dass es an ihr lag. Es musste an ihr liegen. Sie war Rechtsanwältin, und die leben schließlich von Streit.

Das war der Unterschied zwischen mir und Dutschy. In einem Satz: Ich sagte, es wird gut, und wenn es nicht gut wird, ist das auch in Ordnung. Dutschy sagte, es wird nicht gut, und wenn es gut wird, ist das auch nicht in Ordnung.

»Wie bitte?«, antwortete ich. »Ich respektiere dich nicht? Entschuldige, aber mir scheint, du respektierst mich nicht. Du respektierst meine Überlegungen – die sich als richtig erwiesen haben! – bei der Wahl des öffentlichen Verkehrsmittels nicht, mit dem ich nach Hause fahre.«

»Schrei nicht.«

»Ich schreie nicht!«

Es störte mich nicht, dass es Unterschiede zwischen uns gab. Unterschiede gibt es zwischen allen, muss es geben, auch zwischen Paaren. Was mich störte, war, dass das gemeinsame Leben aus netten Menschen Taschendiktatoren macht. Haustyrannen, einer wie der andere. Die Kritik am Verhalten des Partners wird zur Kommunikationsbasis der Beteiligten zu Hause. Sie ist die Gesprächsbasis. Die Lieblingsbeschäftigung im partnerschaftlichen Leben ist es, die Verhaltensweise des Partners zu korrigieren. Intimität ist die Überwachung des Verhaltens des anderen.

»Mach lauter, mach lauter!«, rief ich.

Auf dem Bildschirm tauchte das Foto eines bekannten Gesichts auf. »Giora Gueta, 23, ist das letzte Opfer, das bei dem Anschlag in Tel Aviv identifiziert wurde. Aus seinem Elternhaus in der Hapalmachstraße in Jerusalem drangen Stimmen, die die Regierung aufriefen, scharf zu reagieren …« Ein Mann sagte: »Man muss etwas unternehmen. Diese Regierung gibt unsere Söhne preis. Wir lassen zu, dass sie uns vorführen …« Die Hapalmachstraße in Jerusalem, dachte ich. Dort musste ich hin. Dutschy sah mich an, ihr fiel auf, dass ich mit dem Kopf ganz woanders war. »Was ist los?«

»Ich muss dorthin. In die Hapalmachstraße in Jerusalem.«

»Du gehst nirgendwohin in Jerusalem. Spinnst du jetzt?«

»Ich muss aber«, erwiderte ich. »Ich muss. Er hat mit mir geredet, bevor … er hat mich gebeten, etwas auszurichten. Ich muss.« Ich gab ihr einen Kuss auf die Stirn, nahm die Tasche, das Handy und den Mantel und ging durch die Tür. »Keine Sorge. Ich melde mich« sagte ich, und im Innern fügte ich hinzu, vielleicht. Sie sagte etwas, als ich schon ein Stockwerk tiefer war, Stufen übersprang, und ihr Ton klang wütend und verzweifelt.

8

»Fahmi?«

Lulu? Lulu. Ich liebe deine Stimme …

»Fahmi. Wie geht's dir? Ich hatte Sehnsucht nach dir. Du siehst gut aus. Du …«

Was? Warum verstummst du? Was, Lulu, rede.

»Ich war bei Bilal. Papa und ich sind zum Prozess gefahren. Am Ende haben sie ihn vertagt. Aber er wird wohl irgendwelche vierhundert Jahre kriegen. Es ist ihm egal. Fahmi, ich … wann kommst du endlich zurück? Ich bin auf der Stute geritten, ich hab's dir erzählt …«

Mit dem Jungen. Nimm dich in Acht vor ihm, ich sag's dir. Du bist zu jung für solche Sachen.

»Du glaubst sicher, ich sei zu jung dafür. Ach, gestern kam die Arche Noah *im Fernsehen. Es war super. Es hätte dir gefallen …«*

Ich bin in der *Arche Noah*. Wieder und immer wieder … »Die *Arche Noah* auf Kanal 50, das Programm Nummer eins, mit dem Fernsehstar Tommy Museri!«, kündigt der Sprecher an. Tommy Museri sagt: »Fahmi Omar al-Sabih?« »Ja. Guten Abend.« »Guten Abend. Du hast beschlossen, in die Fußstapfen deines Großvaters zu treten und israelische Autos bei Scha'ar Hagai beziehungsweise Bab al-Wad zu erledigen.« »Stimmt.« »Und du«, mein Partner bei der Sendung ist ein Jude, »du hast auf einen zwölfjährigen Jungen im Flüchtlingslager al-Amari in Ramallah geschossen und ihn getötet, weil er dir gegenüber eine unanständige Geste gemacht hat.« »Stimmt«, sagt der Jude. Es gibt Applaus im Publikum, und wir lächeln beide. Auch Tommy Museri, und sein eines Auge lächelt mit ihm. »Fahmi«, sagt er, »erzähl uns, warum du beschlossen hast, in die Fußstapfen deines Großvaters zu treten.« »Ich habe meinen Großvater verehrt«, antworte ich, »und er hat mich geliebt. Er hieß auch Fahmi, wie ich. Er hat mir immer erzählt, wie er Fahrzeugkolonnen von Juden auf dem Weg nach Jerusalem 1948 erledigt hat.« Das Publikum klatscht. »Auch ich wollte gern, dass mein Leben einen Wert hat …«

»Fahmi, vielleicht kommst du endlich zurück? Ich komme nächste Woche wieder. Bye …«

Nein, Lulu, geh nicht … Lass mich nicht allein mit … Ich will mit dir reden, aber der Körper rührt sich nicht, und die Augen öffnen sich nicht …

»Was ist das? Fahmi? Fahmi! Schwester! Schwester! Fahmi, siehst du mich?«

Nein, ruf sie nicht, bleib hier, deine Stimme …

»Was ist los? Ah, er hat die Augen aufgemacht? In Ordnung. Nein, das passiert manchmal. Er kehrt nicht ins Bewusstsein zurück. Nein, tut mir leid. Bist du erschrocken?«

»Nein. Ich habe gehofft …«

»Es tut mir leid. Gut, vielleicht ist es besser, den Besuch für heute zu beenden. Vielleicht belastet ihn das ein wenig …«

Nein, du Nutte, schick sie nicht weg, Bruchstücke … schwebende Erinnerungssplitter … treibe im Meer …

»Bye, Fahmi. Halte durch …«

Lulu …

Die Morgennachrichten auf Kanal 50. Dani Ronen, der Komiker. Die Sicherheitskräfte glauben, dass die Aktion von Nablus ausging. Wer ist der größere Witzbold, Dani Ronen oder der Sicherheitschef Schaul Mufaz? Schwierige Frage.

Draußen Schlamm, verräucherter Geruch nach Winter und die Morgenkälte in den Gassen. Die Nachbarin hängte Wäsche auf, denn es hatte zu regnen aufgehört. Der Muezzin rief zum Gebet. Ich blieb. Wäre Bilal hier gewesen, hätte er mich überredet, mit ihm in die Moschee zu gehen. Er hatte mir vorgeschlagen, an seiner religiösen Hochschule, Kullijat al-Imam, in al-Bira zu studieren. Aber nein. Papa würde verrückt werden. Ich zog die Bir-Zeit-Universität vor. Mein Onkel Dschalal hat zu Elektroingenieur am Politechnikum in Hebron geraten. Aber wie sollte ich dorthin kommen? Ich wartete, half Dschalal, wenn nötig, bei der Elektrik. Sah fern. Al-Manar. Future TV. Al-Dschazira. Kanal 50. Ägypten, Libanon, Dubai. Die Welt in meinen Händen. Auf al-Manar aus Beirut, in der Sendung *Die Aufgabe*, fragte Abu Nasif nach dem Namen des palästinensischen Dorfes, das 1949 im Bezirk Ramle zerstört worden war und auf dem die Stadt Javne errichtet wurde. »Jibne«, antwortete ich sofort. Bei welcher Organisation arbeitete die Glaubensmärtyrerin Wafa Idris freiwillig? Das war leicht: »Der rote Halbmond.« Der Jordanier gewann nur vier Millionen Lirot. *Das schwache Glied* auf Future TV: Welches Bild wurde 1911 aus dem Louvre gestohlen? »Die Mona Lisa.« *Wer wird Millionär?* im ägyptischen Programm: In welcher Stadt wurde Martin Luther King geboren? Eine schwere Frage. Charleston. New Orleans. Little Rock. Ich entschied mich für Atlanta. Ja. Nach *Die Aufgabe* strahlten sie auf al-Manar die Sendung *Terroristen* aus, wieder die Bilder von Kindern, die in Dschenin und Gaza verbluten, von Raketen zerfetzte Leichen, zerstörte Häuser in Chan Junes. Ich schaltete auf die Serie *Ja lail ja ain* auf Future TV um – Musik und schöne Mädchen.

Bilal und ich machten uns nach dem Sonnenuntergangsgebet an jenem Abend auf den Weg.

Wir trafen uns bei einem Lagerschuppen, der an ein altes Haus im Lager anschloss. Die zwei Gewehre waren dort und Munition, die wir auf unsere Rucksäcke verteilten. Bilal machte einen Anruf, und wir warteten, an die Mauer gelehnt. Nach fünf Minuten traf ein gelbes Taxi ein. Ich verstaute die Gewehre im

Kofferraum, während Bilal mit dem Fahrer sprach. Wir fuhren nach Bidu. Der Fahrer hörte Nachrichten. Die Armee hatte in Nablus zugeschlagen und das Haus von Schafiqs Familie zerstört. Der Fahrer schimpfte: »Warum kapieren diese Nabluser nicht, dass das nur Ärger bringt? Es haut uns jedes Mal alle in die Pfanne. Immer nach einem Anschlag weiß ich, dass ich am nächsten Tag fast keine Arbeit haben werde. Die Leute stecken die Nase nicht zur Tür raus, warten darauf, dass die Armee kommt und sich abreagiert.«

Wir sagten nichts. Schließlich fragte Bilal: »Kannst du auf Musik umschalten?« Der Fahrer tat es.

Bilal war wütend, weil Nablus das Verdienst zugeschrieben wurde. Ich sagte, dass sie uns so zumindest nicht auf den Fersen seien. »Immer musst du das Glas halb voll sehen«, erwiderte er. Wir gingen in die Berge, auf den Ziegenpfaden über die Terrassen. Za'tar und Salbei verströmten einen angenehmen Duft. Die Nacht war trocken und kühl. Wolken verdeckten den Mond.

Wir sprachen kaum. Ich dachte an Rana. Und an Schirin Abu Akla von al-Dschazira. Und an Asnat Dekel von Kanal 50. Zu Bilal sagte ich natürlich nichts davon.

Mit zehn Jahren warf er Steine bei einer Demonstration in Mughajir. Es gab einen Prozess, und Papa musste eine Strafe zahlen, weil er minderjährig war. Er sagte zu Papa, er solle nicht zahlen. Papa zahlte und brüllte ihn an. Er schrie, dass die Juden nun mal die Macht hätten und uns weiterhin peinigen würden … Ungefähr zwei Jahre danach, mitten in einer Regensturzflut, die gewaltsam herunterdonnerte, so viel Wasser, große, dichte und messerscharfe Tropfen, hielten ihn drei Soldaten in einer Gasse im Dorf auf. Sie standen in einem baufälligen Wellblechunterstand und sagten zu Bilal, er solle sich vor sie hinstellen, außerhalb des Schutzdachs, und die Kafija abnehmen. Sie stellten ihm Fragen in verstümmeltem Arabisch und lachten. Einer von ihnen, der mittlere, rauchte eine Zigarette. Bilal stand vor ihnen im Regen, die Haare an den Kopf geklebt wie ein nasser Lumpen, sein Gesicht verzerrt vor Kälte und Wasser. Woran dachte er? Woran hat er gedacht? … Sie nahmen ihn auf eine Runde im Jeep mit, wollten, dass er ihnen zeigte, wo die jungen Leute waren, wer sie schickte, um die Wände zu besprühen, Steine zu werfen … Am Ende der ersten Intifada, mit sechzehn, verhafteten sie ihn wieder für das Anzünden des Armeewachturms am Dorfeingang: »Ein Monat Administrativhaft – in der einzigen Demokratie im Nahen Osten …« In diesem Monat hörte und lernte er viel. Ein Freund von dort lud ihn in die islamische Hochschule in ar-Ram ein. Er zog in die Wohnung von Onkel Dschalal in al-Amari. Hörte auf, sich zu rasieren, und ging zu allen Gebeten in der Moschee. Er redete viel mit mir, bevor ich auch nach al-Amari übersiedelte. »Papa hat uns gebeten, uns rauszuhalten«, sagte ich zu ihm. »Papa lebt in einer anderen Welt. In einer anderen Zeit«, erwiderte er. Damit hatte er recht. Die Welt hatte sich auf den Kopf gestellt. Der Frieden, den Papa wollte, hatte sich als ein großer Betrug der Israelis herausgestellt. Aber Papa beharrte darauf, dass der Kampf noch viel schlimmer sei. Ich zog es vor, an andere Dinge zu denken. Bis die Armee für eine Woche einen Erdwall rings um das Dorf errichtete und auch ich nach al-Amari ging, ein Flüchtlingslager, in dem ein Viertel der Familien von Zuteilungen an Reis, Mehl, Milchpulver, Zucker und Öl lebt, das sie von der UNRWA erhalten. Wie lange konnte ich auf dem Hintern sitzen und fernsehen? Kartoffeln und harte Eier kochen, sie mit einer Dose Thunfisch vermengen, in einen Fladen füllen? In den gleichen Straßen und Gassen herumlaufen, zwischen grauen Betonsteinen und offenen Abwasserkanälen, und hoffen, dass der Wind den Geruch nach Essen und Kreuzkümmel mitbrachte? Dem Fußballteam des Lagers zuschauen, auch wenn es palästinensischer Meister war, das beste Team in der Westbank. Wie lange konnte ich das?

»Gute Nacht.«

Geh weg, Swetlana, ich bin beschäftigt …

»Oi, was für ein Tag. Ich bin schon ganz wild drauf, meinen Kopf

auf ein Kissen zu legen … komm, wir schauen, ob alles an Ort und Stelle ist … Luftschlauch, Urinschlauch. Wunderbar. Guter Junge.«

Jetzt lass mich endlich in Ruhe.

»Ich habe von Doktor Hartum erfahren, dass die Untersuchungsergebnisse gut waren. Dein Gehirn hat die Musik erkannt, die Fotos von deiner Schwester und deinem Bruder …«

Hast du nicht schon gute Nacht gesagt?

»Gut, das war's. Ich bin jetzt weg. Ich gehe zu meinem Kissen. Gute Nacht, mein Schatz …«

Links sahen wir die Lichter von Har Adar, rechts von Katana. Wir umgingen Ma'ale Hachamischa und Nawe Ilan. Wir gingen schon fast vier Stunden. Bilal flüsterte Gebete. Seit ein paar Minuten hörten wir das Rauschen des Verkehrs auf der Straße, wie ferner, gleichmäßiger Regen. Ein steiler Anstieg. »Ich glaube, nach diesem Hang werden wir die Straße sehen«, sagte Bilal. Mein Herz klopfte wild, ich war müde und schweißüberströmt, aber ich stieg fast im Laufschritt hinauf. Dann hinunter. Und da sah ich die weißen und roten Lichter auf den beiden entgegengesetzten Fahrbahnen, und Bilal kam eine Minute später und sagte: »Ja.«

Wir gingen noch ein bisschen weiter hinunter, bis wir einen nicht mehr allzu hohen Punkt mit einem guten Ausblick über die beiden Fahrbahnen erreichten. Nicht weit von uns lag stumm eines der Eisenskelette von Großvater. »Das ist die Stelle«, sagte Bilal. Er kontrollierte die Zeit. »Die Fahrgelegenheit kommt genau unter dem Skelett dieses Autobusses in einer Stunde und noch was an. Wir werden ein paar Minuten lang feuern, kurz vor elf, und dann den Hang zur Straße runtergehen und warten. Komm, wir bereiten die Schießstellungen vor.«

Wir sammelten Steine und Erde, stellten die Gewehre auf ebenen Grund, richteten, einige Meter voneinander entfernt, jeder einen Platz zum Hinlegen her, um bequem zielen zu können. Bilal gab mir Ohrstöpsel. Ich fühlte mich flau im Bauch.

»Wir haben fünfzig Minuten. Lass uns beten. Denk dran, wir schießen nur in die Gegenrichtung, auf die weißen Lichter. Warte auf meinen Befehl und schieß auf die Fenster. Von dem Moment an, in dem wir anfangen, schieß, so viel du kannst. Wenn die Waffe blockiert, überprüf sie, wie ich es dir gezeigt habe, wechsle das Magazin aus, spann sie wieder. Wenn das nichts nützt, tauschen wir die Gewehre, und ich versuche es. Das gesamte Feuer dauert nicht länger als drei Minuten, und dann gehen wir mit den Gewehren auf die Straße hinunter. Denk an Silwad: leise. Mit kühlem Kopf. Einer nach dem anderen. Ohne zu viel zu denken.«

9

An der Abfahrt zur Ajalon-Schnellstraße stand ein Soldat und streckte den Daumen in die Höhe. Ich hielt an und ließ das Fenster herunter. »Jerusalem?«, fragte er. »Jerusalem«, bestätigte ich. »Danke.« »Bitte.« Er machte die hintere Tür auf, warf seine große Tasche hinein und stieg zu mir vorn mit der Waffe ein. »Richte das Ding bloß nicht auf mich«, sagte ich.

»Keine Sorge«, erwiderte er.

»Was heißt, ›Jede Sekunde zählt‹?«, fragte er.

»Was?«

»Der Aufkleber. Auf dem Auto.«

Es kostete mich ein paar Sekunden, meinen Kopf von dem Nebel zu säubern, der darin waberte. »Ach so!« Den grünen Polo hatte ich von der Arbeit bekommen. Was heißt bekommen, ich zahlte jeden Monat dafür, von meinem Gehalt. Ich fuhr fast nie damit, denn der kleine Neuner brachte mich zur Arbeit. Dutschy war diejenige, die jeden Tag mit dem Polo zur Arbeit fuhr. »Ja.«

»Was ja?«

»Was ist die Frage?«

»Was ist denn das für eine Firma? Was heißt ›Jede Sekunde zählt‹?«

»Was heißt, ›Jede Sekunde zählt‹? Schauen wir mal ...« Wir fuhren auf die Ajalon-Schnellstraße. Es war kühl, doch ich öffnete das Fenster einen Spalt, um die gute Nachtluft zu spüren. »Kennst du das, wenn du ein neues Gerät kaufst, aber die Betriebsanleitung nicht liest?«

»Was?«

»Kennst du die Tüten, die du im Supermarkt kaufst, in denen der Salat schon gewaschen und geschnitten ist? Die Jeans, die schon ausgeblichen sind und Flicken haben?«

»Klar. Ich hab solche. Echt die Zeit wert.«

»Genau! Schade um die Zeit. Den Leuten tut die Zeit leid. Jede Sekunde zählt. Verstehst du?«

»Dann macht deine Firma also den grünen Salat in Tüten und die ausgebleichten Jeans?«

Offenbar tut sich jemand, der nicht am eigenen Leib verspürt, was »Jede Sekunde zählt« heißt, schwer, das zu verstehen. Als ich zum Vorstellungstermin bei Time's Arrow kam, fragte mich Jimmy Rafael am Schluss, ob ich ein Opfer der Zeit sei. »Ein Opfer der Zeit?«, fragte ich zurück.

Er sagte: »Die Frage, wie man Dinge schneller macht, so viele Dinge wie möglich in so wenig Zeit wie möglich, beschäftigt die dich?«

»Die ganze Zeit.«

»Stellst du an dir fest, wie du deine Gedanken, Bewegungen und Worte beschleunigst und dich bemühst, sie in deinem Umfeld zu beschleunigen?« Ich nickte. »Flugzeuge sollen pünktlich abfliegen? Autos, die langsam fahren, machen dich nervös? Hasst du Schlangen in der Bank oder im Kino, auf die Bedienung zu warten oder in einem Restaurant zu essen?«

»Klar«, sagte ich.

»Jede Minute vergeudeter Zeit, mit der du etwas anderes hättest anfangen können, ärgert dich?«

»Ja.«

»Willkommen bei Time's Arrow«, lächelte Jimmy und drückte mir die Hand. Ich fühlte mich zu Hause. Später erzählte er mir, dass er bemüht war, alle seine Angestellten nach diesem Kriterium einzustellen, und mir war die hohe Konzentration von Menschen unseres Schlags in der Firma wirklich sehr sympathisch. Es gibt manche, die uns verachten oder bemitleiden, die sich fragen, warum wir atemlos von einem Ort zum anderen, dem eigenen Schwanz hinterherhecheln; was uns das gibt, immer noch mehr zu schaffen. Es ist immer möglich, noch mehr zu erreichen, sagen sie, aber es ist unmöglich, alles zu schaffen. Warum soll man also nicht die Ausgewogenheit finden, die es einem ermöglicht, sich ein wenig zu beruhigen, das Leben zu genießen? Was sie nicht verstehen, ist, dass das letztendlich unsere Beruhigung ist und wir so das Leben genießen. Ich beneide Menschen wie Jimmy Rafael, die so viel machen und gemacht haben. Ihr Leben fasziniert mich, ich möchte wie sie sein – eine dichtgedrängte Woche mit Arbeit, Treffen mit Freunden, Vergnügungen draußen, zu Hause, Reisen und so weiter ist eine weitaus befriedigendere Woche, als am Strand zu sitzen und in die Sonne zu schauen.

Der trampende Soldat verstand mich nicht. Ich versuchte, mir etwas einfallen zu lassen, wie ich es von einer anderen Seite her anpacken könnte.

»Kennst du Federal Express und McDonald's?«

»Klar. Ach, dort arbeitest du?«

»Das sind Unternehmen, die auf dem Prinzip der Zeitersparnis aufgebaut wurden und zu internationalen Imperien geworden sind. Vor Federal Express haben Pakete von einem Land ins andere ungefähr eine Woche gebraucht. Mit FedEx dauert es einen Tag. Das Gleiche bei McDonald's mit dem Essen. Das Entwickeln von Fotos innerhalb einer Stunde. Pizzalieferung innerhalb von zwanzig Minuten.«

»Das letzte Mal, als ich bei McDonald's war, hat es weniger als einen Tag gedauert«, grinste der Soldat.

Ein Verkaufsmensch wird gerade von einem schwierigen Publikum auf die Probe gestellt. Ich liebte diese Prüfungen. Wenn es mir gelänge, ihm Time's Arrow zu verkaufen, würde es mir bei jedem gelingen. »Wir verkürzen die Gesprächsdauer der Telefonauskunft«, sagte ich. Wenn du es nicht schaffst, den Inhalt deines Produkts in einem Satz zusammenzufassen, wird es dir nicht gelingen, es zu verkaufen.

»Hä?«

»Die Welt bewegt sich nicht mehr in Jahren oder nicht mal in Monaten. Sie bewegt sich in Sekunden. Die Leute müssen das Tempo mitmachen. Sie haben keine Zeit zu warten. Sie reden eine Menge am Telefon, und sie brauchen die Nummern jetzt sofort. Wir liefern ihnen die Nummern schneller und als Ergebnis davon billiger.«

»Dann arbeitest du also bei 144, bei der Auskunft, warum hast du das nicht gleich gesagt?« Er beugte sich jetzt übers Radio und drehte etwas lauter. »Nachrichten«, sagte er. Nachrichten. Nachrichten über alles, über die fundamentalen Höflichkeitsregeln, über unbedeutende profane Gespräche über Zeit, über das Leben. Über dem Leben. Wir hörten schweigend den ersten Sätzen der Sprecherin zu.

»Verdammte Wichser, warum machen sie nicht ganz Nablus nieder!«

»Würde das helfen?«

»So würden sie was lernen, oder? Sie sind aus Nablus gekommen? Morgen gibt's kein Nablus mehr. Übermorgen denkt der aus Hebron zweimal nach, ob er losmarschiert, denn er weiß, wenn er übermorgen losgeht, dann gibt es in drei Tagen kein Hebron mehr. Verstehst du?«

Noch einer mit genialen Lösungen. Ich wollte fragen, und wenn der aus Hebron zweimal überlegt und trotzdem losgeht, was haben wir dann damit erreicht? Und wenn er ein halbes Mal nachdenkt und immer noch losmarschiert? Aber ich antwortete nichts darauf. Ich hatte jetzt nicht den Nerv dafür. Die Sprecherin erwähnte den Namen Giora Gueta.

»Verstehst du, was ich sage?«, fragte der Soldat. »Es ist ganz einfach.«

Wir fuhren ein paar Minuten schweigend. Im Radio gingen sie zu Gesprächen über. Zuhörer, die anriefen, um die ganze Welt an ihren Problemen zu beteiligen. Ich seufzte und wechselte den Sender. *»It must be love.«* Ich stellte lauter und tauchte in das Lied ein. Ich sang. Zwanzig Jahre zurück. Wie oft hatte ich dieses Lied gehört, wenn ich verliebt war. War ich jetzt verliebt? Ich weiß nicht. Vielleicht nicht. Warum hätte ich mich sonst Dutschy gegenüber so benommen? Machte sie nieder, unterstützte sie nicht, wenn sie mich darum bat, missachtete ihre Bitten. Ging mitten im Streit einfach so aus dem Haus. Wenn dieses Lied ein Maßstab war, dann fühlte ich jetzt nicht das, was ich früher gefühlt hatte, wenn ich es verliebt hörte. Aber vielleicht war ich auch nicht mehr fähig, das zu fühlen. Vielleicht war es gar kein Maßstab mehr, nicht in meinem Alter. Ich weiß, dass mir Dutschy teuer ist. Sehr. Ich weiß, dass es mir nach einem Streit immer leid tut, wie jetzt. Was hätte es ausgemacht, ein Taxi zu nehmen von der Arbeit, zum Teufel. Sie hatte mir einmal erzählte, dass Ori, ihr Psychologe, gesagt habe, ich sei unsicher, und all diese Dinge seien Machtdemonstrationen, um die Unterlegenheit zu kompensieren, die ich ihr gegenüber empfand, weil sie so stark und erfolgreich war. Er sagte, ich verhielte mich so aus der Angst heraus, nicht gut genug für sie zu sein, aus Angst, sie würde mich wegwerfen. Als sie mir das erzählte, sagte ich nur: »Pfff …«

Einmal bat ich Bar, aus dem Buchstabenzahlenwert unserer Namen zu überprüfen, ob sie und ich zusammenpassten. Er gab sie in sein Gematrieprogramm ein und fand: »Krokodil und Dutschy = ein himmlisches Gespann.« Aber nach einem großen Streit bat ich ihn noch mal darum. Diesmal ergab sich: »Krokodil und Dutschy = beängstigende Zukunft.«

Wir fuhren am Flughafen vorbei, ein Flugzeug verließ diesen Staat. Das Lied war zu Ende. Der Soldat sagte: »Sag mal, kannst du mir die Nummer von Michal Janai besorgen?«

Ich blickte ihn an. Er hatte ein rosiges, großflächiges, rundliches Gesicht. Man konnte sagen, er war dicklich. Seine Haare waren komisch. Haare, die ihren Platz auf der Welt, in der Hierarchie der Frisuren noch nicht gefunden hatten. Falls ein Käppchen darauf saß, so erinnere ich mich nicht daran. Pickel in der Mundgegend und Schweißausdünstung. Ich wusste nicht, wie er hieß, bis ich es danach in den Frühnachrichten hörte. Er wollte die Nummer von Michal Janai. Ich wandte meinen Blick wieder der Straße zu.

Als Soldat war das Trampen der Teil, den ich am meisten liebte. Man fährt den Daumen aus wie eine Angel und weiß nicht, was anbeißt. Der Luxusmercedes eines Geschäftsmanns aus dem Süden mit zweihundert Stundenkilometern bis zur Basis? Eine Jerusalemer Studentin der Staatswissenschaft mit einem rumpelnden Citroën und einem Lächeln, das dreihundert Sachen wettmacht? Wie viel näher wirst du dem Zielort kommen – fünf, zwanzig, hundertzwanzig Kilometer? Ich liebte es, mit den Leuten zu reden, von ihren Welten zu hören, der Arbeit, den Kindern, den Ländern. Einen Blick auf andere Orte zu werfen, zwischen der verhassten Routine der Armee und der kurzen Ruhepause zu Hause.

Diese Straße, die Schnellstraße Nr. 1 nach Jerusalem, hatte ich immer geliebt. Eine kurze Reise zwischen zwei verschiedenen Welten. Zwischen den Bergen und dem Meer, zwischen der Geschichte und dem Jetzt, zwischen den heiligen Steinen und dem Profanen. Das Rauschen und Pfeifen im Radio war immer das Erste, was diesen Grenzübergang anzeigte, das Ende des Hoheitsbereichs des einen Territoriums und der Anfang des anderen.

Im Polo von Time's Arrow konnten der Soldat und ich zur Rechten das monströse Betonwerk von Ramle sehen, mit seiner ruhelosen Erschöpfung, das Rauch ins Licht der Scheinwerfer spuckte, die seine gewaltigen Ausmaße markierten.

Er erzählte mir, dass er aus Petach Tikwa war. Seine Clique war nach Tel Aviv gefahren und hatte ihn am Bahnhof abgesetzt. Er wusste, dass er von dort eine Mitfahrgelegenheit nach Jerusalem erwischen konnte. Er diente in Bethlehem. Echt irre, was für Sachen dort passierten. Wir zeigen ihnen, wer der Herr im Haus ist. Er habe, Gott sei's gedankt, einen Kompanieführer, der keine Zeit für diese ganzen Gesetze hatte, die sie sowieso jede Woche änderten – hier kein Feuer eröffnen, dort kein Feuer eröffnen, so schon, aber nicht so, auf die schon und auf die nicht. Sein Kompanieführer sagte, wenn einem seiner Soldaten auch nur ein Haar vom Kopf fiele, würde ganz Bethlehem brennen. Denn mit der Golanitruppe spielt man nicht. Einmal schoss man auf ihre Patrouille in der Stadt, aber es wurde niemand getroffen. Ein andermal warfen sie Steine von einem Dach, und seinem Kameraden platzte die Augenbraue. Der Kompanieführer tobte. Sie gingen die ganzen Häuser in der Straße durch und holten alle Männer raus, verbanden ihnen die Augen und fesselten ihnen die Hände mit Plastikbändern auf dem Rücken.

»Aber dein Kamerad hat den Stein an der Augenbraue abgekriegt, oder?«, fragte ich.

»Ja.«

»Ist ihm dabei auch ein Haar vom Kopf gefallen?«

»Nein.«

»Warum hat man dann die ganzen Männer in der Straße so bestraft? Der Kompanieführer hat doch gesagt, er würde wütend, wenn einem ein Haar vom Kopf fiele. Übrigens, was ist, wenn es auf natürliche Weise ausfällt? Einfach Haarausfall, kein guter Festiger, ein unsensibler Kamm?«

»Er hat gesagt, wenn einem ein Haar ausfällt, geht ganz Bethlehem in Flammen auf. Ein paar Araber rausholen und fesseln, das ist nicht Bethlehem in Flammen.«

Latrun zur Rechten. Er hatte keine Freundin. Seine Eltern waren geschieden. Er sagte ständig, mit Gottes Hilfe und so Gott will, aber es konnte sein, dass das der Einfluss religiöser Kameraden in der Kompanie war und nicht unbedingt der von zu Hause. Er bat mich, ein altes Schmalzlied von Zohar Argov lauter zu drehen, was daran liegen mochte, dass er noch so jung und rosig ahnungslos war. Er behauptete einige Male im Laufe der Unterhaltung mit Nachdruck, dass es echt die Zeit wert sei. Für mich war es echt schade um meine Zeit in vielerlei Hinsicht, aber es gab auf der ganzen Welt keinen Weg für ihn, das zu erfahren. Nein, er hatte niemanden getötet, aber sein Kompanieführer, gelobt sei Gott, der schon, echt seine Zeit wert. Einmal sogar bei einer Patrouille, bei der er, der Tramper, mit dabei war. Eine Kugel in den Kopf. Der Hurensohn hatte es geradezu bestellt. So wie man eine Pizza bestellt, hatte der Kompanieführer gesagt. Nur dass dieser Hurensohn, anstatt das Telefon zu nehmen und zu sagen, ich möchte Peperoni, ich möchte Zwiebeln, und ich will Oliven und Pilze, die Hand gehoben und unanständige Gesten gemacht hatte, und alle hatten gesehen, dass er einen Revolver in der Hand hielt, obwohl jemand, bis sie ihn im Laufschritt erreicht hatten, nicht mehr als vierzig Meter, vielleicht fünfzehn Sekunden, dafür gesorgt hatte, dass der Revolver aus seiner Hand verschwand, was zu einer weiteren Nacht von Augenbinden und Handfesseln führte. Lustig. So fasste der Soldat seinen Dienst in Bethlehem zusammen. Echt lustig.

Wir passierten Scha'ar Hagai hinter einem Linienbus, dem Vierhundertachtziger. »Wie ist der Polo?«, fragte der Soldat.

»Ein Vergnügen«, antwortete ich.

»Wie viel Kubik?«

»Tausenddreihundert, glaube ich.«

»Na gut, ist auch Automatik. Wir werden gleich sehen, wie er zieht.«

Mit einem Dickmops wie dir drinnen solltest du nicht auf einen Wer-weiß-was-Spurt am Berg bauen, dachte ich im Stillen. Das Radio fing an zu rauschen und anzuzeigen, dass wir begannen, in Richtung des Landes der Jerusalemer Berge hinaufzufahren. Ich drückte aufs Gas. »Nicht schlecht, nicht schlecht«, sagte der Soldat, und dann sah ich ein Aufblitzen, hörte das Rückfenster zersplittern, etwas bewegte sich neben mir, und der Soldat brüllte: »Aiii!!! Aiii!!!!! Wichser!!!!!!!« Und ich stieg voll auf die Bremse.

10

Drei Minuten. Großvater. Das Autobusskelett neben mir. Mein Herz schlug schnell, mein Blut strömte schnell, kribbelte bis in meine Fingerspitzen. Ich atmete hastig ein und aus, obwohl ich seit fast einer Stunde lang bewegungslos dalag. Die Muskeln im ganzen Körper waren verhärtet. Ich zeichnete eine gerade Linie von meinen Augen aus durch das Visier bis zu den weißen Lichtern gegenüber und wartete auf Bilal.

Die Ohrstöpsel gaben mir ein Gefühl, als betrachtete ich alles aus dem Abseits. Der Geruch nach Schießpulver und Rauch brannte in Nase und Hals. Der Vorteil des Heckenschützen von Wadi Charmija war das Tageslicht gewesen. Man sah keinen Feuerblitz. Deshalb, und wegen der Akustik des Wadis, wusste keiner, woher er schoss, und er machte minutenlang weiter. Wir hatten keinen solchen Luxus, wir mussten so viel Schaden wie möglich in so wenig Zeit wie möglich anrichten. Drei Minuten.

Bilal spähte auf die Uhr. Als er einen Autobus hinauffahren sah, sagte er: »Mein Autobus, du nimmst die Autos um ihn herum. Ziel nur auf die weißen Lichter auf der Gegenfahrbahn. Feuer.«

Umm Kulthum … fakaruni … denk an mich … was ist das, Swetlana, schon wieder waschen? Hast du das nicht vor ein paar Min…

»Weißt du was, du scheinst mir gar nicht so schlecht zu sein, wie diese ganzen Leute draußen sagen. Jeden Tag, wenn ich ins Krankenhaus rein- oder rausgehe, sind sie mit ihren Schildern da. Sie sagen

von dir … langsam, langsam, lass mich dich einseifen … sie lieben dich nicht, auf ihren Schildern steht, dass du …«

Ich treibe im Meer. Ich sehe den Strand, aber ich kann ihn nicht erreichen. Die Flut hält mich ab …

Der Autobus blieb sofort stehen und kreiselte auf der Stelle. Anscheinend war der Fahrer getroffen worden und hatte am Lenkrad gedreht. Heftiges Hupen, und dann Stille. Außer den Schüssen. Bei einigen Autos, die hinter dem Bus kamen, zersplitterten die Vorderscheiben. Danach, links vor dem Bus, Rückfenster. Die Gewehre schossen unaufhaltsam. Die Magazine wurden ausgewechselt. Bilal legte eine Hand auf meine schießende. Ich schreckte in die Höhe, als hätte er mich aus einem Traum geweckt. »Das war's. Komm.« Die Straße unter uns war von den Scheinwerfern der verkeilten Autos erleuchtet. Der Autobus blockierte die Fahrbahn. Zersplitterte Fenster und Rauch. Einige Autos vor ihm und hinter ihm Tumult.

Wir gingen zur Straße hinunter und knieten uns in den Straßengraben. Mir fiel auf, wie stark ich schwitzte, wie ich keuchte, wie erregt ich war. Wie die Zeit verging. Etwas, das vor dir lag, war plötzlich vorbei. Polizeifahrzeuge und Schreie auf der anderen Straßenseite. Auch auf unserer Seite hielten Autos an. Leute stiegen aus und sprangen auf die Gegenfahrbahn, um zu helfen. Andere sahen zu, aber die meisten fuhren weiter. Es traf sogar eine Polizeistreife ein, die sich darum kümmerte, dass der Verkehr weiterfloss. Lustig, eine Polizeistreife, deren Aufgabe es war, ohne dass sie es wusste, uns zu helfen, dort rauszukommen. Die Idee, von dort einfach auf der Straße in Richtung Westen wegzukommen, stammte von Chalil. Das war das Letzte, woran sie denken würden. Dort würde es keine Straßensperren geben. Er behielt recht.

Das Auto kam. Jetzt wurde es gefährlich: in den Wagen einsteigen mit den Gewehren mitten auf der Straße, zwischen stehenden Autos und vielen Menschen. Die Dunkelheit half. Die Wolken verbargen den Mond und die Sterne. Die Hysterie berührte uns nicht. Wir setzten uns auf den Rücksitz, und der Wagen schoss los.

Wir sagten kein Wort. Das Auto hatte gelbe israelische Kennzeichen, natürlich, und die Fahrerin war eine Ostjerusalemerin mit blauem Ausweis und einem israelischen Führerschein. Ich versuchte, sie in der Dunkelheit im Wageninnern auszumachen. Ich sah langes schwarzes Haar. Im Spiegel sah ich Augen, die hin und wieder hineinspähten. Man konnte den Stau auf der Gegenfahrbahn erkennen, der sich nach Westen erstreckte. Wir sahen die letzten Autos, die eintrafen und zum Stehen kamen. Sie bog von der Schnellstraße rechts ab. Wir fuhren einige Minuten durch die Dunkelheit; es waren fast keine anderen Autos auf der Straße. Blaue Lichter flackerten uns entgegen, aber es war nur ein alter Jeep der Zivilpatrouille, die im Latrun-Park herumfuhr und nach Autos mit vögelnden Pärchen Ausschau hielt, um zu spannen. Das erzählte mir Murad nachher, bei dem wir in Beit Liqja schliefen.

Das war die Gegend von Großmutter Samira. Die Überreste von Dir Ajub, ihrem Dorf, sagte Murad, existierten noch. Er versprach, mich dorthin zu bringen. Wir aßen bei ihm und tranken Kaffee. Erst da merkte ich, wie hungrig ich war. Die Pitafladen mit dem Za'tar, der Käse und das Olivenöl waren herrlich, auch der Apfel. Nach einer Anstrengung verschärfen sich die Geschmacksdrüsen; man wird heißhungrig, zahlt seinem Körper den Tribut. Dann duschten wir uns und zogen saubere Kleidung an, die uns Murad gab. Die Fahrerin ging mit einem nervösen Lächeln. Wir schalteten Kanal 50 ein.

Der Autobus. Die Autos. Zerschmetterte Scheiben. Krankenwagen, Polizei. Dani Ronen zeigte eine Karte. Eine Quelle bei den Sicherheitskräften hatte ihm mitgeteilt, dass der Heckenschütze allem Anschein nach aus der Gegend von Bethlehem gekommen sei. Oder Hebron. »Allem Anschein nach«, sagte Dani Ronen, »allem Anschein nach legte der Heckenschütze den Weg von

Bethlehem oder aus der Umgebung des Dorfes Chusan zu Fuß zurück, kam über die Grüne Linie in der Gegend der Siedlungen Mevo Beitar und Zur Hadassa und nahm von dort die schwierige Bergstrecke bis zu den Hängen unterhalb des Moschavs Beit Meir, die zur Schnellstraße Jerusalem-Tel Aviv hinunterreichen.«

»Beit Meir? Wichser. Beit Meir?«, sagte Bilal.

Der Information nach, die Dani Ronen erhalten hatte, befand sich der Heckenschütze allem Anschein nach noch im Gelände, und man hatte die Suche nach ihm in dem gesamten Areal zwischen der Stelle des Anschlags und Bethlehem aufgenommen. Ein bergiges Gelände, was die Suche sehr schwierig gestaltete. Hubschrauber beleuchteten die Gegend mit Scheinwerfern, und Suchtrupps mit Hunden seien bereits dort, doch die Suche, so die Quelle von Dani Ronen, könne sich über Tage hinziehen.

»Witzbolde«, sagte Bilal.

Zeugen redeten. Sie berichteten, dass die Schüsse von der rechten Seite der Straße gekommen seien. Jemand sagte, er habe den Schuss aufblitzen sehen und dann den Schützen, wie er aufstand und aufwärts rannte. Dani Ronen skizzierte Wege auf seiner Karte und zeigte, wo die Sicherheitskräfte den Heckenschützen in diesem Moment vermuteten.

Erst in der Früh gaben sie zu, es sei unklar, woher die Schüsse und der Schütze – oder die Schützen – gekommen seien.

Murad richtete uns Matratzen in seinem Wohnzimmer her und ging schlafen. Bilal und ich platzten vor Energie. Mein Herz flatterte immer noch. Wir tranken einen weiteren Kaffee. Auf den Matratzen, in dem fremden Wohnzimmer, klangen mir immer noch die Schüsse in den Ohren, und die Bilder rasten wie ein Schnellzug vor meinen Augen vorbei.

11

Die Leute fragen sich immer, was das Letzte ist, das einem Menschen durch den Kopf geht, bevor er stirbt. An wen er oder sie denkt – an die Kinder, die Eltern, die Ehepartner? Die Kindheit? Die erste Liebe? Liebe generell? Spult sich das ganze Leben vor ihren Augen ab wie ein Film?

Ich weiß die Antwort in dem Fall des Soldaten, der in jener Nacht mit mir von Tel Aviv nach Jerusalem fuhr. Der letzte Gedanke, der ihm durch den Kopf ging, bevor er starb, den er sogar in überaus überzeugender Form ausdrückte, war: »Mein Finger! Scheiße, ich spüre ihn nicht!«

Mein Polo war eines der drei oder vier Autos, die vor dem Autobus fuhren und getroffen wurden. Auch einige Wagen hinter ihm wurden in Mitleidenschaft gezogen, von Schüssen wie durch Unfälle. Der Autobus, die Linie Nr. 480, war die Hauptzielscheibe des Anschlags. Sie zielten hauptsächlich auf ihn, trafen vor allem ihn. Am nächsten Tag sah ich in den Zeitungen die Zeichnung. Sie irrten sich natürlich in der Farbe des Polos und der Richtung, in der er stand, sowie in der Position des Soldaten, aber das spielt keine Rolle. Es war so: Da wir die Heckenschützen passiert hatten, schossen sie von hinten auf uns. Die erste Kugel durchschlug die Rückscheibe und traf mein Mobiltelefon. Die zweite Kugel drang durch das Rückfenster ein, das nur noch ein Raum in einem Rahmen war, und traf den Mittelfinger der linken Hand des Soldaten, der mit mir fuhr, Menachem irgendwas, der bei seinen Freunden und seiner Familie Chumi hieß.

In diesem Augenblick stieg ich vehement auf die Bremse, und Chumi brüllte. Offensichtlich war die Verletzung am Finger äußerst schmerzhaft. Ich konnte nicht viel erkennen. Er hielt sich die linke Hand mit seiner Rechten, und es floss viel Blut. Mit kräftiger Stimme, einer gewaltigen Stimme, die ich im Laufe der vorausgegangenen dreißig Minuten nicht in ihm vermutet hätte, brüllte er: »Aiii!!! Scheißeee!!! Aiii, der Finger, auuuuaiiii!!!!« und Ähnliches. Dann sagte er unter Schmerzen: »Ich habe Verbandszeug in der kleinen Tasche der Kombi, hol's raus.« Kombi – die Sorte verhasster Wörter, deren Existenz man vergisst, bis man einen Soldaten mitnimmt. Ich holte das Verbandszeug heraus, aber es war zu spät. Er stieg aus dem Auto aus. Im Nachhinein gesehen, war das ein Fehler, aber wer konnte das wissen?

Die Heckenschützen schossen weiter. Ich denke nicht, dass sie zielten. Chumi war ausgestiegen und stand neben dem Polo. Ich stieg nicht aus. Nennt es Instinkt. Ich blieb im Auto und zog den Kopf ein. Chumi fuhr fort zu brüllen: »Helft mir, helft mir! Mein Finger! Scheißdreck, ich spür ihn nicht!« Und dann kam ein Wimmern. Ein kleines »ai«, und er fiel. Die Kugel traf ihn in den Hals und tötete ihn auf der Stelle. Ich hörte den Schuss nicht, hörte weder den Treffer noch den Fall. Was ich jedoch hörte, war Stille. Und das war überraschend. Gebückt kroch ich auf meiner Seite aus der Tür und um das Auto herum, bis ich ihn erreicht hatte. Er sah nicht gut aus. Viel Blut an seiner Hand, und der mittlere Finger an seiner Linken, der potenzielle Stinkefinger, war, soviel ich sehen konnte, nicht mehr da. Kein Wunder, dass er ihn nicht gespürt hatte.

Sein Hals war voller Blut. Es war die erste Leiche meines Lebens. Bis zu diesem Moment, in meinen ganzen dreiunddreißigeindrittel Jahren auf diesem Planeten, war ich noch nie auf einen Toten gestoßen. Weder in der Armee noch auf den Straßen oder im Krankenhaus, weder Großvater noch Großmutter. Chumi war mein Erster, und obwohl man hätte denken können, dass er schlief, konnte sogar ich mit Gewissheit seinen Tod feststellen. Am nächsten Tag las ich, dass die Kugel den Rückenmarkskanal am dritten Wirbel getroffen hatte. Er hörte auf der Stelle auf zu atmen und starb innerhalb weniger Minuten. Das ist eine Verletzung, die man nicht überleben kann.

Ich kniete neben ihm. Ich berührte ihn nicht, und ich sah ihn auch nicht mehr an. Ich schloss die Augen und atmete tief durch. Das Schießen hatte aufgehört, noch bevor ich um das Auto herumgekrochen war, und hatte nicht wieder angefangen. Ich hörte Schreie aus der Richtung des Autobusses hinter mir und das Stöhnen von Verletzten. Sie riefen um Hilfe, aber ich konnte nicht helfen, ich wollte nur fliehen. Ich rannte zum Straßenrand, sprang in ein Gebüsch, kämpfte mich tief hinein. Ich wusste nicht, was ich tat, es konnte sein, dass ich den Terroristen näher kam, die mich vielleicht sehen würden und einfach … Aber ich dachte nichts, ich musste in das kühle, dunkle Gebüsch hinein, Luft holen. Nicht weil das die erste Leiche war, die ich sah, auch nicht weil es die Leiche eines Mannes war, der die letzte halbe Stunde seines Lebens mit mir verbracht hatte. Auch nicht wegen der Verantwortung, die ich an seinem Tod trug, denn ich war gefahren, ich hatte ihn mitgenommen – der Punkt, an dem sich das Auto in der Sekunde befand, in der es passierte, war der Punkt, an den ich ihn gebracht hatte. Die Geschwindigkeit, mit der ich fuhr, die Autos, die ich unterwegs überholt hatte oder nicht, die Spur, die ich wählte, der Moment, in dem ich auf die Bremse trat; alles Entscheidungen und Handlungen von mir, und daher war ich an Chumis Tod beteiligt. Aber an all das dachte ich nicht, als ich von der Straße ins Gebüsch rannte.

Ich lag auf dem feuchten, dornigen Gestrüpp und schnappte nach Luft. Als ich die Augen wieder öffnete, sah ich Bruchstücke eines bewölkten Himmels zwischen den Zweigen. Ich roch die nassen Pflanzen und sah mich fliegen, hinauf über die Bäume, über den Himmel, blickte hinunter und sah, wie sich die Erde schnell entfernte, spürte, wie ich mit einem raschen Zoom aus Scha'ar Hagai hinausgetragen wurde, aus Israel, aus dem Nahen Osten, aus Afrika, Europa, Asien, aus dem Erdball, aus seinem Lichtkreis, aus der Dunkelheit um das Licht, die Sterne, die Sonne – und dann stoppte ich. Blickte nach unten.

Wer befand sich wo und welche Leute auf welchem Stück Erde? Spielte das eine Rolle? Ich war im Raum – ich sah Außerirdische gegen Menschen kämpfen und Wesen aus anderen Galaxien.

Zoom-In zum Erdball. Menschen gegen Menschen – Schwarze gegen Weiße gegen Braune gegen Gelbe. Kontinente gegen Kontinente. Zoom-In.

Amerika, Afrika, Asien, Europa. Hass zwischen Nachbarstaaten. Weltkriege. Zoom-In.

Gegenden: das gleiche Volk oder Brudervölker oder Vettern; der Nahe Osten, Jugoslawien, Äthiopien, Sri Lanka.

Zoom-In – Palästinenser und Israelis.

Zoom-In – orientalische und europäische Juden, rechts und links.

Zoom-In auf eine Stadt, ein Viertel, einen Block, Straße gegen Straße, Haus gegen Haus, Wohnung gegen Wohnung, Mann gegen Frau, Bruder gegen Bruder.

Jetzt Zoom-Out. In schnellem Flug mit einem Summen in verdoppelter Abspielgeschwindigkeit und zurück zum Anfang.

Ich schlug die Augen auf. Noch ein Gedanke fiel aus den Bäumen und siedelte in meinem Kopf. Hier endet Tel Aviv und beginnt Jerusalem. Das ist es, was ich dachte. Ich sagte es mir immer wieder und wieder. Hier endet Tel Aviv und beginnt Jerusalem.

Ich weiß nicht, wie viel Zeit verging, bis ich zum Auto zurückkehrte. Chumi lag immer noch auf dem Boden ausgestreckt. Ich hörte Krankenwagen näher kommen. Ich wusste nicht, was ich tun sollte. Ein Teil von mir wollte ins Auto einsteigen und wegfahren. Es war zu Ende, und ich konnte niemand mehr nützlich sein. Die Straße vor mir war frei bis auf Polizeistreifen und Krankenwagen, die entgegen der Verkehrsrichtung eintrafen. Mein

Mobiltelefon klingelte. Ich trat zur Fahrertür, aber jemand stellte sich mir in den Weg.

»Ja?«

»Was ja, mein Handy klingelt.«

»Sie sind jetzt aus dem Gebüsch dort gekommen, richtig?«

Ich drehte mich um, in die Richtung, aus der ich gekommen war.

»Was haben Sie dort gemacht?«

Ich lag auf dem Rücken und flog aus der Atmosphäre. Was wollte er von mir? Wer war er?

»Wer sind Sie? Was …?«

»Die Frage ist, wer Sie sind und was Sie dort gemacht haben.«

Ich musste meinen Ausweis herausholen. Er ging zum Streifenwagen und stellte sicher, dass es mein Auto war. Danach ließ er mich einsteigen. Ich streckte meine Hand nach dem Telefon aus, und dann sah ich, was damit passiert war. Das Display war zerschmettert. Wurde ein Telefon als Opfer feindseliger Aktion anerkannt? Feindselig – was für ein Wort. Hatten die, die schossen, Feindseligkeit empfunden? Ich schätze schon.

Ich stand noch einige Minuten dort, neben anderen Menschen, die auch ein paar Minuten dort standen. Die Leute aus den Ambulanzen machten ihre Arbeit, und wir standen herum und schauten. Viele Leute telefonierten, in der typischen Nach-Anschlag-Telefonierhaltung: das Telefon fester als sonst und nötig ans Ohr gedrückt, als seien die in dieser Position eingehenden Worte wichtiger, dürften keinesfalls entweichen. Den Rücken leicht gekrümmt, in einer Art Bereitschaftsstellung, über den Feind herzufallen oder auf einen Berg zu klettern, den Hals gedehnt nach vorn gereckt, die Augenbrauen zusammengezogen und die Stirn gerunzelt. Die zweite Hand – was interessant war –, die zweite Hand hielten sie an die telefonfreie Schläfe gepresst, halb vor das zweite Ohr, um besser zu hören, halb vor Augen und Stirn, um sie mit tragischer Geste zu bedecken.

Es schien, als hätten alle Anwesenden etwas dazubekommen. Das Adrenalin der Geretteten, die Euphorie der Überlebenden. Du lebst!!! Die Leichen, die ringsherum lagen, das Stöhnen der Verwundeten, die Arbeit der Sanitäter, der Geruch nach Schießpulver, das Klingeln in den Ohren. Und du lebst. Lebst mehr denn je. Du lebst so sehr, dass dein Körper vor lauter Leben kribbelt, dein Herz klopft wie verrückt, das Blut fließt mit doppelter Geschwindigkeit. Der Körper arbeitet auf Hochtouren. Wegfahren. Das hätte ich tun sollen.

Die Polizisten nahmen meine Personalien auf. Wieder den Ausweis herausholen. Mir wurde gesagt, ich würde zu einer Zeugenaussage einbestellt. Ich unterschrieb irgendetwas. Dann untersuchte ich das Auto. Außer der zersplitterten Rückscheibe war ihm nichts passiert. Kein Einschuss, keine Schramme, nicht einmal ein Blutfleck. Sogar die Freisprechanlage hatte keinen Kratzer abbekommen, obwohl das Telefon von einer Kugel erwischt worden war. Der Geruch von Chumi, dem Soldaten, säuerlicher Schweiß, gemischt mit Gewehröl, lag noch im Auto. Sein Gewehr auch. Ich nahm es und legte es zartfühlend neben seine Leiche. Dann stieg ich ein und fuhr weg.

Die Störgeräusche im Radio versetzten mich sofort zurück zu den Sekunden, bevor das Ganze angefangen hatte. Wann war das gewesen, vor einer Stunde? Das Rauschen im Radio, der schwächer werdende Empfang, der Soldat, der etwas sagte und dann zu brüllen anfing. Was hatte er gesagt?

Ich schaltete auf den Jerusalemer Sender um: Bab al-Wad, ewiges Gedenken sei unseren Namen, Bab al-Wad, auf dem Weg zur Stadt ... Immer nach einem Anschlag. Wie oft würde ich dieses Lied in den nächsten Tagen noch hören? Ich fragte mich, ob ich mich von jetzt an jedes Mal, wenn ich es hörte, auf ewig an Chumi erinnern würde.

Chumi. Giora Gueta. Und ich. Wenn Chumi und Giora Gueta, warum dann ich nicht? Wenn Menschen aufeinander schießen, wenn sie sich gegenseitig in die Luft sprengen. Wenn Menschen von Krebs befallen werden, von Aids, wenn es Autounfälle gibt, Brände, Flugzeugunglücke, Messer, Gift, Schlangen, was war dann mit mir, wann war ich an der Reihe? Man hat das Gefühl, dass es hinter der nächsten Kurve auf einen wartet. Dann bist du dran. Du oder jemand, den du liebst. Das schlummert in der Geographie. Ist in der nationalen Genetik eingestanzt. Mit jedem Anschlag verstärkt sich das Gefühl, dass sich der Tod eines nahestehenden Menschen mit Riesenschritten nähert, dass er gleich da ist, morgen, nächste Woche, in der Straße nebenan. Du stellst dir das Begräbnis vor, die Trauer, den Schmerz, wirst du sprechen müssen? Was sollst du sagen? Er war immer besser als du in Ansprachen, er konnte immer schön und lustig reden, hatte kein Lampenfieber wie du, vielleicht solltest du so etwas sagen, aber nicht zu viele platte Schmeicheleien, wenn ich bitten darf. Und nach dem Begräbnis – die Rehabilitationsphase, die Überwindung des Schmerzes, des Schuldgefühls, weil du einen ganzen Tag verbracht hast, ohne an ihn zu denken, des Schuldgefühls, weil du wieder aus vollem Hals lachst, wilden Sex genießt, Phantasien hast, zu dem Leben nach dem Tod zurückkehrst. Aber an wen denkst du jetzt? Bab al-Wad, auf dem Weg zur Stadt.

Ich öffnete die Wohnungstür meiner Eltern und schlüpfte lautlos hinein. Ich fiel über den Kühlschrank her. Ich hatte nicht gewusst, wie hungrig ich war. Und müde. In meinem Kinderzimmer, eingewickelt in Laken, die nach meiner Kindheit rochen, den Bauch voll Kindheitsessen, legte ich mich schlafen, und der letzte Gedanke, der mir vor dem Einschlafen durch den Kopf ging, war, dass ich noch lebte.

12

»Ist das Eis bereit, Swetlana?«

»Ja, Doktor Hartum. Hier.«

Eis?

»Ich mache heute einen EVM-Test mit ihm. Bringen Sie bitte die Lampe.«

Ah? Nicht die Lampe!

»Schön. Und Widerstände? Sprechen? Töne? Gab's was in den letzten Tagen? Klatschen Sie mit der Hand neben seinem Ohr, bitte. Danke, und das andere. Danke. Halten Sie ihm diese Karte vor die Augen. Ja. Und die.«

»Manchmal, wenn er gereizt ist, stößt er solche gurgelnden Töne aus und verzieht das Gesicht …«

Ahhh … was für ein Lärm ringsherum …

»Da! Genau so, Doktor!«

»Aha, ich versteh. Hmmm … gute Reaktionen auf starke Toneindrücke. Und auch dementsprechende Bewegungen? Konkavität der Schultern, Zusammenziehen?«

»Kon… was? Entschuldigung, aber ich verstehe nicht …«

»Schon gut. Jetzt das Eis.«

Scheißeis. Aii!

»Schön, schön. Sehr schön. Sein EVM ist etwas gestiegen. Vielleicht gibt es eine Besserung … Was ist los, Swetlana?«

»Nein … nichts.«

»Machen Sie mit der Therapie plangemäß weiter. Tiefenmassage, Muskelaktivierung, Knochen …«

»Ja, ja, natürlich …«

Nutten … ich bin nicht da … ich bin auf dem Berg … mit Bilal … ta-ta-ta-ta-ta …

Bilal wollte weitermachen. Er wollte mehr. Chalil war eher vorsichtig. Er machte sich Sorgen. Er wusste, dass die Israelis wütend waren. Der kleinste Fehler, und sie würden mit ausgefahrenen Krallen losschlagen. Die Ereignisse der Nacht kehrten immer wieder in einer Endlosschleife in meinen Kopf zurück und blieben dort, denn ich konnte sie nicht verteilen: der Marsch, die Gerüche, das Warten, der Autobus, der von fern auftaucht, der Feuerstoß. Mein Herz pochte in allen Poren während der nächsten Tage. Ich dachte an Großvater Fahmi. Und an Mama. Chalil sagte zu uns, wir sollten eine Woche lang in Deckung gehen. Aber Bilal wollte weitermachen.

Safi Baria war der Sprengstoffexperte. Bilal wollte, dass ich mit ihm zusammenarbeitete. Weil ich ein bisschen was von Elektrik verstand, meinem Onkel Dschalal bei der Arbeit geholfen hatte und vorhatte, irgendwann, irgendwo Elektrotechnik zu studieren, war das nicht schwer. Ich hatte die nötigen Grundlagen: Vorsicht, Zartgefühl, geschickte und sichere Hände und Geduld. Safi hatte einen Abschluss in Chemie von einer Universität in Bulgarien. Niemand hätte vermutet, dass er der Mann Nummer eins der Iz-ed-Din-al-Qassam-Brigaden war. Er war klein gewachsen, dünn und hatte einen mageren Bart wie der eines Sechzehnjährigen. Kleine, mausartige Mandelaugen, eine kleine schwarze Kappe und ein elegantes Jackett. Er sah aus wie ein französischer Maler. Er sprach leise, aber deutlich.

Das Molekül, aus dem sich die meisten Sprengstoffe zusammensetzen, heißt Triaceton-Triperoxid oder TATP – oder die »Mutter des Satans«. Einfach herzustellen, aber nicht stabil, außerdem verdunstet es leicht. Dutzende wurden bei der Herstellung schon getötet. Man kann es aus Hydrogen-Peroxid herstellen – eine Flüssigkeit zum Haarebleichen, die man in der Apotheke erhält. Oder aus Aceton – der Thinner, der Farbverdünner, den man in Werkzeugläden kaufen kann, zusammen mit einer kleinen Menge an Hydrochloridsäure – Salzsäure. RDX ist ein Stoff, der auf dem gleichen Molekül Triaceton-Triperoxid basiert, jedoch stärker ist. Er ist auch gefährlicher herzustellen und zu tragen. Die Komponenten von RDX sind Ammoniumnitrat, das sich in Trockeneispaketen in großen Supermärkten oder in Landwirtschaftsdünger finden lässt; konzentrierte Salpetersäure, die man durch Schmelzen und Sieben von schwarzem Schießpulver gewinnen kann und die in Gewehrkugeln zu finden ist; destillierte Schwefelsäure, die sich in der Batterie von Autos befindet; und destilliertes Wasser, aus der Apotheke in Ramall…

Was, was, was ist denn jetzt?

»Habibi, habibi, habibi, *das Licht in deinen Augen,* habibi, habibi …«

Swetlana, versuch nicht zu singen, ich bin mitten drin in etwas, ich … wo war ich?

»Ich fange an, die Kassetten, die sie dir vorspielen, richtig zu lieben, Fahmi. Sie kommt immer und schweigt und spielt dir Musik vor. Wer ist das? Sie ist immer allein, ohne Familie. Sie ist süß, Fahmi, ist das deine Freundin?«

Ich weiß nicht, von wem du … Rana … Rana kommt? Ich habe nicht mir ihr geredet seit damals … sie … sie kommt? Sie … ja, sie und ich und die Musik … aber seit ich das Dorf verlassen habe … Swetlana, was machst du? Ich war mitten in etwas Wichtigem … wichtig …

»Du bist ein guter Junge, du. Nicht wie die ganzen Leute draußen vor dem Krankenhaus mit ihren Schildern schreien. Dein Test war gut, vielleicht bessert sich der Zustand …«

Wichtig … etwas Wichtiges …

Zweiunddreißig Milliliter konzentrierte Schwefelsäure im Reagenzglas. Achtundsechzig Gramm Kaliumnitrat. Mithilfe eines

Rührstabs hilft man den Stoffen, sich zu lösen. Ein ganz sanftes Erwärmen des Reagenzglases auf dem Herd. Man füllt einen Eimer mit Eis, steckt ein Thermometer hinein. Stellt ein Glas in den Eimer, leert die konzentrierte Salpetersäure hinein. Wenn die Temperatur im Eimer unter zwanzig Grad beträgt, fügt man Hexamin dazu – zerstoßene Benzintäfelchen zum Anzünden aus dem Baumarkt. Vermischt das Ganze. Kühlt die Temperatur durch Zugeben von Eis und Salz in den Eimer auf null ab. Man fügt Ammoniumnitrat hinzu. Mischt alles und hält die Temperatur über zwanzig Minuten lang auf unter null. Man gießt die Mischung über einen Liter zerstoßenes Eis und lässt es schmelzen. Siebt die Kristalle und schüttet die überschüssige Flüssigkeit ab. Legt die Kristalle in einen halben Liter destilliertes, abgekochtes Wasser. Siebt es durch und testet es mit einem Lackmuspapier. Fährt fort, es mit zerstoßenem Eis zu vermischen und durchzusieben, bis das Ergebnis auf dem Lackmuspapier blau ist und die Kristalle stabil sind.

»Habibi, habibi, habibi, *das Licht in deinen Augen …*«

Gott steh dir bei, Swet …

»Was singt er da eigentlich? Ich werde deine Schwester fragen. Vielleicht bringt sie mir ein bisschen Arabisch bei, damit ich mit dir reden kann?«

Jetzt nicht … Erinnerungssplitter treiben im Meer …

Safi stammte aus Bani Na'im bei Hebron. Sein Großvater stellte Sprengsätze aus alter Munition her, die Hadsch Amin al-Husseini Ende des Zweiten Weltkriegs aus Kairo nach Hebron schickte. Husseini saß die meiste Zeit des Krieges in Berlin, danach tauchte er in Kairo auf, von wo aus er Restbestände von Waffen und Munition schickte, die den Krieg überlebt hatten. Die Waffen waren verrostet und voller Sand. Sie hatten wochen- und monatelang verlassen in der Wüste gelegen. Sie stammten aus Italien, der Tschechoslowakei, Russland – weniger gut als die britischen oder deutschen Waffen. Aber Ali Baria hatte goldene Hände. Er zerlegte die Kugeln, die Granaten und die Gewehre und setzte sie neu zusammen. Und manchmal setzte er sie etwas anders zusammen, als sie gebaut worden waren, und manchmal baute er etwas völlig Neues zusammen. Safis Großvater verlor zwei Finger und ein Auge im Laufe der Jahre – die Briten und die Juden verloren allerdings eine Menge mehr – und kam 1949 während der Herstellung einer Sprengladung für die Kämpfe in Jerusalem zu Tode. Als er getötet wurde, war seine Frau im achten Monat, und sie nannte das Baby Ali, nach seinem Vater. Er begann, mit sechzehn in den Steinbrüchen von Hebron als Sprengstoffexperte zu arbeiten. Ali, dem Sohn, wurden acht Söhne geboren. »Er fing an, mich mit vier Jahren zu unterrichten«, erzählte Safi. »Meine Brüder wandten sich anderen Bereichen in der Chemie zu. Einer von ihnen ist Chemieprofessor in Boston. Zwei arbeiten in Pharmazieunternehmen in Jordanien. Aber mein Vater hat immer weiter Bomben hergestellt. Auch als er aus dem Steinbruch ausschied. Er hat den Beruf geliebt.«

»Lulu! Wie geht es dir?«

»Hallo, Swetlana. Ganz gut … wie geht es ihm? Was ist das, lächelt er? Oder es kommt mir bloß so vor?«

»Gut. Es geht ihm gut. Er hatte eine erfolgreiche Untersuchung heute. Stimmt's, Fahmi? Lulu, ich wollte dich etwas fragen, denn er kann's mir ja nicht erzählen …«

»Was? Die Leute draußen? Ich möchte nicht …«

*»Haha … nein. Es interessiert mich bloß so. Was heißt ›*janur alein*‹?«*

»Was? Ach so, ja nur al-ain, *das Licht in deinen Augen. Das ist Amr Diab. Magst du ihn?«*

»Sehr. Das Licht in deinen Augen. Das ist Fahmis Lied. Ich leuchte auch jeden Morgen mit der Lampe in seine Augen … haha.«

»Wer hat ihm seine Kassette gebracht? Die kenne ich gar nicht …«

»Ah. Das reizende Mädchen, das immer kommt und neben ihm

sitzt, keinen Ton von sich gibt und nach einer Stunde geht. Ein hübsches Mädchen … wer ist das?«

»Ich weiß nicht … vielleicht Rana? Rana, denke ich.«

Rana? Was, sie … sie …

Papa rief an. Die Gespräche mit ihm waren schwierig. Er fragte nach dem Studium. Und nach dem Leben, was ich den ganzen Tag machte. Nach Rana. Und ich kann nicht … ich mochte ihn nicht anlügen. Also bemühte ich mich, nicht mit ihm zu reden. Nicht dranzugehen, wenn ich erkannte, woher der Anruf kam. Obwohl es Lulu sein konnte, weshalb ich hin und wieder doch antwortete. Manchmal rief er auch seinen Bruder in der Wohnung an und verlangte dann, mich zu sprechen. Ich glaube, er spürt es. Ich denke, er reimt es sich zusammen. Er weiß, wie stolz Großvater Fahmi auf die Schießerei von Beit Mahsir 1948 war. Er will es sicher nicht glauben, aber es gibt einen Teil in ihm, der denkt …

Schweiß auf Safis Stirn. Ab und zu ließ er das Material liegen und ging in eine Ecke des Zimmers, um Luft zu schöpfen, machte das Fenster auf, schnaufte tief, schloss es wieder und ging zurück an die Arbeit. Die bläulichen Kristalle trocknen auf einem Küchenpapier.

Die chemische Verbindung C1 – die Bombe, die man aus RDX herstellt, setzt sich aus einer Kombination von 88,3 Prozent RDX-Kristallen mit 11,1 Prozent Mineralöl aus dem Supermarkt und 0,6 Prozent Lecithin aus der Vitaminecke in der Apotheke zusammen. Man vermengt die drei in einer Plastiktüte. Die Mischung füllt man in Nylonschläuche, und diese Schläuche steckt man in den Sprenggürtel, der im Voraus mit Schulterbändern und Taschen rund um den Körper genäht wurde, für die Nylonschläuche und die Eisenteilchen – Nägel, Kügelchen und Späne, die durch die Gewalt der Explosion weggeschleudert werden und mehr Schaden anrichten als der Sprengstoff selbst.

Was? Was ist lustig? Ich liebe dein Lachen, Lulu …

»Ist das er, der das macht, Swetlana? Bist du sicher?«

»Haha … natürlich. Das macht er die ganze Zeit …«

Drei Sicherheitsvorkehrungen verhindern, dass die Ladung vorzeitig explodiert: eine Batterie, die mit dem Gürtel verbunden ist, eine Sicherung – ein Nagel, der im Zündknopf steckt – und der Knopf selbst. Wenn sich der Glaubenskämpfer auf den Weg macht, sind die drei voneinander getrennt, so dass die Chancen für eine verfrühte Explosion gering sind.

Die Batterie – normalerweise die eines Mobiltelefons – ermöglicht dem Schahid die Kontrolle über den Explosionszeitpunkt. Abgesehen von der Batterie muss man den Zünder selbst präparieren, der sich jedoch fast überall finden lässt, angefangen von Raketenspielen in Spielzeugläden bis hin zu Feuerwerkskörpern der Armee. Man verbindet einen Teil der Schläuche mit dem RDX, bastelt einen Schlüssel und eine Sperre mit einem Nagel. Dann schließt man den Kreis mit der Batterie, verbindet sie aber noch nicht endgültig. Der Sprengsatz ist fertig. Mit leiser Stimme sagte Safi: »Mach noch einen Tee.« Er drückte auf die Tasten seines Mobiltelefons.

13

Ich wusste sofort, wer sie war. Sie war allein.

Die Menschen und das Gedränge ließen die Temperatur in der unmittelbaren Umgebung des Grabes um ein oder zwei Grad ansteigen. Atemhauch und Körperdunst, die Reste der plastischen Wärme der Autoheizung, die sie wie ein Schatten am Har Hamenuchot, am Friedhofshügel, begleitete. Man konnte die Dämpfe aufsteigen sehen, während unbarmherzig der Regen prasselte.

Sie blickte hinauf in den Regen, starrte direkt in die Tropfen, die auf ihr Gesicht und ihre Augen fielen und sich mit ihren eigenen Tropfen und der zerfließenden Schminke vermischten.

Ich hatte keine Jacke mitgenommen. In Tel Aviv war es nicht kalt. Ich streichelte das geschädigte Display meines Mobiltelefons in der Hosentasche, ritzte meine Finger.

Die Mutter war gebrochen, der Vater betäubt, Schwestern oder Freundinnen schluchzten bitterlich. Der Minister, dessen Namen ich vergessen habe, bebrillt und dicklich, war ein typischer Aschkenasi, zu europäisch für dieses Publikum, mit einem Likud-Blick in den sanften Augen. Sie stand allein an einer Ecke der Versammlung, mit ihrem glatten schwarzen Haar und den schwarzen Augen, ihrem schwarzen Mantel und der schwarzen Tasche. Ein verwundeter Engel.

»Schuli?«

Sie blickte mich an, kannte mich nicht und senkte den Blick. »Nicht jetzt«, bat sie. Ich trat nach hinten. Die zersplitternde Stimme des Vaters klang wie Sandpapier, und der Rabbiner sang mit klarer, kräftiger Stimme Lieder, offensichtlich von ganzem Herzen überzeugt, dass sie an Gottes Ohren gelangten, von dessen Existenz er von ganzem Herzen überzeugt war, genau wie er von ganzem Herzen überzeugt war, dass es seiner war, dass er ihn von allen Völkern auserwählt hatte, gerade ihn hatte er erwählt, unter all den Möglichkeiten, die er hatte, ausgerechnet ihn. Dutschy hätte gefragt: »Echt?«, in ihrem verächtlichen Ton, die Lippen verzogen.

Am Morgen davor das Frühstück mit meinen Eltern im Rechaviaviertel. Toast, Erdnussbutter und Marmelade. Undefinierbarer Filterkaffee. Oder ich war es, der undefinierbar war. Zu Hause trank ich koffeinfreien Filterkaffee, das Koffein hatte ich im Zusammenhang mit einem Seminar abgeschafft, das ich zu Zeitmanagement und Entspannung besuchte, wobei ich nicht mehr weiß, was das miteinander zu tun hatte, aber das ist das Einzige, was mir von dem Workshop geblieben ist, außer Dutschy natürlich, die ich dort traf, und diesem Satz der Leiterin, Miriam, die sich selbst als Expertin für Zeitmanagement definierte: »Tag für Tag erhalten wir alle die gleiche Anzahl von Minuten.«

Frisch gepresster Orangensaft. Ihre neugierigen Blicke. Jonathan (Johnny) und Lea (Lily) Einoch. Der Erdnussbutterimporteur und die Englischlehrerin. Sie unterrichtete seit dreißig Jahren Englisch am gleichen Gymnasium, und ich fragte mich immer, wie es möglich war, dreißig Jahre lang dasselbe zu machen, wie Leute das schaffen, und ob auch ich das würde tun müssen. Auf der anderen Seite war eine regelmäßige und sichere Arbeit möglicherweise der Karriere ihres Mannes vorzuziehen, der in den Fünfzigerjahren davon überzeugt gewesen war, dass er die Erdnussbutter für die Kinder in der Levante einführen und den Markt beherrschen würde. Aber nichts zu machen, die Kinder beschlossen, das selber zu tun, und nannten sie sogar »Egosan«, was von Haselnuss kam, und dieser Sprachirrtum brach ihm fast das Herz. Er versuchte, in die Produktion zu wechseln, und kehrte dann ins Importgeschäft zurück, als es in den Siebzigerjahren den Anschein hatte, der Markt begänne, sich für amerikanische Produkte zu öffnen. Am Ende, als Dafdaf geboren wurde und ihm aufging, dass er drei Kinder zu ernähren hatte, und nachdem seine Mutter in Amerika gedroht hatte, wenn er keine normale Arbeit fände, würde sie kommen und ihn an den Ohren nach Maryland zurückschleifen, schloss Jonathan Einoch einen Kompromiss mit der Arbeit und wurde Verkaufsvertreter bei der Süßwarenfirma Ilit, wobei er unter anderem auch Egosan an Supermärkte und Gemischtwarenläden in der gesamten Jerusalemer Region verkaufte.

Sie hatten von dem Anschlag in *Ha'arez* gelesen. Die dramatische Schlagzeile: »Auf dem Weg zur Stadt«. Zwölf Tote. Die Terroristen, anscheinend aus Bethlehem oder Hebron, waren die ganze Nacht zu Fuß gegangen. Das Radio lief mit voller Lautstärke. Es war dort von den Toten und den Begräbnissen die Rede. Und von den Begräbnissen des vorigen Anschlags. »Einen Moment«, wehrte ich meinen Vater ab, der gerade etwas sagen wollte. Das Begräbnis Giora Guetas würde am Har Hamenuchot in Giv'at Schaul um zehn Uhr seinen Anfang nehmen. Ich warf einen schnellen Blick auf meine Uhr. »Ich muss los«, entschuldigte ich mich. Ihre neugierigen Blicke verfolgten mich beunruhigt. Bei anderer Gelegenheit würde ich ihnen erzählen, dass ich gestern Nacht dabei war und auch fast in den Tel Aviver Anschlag geraten war, dachte ich. Und warum ich so plötzlich daherkam. Natürlich schuldete ich ihnen auch eine Erklärung, weshalb Dutschy und ich keinen neuen Termin für die Hochzeit bestimmt hatten, ich weiß. Aber einstweilen beließ ich es dabei. Es hatte keinen Sinn, es war auch so schwer genug für sie. Sie waren in dieses Loch in der Wüste gekommen, um sich und ihren Kindern eine Identität zu geben und ein gutes Leben, und hatten Zerstörung erhalten.

Bei Begräbnissen gibt es Gebete, dann Stille und dann Schniefen. Anfangs fällt einem das nicht auf, es ist Teil der Natur, geht im Regen unter. Aber dann stehen sie für sich selbst, und man hört sie. Hunderte Schniefer umringen einen. Die Leute weinen leise und ziehen die Nase hoch. Es ist ansteckend. Ich schniefte, obwohl ich Giora Gueta nicht gekannt hatte.

Der Minister sprach. Er sagte etwas von einem langen Arm und einer starken Hand. Tragweite. Das war das Wort. Er sagte etwas von nichtswürdigen menschlichen Lebewesen. Er sagte etwas von Truppen. *Jallah*, los, halt den Mund, sagten die Schniefer.

Gioras Bruder sprach von dem Licht in seinen Augen, von Unschuld und Gutherzigkeit. Von Bescheidenheit. Ich dachte an den Giora Gueta, den ich getroffen hatte, mit der kreischenden Frisur und der Sonnenbrille. Bescheidenheit war da keine, aber wer weiß, vielleicht hatte ich ihn in einem untypischen Augenblick erwischt. Giora Gueta und ich kannten uns ungefähr acht Minuten lang. Er sagte zwei Sätze zu mir: »Du meinst, er ist in Ordnung, oder?«, und: »Hör mal, falls mir was passiert, möchte ich, dass du meiner Freundin Schuli in Jerusalem sagst, dass du ihr sagst …« Auf beide Sätze reagierte ich mit Geringschätzung. Das war ein Fehler.

Die Leute zerstreuten sich bis auf einige wenige, die noch ein paar Minuten am Grab stehen blieben. Ich hielt mich in angemessener Distanz von allen, Schuli im Augenwinkel. Sie stand an der Ecke, entfernt, allein. Ich beschloss, dass ich die Wölbung ihrer Wangenknochen mochte. Sie setzte sich in Bewegung. Sie hatte lange Beine. Einen aufrechten Gang. Sicher, aber weich. Sie ging zu dem frischen Grab, ein Erdhaufen, darauf ein Kranz mit dem Staatswappen und eine kleine Tafel, auf der handschriftlich »Giora Gueta« geschrieben stand. Für sich allein blieb sie einige Sekunden davor stehen, dann ging sie weiter. Sie sprach nicht mit den Eltern. Sie nickte mit dem Kopf einem oder zwei seiner Freunde zu. Im Mittelpunkt der kleinen Gruppe war ein Mädchen, das nicht zu weinen aufhörte. Guetas Mutter trat zu ihr und umarmte sie lange. Ich vermutete, dass die Schluchzende lange Zeit Guetas Freundin gewesen war. Seine Eltern liebten sie, sie gehörte zur Familie. Die Freunde kannten sie als die wichtigste weibliche Figur in Gioras Leben. Schuli, baute ich die Theorie weiter aus, war eine Geschichte aus der letzten Zeit. Sie kannte seine Eltern kaum, wenn überhaupt. Er hatte sie noch nicht offiziell vorgestellt, hatte vielleicht Bedenken wegen der Position der Schluchzenden. Doch das Szenarium, das ich entwarf, war komplett falsch. Immerhin brach diese irrige Theorie bei Schuli das Eis, denn sie musste ziemlich lachen, als sie sie hörte. Es war das erste Mal in diesen Tagen, dass sie lachte.

Ich fing sie auf dem Weg von den Gräbern zum Parkplatz ab. Sie ging gemessenen Schrittes langsam den steilen Hang hinauf, die Augen auf die Straße geheftet.

»Bist du Schuli?«

Ich ging nun an ihrer Seite, und sie sah mich an. Schöne Augen.

»Wer bist du?«

»Ich habe Giora gesehen, gerade bevor er …«

»Er ist tot.«

»Ich weiß.«

Schweigen. Sie hatte eine schöne Stimme. Den Blick wieder zu Boden gesenkt, fragte sie: »Was hat er in Tel Aviv gemacht?«

»Was? Ich weiß nicht.«

»Er ist nie nach Tel Aviv gefahren. Wieso Tel Aviv? Er hat immer gesagt, wo er hingeht. Jeden Schritt hat er mir erzählt. Sogar ohne dass ich darum gebeten habe. War er bei dir?«

»Nein, ich war im Autobus … Sammelta…, ich meine Minibus. Ich bin ausgestiegen, bevor …«

Es schien keinerlei Eindruck auf sie zu machen. Sie ging weiter, schwieg wieder.

»Willst du nicht wissen, was er zu mir gesagt hat?«

»Würde das was ändern?«

»Vielleicht.«

Sie erwiderte nichts darauf.

»Ich habe seinen Palm gefunden.«

Sie blieb stehen und schaute mich an. Dann drehte sie sich um und blickte auf die Berge, zum grauen Himmel. »Hör zu«, seufzte sie, »ich brauch den Palm nicht. Gib ihn der Polizei.«

»Nein, sie …«

»Dann seiner Mutter. Oder heb ihn auf. Ich weiß nicht. Was willst du?«

»Ich will wissen, wer er war.«

»Warum?«

Gute Frage. Ich kratzte mich am Kopf. Meine Haare waren nass. »Ich weiß nicht, ich war der Letzte, der mit ihm gesprochen hat.«

»Ja und?«

»Nicht bewegen!« Sie erstarrte auf der Stelle. Einen Meter vor ihr, auf der nassglatten Straße, befand sich ein nicht allzu großer Skorpion. Er saß da und blickte sie an. Sie sah ihn noch nicht und er mich noch nicht, als ich langsam einen großen Stein vom Straßenrand aufhob. Vorsichtig näherte ich mich dem Skorpion, holte aus und ließ den Stein mit aller Kraft niedersausen. Sein Kopf war zertrümmert. Schuli machte einen Satz und stieß einen Schrei aus. »Was ist das?«

»Ein Skorpion. Sie kommen manchmal bei Regen raus, wenn er ihnen die Löcher überflutet. Sie sind dann ziemlich gereizt. Ich weiß nicht, ob er was gemacht hätte, aber sicher ist sicher.«

Sie stand auf ihrem Platz, blickte auf den zerschmetterten Skorpion. Sie zitterte leicht, vielleicht vor Kälte.

»Hör zu. Alles, was ich dir sagen wollte, ist, dass ich ein bisschen mit ihm geredet habe, und er hat zu mir gesagt: ›Falls mir was passiert, richte Schuli aus …‹«

Sie blickte mich an. Vielleicht kämpfte sie mit sich, ob sie mir glauben sollte. »Richte Schuli was aus?«

»Äh … er hat nicht gesagt, was. Er hat es so gesagt. ›Richte Schuli aus …‹, und dann hat er den Satz nicht beendet.«

»Dann war die Explosion?«

»Nein. Er hat bloß aufgehört. Dachte nach. Einen Moment später kam meine Haltestelle, und ich bin ausgestiegen.«

Sie überlegte und musterte mich. »Das hat er gesagt?«

»Ich denke, das war das Letzte, was er in seinem Leben gesagt hat.« Sie fing an zu weinen.

In meinem Polo fragte ich sie, ob es ihr was ausmachte, mich bei zwei Erledigungen zu begleiten, bevor wir die Familie Gueta in der Hapalmachstraße aufsuchten. Ich zeigte auf mein Telefon mit dem zersplitterten Display. Sie sagte: »Oi.« Ich deutete nach hinten, sie drehte sich um und sah, dass dort kein Fenster war. »Oi. Was ist passiert?«

»Hast du von der Schießerei heute Nacht gehört?«

»Bei Scha'ar Hagai, Bab al-Wad?«

Ich schaltete das Radio ein. Ewiges Gedenken sei unseren Namen …

»Wie heißt du?«

»Krokodil.«

»Echt?«

Sie zog ein Hosenbein etwas hoch. Auf der Innenseite des rechten Fußes, neben der Wölbung des Knöchels, war ein kleines Krokodil eintätowiert. Lächelnd. Sie lächelte mich an, ein warmes, hübsches Lächeln. Ihre tiefen schwarzen Augen, die Augen einer Hexe, die von Bergen, Tälern und Nebel bevölkert waren, lächelten auch.

Wir fuhren zum Kundenzentrum der Orange-Telefongesellschaft in Giv'at Schaul – eine kurze Fahrt vom Friedhof aus –, zogen eine Nummer und warteten. Ein junger Typ neben uns las die *Jediot Acharonot*. Die Schlagzeile lautete: »Wie Tontauben im Schießstand«.

»Wie welche Tauben?«, fragte Schuli. Der Junge ließ die Zeitung sinken, schaute uns an und danach auf die Schlagzeile der Zeitung. »Diese miesen Hunde«, sagte er, »wann wird das mal einer begreifen? Wann? Wie viel Zeit gibt man ihnen denn noch, um Hackfleisch aus uns zu machen?«

»Was begreifen?«

»Was, was begreifen?« Eine andere Stimme mischte sich jetzt in das Gespräch ein. Auch ein Mann. Etwas älter, grauhaarig. »Begreifen, dass man diesen Hunden nicht trauen kann. Was gibt es da zu begreifen?«

Dieser Mann hielt eine Ausgabe der *Ma'ariv* in seiner Hand. Die Schlagzeile: »Wie Tontauben im Schießstand«.

»Und wenn es einer begreift, was sollte er dann tun?«

»Ihr Nest komplett ausheben«, sagte der Erste. »Damit sie es ein für alle Mal begreifen.«

»Sie tanzen uns auf der Nase rum«, sagte der Zweite. »Sie lassen uns in Bab al-Wad tanzen. Was soll das? Die verpassen uns eine Lektion in Geschichte.«

»*Ding!*«, klingelte das System zur Regulierung der Warteschlangen im Servicezentrum. Klingeln ist ein etwas veralteter Begriff, um das Ereignis zu beschreiben. Es dingdongte oder schlug zart an.

»Avi!«, rief die Angestellte und griff nach meinem malträtierten Gerät. »Komm, schau dir das mal an.« Avi trat hinzu. »Sag mal, Avi, schließt die Versicherung auch feindselige Akte mit ein?«

»Was ist das?«

»Feindselige Akte?«

»Wie feindselig?«

Sie erklärte es ihm. Er hob bewundernd seinen Blick zu mir auf. »Echt, du warst dort?«

»Ich und das da«, antwortete ich und deutete auf das Telefon. Er streckte seine Hand aus, um meine zu drücken, und ich schüttelte sie lose. »Keine Sorge, Bruder, das kriegen wir für dich hin.«

»Das Interessante daran ist«, sagte ich zu Schuli auf unserem Weg ins Talpiotviertel, »dass es im Schießstand gar keine Tauben gibt, soweit mir bekannt ist. Das letzte Mal, dass ich bei einer solchen Schießübung war, ist vielleicht dreizehn Jahre her. Aber wenn es damals keine Tauben gab, fällt es mir schwer zu glauben, dass es heute welche geben soll. Es gibt Papparaber mit Kafijas.«

Sie grinste.

»Aber sie konnten als Schlagzeile ja schlecht schreiben ›Wie Papparaber mit Kafijas im Schießstand‹.«

Sie verbarg ihr Lächeln mit der Hand. »Idiot.«

Als wir Bab al-Wad zum dritten Mal hörten, schaltete ich das Radio aus. Schuli erzählte mir, dass sie von dem Anschlag gehört, aber nicht gedacht hatte, dass sie jemand kennen würde. Bei Anschlägen in Jerusalem war sie besorgt, überprüfte die Namen, aber diesmal hatte sie keinen Grund. Das erinnerte mich an die Reaktionen bei Time's Arrow auf Anschläge. Wenn es in Haifa eine Explosion gab, machten die zweieinhalb Haifaer ein besorgtes Gesicht, telefonierten und warteten auf die Namen. Bei Anschlägen in Jerusalem nahmen Ron, der zweite Jerusalemer in meinem Zimmer, und ich die Haltung von Betroffenen ein. Wir kannten die Straßen auf den kleinen Stadtplänen mit der Flamme im Fernsehen, was uns zu halben Opfern und potenziellen Bekannten machte.

Giora hatte ihr nicht gesagt, dass er nach Tel Aviv fuhr. Niemand wusste, was er dort gemacht hatte. Er fuhr nie dorthin. Sie hatte den ganzen Tag gearbeitet und ihn am Abend angerufen. Nach zwei Stunden fiel ihr auf, dass er nicht zurückrief. Das sah ihm nicht ähnlich. Sie rief seinen Vater an. Gioras Vater sagte zu ihr: »Sei stark.« In der Nacht fuhren sie zum Leichenschauhaus in Abu Kabir. Sie identifizierten das, was man ihnen zeigte, nicht. Erst in der Früh, nachdem Gioras Vater Aufnahmen von Gioras Zähnen von seinem Zahnarzt geholt hatte, erfolgte eine zweifelsfreie Identifizierung.

Die Glas- und Fensterfirma in Talpiot – das war unsere nächste Station. Nach der Erfahrung bei Orange bereitete ich mich auf eine bewegende Ansprache über feindselige Akte vor, aber dort interessierte das keinen Menschen. Man zeigte mir, wo ich parken sollte, und ein junger Araber nahm die Details auf und sagte zu mir, ich solle in einer halben Stunde wiederkommen.

»Es gibt hier eine Bude mit einem überragenden Omelett im Pita. Willst du eins?«

»Klar.« Sie war in Ordnung. Wie viele Mädchen heutzutage willigen in eine Einladung zu Omelett im Pita eine Stunde nach dem Begräbnis ihres Freundes ein? Nachher erfuhr ich, dass sie Köchin in einem Hotel war und ein berufliches Interesse an dem Omelett hatte. Was natürlich nicht hieß, dass sie nicht in Ordnung gewesen wäre. Sie war noch viel mehr als das. Sie stimmte mir zu, dass das Omelett überragend war: Tehina, Petersilie, Tomaten, Omelett, Pita, Salz und Pfeffer. Nicht mehr und nicht weniger. »Das war die Zeit wert«, sagte sie. Ich warf einen Blick auf meine Uhr. Ein plötzlicher Gedanke – hatte ich in der Arbeit gemeldet, dass ich heute nicht kommen würde?

Die neue Heckscheibe glänzte. Alle Scherben und Splitter, die auf dem Rücksitz und der Ablage verstreut waren, waren weggesaugt worden. Wer hätte geglaubt, dass der schöne, saubere Polo vor uns gestern von einem Terroranschlag betroffen war? Nur der Geruch nach dem Gewehr war lästig. Ich kaufte einen Duftbaum, den man an den Spiegel hängte, mit Kokosgeruch und der Aufschrift »Hawaii«.

»Wohin jetzt?«

»Hapalmachstraße«, antwortete Schuli.

Ich verband das neue Telefon mit der Freisprechanlage, und es erwachte mit einer Serie krächzender und pfeifender Geräusche zum Leben, die eine ganze Minute andauerten und mir anzeigten, dass dieses kleine Gerät eine Menge zu erzählen hatte. Danach hörte ich die Nachrichten ab (zweimal Dutschy, Mama, Jimmy, Gili, Jimmys Sekretärin wegen des Brasilienflugs, etwas war fertig, was ich abholen konnte), aber in Gegenwart von Schuli schaltete ich das Gerät einfach aus und fuhr zur Hapalmachstraße.

14

Ich sah Chalil Abu Zeid zum letzten Mal, als er zu Onkel Dschalals Wohnung im Lager al-Amari kam, wo Bilal und ich wohnten. Er und Bilal redeten miteinander, während ich al-Dschazira ansah. Mit halbem Ohr hörte ich, dass Bilal von der nächsten Aktion sprach. Chalil lachte und sagte etwas Undeutliches. Ich sah auch, dass er ein Bündel Geldscheine herauszog und Bilal ein paar davon gab.

Bilal sagte: »Nein. Wir müssen jetzt zuschlagen. Wir sind wie ein Boxer in der Arena. Wenn der Boxer eine Faust landet, wartet er dann, bis sich sein Gegner erholt hat, oder schlägt er weiter auf ihn ein?«

»Ich wusste, dass du das sagen würdest.« Wenn Abu Zeid redete, legte er seinen großen Kopf auf eine Seite und zog die breiten Schultern hoch. »Aber wir müssen vorsichtig sein.«

»Er macht weiter bis zum Knock-out«, sagte Bilal.

Der Schahid Chalil Abu Zeid starb und ging ins Paradies und zu Allah ein, von den Büros der islamischen Wohltätigkeitsvereinigung aus in al-Bira. Er saß dort in einem Gespräch zusammen mit Dr. Halal, einem Forscher von der Hebräischen Universität, und einem weiteren Glaubenskämpfer, den ich nicht kannte. Dr. Halal sagte, sie unterhielten sich über das Leben. Halal verließ das Gebäude ein paar Minuten, bevor ein amerikanischer Hubschrauber der Armee ankam, am Himmel verharrte und eine Rakete auf das Gebäude abfeuerte.

»Wer hat meinen Söhnen diese Dinge in den Kopf gesetzt? Vor allem dir … du hattest es versprochen.«

Papa, fang jetzt nicht mit der Tränendrüse an … Es reichen Mamas Schwestern, die da waren und geheult haben …

»Schau dir das an. Mein guter Sohn liegt hier wie eine Gurke. Der zweite wird ein Urteil von vierhundert Jahren Gefängnis kriegen.«

»Papa, hör auf damit. Sie haben gesagt, wir sollen über positive Dinge reden. So ist die Chance größer, dass er sich erholt.«

»Erholen, Lulu? Schau ihn doch an. Ich hatte zwei Söhne. Zwei Söhne.«

»Genug, Papa. Du hast versprochen, positiv zu sein, wenn du bei ihm bist. Dass du ihm …«

»Wie kann man bei so was positiv sein?«

Ich treibe im Meer … ich sehe den Strand, aber ich kann ihn nicht erreichen. Die Flut hält mich ab …

»Die Schwester hat gesagt, sein Untersuchungsergebnis sei gut gewesen.«

»Seine Augen! Fahmi? Fahmi …«

Der Körper bewegt sich nicht, und die Augen öffnen sich nicht. Falls ich träume, hört dieser Traum nicht auf …

»Sie verstehen nur Blut. Sie spielen ein Spiel. Sie unterschreiben Abkommen, aber du weißt, dass sie nicht vorhaben, sie einzuhalten. Die palästinensische Delegation macht sich immer mehr zum Gespött, und die Juden sitzen ihr gegenüber und lachen ihr ins Gesicht. Ich will kein Kind sehen, das zu kleinen Fetzen wird, aber wenn ich sehe, wie ein kleines Kind in meiner Straße von der Granate eines Panzers verwundet wird, oder einen Panzer, der ein Haus mit einem Kind drin zerstört, muss ich reagieren. Sie treffen Kinder, ohne nachzudenken, wir versuchen wenigstens, keine Kinder zu treffen. Bei ihnen ist es mit Absicht, bei uns ist es aus Versehen, wenn Kinder getötet werden. Wir sagen den Glaubenskämpfern, sie sollen dorthin gehen, wo es wenigstens einen Soldaten gibt. Ich habe zwei Optionen, Tod oder Tod. Welche soll ich also wählen? Ich wähle die weniger schmerzhafte von den beiden. Den Tod mit den Soldaten, die meine Kinder töten, statt eines Hungertods. Ich bin kein Mörder. Ich stoppe nur den, der mich tötet. Ich befolge Gottes Willen. Alle Juden sind Soldaten. Alle Juden haben Scharon gewählt. Alle Juden waren in der Armee oder werden es sein oder ihre Söhne oder ihre Onkel. Schaut euch auf al-Manar an, was sie uns antun. Es spielt keine Rolle, ob einer bei der Bank arbeitet, als Busfahrer, in einem Laden, bei der Stadtverwaltung. Alles Soldaten. Sie sind gekommen, um sich in meinem Staat niederzulassen. Sie kommen aus Russland, Äthiopien und Amerika. Sie sagen Hitler, aber Hitler ist seit 1945 vorbei. Wo ist Hitler? Es gibt keinen Hitler mehr. Jedes Jahr kommen Hunderttausende Einwanderer aus Russland. Wo ist bitte Hitler in Russland? Nicht mehr da. Wenn ein Auswanderer auf meine Kosten hierherkommt, um mich von meiner Erde zu vertreiben mit der Ausrede von Hitler, ist das keine Endlösung. Da reden sie von den Muslimen, aber wer hat eine Atombombe auf Japan abgeworfen und dreihunderttausend umgebracht? Und sie wollen uns beibringen, was richtig und falsch ist?«

Das alles sage ich in der *Arche Noah* mit Tommy Museri auf Kanal 50. Ich habe mich einmal gesehen, wie ich diese Rede hielt, und danach noch einmal, mit einer etwas besseren Rede, und dann wieder. Tommy Museri in meinem Kopf fährt fort, interessiert zu nicken. Er hebt die Hand, um den Siedler auf der Gegenseite zu stoppen, der hineinzuplatzen versucht. Er sagt, dass Moses vor dreitausend Jahren hier war. Aber wir haben nichts, sage ich. Unser Leben gilt nichts. Hat keinen Wert. Ausgangssperre. Kein Essen. Keine Arbeit. Kein Studium. Man tötet uns, und wir versuchen nur, sie aufzuhalten. Der Siedler sagt, es sei unsere Schuld. Ich sage, Israel hat Gaza mit einer F16 bombardiert und das Baby Iman al-Hidschu getötet. Was hat es getan, worin bestand sein Verbrechen? Tommy Museri lauscht interessiert. Der Siedler sagt wieder, dass Moses vor dreitausend Jahren hier war. Tommy Museri lächelt und sagt: »WERBUNG!«

»Was sagt Ihre Mutter dazu?«, fragt Tommy Museri nach der Werbung. Mama liebte Bilal, bewunderte ihn. Ich drehe mich auf meinem Stuhl um, blicke auf das Publikum, das ich aus dem Dorf mitgebracht habe. Ganz Mughajir ist da. »Sie ist tot. Aber ich weiß, dass sie stolz auf mich ist. Wie die Mutter, die vier Söhne an einem einzigen Tag opferte und sagte: ›Gott sei Dank, der mir die Ehre des Märtyrertums gewährte.‹«

Hört nicht auf … Mir ist heiß, Swetlana, wo bist du, wenn man dich braucht?

Swetlana. Komm her. Ist hier jemand?

Du kannst mir ins Auge leuchten. Du kannst eine Tiefenmassage mit mir machen. Sogar Eis. Wo bist du?

Ich verbrachte diesen ganzen Vormittag im Bett, schwitzend. Bilal erzählte mir von Chalil. Er sagte zu mir, ich solle in die Moschee kommen. Aber mir taten alle Knochen im Leib weh, und ich hatte Schüttelfrost. Das Telefon klingelte. »Fahmi?« Wie sehr ich diese Stimme liebte. Rana. »Geht es dir gut?« »Ich weiß nicht … ein bisschen krank, glaube ich.« »Kommst du nicht nach Mughajir? Du hast gesagt, dass du zurückkommst.« »Hab ich … ich komme, irgendwann, du weißt, wie schwierig es ist durchzukommen.« »Ja.« Ich hörte an ihrem Atem, dass sie mir sagen wollte, dass diese Leute, die behaupteten, meine Brüder zu sein, Idioten waren. Sie wollten mich, unser ganzes Volk ins Mittelalter zurückversetzen. Aber diesmal sagte sie es nicht. Bilal war wirklich mein Bruder. Ich schwieg ebenfalls. Schließlich sagte ich: »Ich fühle mich nicht so besonders, Rana.« Sie sagte: »Schon gut.«

Tommy Museri fragte mich, was ich den Juden zu sagen hätte. Ich sagte: »Der Islam ist eine Religion des Erbarmens, eine Religion des Friedens, der Liebe, der Brüderlichkeit und des Mitgefühls. Die Wurzel seines Namens ist Salam – Friede. Die Juden – auch ihre Religion – sagten, man soll nicht töten, aber sie töten jeden Tag. Jede Stunde. Alles im Staat ist für sie, für uns ist nichts. Meine Familie, wir alle möchten zuallererst Frieden und Freiheit, nicht Verbrechen. Aber wenn man mein Haus in die Luft sprengt und meine Kinder tötet und fünfhundert Männer aus ihren Häusern holt und sie in einer Reihe eine ganze Nacht lang aufstellt und verhaftet, ohne zu sagen, wofür, lässt man mir keine andere Wahl, als mich selbst zu verteidigen. Man herrscht über mich mit Feuer und Schwert, ich muss das aufhalten. Wir kämpfen gegen niemand ohne Grund, auch nicht wegen Geld oder krimineller Dinge. Wir sind nicht die Mafia. Wir haben einen höheren Grund, für den wir leben und für den wir töten und sterben.« Ich schloss die Rede, und das Publikum stand auf und jubelte mir lange zu.

»Und was sagt Ihr Vater?«, fragte Tommy Museri in meiner Phantasie. Meine Augen füllten sich mit Tränen. Mein Vater würde mich totprügeln, aber das ist nicht seine Art. Papa ist enttäuscht. Ich habe ihm versprochen, mich auf nichts einzulassen. Er will nur in Ruhe leben. Er denkt, das ist nicht der Weg. Er denkt, Bilal und seine Freunde sind primitiv, mittelalterlich. Er denkt, wegen uns wird er einen Herzinfarkt kriegen. Aber ich möchte, dass mein Leben einen Wert hat. Ich habe nicht getan, worum er mich gebeten hat. Ich weinte, in meinem Kopf vermischten sich Vater, Mutter, Chalil und die schöne klare Stimme von Rana. Ich richtete mich auf, schrie und warf das Kissen an die Wand, denn die war neben mir. Wände, das war alles, was ich sah, jeden Tag, den ganzen Tag. Wände und den gläsernen Bildschirm des Fernsehers und Blut. Ganze Tage gingen vorüber, ohne dass ich etwas anderes sah. Ich blickte mich um. Die Wohnung war dreckig. Ich war schmutzig. Ich ging auf die Toilette, hielt meinen Kopf ins Waschbecken und drehte das kalte Wasser auf. Ich musste aufwachen.

15

Trotz des Frühstücks und des Omeletts im Pita trat ich bei den Guetas zu Hause an den Tisch. Das war der Platz, zu dem ich einen natürlichen Bezug herstellen konnte. Ich füllte den blauen Plastikteller mit schmackhaften Salaten, die Gioras Tanten zubereitet hatten: Tabule, Tomaten und Peperoni, Schafskäse und getrocknete Tomaten.

Die Wohnung summte von Betriebsamkeit. Dutzende Leute kamen und gingen, liefen herum und redeten. Der Regen prasselte gegen die Fenster. Es schien, als ob die Trauerwoche Vitalität in das Haus pumpte, es mit Leben auflud, um den Verlust zu kompensieren. Vater Gueta ergriff mit Tränen auf den Wangen Schulis Hand und flüsterte ihr etwas ins Ohr. Der einzige Mensch im Raum, den ich kannte, war besetzt. Ich fand einen Stuhl und konzentrierte mich auf das gute Essen.

Als ich das nächste Mal meinen Blick hob, war Schuli in eine lang anhaltende Umarmung mit Mutter Gueta versunken, und Vater Gueta saß da und starrte mich an. Ich erwiderte seinen Blick, und er lächelte mich traurig an. Ich begriff, dass ich zu ihm hingehen musste. Ich stand auf, den halbvollen Plastikteller in der Hand. Er ermutigte mich mit seinem Lächeln. Ich suchte nach einem Platz, um den Teller abzustellen, aber die Wohnung war voller Menschen, die den Weg und die Sicht versperrten. Ich ging weiter auf den Vater zu, wechselte den Teller in die linke Hand und streckte die rechte aus. »Herr Gueta, angenehm, ich bin Eitan.«

»Eitan?« Er musterte mich von oben bis unten, verharrte kurz auf dem Teller in meiner linken Hand. Wer weiß, was ihm Schuli gesagt hatte.

»Sind Sie ein Freund von Giora aus Tel Aviv?« Das hatte sie ihm also erzählt.

»Äh … nicht ganz. Ich habe ihn nur im klei … im Autobus gesehen. Ich bin ausgestiegen, bevor er … ich habe ein bisschen mit Giora geredet, bevor ich ausstieg.«

»Ja, ja. Das hat Schuli gesagt. Können Sie mir erklären, was er in Tel Aviv gemacht hat?«

»Äh … Schauen Sie, Herr Gueta. Das heißt … nein. Das kann ich nicht. Ich weiß nicht, was er dort gemacht hat.« Ich blickte hoffnungsvoll in Schulis Richtung, aber sie befand sich immer noch in den Armen von Mutter Gueta. Beide weinten, Schulis Schminke zerlief. Ich stocherte mit der Gabel auf dem Teller herum und spießte ein Stückchen Salatblatt auf, das ich mangels Wahl zum Mund führte. Jemand kam, um Herrn Gueta zu umarmen. Ich dachte, er würde mich erlösen, aber ich irrte mich. »Augenblick, Eitan«, sagte er, als ich ihm den Rücken zuwandte. Er berührte mich an der Schulter. Ich drehte mich wieder um. »Ja, Herr Gueta, es tut mir leid. Ich dachte, Sie sollten mit Menschen reden nach …«

»Nein, nein. Ich will nur wissen, warum er zu Ihnen kam. Warum er in Tel Aviv war. Das ist alles. Er hat uns nämlich nichts davon gesagt, dass er dorthin fährt. Wir wussten nicht, dass er dort etwas zu tun hat. Ich bin nur … neugierig. Ich möchte nur verstehen.«

»Ich verstehe«, sagte ich. »Aber ich weiß wirklich nicht, was er dort gemacht hat. Ich habe ihn nur im Autobus gesehen. Ich habe zwei Sätze mit ihm gewechselt. Er hat mir nicht gesagt, warum er in Tel Aviv war.«

»Was hat er gesagt?«

Sollte ich ihm die Wahrheit sagen? Er wollte doch nur wissen, was die letzten Sätze seines Sohnes gewesen waren. Alles, woran er sich jetzt klammerte, war der letzte Tag in seinem Leben, seine Handlungen, seine Motive. Er setzte sein Vertrauen auf ihre Entschlüsselung. Als ob es etwas ändern, etwas erklären würde. Sollte ich ihm sagen, dass sein Sohn mich gefragt hatte, ob ich meinte, dass der Terrorist in Ordnung sei?

»Eigentlich nichts. Ich erinnere mich nicht genau. Wir haben über etwas gelacht, das sie im Radio sagten, vielleicht ... der Fahrer, der Fahrer sagte etwas ins Funkgerät, und sie haben ihn angeschrien aus der Zentrale ... ich ...«

»Fahrer?« In diesem Moment erhielt Herr Gueta Küsse auf die Wangen, und jemand sagte: »Hast du diese Barbaren gesehen? Bab al-Wad, als ob sich nichts geändert hätte. Nichts! Diese Regierung wird das Urteil noch vollstrecken, Gueta, du wirst schon sehen.« Ich sah ein freies Fleckchen auf dem Tisch, um meinen Teller dort abzustellen, und nutzte die Gunst des Augenblicks. Eine Hand ergriff meinen Arm, und ein angenehmer Duft umhüllte mich. Eine schöne Stimme sagte in mein Ohr: »Komm, wir gehen, Krokodil.«

Ich blickte in ihre Augen und hatte das Gefühl, als würde ich demnächst ertrinken. Ihre zerlaufene Schminke erinnerte an das Gesicht eines Pandabären. Sie sagte: »Schluss mit diesen Blicken.«

Ich nickte: »In Ordnung.« Sie lächelte.

Im Auto – sie dirigierte mich, und ich fuhr – passierten wir Plätze, große Gebäude, Hügel hinauf und hinunter. Wir fuhren über eine Ampel und bogen in eine Gasse, in der sie mir sagte, ich solle parken. Wir stiegen aus.

»Wo gehen wir hin?«

»Zum Montefiore.«

»In den Park?«

Wir liefen durch die Gassen. Ich fror. Der Wind an den ungeschützten Stellen in Jerusalem kann grausam sein. Es waren fast keine Leute draußen, nur das Wachpersonal an den Eingängen, wie um daran zu erinnern, dass in dieser Stadt noch Menschen wohnten. Sie stellte sich auf eine Steinmauer, ihr Haar flog im Wind nach hinten, und sagte: »Schau die Wüste an. Habt ihr so was in Tel Aviv?« Ich zitterte. »Komm mit«, sagte sie zu mir.

Im Café säuberte sie ihre Augen von der verschmierten Schminke.

Bestellte heiße Schokolade.

Legte ihre Hände um die Tasse.

Ein Wachmann an der Tür (ein Schekel Aufschlag auf die Rechnung), ein Barkeeper und etwas, das nach einem Hund aussah, kauerten sich zusammen. Jerusalem, jenseits des Fensters, strahlte Kälte aus, als hätte es die Wolken und den Wind mobilisiert, um die Leute von den Straßen zu fegen.

Sie weinte, als ich von der Toilette zurückkam.

Ich erzählte ihr meine Theorie über die Familie Gueta, die geliebte mythologische Exfreundin und Schulis inferiore Stellung im Verhältnis zu ihr. Sie lachte. Es gab keine Ex. Schuli kam gut mit der Familie und den Freunden aus.

»Ich bin wütend auf ihn«, sagte sie. »Ich begreife nicht, was er in Tel Aviv gemacht hat.«

Ich blätterte in der Zeitung: »Wie Tontauben im Schießstand«. Auch hier hatten sie sich bei der Skizze in Farbe, Modell und der Richtung geirrt, in der mein Auto stand. Chumi, der Soldat, war neben dem Auto liegend gezeichnet worden. Ausgerechnet ihn hatten sie gar nicht schlecht getroffen.

»Willst du herausfinden, was er in Tel Aviv gemacht hat?«

»Wie denn?«

Ich holte Guetas Palm heraus, öffnete den Terminkalender und setzte mich auf den Platz neben sie. An dem Datum, an dem er starb, hatte er um acht Uhr morgens einen Termin eingetragen. Dort stand: *Auto. Coffee Bean. Jehuda Hamaccabi* und eine Telefonnummer. Ich wählte. Niemand antwortete. Ich hinterließ eine Nachricht, man solle mich so bald wie möglich zurückrufen, es gehe um den Termin mit Giora Gueta. Ich sagte: »Siehst du? Wir sind schon weitergekommen.«

Sie sagte: »Weiter? Wir sind überhaupt nirgends hingekommen. Was heißt Auto?«

»Langsam, langsam«, erwiderte ich mit kompetenter Stimme. »Vielleicht wollte er ein Auto kaufen?«

»Wieso denn ein Auto?«

»Du wirst sehen, gleich läutet das Telefon.«

Das Telefon klingelte. »Krokodil, wo bist du?«

»Jimmy«, sagte ich.

»Was ist los, du bist verschwunden, meldest dich nicht.«

»Jimmy, ich bin in Jerusalem. Das ist eine lange Geschichte. Ich konnte mich nicht mit dir in Verbindung setzen. Mein Auto war in diese Schießerei bei Scha'ar Hagai verwickelt ...«

»Dein Auto war drin?«

»Jimmy, ich erklär dir alles, versprochen. Ich komme morgen. In Ordnung?«

»Du erinnerst dich, dass wir eine Besprechung haben, um uns auf Brasilien nächste Woche vorzubereiten.«

»Weiß ich.« Er trennte die Verbindung. Ohne Bye zu sagen. Keine Zeit für Verabschiedungen.

Mir fiel auf, dass ich immer noch Gioras Palm in der Hand hielt und dass mein Arm dicht an Schulis war, die Wärme genoss, sich näher schob. Da legte sie ihren Kopf auf meine Schulter und sagte: »Ich bin müde.«

Wir saßen drei Stunden dort. Sie hörte nicht auf zu reden. Ich hörte die ganze Zeit zu. Sie trank Wein. Allein eine ganze Flasche. Ich trank Kaffee und spürte, wie das Koffein einen Tunnel in mein Gehirn schlug. Je mehr der Wein ihren Körper wärmte, ihre Wangen rötete, ihr Herz und ihre Seele vor mir öffnete, desto mehr kühlte das Koffein mein Blut. Sie redete und weinte. Sie sagte viel mehr, als ich mir merken konnte, in einem überschäumenden, gewaltigen Strom von Worten, der über die Ufer trat und sich dann beruhigte, sich hierhin und dorthin wand, auf- und absteigend, sich zunehmend öffnete, immer persönlicher wurde. Einen Moment lang beugte sie sich über den

Tisch nach vorn und stützte ihre Wange in die Hand, während ihre feuchten Augen die meinen durchbohrten, und im nächsten Augenblick lehnte sie sich zurück, schlug ein Bein übers andere und dehnte ihre Schultern. Ich warf nur hin und wieder Fragezeichen aus, streute Kommas und Punkte und gute Worte ein. Ich übernahm die Rolle des passiven Zuhörers, absorbierte den Regen aus Schuli Waknins Winterhimmel. Irgendwann fragte ich mich, warum ausgerechnet ich. Das war eine Frage, die ich mir oft stellte. Dort sowie in den kommenden Wochen und Monaten.

Sie redete nicht nur über Sex. Sie sprach über ihre Eltern, ihre Schwestern und Freundinnen, ihren Exmann und natürlich über ihre Arbeit. Aber der Sex war, wie auch anders, der Teil, der mir am besten im Gedächtnis geblieben ist. Sie hatte sich von der Religion losgesagt. Sie war ihr ganzes Leben religiös gewesen. Eine Jerusalemerin. Heiratete mit zwanzig, ließ sich mit vierundzwanzig scheiden und begann danach, mit Hüftjeans und bauchfreien Tops herumzulaufen. Entdeckte die Freiheit des entblößten Körpers, die Freiheit, die der Wind aus den Hügeln auf der Haut birgt. Sie entdeckte die streichelnden Blicke der Männer und die Komplimente. Sie entdeckte den Sex.

In Wahrheit, gestand sie nach einem weiteren Glas Wein, hatte sie den Sex schon davor entdeckt, als sie noch verheiratet war. Einmal, als ihr Mann auf Wehrübung war, holte sie sich einen Pornofilm aus der Videothek. Ihr war einfach langweilig, und sie war neugierig. Sie wurde süchtig danach, bis zu seiner Rückkehr von der Wehrübung sah sie über zehn Filme, jeden davon ein paar Mal. Danach verlegte sie sich aufs Onanieren. Sie hatte ihren Mann nie betrogen, nur mit sich selbst und mit ihren Phantasien. Sie phantasierte von allen – von den Schauspielern in den Pornos, von Fußballspielern, Ministern, Kellnern und Köchen in dem Hotel, in dem sie arbeitete, irgendwelchen Gästen und Passanten, die sie im Hotel oder auf der Straße oder im Fernsehen sah. Alle wirkten als Stars in ihren Phantasien mit, aber nur ihren Fingern war es vergönnt, sie zu berühren. Jeden Tag, ein paar Mal pro

Tag, wann immer sie nur konnte. Wenn ihr Mann zu Hause war, dann im Bad oder im anderen Zimmer. Wenn er nicht da war, dann an jedem Ort, der ihr in den Sinn kam. Aber die Phantasien blieben in ihrem hintersten Kopf verborgen. Ihr Mann, der wie sie konservativen Verhältnissen entstammte, wusste nichts von ihren neuen Entdeckungen und wie erregend sie für sie waren.

Ihr Mann war ihr erster. Sie verlor ihre Jungfräulichkeit kurze Zeit vor der Hochzeit. Als sie den Orgasmus und die Phantasien entdeckte, versuchte sie, ihm anzudeuten, dass sie mehr wollte, aber er war nicht interessiert. Er genoss es einfach nicht so wie sie. Die Ehe erlosch innerhalb kurzer Zeit, aber nicht deswegen. Es kamen noch weitere Dinge hinzu, die sie mir teilweise erzählte.

Seit der Scheidung hatte sie die Zahl ihrer Liebhaber von einem auf acht erhöht. Der Sex war enttäuschend in den meisten Fällen. Das Leben war nicht wie in der Phantasie. Es war komplizierter, dauerte länger, war weniger anziehend, weniger intensiv. Die zweite Seite verhielt sich nicht wie in der Phantasie und man selber auch nicht. Giora Gueta lernte sie in der Lobby des Hotels kennen, in dem sie arbeitete, mit seiner Sonnenbrille. Er fiel ihr auf, weil er gut aussah, vor allem aber wegen der Sonnenbrille. Was war das für eine Nummer?, fragte sie sich, als er ihr bedeutete, näher zu kommen. Er nahm die Sonnenbrille ab und fragte sie, ob sie etwas trinken wolle. Sie lachte. Grenzenlos unverschämt. Hinterher begriff sie, dass das eine Nummer der Sicherheitsleute im Hotel war, und verstand, dass er, wie sie, im König-Schaul-Hotel arbeitete.

Sie bezeichnete ihn als ihren ersten ernsthaften Freund seit ihrer Scheidung und vielleicht den ersten ernsthaften Mann in ihrem Leben. Vor ihm verbarg sie nichts, denn es war nicht nötig. Er liebte, was sie liebte, die Pornofilme, die Phantasien und die Spiele. Aber in dem Moment, in dem das Ganze aufhörte, geheim zu sein, hörte auch die glühende Begeisterung auf. Der Sex mit Giora war phantastisch, sagte sie, war aber nicht mehr die erregende Offenbarung. »Man ist nie zufrieden. Der Rasen des

Nachbarn ist immer grüner. Aber ich habe ihn wirklich geliebt. Er war irre, überraschend, machte immer unerwartete Sachen.« Sie beendete den Satz mit nüchterner, leiser Stimme. Ihre Unterlippe zitterte, und ihre Augen füllten sich wieder mit Tränen. Sie wischte sie ab und schnäuzte sich.

»Was hat er gemacht?«, fragte ich.

»Er hat Arbeit gesucht. Er wusste nicht, was er genau wollte. Ein Geschäft aufmachen vielleicht. Er hatte viele Ideen. Oder Computer. Er war verrückt nach Computern. Einstweilen war er Sicherheitsmann, erhielt dafür Geld vom Ministerium.«

Sie schwieg, ich auch. Ich blickte sie an. Es gelang mir nicht, in ihr die Dinge zu sehen, die sie jetzt erzählt hatte. Ihre Schönheit war dunkel und sauber. Pechschwarzes, glattes Haar, dick und dicht bis über die Schultern. Die Haut ein helles Mokka. Ein lächelnder Mund. Große schwarze und tiefe Augen.

Die Tische füllten sich, aber die Leute waren still, in sich gekehrt. Störten uns nicht. Ich wollte bleiben, um noch mehr zu hören. Auch weil ich in ihren Augen ertrank und von ihren Geschichten fasziniert war. Und weil die Situation merkwürdig für mich war. Ich vergaß, dass sie existierte. Sie hatte keinen Platz in meiner normalen Tagesordnung. Wie viele Jahre war ich rastlos der Zeit hinterhergejagt, verlorenen Sekunden. Die Idee einer freundschaftlichen Unterhaltung über Stunden in einem Café hatte mein Hirn in diesen Jahren nicht einmal gestreift, und jetzt ließ ich die Zeit vorbeigehen, ohne einen Gedanken daran zu verschwenden. Ohne das Gefühl zu haben, etwas zu versäumen. Fast. Und die Zeit ihrerseits verging fast nicht. Stand beinahe still, als wartete sie auf mich, damit ich entschied, was sie tun sollte, wohin ich sie von dort aus führen würde. Falls mir ein verirrter Gedanke durch den Kopf ging, an die Zeit, die Arbeit, Dutschy, verscheuchte ich ihn sofort. Ich sagte zu Schuli: »Erzähl mir noch etwas.«

Sie war Küchenchefin im König-Schaul-Hotel, das etwas weiter oben in der Straße lag. Es war eine schwere Arbeit, physisch.

Eine Acht-Stunden-Schicht, ständig auf den Beinen und sie die einzige Frau in einem sehr männlichen, äußerst harten Beruf. Die anderen Küchenchefs im Hotel waren überwiegend Araber, einige Russen und zwei Israelis. Sie hatte kein Problem damit, aber es fiel ihr schwer, sich in ihre Welt einzufügen. In Stresszeiten gab es fünf solche Chefs in der Küche, die ununterbrochen schufteten. In ruhigeren Phasen waren weniger Leute dort, aber sie standen immer unter Druck. Jetzt war die Lage wegen der ganzen Anschläge zwar ruhig, aber, toi toi toi, es hatte schon seit einigen Wochen keinen Anschlag mehr in Jerusalem gegeben, und im König Schaul herrschte auch jetzt starker Betrieb.

Sie liebte die Arbeit, wusste allerdings nicht, wie lange sie das durchhalten würde. Sie hatte eine Abendschicht, die sie noch nicht abgesagt hatte. Es würde kein Problem sein, sie zu streichen, sie hatten Giora gekannt. Sie würden es verstehen. Aber sie war sich plötzlich nicht sicher. Vielleicht war es besser, nach einem solchen Tag in der Arbeit zu versinken.

»Mit einer Flasche Wein im Kopf?«

Sie lächelte langsam. »Stimmt. Aber das ist nichts Neues. Alle trinken in der Schicht.«

»Eine ganze Flasche.«

»Vielleicht keine ganze Flasche«, lächelte sie.

»Diese Leute haben nicht zurückgerufen«, fiel mir plötzlich ein.

»Welche Leute?«

Ich holte Gioras Palm heraus und zeigte ihn ihr. »Ah, stimmt«, sagte sie. »Vielleicht versuch ich's mal?«

Sie hatte Glück. »Schalom«, begann sie mit einer sexy Stimme. Ich hörte einen Mann am anderen Ende der Leitung antworten. »Hi … hier ist Schuli.« Sie schnitt mir eine Grimasse in der Richtung: »Und was soll ich ihm jetzt sagen?« Ich zuckte die Achseln. Tatsächlich, was sollte sie ihn fragen? Sie sagte: »Mit wem spreche ich?« »Aha, Schalom, Otto, hören Sie, ich bin die Freundin von Giora Gueta. Haben Sie gehört, was passiert ist?«

Sie lauschte ein paar Minuten. »Sie kennen keinen Giora Gueta? Aber in seinem Kalender steht ein Termin mit Ihnen, mit dieser Telefonnummer … Was sagen Sie? Hallo? Hallo?«

Mit dem Telefon in der Hand warf sie mir einen verwirrten, betrunkenen Blick zu. Sie sagte: »Er hat keine Ahnung, wovon ich rede.«

»Wir fahren hin«, schlug ich vor. »Wir haben die Adresse.«

»Jetzt?«, sagte sie.

»Wann immer du magst«, antwortete ich.

»Tel Aviv ist mir jetzt zu groß«, sagte sie. »Vielleicht morgen. Bring mich in die Arbeit.«

»Bist du sicher?«, fragte ich. Sie war sicher. Ich wollte ihren Mund küssen.

16

»Guten Morgen, Swetlana, wie geht es ihm?«

»Guten Morgen, Doktor Hartum.«

»Waschen … Pupillen … Reaktionen …?«

»… Sein Vater hat behauptet, dass er gestern für einen Moment die Augen geöffnet hat … abgesehen davon, nichts … ach ja, manchmal schwitzt er verstärkt. Und wenn man ihm Kassetten von Amr Diab vorspielt, wirkt sein Gesicht ruhiger …«

»Wenn man ihm was vorspielt? … Wunden? Infusion? Ernährung?«

Nicht die Lampe, nicht die Lampe! Swetlana, halt sie zurück!

»Er isst gut … hat ein Kilo und dreihundert Gramm zugenommen, seitdem er eingeliefert wurde … Ausscheidungen wie im Lehrbuch, haha … Entzündungen und Wunden hat er keine. Die Massagen tun ihre Arbeit.«

»Schön. Welchen Tag haben wir heute? In Kürze werden wir wissen, welche Richtung er nimmt, glaube ich.«

Die winzige Wohnung in al-Amari war ein Teil des Hauses von Großvater Fahmi und Großmutter Samira, das grob geviertelt worden war, und über die Jahre hinweg wohnten in den Teilen diverse Zusammensetzungen der Familien unserer Onkel und Tanten. Es gab eine Dusche, in der ich neben der Kloschüssel kaum selber Platz fand, sowie ein kleines Zimmer mit Spülbecken und winzigem Kühlschrank auf der einen Seite und einem Bett, einem kleinen runden Tisch und einem Fernseher auf der anderen. Eine an die Wand gelehnte Matratze diente dem, der das Bett nicht erwischte. Die Wände waren gelb gestrichen, verschmutzt. Im Kühlschrank gab es Milch, ein paar Joghurts und alte Gemüsereste. Darüber Kaffee und Teebeutel, ein paar Pitafladen, Salz. Eine nackte Glühbirne in der Mitte des Zimmers diente den ganzen Tag zur Beleuchtung, denn es fiel nicht genug Sonnenlicht durch die Luke über der Spüle oder von der Tür herein.

Ich duschte mich schnell und machte mich ans Aufräumen: leere Flaschen, Verpackungspapier und überquellende Aschenbecher. Eine verfaulte Gurke im Kühlschrank, mit einem nassen Lumpen vom Spülbecken über den Fernseher und den runden Tisch, Bett zudecken, Kleider zusammenlegen.

Ich verschlang einen Joghurt. Plötzlich fiel mir auf, dass ich hungrig war, also füllte ich einen Topf mit Wasser und kochte Kartoffeln und Eier. Als sie gar waren, schälte ich sie und schnitt sie in eine Schale. Im Kühlschrank fand ich eine halbvolle Büchse mit Thunfisch, die ich auch dazutat. Delikat. Erst dann schaltete ich den Fernseher ein. Musik und Clips aus dem Libanon, genau was ich wollte.

»Doktor Hartum sagt, es geht dir mit der Zeit immer besser. Wie lang bist du schon hier? Sie stehen immer noch draußen mit ihren Schildern. Bist du wirklich so schlecht? Es fällt mir schwer, das zu glauben. Hast du das wirklich gemacht, was sie sagen, das mit dem Krokodil? Ein süßer Junge, Krokodil. Aber du auch. Ich glaube ihnen nicht … das heißt, dein Bruder, von dem sagen sie, er ist ein großer Terrorist, aber du, ich sehe dich doch. Ich denke nicht, dass du dem Krokodil das hättest antun können. Man sieht ihn jetzt nicht mehr im Fernsehen. Schade, vielleicht hätte er was über dich gesagt …«

Das Krokodil? Krokodil? Wo ist er? Wir sind am Strand … in seinem grünen Auto … mir ist schrecklich heiß …

»Ist die Sprengladung fertig?«

»Fast.«

Bilal kam und aß auf, was ich von dem Salat übrig gelassen hatte. Er sprach leise ins Telefon. Schaltete auf al-Dschazira um: das explodierte Gebäude in al-Bira, in dem sich Chalil befand; Kinder suchten zwischen den Steinen nach Resten; Schreie. Bilal sah schweigend zu und ging wieder. Ich weidete meine Augen an Schirin Abu Akla, die berichtete, und als sie endete, kehrte ich zur Musik auf dem Libanesen zurück.

Lulu rief aus Mughajir an. Vater war krank, und er machte sich Sorgen um uns. Ich sagte ihr, sie solle davon aufhören und mir erzählen, wie es ihr ging. Was sie heute gemacht hatte. Wie es in der Schule war. Ich sehnte mich nach ihr. Ich hatte sie Monate nicht gesehen. Sie sagte, sie habe Rana getroffen. Auch sie hatte ich nicht gesehen … Ich musste sie zurücklassen, musste Mughajir hinter mir lassen. Mama und Papa und … ich war an einem anderen Ort. Al-Amari. Bilal. Studium … vielleicht, bald. Ich konnte aber nichts hinter mir lassen. Ich liebte Rana. Wir waren zusammen aufgewachsen. Wegen ihr bin ich der, der ich bin. Sie ist ein Teil von mir. Sie war die Einzige. Ich hatte Sehnsucht. Aber … Ich betrachtete die Tänzerinnen im Fernsehen und schloss die Augen.

Bilal wollte die Aktion so schnell wie möglich durchführen, als Rache für Chalils Ermordung. Er wollte, dass sie eine sofortige Reaktion zu spüren bekamen. Der Schahid sollte in seinem Video von Chalil sprechen, damit es klar war. Damit sie begriffen, dass der Mord und ihre Hubschrauber uns weder Angst machten noch aufhielten. Chalil selbst war immer der Ansicht, es sei besser, sich ein paar Tage ruhig zu verhalten, sagte ich zu Bilal. »Ja«, erwiderte der, »aber es ist wichtig, schnell zu handeln, für ihn.« Ich blickte in seine dunklen Augen, und plötzlich stieg in meiner Brust eine Welle von Schmerz auf. Ich drehte mein Gesicht weg und verbarg es in meiner Hand. Ich wollte das nicht. Bilal legte die Hand auf meine zitternden Schultern.

Am Nachmittag lief ich durchs Lager, um ein wenig Luft zu schnappen. Frauen mit Körben auf dem Kopf. Grünes Gras, gelbes Senfkraut und roter Mohn begannen entlang der Pfade zu blühen. Ich riss ein Blatt von dem großen Feigenbaum. Hinter der Moschee trainierte die Fußballmannschaft des Lagers auf einem Platz, dessen gesamte Mitte eine einzige riesige Pfütze war. Ich setzte mich dort neben ein paar andere Gelangweilte und sah zu, während die Pingpongschläge vom anschließenden Klubgebäude in meinem Kopf den Takt angaben wie ein Metronom. Die Mannschaft von al-Amari hatte einige Male die Meisterschaft der Westbank gewonnen. Aber diese Saison, seit ich ins Lager gekommen war, taugte sie nicht viel. Vielleicht hatte ich Pech mitgebracht. Ich fand einen Schekel in der Tasche und kaufte zwei Bananen an einem der Stände. Eine Banane an einem klaren Wintertag. Kinder traten einen Ball gegen die Wand wie jeden Tag, wenn ich hier vorbeikam. Das Leben hier änderte sich nicht, nur die Parolen an der Wand. Bilal würde die Kinder mit den rot-grün-schwarzen Spraydosen losschicken, um den Schahid Chalil Abu Zeid zu verherrlichen und Rache für ihn zu fordern.

Der Kandidat für das Selbstmordattentat war Nadschi, mit dem Bilal an diesem Morgen in der Moschee geredet hatte. Er hatte die aufrichtige Absicht, zu Gott einzugehen. Er hatte Chalil in der Moschee kennengelernt; er wollte sofort Rache nehmen. Er sei ein ruhiger Typ, sagte Bilal, mit starken Nerven. Einer, der auf den Knopf drücken könne, ohne sich davor zu fürchten, in Stücke gerissen zu werden. Ich fragte, ob er ihn denn kenne, ob das nicht ein bisschen schnell sei. »Ich vertraue auf Gott. Ich versuche, es herauszuspüren, aber ich weiß es nie. Wie kann man wissen, wie es in jedem Einzelnen aussieht? Nadschi scheint ein guter Junge zu sein, aber vielleicht täusche ich mich. Ich versuche, etwas über ihn und seine Familie in Erfahrung zu bringen.«

»Und wenn du dich täuschst?«

»Dann täusche ich mich eben, das ist Gottes Wille.« Bilal sprach schnell und sicher. Er hatte die Verantwortung von Abu Zeid übernommen. Ich wusste nicht, ob ihm jemand diese Aufgabe übertragen hatte, ob er die hochrangigen Leute kannte. »Auf alle Fälle kennt er weder meine Telefonnummer noch meinen richtigen Namen. Du wirst ihm das mit der Sprengladung erklären. Außer uns wird er niemand zu Gesicht kriegen. Er wird in die Wohnung kommen, und ab da ist er von der Welt abgeschnitten. Er kann sich mit niemand in Verbindung setzen. In der letzten Nacht wird er bei uns schlafen.«

Ich machte Tee. Die Küche war kalt, aus meinem Mund kam Dampf. Bilals Telefon klingelte. Die Melodie von *A-Team*, das wir immer als Kinder in Mughajir sahen. »Ja, Papa …«, sagte Bilal. Ich stellte mir meinen Vater vor, zu Hause in Mughajir mit seiner silbernen Mähne. Ich hörte an Bilals Stimme, dass er nicht respektlos erscheinen wollte, aber er und Papa … Ich erinnere mich, dass Papa zu mir sagte: »Für ihn bin ich längst keine Autorität mehr, ihn habe ich aufgegeben. Aber du … um dich tut mir das Herz weh, ich weiß, dass du kein Mörder bist. Ich kenne dich, Fahmi, niemand kennt dich so gut wie ich.« »Klar bin ich kein Mörder«, sagte ich zu ihm. Ich tat Zucker in den Tee und kehrte zurück. Bilal sprach mit jemand anders. Der Junge, der Erkundigungen über Nadschi eingezogen hatte, war sich nicht sicher, was ihn anging. Es gab in seiner Vergangenheit irgendeine kriminelle Affäre. Bilal rief Nadschi an. Wie konnte man wissen, wie es in jedem Einzelnen aussah?

Ich holte den Sprengsatz aus seinem Versteck hinter Decken und alten Zeitungen in einem seitlichen Wandschrank und legte ihn auf den Tisch. Hob ihn hoch und befühlte ihn. Die Schläuche mit dem Sprengstoff waren an Ort und Stelle, nichts war verdunstet. Aus einem der Täschchen nahm ich die Eisenkugeln und die Nägel, die eine der RDX-Würste umgaben, dann zog ich die Wurst selbst heraus und zeigte sie Bilal. »Wir haben hier sieben Kilo Sprengstoff und ungefähr zehn Kilo Eisen. Das kann ernsthaften Schaden anrichten.« Er nickte. »Willst du's probieren?« Ich hatte damit nicht gemeint, dass er sich selbst als Kandidaten für einen Märtyrertod in Betracht ziehen sollte, aber genau das dachte er natürlich. Er schwieg einen Moment, ließ seinen Blick zwischen dem Sprengsatz und einem undefinierbaren Punkt im Raum der Wohnung wandern. »Komm, wir schauen mal, was mit Nadschi ist«, sagte er schließlich.

Das Café von Ali Dschafar Hussein, das einzige in al-Amari, lag um die Ecke. Ich bestellte eine Cola und trank langsam. Wir saßen auf kleinen Schemeln vor der Tür. Wir waren allein draußen, mit Wind und Kälte in unseren Gesichtern, Schlamm und Pfützen vor unseren Schuhen. Nadschi traf ein paar Minuten später ein. Ich wechselte einen Blick mit Bilal. Er war so jung, dass seine Wangen noch ganz rund und glatt waren. Er schlug die Augen nieder, wenn er sprach.

»Du schwitzt wieder. Woran denkst du dort?«

Gib Ruhe, Swetlana, stör mich nicht … wo war ich?

»Oi, Fahmi, hab ich dir erzählt, was für einen schrecklichen Abend ich gestern zu Hause hatte?«

Nicht jetzt, Swet, ich bin beschäftigt … nachher …

In dem Moment, in dem ich Nadschi den Gürtel anlegte, spürte ich die Belastung für seinen Körper, die Muskeln, die sich spannten. Er biss sich auf die Lippen, sagte nichts. »Wir passen die Riemen des Gürtels deiner Größe an. Ich werde ihn enger ziehen, damit du ihn unter dem Hemd tragen kannst.« Nadschi war mollig und hellhäutig. Ich zog die Riemen fester. Er berührte meine Hand, eine weiche Berührung, um das Straffen zu stoppen. Ich war ihm nahe, roch ihn, die Regentropfen an seinem Hals, die Angst. »Das ist die Batterie. Du nimmst sie getrennt mit und schließt sie am Schluss an. Ja?« Er nickte. »In dem Moment, in dem du sie anschließt, vergrößert sich die Unfallchance.« Um es ihm zu veranschaulichen, löste ich den Sprengstoff vom Stromkreis und schloss ihn stattdessen an eine elektrische Glühbirne an. Ich erklärte ihm, wie man die Batterie anzuschließen hatte, und nach ein paar Versuchen schaffte er es. Schweiß trat ihm auf die Stirn. Bilal ging hinaus zum Rauchen, und als er zurückkam, warf ich ihm einen skeptischen Blick zu. Man musste schon ein toter Fisch sein, um so etwas zu machen. Man brauchte eiskaltes Blut. Man musste ein bisschen wahnsinnig sein. Ich verstand nicht, warum sich Nadschi freiwillig gemeldet hatte.

»Nach der Batterie kommt die Sicherung. Dieser Nagel verhindert, dass du auf den Auslöseknopf drückst. Du ziehst ihn so raus.« Er machte es. »Jetzt kann man ungehindert auf den Knopf drücken. Nicht zu fest. Das geht im Nu – in dem Moment, in dem du draufdrückst, verlässt du das Leben. Du wirst nichts spüren. Keine Explosion, keinen Schmerz, nichts anderes, nur die Sicherheit, dass du mit Gott bist.« Nadschis Atemzüge wurden schwer. Er legte eine Hand auf meine Schulter. Bilal sagte: »Du verlässt ein Leben des Leidens, der Probleme. Ein Knopfdruck schickt deine Seele ins Paradies, zu Gott und zu allen heiligen Glaubenskämpfern. Du gehst zu Gott.« Nadschi lehnte seine Stirn an meine Schulter, ich streckte die Hand aus und drückte ihn an mich. Bilal warf ich einen Blick zu und schüttelte leicht den Kopf. Er atmete an meinem Hals. »Drück jetzt«, flüsterte ich. Er drückte. Die Glühbirne leuchtete für eine halbe Sekunde auf, man hörte ein erschreckendes *Ping*, und sie erlosch schlagartig. Nadschi machte einen entsetzten Satz.

»Nichts passiert. Die Birne ist durchgebrannt«, sagte ich. Ich ging eine neue Glühbirne holen, und als ich zurückkam, hatte sich Nadschi gefasst. Ich schloss die Birne an, und er versuchte es noch mal, schaffte es diesmal ohne meine Anleitung. Er nahm den Gürtel ab und legte ihn auf den Tisch. Ich ging zu Bilal in der Zimmerecke und flüsterte ihm ins Ohr.

17

Nachdem ich Schuli am Hotel abgesetzt hatte, begann das Kopfweh. Heftige Stiche spalteten mein Hirn. Ich hielt am Straßenrand, kaufte eine Flasche Wasser und warf einen Blick hinter den Verkäufer. Verlangte auch Waffeln, Zigaretten und Kaugummi mit Melonengeschmack. Ich zündete eine Zigarette an. Ich rauche nicht. Früher, beim Militär, ja, aber jetzt raubt mir das zu viel Zeit. Es beruhigte die Stiche nicht und verursachte mir Brechreiz. Nach zwei Zügen warf ich die Zigarette und das ganze Päckchen in den nächsten Abfalleimer. Auch die Waffeln, nach einem Bissen. Während der Fahrt zu meinen Eltern trank ich das Wasser schlückchenweise und kaute den Kaugummi mit starken Bewegungen, die mir fast den Kieferknochen zerlegten.

Meine Mutter machte mir ein Schnitzel und bot mir Pillen an. Ich nahm das Schnitzel. Wir aßen schweigend, meine Eltern und ich. Die Englischlehrerin seit dreißig Jahren und der Exerdnussbutter-Importeur. Er sagte: »Scha'ar Hagai, das ist wirklich eine Eskalation.« Ich nickte. Meiner Mutter taten die Augen weh. Sie fragte, ob es Dutschy gutgehe. Eine gute Frage. Ich dachte an Schuli; ich hätte gern gewusst, wie sie in der Küche zurechtkam. Am liebsten wäre ich sofort zu ihr gefahren und hätte sie gefragt. »Dutschy?«, sagte ich. »Ganz gut.« Ich musste sie anrufen. Obwohl ich keine Kraft für Klagen hatte. Geschrei. Streit. Wofür? Mama fragte weiter, ob meine Termine gut verlaufen seien. Termine? In Jerusalem, sagte sie. »Ja«, erwiderte ich, »ganz gut.«

Nach dem Schnitzel Dani Ronens Augenbrauen auf Kanal

50. Mama entdeckte einen Fleck auf dem Sofa und beschäftigte sich zwanghaft mit dem Versuch, ihn zu entfernen, während sie gedämpfte Vorwürfe gegen Papa von sich gab, die nur sie hörte. Es hätten sich, so teilte der Korrespondent mit, geheime Informationen in Händen der Sicherheitskräfte bezüglich der Herkunft der Terrorzelle befunden, die die Schnellstraße Jerusalem-Tel Aviv nahe Scha'ar Hagai beschossen hatte. Die ersten nachweislichen Spuren hatten, wie gestern berichtet, in das Dorf Husan in der Bethlehemer Gegend geführt. Heute jedoch wäre man neuen Hinweisen nachgegangen. In einem Bekennerschreiben, das die Terrororganisation Iz ed-Din al-Qassam veröffentlichte, war von mehreren jungen Männern die Rede und nicht von einem einzelnen Heckenschützen, wie man gemeint hatte. Zudem wurde auf den Plakaten, die in der gesamten Westbank zum Gedenken an den Selbstmordattentäter, den neunzehnjährigen Schafiq Omar, angebracht wurden, Ramallah als Ausgangspunkt des Anschlags auf die Buslinie Nr. 9 bezeichnet und nicht Nablus, wovon man zu Anfang überzeugt gewesen war. Die Sicherheitskräfte schlössen allerdings nicht aus, dass die Aushänge und Mitteilungen dazu bestimmt waren, sie zu verwirren. »So oder so«, sagte Dani Ronen, »führte die Luftwaffe heute Nachmittag einen punktgenauen Antiterrorschlag auf die Büroräume der islamischen Wohltätigkeitsvereinigung in al-Bira durch. Als Ergebnis der Liquidierungsaktion kam Chalil Muhammad Abu Zeid, einer der ranghöchsten Köpfe der Iz ed-Din al-Qassam in Ramallah, zu Tode, der für eine Reihe von Anschlägen aus letzter Zeit verantwortlich war, wie Scha'ar Hagai, die Buslinie Nr. 9 in Tel Aviv und das Restaurant Svaru in der Jafostraße in Jerusalem.«

»Svaru, ist das nicht der, der für den letzten Vergeltungsschlag verantwortlich war, Jochanan?«, fragte ich meinen Vater.

»Ja. Auch. Und auch der vom vorletzten«, sagte Jochanan.

Den Antiterrorspezialisten zufolge wurde der Anschlag auf das Svaru von Dutzenden verschiedenen Leuten in diversen

Städten geplant: Nablus, Ramallah, Hebron, Dschihad, Chalali-Gruppen, Hamas. Alle hatten ihre Hand dabei im Spiel gehabt, und allen fehlte jetzt, günstigstenfalls, eine Hand.

Im Fernsehen – die Begräbnisse. Verwaiste Hinterbliebene. Wohnungen in Cholon. Viele Menschen. Rote Augen. »Den finden, der für diesen Horror verantwortlich ist …« »Ich versteh das nicht, versteh nicht, versteh nicht.« Eine andere Wohnung. Begräbnis. Grabrede. »Er war ein warmherziger, freundlicher Mensch …« »Als ich die Nachrichten im Fernsehen sah, blieb mir das Herz stehen, als hätte man ihm einen Schlag versetzt …« »Er wird immer bei mir sein, so wie er es immer war. Dieser Mann hat mein Leben beeinflusst wie kein anderer …« Die Stimme erstarb, während die Kamera die schönen, tränennassen Augen einer seitwärtigen Soldatin fokussierte und die Sprecherin abschließend kommentierte. Die Sendung schaltete zurück ins Jerusalemer Studio. Dani Ronen zog die Augenbrauen zusammen. Mein Vater bat, auf einen Dokumentarfilm umzuschalten, von dem er gelesen hatte.

Dutschy klang sachlich. Sie fragte, ob es das gewesen sei. Ob ich das Haus verlassen hätte. Wenn ja, würde sie sich freuen zu erfahren, warum und wann ich meine Sachen abzuholen gedachte.

»Willst du, dass ich das tue?«

»Bin ich vielleicht aus dem Haus gerannt und habe mich vierundzwanzig Stunden lang nicht gemeldet?«

»Nein, das war ich. Aber ich frage immer noch: Ist es das, was du willst?«

»Ich weiß nicht. Ich glaube nicht. Ob oder ob nicht, mir scheint es angemessen, dass wir vorher wie erwachsene Menschen darüber reden, oder nicht? Nach vier Jahren.«

»Es tut mir leid … ich habe Kopfweh … du hast ja recht … was machst du?«

»Ich sehe mir Kanal 50 an. Wo bist du?«

»Jerusalem. Mama und Papa.«

Schweigen. Ich spürte, dass sie einzuschätzen versuchte, was das besagte. Wenigstens war ich an einem ihr bekannten Ort und machte keine Ausflüchte, dachte sie bestimmt. Aber das würde kein Trost für sie sein, ich kannte sie. Katastrophenszenarien waren ein eingebauter Teil in ihrem Gehirn, ein Erbe ihrer Mutter, einschließlich Verantwortung, Instandhaltung und Kundendienst im Laufe ihrer gemeinsamen dreißig Jahre auf diesem Erdball, auch in den letzten Monaten, noch vom Grab aus.

»Bestell Grüße.«

»Dir auch welche.«

Ich stellte sie mir am anderen Ende vor, wie sie Unglücksfälle entwarf. Weinte. Aber ich hörte ein Kichern.

»Was hast du gesagt?«

»Nichts. Bibi ist da.«

Sicher lästerten sie über mich. Bibi hasste mich, sie hatte Dutschy schon vor langer Zeit gesagt, sie solle mich rauswerfen. Dutschy hatte es mir selbst erzählt.

»Ah. Garantiert lästert ihr über mich.«

»Du wirst dich wundern, aber dein Name ist noch gar nicht aufgetaucht.«

Ich war sicher, dass Bibi den Daumen in die Höhe reckte und ein Lachen unterdrückte wegen der kleinen Gemeinheit.

»Ich bin sicher, wenn er auftaucht, werden mich die Komplimente zum Erröten bringen.«

»Ja Allah!«

»Was, ja Allah, ist das alles?«

»Hast du noch was zu sagen? Wann du kommst, vielleicht, wann du gehst?«

Jetzt fiel mir ihre Sicherheit auf. Sie brütete keine Unglücksszenarien aus. Vielleicht hätte ich mir das gerne vorgestellt. Sie hatte mich unvorbereitet erwischt.

»Ich war gestern in dem Anschlag bei Scha'ar Hagai. Das Rückfenster ist zersplittert. Das Display vom Telefon auch.«

»Krokodil. Ruf mich an, wenn du was zu sagen hast und wenn

du entschieden hast, was du mit dir anfangen willst. Du weißt, wo ich bin. Ich muss jetzt aufhören. Wenn du dich entschieden hast, komm nach Hause, und wir reden über alles wie erwachsene Menschen.«

»Gut.« Ich stellte mir Bibi, die Schlampe, vor, wie sie Dutschy applaudierte, nachdem sie aufgelegt hatte.

Ich betrachtete das Display des Mobiltelefons, ging hinaus und berührte die Heckscheibe des Autos. Sie war ganz. Phantasierte ich? Dutschy hatte auf meine Worte nicht einmal reagiert. Aber nein. Chumi, der dickliche Soldat. Ich hatte es in der Zeitung gesehen. Ich fing an zu gehen. Meine Füße trugen mich den bekannten Weg zum Kiosk. Er war geschlossen, aber ich konnte sehen, dass sich nichts verändert hatte. Über zwanzig Jahre, seitdem wir Kinder gewesen waren. Die kompakte Bude, die bedrohlichen Aufkleber der Likud-Partei und der Großisrael-Siedler. Der Garten dahinter. Meine erste Zigarette, der erste Joint und Kuss, Busenfummeln, das erste Vögeln. Ich durchquerte den Garten und kam in der Parallelstraße, gegenüber dem Haus von Muku, heraus. Er wohnt immer noch in der Wohnung, in der er aufgewachsen ist. Sein Vater starb, und seine Mutter zog in eine kleinere Wohnung, die er ihr kaufte. Ich sah Licht. Ich hörte die Kinder. Ihn auch. Ich rief an, während ich zum Fenster blickte. Ich konnte sein Telefon klingeln hören. Wie die Kinder verstummten. Das Telefon klingelte ein paar Mal und hörte auf. Er ging nicht dran. Ich unterbrach die Verbindung, bevor sich die Nachrichtenkonserve einschaltete.

Das letzte Mal, als wir miteinander gesprochen hatten, war am elften September gewesen. Der Tag des Unglücks. Der Tag des peinlichen Desasters. Wie viele Anrufe hatte ich an jenem Tag machen müssen, um allen mitzuteilen, dass sie sich nicht zu bemühen brauchten. Wie viel Chaos hatte uns Dutschys Mutter beschert, im Leben wie im Tod. Auf ihrem Grabstein hätte geschrieben stehen sollen: »Lea Ne'eman, Tohuwabohu«. Konnte ich mich an das Gespräch mit Muku erinnern? Es fiel mir schwer zu selektieren, es hatte eine Menge Gespräche an diesem Tag gegeben, der von hier aus gesehen wie eine einzige lange Halluzination erschien, wie eine rote Wolke erniedrigender Peinlichkeit. Obwohl wir einen guten Vorwand hatten. Ich nehme an, es sind schon peinlichere Fälle in der Geschichte der Hochzeiten vorgekommen. Aber man sollte zu einem Menschen in Verlegenheit nie sagen, dass es noch viel peinlicher hätte sein können. Das hilft nichts. Bei Muku hatte die Erniedrigung noch eine andere Dimension. Er war bereits seit Jahren verheiratet und hatte schon drei Kinder. Eine Eigentumswohnung im Rechaviaviertel und eine Arbeit am Obersten Gerichtshof. Ich spürte, dass er darauf wartete, dass ich mich der wahren, bürgerlichen Welt der Erwachsenen anschließen würde, und auf der Schwelle war ich wieder gescheitert. Dreiunddreißig Jahre alt, und es gelang mir nicht zu heiraten. Ich denke, das war der Geschmack, der unserem Gespräch anhaftete, und überhaupt der dominierende Geschmack, der generell von jenem Tag ausging. Nach den Anrufen ging ich zum Ort der Hochzeit, um auf geladene Gäste zu warten, die wir telefonisch nicht erreicht hatten. Dutschy weigerte sich, mit mir mitzukommen.

Ich setzte mich auf unsere Bank. Wie viele Stunden hatten wir in diesem Garten verbracht, Muku und ich und Dani Lamm. Was hatten wir die ganze Zeit hier getrieben, worüber redeten wir, was spielten wir? Murmeln, Fangen, Fußball, Karten, Paffen, Pubertät innerhalb eines Gartens. Man hat es vor uns gemacht, und man wird es nach uns tun. Dani Lamm starb an dem Tag, an dem ich beinahe zu Tode kam. Ich hatte immer das Gefühl, dass es ein Abzählreim war, bei dem ich am Schluss gewann. Oder verlor, hängt davon ab, wie man das Leben betrachtet. Was wohl mit seinen Eltern war? Seine Schwester, die schöne Rachel Lamm. Seine Freundin Orit, die einen Monat nach seinem Tod nach New York fuhr, mitten in ihrem Militärdienst, und von der man seitdem nie wieder hörte.

Etwas piepste in der Jackentasche. Ich holte Giora Guetas Palm heraus. Das bläuliche Licht beleuchtete mein Gesicht in dem dunklen Garten. Eine Erinnerung im Kalender, die Giora eingespeichert hatte: Schuli – Schichtende. Ich stand auf und fuhr zum Hotel. Warum ich das tat, weiß ich nicht. Ich hatte den Auftrag ja schon ausgeführt. Die Botschaft an seine Geliebte, die auszurichten mich Giora vor seinem Tod gebeten oder fast gebeten hatte, war überbracht. Jeder hätte das gemacht. Und wäre zum Begräbnis gegangen. In Ordnung, ich hatte mit der Adressatin noch ein paar Stunden verbracht und im Café gesessen. Bis dahin war es plausibel. Was darüber hinausging, war weniger logisch. Wir hatten nichts ausgemacht. Nichts geplant. Es war einfach passiert. Und der Moment im Garten meiner Kindheit in Rechavia, als der Palm piepste und ich aufstand und zum Hotel fuhr, war der Augenblick, in dem es geschah. Gleichzeitig gab es nichts Natürlicheres als das. Der Palm piepste. Ich stand von der Bank auf. Stieg ins Auto. Fuhr los. Traf am Hoteleingang ein, gerade als sie herauskam.

Sie seien überrascht gewesen, sie in der Küche zu sehen, erzählte sie, aber sie hatte gesagt, sie ziehe es vor zu arbeiten. Der Chefkoch, Alon, nahm sie beiseite und fragte sie, ob sie sicher sei. Es stand ein turbulenter Abend bevor. Sie sagte, sie sei ganz sicher. Sie würde es schaffen. Sie hatte geweint, als sie das sagte, und er umarmte sie. Die erste Stunde arbeitete sie schweigend. Ihre Schweigsamkeit steckte Alon und die drei anderen Köche an, die an diesem Abend Dienst hatten – Issam, Osama und Alex. Auch den Jungen, der die Getränke machte, Nasser, obwohl er immer eher still war, die Kellner, die mit den Bestellungen ein- und ausgingen, und sogar den Oberkellner Yazpan (er hieß Mahmud, sah aber genau wie Yazpan auf Kabel 3 aus, nur ein bisschen breiter), der sie normalerweise piesackte. Die Bestellungen, die von den Kellnern an den Kassen im Restaurantsaal eingespeist wurden, ergossen sich pausenlos aus den beiden Maschinen in der Küche. Alon las den Eingang und verteilte die Arbeit auf die Köche – Salate, Gebackenes, Gebratenes, Fische, Desserts – und beantwortete die telefonischen Bestellungen beim Zimmerservice. Schuli arbeitete konzentriert, dachte an nichts, sie trug das weiße Hemd mit den runden Knöpfen an der Seite und eine hohe Kochmütze aus Papier. Issam, ein lockenköpfiger Vielschwätzer mit beginnender Glatze, karierter Hose und Permanentlächeln, sprach Arabisch mit Osama, einem großen Rothaarigen mit einer hohen, dünnen Stimme. Normalerweise schrie sie sie immer an, fragte sie, was sie da redeten, sagte, dass es in ihrer Gesellschaft keine Geheimnisse gebe, sagte, dass Osamas piepsige Stimme sie wahnsinnig mache, als ob man die Pfeife eines Wasserkessels hörte. Diesmal reagierte sie nicht, schnitt ein Begele auf, legte den Lachs darauf, schob es in den Toaster, nahm ein Lasagnequadrat, goss rote Soße darüber, Parmesan, schob es zehn Minuten in den oberen Ofen, prüfte die Hitze mithilfe eines Messers, mit dem sie in der Mitte hineinfuhr. Nahm zwei Pizzaböden von dem hohen Stoß, der aus der Küche unten eingetroffen war, Tomatensoße, eine Handvoll Mozzarella, eine Handvoll Parmesan, eine mit Zwiebeln und grünem Pfeffer. Nach dem Backen wurden die Pizzas auf Holzbretter gelegt, fertig zum Rausgehen. Zum Servieren. Zum Essen. Alon schnitt violette Zwiebeln und füllte eine leere Schale. Osama bereitete ein Gericht mit Meeresfrüchten und Lachs- und Thunfischsalat zu. Der Geschirrspüler Mahmudi kam ab und zu und sammelte einen neuen Haufen ein.

Sie versank in den Berührungen und den Gerüchen. Der glatte Mozarella, das glitschige Fischfleisch, die menschlichen Runzeln des Teigs; der starke Geruch des Lachses, die Intensität des Basilikums, die tränenreizende Zwiebel. Artischockencarpaccio: Sie ordnete Artischockenstücke auf einem Teller an, beträufelte sie mit Olivenöl und Zitrone aus großen Kannen, die Alon gefüllt hatte, streute groben Pfeffer mit den Fingern darüber und verteilte bulgarischen Käse darauf. Sie garnierte mit Tomaten, getrockneten Feigen und Rucola, stellte den Teller auf die Aluminiumablage und gab Alon mit den Augen ein Zeichen. Heute war er ihr Ausrufer. »Artischockencarpaccio, für wen?«, donnerte er. Sie deutete auf die Schüssel mit dem Rucola. »Osama, geh runter und hol noch Rucola.« Die aktuelle Speisekarte, deren Ausdruck über der Arbeitsfläche hing, bestand schon seit einem halben Jahr, alle kannten sie auswendig, Alan sagte den Namen des Gerichts, und sie bereiteten es automatisch zu, Hände hierhin, Finger dorthin, einsammeln, verstreuen, zerbröseln, kneten, ruhen lassen, erwärmen, leicht anbraten, durchbraten.

Trotz des Weins und der Gedanken gelang es ihr, etwa eine Stunde lang zurechtzukommen. Dann sagte Alon zu ihr, sie solle eine Pause machen. Er war besorgt, ihr Schweigen ängstigte ihn, obwohl sie funktionierte. Der Druck ließ etwas nach, und er schlug ihr vor, sich einen Kaffee zu holen und sich ein paar Minuten in die Lobby zu setzen. Sie nahm sich stattdessen eine Flasche Bier. Als sie das Bier probierte, begann sie unkontrolliert zu weinen. Tiefe, schmerzhafte Schluchzer, die sie ganz und gar erschütterten. Sie spürte Hände auf ihrer Schulter, und als sie sich umdrehte, um zu sehen, wer es war, erblickte sie Marwan. Marwan war jung, neunzehn, ein hübscher Junge aus Beit Chanina mit Rehaugen und langen Wimpern. Schuli war eine Spur verliebt in Marwan, aber abgesehen von Flirts mit tiefen Blicken zwischen den Aluminiumstellagen in der Küche und ihren Phantasien zu Hause, allein, war nichts zwischen ihnen. Jetzt war ihr übel. Ihr Schluchzen wurde noch heftiger. Sie schrie: »Geh, geh weg, ich will nicht«, und der erschreckte Marwan stand auf und ging zurück an die Arbeit. Gäste blickten die weinende Köchin an. Man alarmierte Alon in der Küche. Er fragte sie, ob sie nach Hause gehen wolle. Sie sagte nein, das Gesicht in den Händen. Er fragte sie, was sie dann tun wolle, und sie sagte, sie wisse es nicht. Er fragte, ob sie Kaffee wolle. Sie reagierte mit einem langen Schluck aus der Heineken-Flasche und einem weiteren Weinkrampf. Und dann stand sie auf, wusch sich das Gesicht auf der Toilette und ging zurück an die Arbeit.

»Alex, Fruchtsalat und Apfelpie. Issam, Ravioli, Chips – die Chips ich. Schuli, Blätterteig.« Sie schnitt eine Avocado durch, schälte die eine Hälfte, eine halbe Rolle Fromage, eine Handvoll entkernte Oliven, Blätterteig mit Butter bestrichen und wie ein Umschlag zusammengefaltet. Sie schob ihn für fünf Minuten in den oberen Ofen und bereitete inzwischen die kalte Platte vor – geröstete Paprika, Schalotten, Rosmarin, halbierte Tomaten, Olivenöl, Essig, Honig, grober Pfeffer ... Sie kehrte zur Automatik zurück. Die Geräusche der Kellnerfüße, das Geschrei der Köche, Töpfe, Schubladen, das Ausdrucken der Bestellungen, die Getränke und das Geschirr – die Tonspur wurde zum Hintergrundsummen, nur Alons Stimme, wenn er das Wort »Schuli« aussprach, war ab und zu in der diffusen Geräuschkulisse zu hören. Ihre Füße schmerzten, sie hatte nicht viel geschlafen in der vorigen Nacht, der Rücken plagte sie, aber sie machte weiter. Ihre Freundin Lena, eine der Bedienungen, sagte zu ihr, sie solle nach Hause gehen. Sie erwiderte, sie wolle nicht. Lena beklagte sich über widerliche Amerikaner im Restaurant. Die Teller türmten sich. Alon brüllte Josef an, er solle Unterteller bringen. Giora ist tot, Giora ist tot, Giora ist tot. Marwan. Krokodil. Die Araber sangen gemeinsam ein Lied auf Arabisch. Alex soll grünen Salat bringen. Alex lächelte mit Silberzahn und brachte noch einen Salat. »Schuli, Lachs!« Filet aus der Packung, sie schnitt das Plastik mit der Schere auf. Strich es mit Olivenöl ein, würzte mit Salz und Pfeffer, schob es für acht Minuten in den Ofen, richtete es auf einem Bett von sieben bis acht Ravioli in Sahnesoße an, Tomaten, Taragon und etwas Wodka. Nahm selber einen Schluck, krönte mit Kaviar und Petersilie. »Wer wollte Lachs? Jonathan, ist das deiner?«, brüllte Alon.

»Krokodil?«, fragte ich sie. »Du hast gesagt, dass du an Krokodil gedacht hast?«

Wir fuhren im Polo die König-David-Straße hinunter, am alten Bahnhof links in Richtung Talpiot und Arnona und weiter am Kibbuz Ramat Rachel vorbei. Sie brachte mich an eine Stelle, von der aus wir die Wüste Jehuda überblickten, und als ich sie fragte, ob es nicht gefährlich sei, lachte sie.

»Ja«, sagte sie, »ich habe an Krokodil gedacht. Unter anderem.«

Ich schwieg.

Sie sagte: »Also, was hat er gesagt, das du mir ausrichten sollst?« Eine ganze Sekunde verging, bevor ich begriff, wovon sie redete.

»Ich weiß es nicht«, sagte ich. »Er hat nicht zu Ende gesprochen. Er dachte nach. Aber meiner Schätzung nach wollte er, dass ich dir ausrichte, dass er dich liebt oder so was.«

Sie blickte mich an.

»Ich kann ihn verstehen«, fuhr ich fort und fixierte den Knüppel der Gangschaltung zwischen uns, »er hatte in seinen Augen die Zärtlichkeit einer solchen Botschaft, das war nicht der Blick, mit dem man sagt: ›Richte ihr aus, sie soll die Katzen füttern.‹«

»Er hat keine Katzen«, sagte Schuli.

»Ich kann ihn verstehen«, wiederholte ich.

Sie lächelte. Ich löschte ihr Lächeln mit einem Kuss. Ihre Lippen waren weich wie Daunen, tief und salzig wie das Meer.

18

Bilal war nicht böse auf Nadschi. »Wir sind Menschen, keine Engel«, sagte er. »Jeder kann seine Meinung ändern, zögern, die Dinge in einem anderen Licht sehen. Das ist natürlich. Er hat gesagt, dass er sich nicht bereit fühlt. Vielleicht ein andermal.«

»Meinst du, er ist einer von den Kollaborateuren?«, fragte ich.

»Beruhig dich. Er hat mir einen Namen gegeben. Jemand, der ihn ersetzt. Mahmud Salam al-Mahmuzi. Treu dem heiligen Ziel ergeben. Dreiundzwanzig. Aus al-Amari. Dieses Lager braucht einen Helden.«

»Kommt er?«

»Später. Man muss ihn treffen. Prüfen, ob er aus dem richtigen Stoff gemacht ist – deine Instruktion, Video, Friseur, Bart ab. Möglicherweise können wir morgen Mittag starten.«

»Hallo … ja, Mama. Ja, Mama. Ja. Morgen. Morgen. Mama, ich kann hier nicht reden, du weißt doch … ja. Nicht jetzt …«

Luftschlauch. Urinschlauch.

»Ich bin in der Arbeit, Mama. Nein, das ist nicht gefährlich. Er ist nicht … wieso denn das, er kann nichts machen …«

Spiel mir irgendein Lied vor, Swet, mach irgendeine Massage mit mir, Swet …

»Uff, was für eine Nervensäge. Also, wie steht's, Fahmi? Sie hat Angst, dass du mir was tust, haha. Guten Morgen … hoppla, haben wir ein bisschen Kackipipi gemacht?«

Viel Lärm. Was ist das für ein Geklingel …

Wir gingen an Alis Café vorbei. Hauptsächlich ältere Männer mit grauem Haar, die Backgammon oder Karten spielten und Tee aus kleinen Gläsern tranken. Ein paar junge Burschen, gelangweilt. Bilal nickte ihnen zu. Ich … In al-Amari sind meine Freunde im Fernsehen. Rita Churi in *Das schwache Glied* auf dem libanesischen Sender. George Kordahi in *Wer wird Millionär?* auf MBC. Tommy Museri von der *Arche Noah* auf Kanal 50. Ihab Abu Nasif in *Die Aufgabe* auf al-Manar, Schirin Abu Akla von den Nachrichten auf al-Dschazira … Manchmal bekam ich einen Anruf von dem hinkenden Rami oder von Nasser aus Mughajir …

»Mama, ich hab's dir doch gesagt, ich darf hier auf der Station nicht sprechen … ich schreie nicht. Ich schrei-e nicht … in Ordnung. In Ordnung, ich gehe morgen früh mit dir hin. Wie kannst du nur … Gut, es kommt jemand, ich kann nicht weiterreden …«

Wer kommt wer kommt wer kommt ich treibe …

Nasser rasierte sich den Bart ab. Er sagte, es sei wegen seiner Hautprobleme, aber Titi sagte, es sei wegen eines Mädchens. Einer Jüdin. Er sagte, ohne den Bart sehe Nasser wie Arik Benado aus. Ich erinnerte Titi daran, dass er selber keinen Bart hat. Auch der hinkende Rami nicht, der sich noch nicht rasiert und wildes Gestrüpp auf seinen Wangen wachsen lässt. Er sieht wie ein Junge aus in dem schönen rot-schwarzen Fußballhemd, das er fast immer anhat. Die drei waren mit mir in Mughajir aufgewachsen, Fußball, Murmeln, Esel, und danach Fußball, ein bisschen Mädchen, ein bisschen Schule. Eine Plastikkugel zerschmetterte Rami das Knie, als er acht war, in der ersten Intifada, im Dorf. Er ging mit seinem Vater los, um Steine zu werfen, aber als die Soldaten die Gewehre hoben, liefen alle davon. Als Schüsse fielen, war schon niemand mehr bei ihm. Alle waren in Deckung gegangen. Auch sein Vater. Rami stand allein da, ungeschützt, vor grünen Soldaten mit Gewehren an der Schulter. Vielleicht zwanzig, dreißig Sekunden, vielleicht eine Minute, dann hörte er seinen Namen. Er rannte in Richtung seines Vaters. Und dann spürte er, dass er durch die Luft flog. Titi arbeitet an der Straßensperre von Madschdal Bani Fadil. Er hat einen alten Peugeot-Kleinlaster, mit dem er kalte Getränke verkauft. Jeden Morgen füllt er einen Kasten zerstoßenes Eis und ein paar Kisten mit Dosen, die er aus dem Laden von seinem Onkel Faiz mitnimmt, und fährt die Viertelstunde zur Straßensperre. Es ist eine kleine, ohne viel Verkehr, aber an den großen Straßensperren hat er keine Chance, die Mafias herrschen dort. Sogar in Madschdal Bani Fadil gibt es Konkurrenz, aber Titi sagt immer, er habe Pläne, das Geschäft auszuweiten, »demnächst«: Mandelmilch, Kaffee, Begele, falsches Parfüm. Demnächst.

Rami hilft ihm manchmal mit der Kasse, wenn viel los ist. Er wohnt bei seinen Eltern und isst fast nichts (er ist Vegetarier). Sein Bruder Mustafa, der seinen Namen in Musta geändert hat, schickt der Familie Geld aus Australien.

Nasser hat das Dorf verlassen. Er arbeitet in Jerusalem, in einem großen Hotel, König-Schaul, und wohnt in Beit Chanina. Ich weiß nicht, was er genau macht. Gutes Geld. Hübsche Mädchen. Nasser liebt das, was ihm das Leben auf der anderen Seite zu bieten hat. Schon als wir klein waren, war er der Freund der Soldaten. Er hat sich von Bilals Kriegen entfernt …

Deine Finger, Swetlana, tief, tief in meinem Rücken … tief, tief in meine Muskeln hinein … warum schweigst du heute, Swetlana? Sag was, Swet … du darfst sogar mit Amr Diab mitsingen … was ist los, Swet? …

Der schmale Mond beschien das Lager mit einem silbernen Streifen, die niedrigen Häuser, den Antennendschungel darüber, die engen ungeteerten Gassen und die vereinzelten Asphaltstraßen, ein paar alte Autos, zwei blaue Traktoren und die Kuppel der Moschee. Hin und wieder gingen Leute vorbei, kehrten von einem Tag draußen nach Hause zurück. Kinder spielten Fußball im gelblichen Licht einer Straßenlaterne, und Bilal, der früher kein schlechter Fußballspieler war, verfolgte sie mit seinem Blick, ohne es zu merken.

Mahmuzi war in al-Amari aufgewachsen. Er hatte die höhere Schule abgeschlossen, in Israel in der Landwirtschaft und am Bau gearbeitet, bis alle Wege blockiert wurden. Er hatte angefangen, am Polytechnikum in Hebron zu studieren, das Studium jedoch abgebrochen. Sohn einer traditionellen Familie, in den letzten vier Jahren dauerhaft beim Gebet. Meldete sich freiwillig. Sprach mit den Leuten vom Islamischen Dschihad in Ramallah, aber man sagte ihm, dass sie nicht rekrutierten. Heute früh hatte er mit Nadschi gesprochen.

Er hat eine Schwester. Seine Eltern trennten sich, als er sieben oder acht war. Sie waren zornige Kinder, warfen Pflastersteine auf die Fenster der Moschee. Er ist immer noch aggressiv, wohnt immer noch bei seiner Mutter. Sein Vater hat ein zweites Mal geheiratet und wohnt in Nablus. Seine Schwester studiert Jura in Amman.

Ich fragte ihn: »Was deprimiert dich?«

»Ich bin überhaupt nicht deprimiert«, erwiderte er.

»Hast du dich von deiner Familie verabschiedet?«

»Ich habe mich von überhaupt niemand verabschiedet.«

Ich erklärte ihm den Sprengsatz, wie ich es bei Nadschi gemacht hatte. Er besaß geschickte Hände und Kaltblütigkeit. Anschließend redete Bilal lange Zeit leise mit ihm. Als wir gingen, kniete Mahmuzi in der Ecke des Zimmers auf dem kleinen Gebetsteppich, den ihm Bilal gegeben hatte, und beugte den Rücken. Als er sich wieder aufrichtete, waren seine Augen geschlossen. Sein Mund bewegte sich murmelnd, stieß kleine Dampfwolken in die kalte Luft aus.

Bilal befahl ihm, die Wohnung nicht zu verlassen und mit niemand zu reden.

»Sag mir, was soll ich mit dieser Mutter anfangen? Sie macht mich wahnsinnig. Die ganze Zeit …«

Endlich hört man deine Stimme … du bist das also, mit den Fingern …

»Du schwitzt wieder, woran denkst du? Draußen ist ein Sturm, und du schwitzt. Hier, damit wirst du dich besser fühlen. Ja …«

Ja …

Elf Pforten des Paradieses. Flüsse mit besonderem Wasser in verschiedenen Farben, weiße Ströme mit Milch, rote mit Wein ohne Alkohol, Honigflüsse. Bäume und Früchte – Jojoba, Weihrauch, Äpfel, Feigen, Trauben, Blumen. Die Stämme und Zweige sind aus Gold gemacht. Rülpser mit Parfümduft. Walfischleber. Ewiges Licht. Die zweiundsiebzig schönen Jungfrauen, weiß gekleidet, rein …

Wir sterben alle, und es spielt keine Rolle, wie viele Jahre du davor gelebt hast – zehn, zwanzig, hundert –, am Ende stirbst du.

Bilal hatte Mahmuzi nichts gesagt, aber als wir in die Wohnung zurückkehrten, fragte ich ihn, wo die Aktion stattfinden würde.

Jerusalem.

19

Nach vier oder fünf Tagen Regen und Nebel ein klarer Morgen. Man spürte die Zartheit der Luft, wenn man sie einsog, ihre Frische kitzelte hinten im Rachen. Der Himmel war von einem hellen Blau, ein kühles, metallisches Himmelblau.

Schuli wohnte in der Deutschen Kolonie, in einem der hohen Türme am Ende der Hazefirastraße, über den Tennisplätzen. Als ich sie in der Nacht absetzte, fragte ich sie, ob sie spielen wolle. Sie lachte und sagte: »Bei Gelegenheit.« Ich fragte: »Morgen früh?« Sie lächelte: »Das passt mir nicht.«

»Arbeitest du?«

»In der Früh nicht. Ich habe morgen noch mal eine Abendschicht.« Sie streichelte meine unrasierte Wange mit ihrer weichen Hand und stieg aus.

Wenn wir Tennis gespielt hätten … wären wir nicht ins Café Europa gegangen, wären nicht in dem Augenblick dort gewesen, als es passierte. Ich denke viel darüber nach. Kann ich, mit der Hand auf dem Herzen, sagen, es wäre besser gewesen, nicht in dem Moment dort zu sein, in dem ich dort war? Was dort geschah, veränderte mein Leben, beeinflusste seinen Verlauf. Ich weiß nicht, wo ich und wer ich heute wäre, wenn wir Tennis gespielt hätten. Oder ins Stadtzentrum gegangen wären oder wenn der Himmel nicht so blau gewesen wäre, wenn wir nicht das Café Europa gewählt hätten, wenn Schuli nicht unbedingt einen Ice Europa hätte haben wollen, wenn es so etwas gar nicht gegeben hätte, Ice Europa. Wenn wir eine halbe Stunde früher, zehn

Minuten später aufgebrochen wären. Eine Menge Wenns. Das ist ein Wort, das sich leicht sagt. Wir stehen Dutzende Male am Tag an Kreuzungen und müssen jedes Mal einen Weg wählen. Sonst kommen wir nicht vorwärts, sonst würden wir nicht leben. Die Wahl, die wir treffen, ist das, was wir sind, sie zeichnet unseren Lebenspfad. So ist es immer, und so war es auch an jenem kalten, strahlenden Morgen, stechend blau wie die Augen einer Siamkatze.

Nach ihrer Scheidung war Schuli in die Wohnung ihres Vaters in der Hazefirastraße zurückgekehrt. Obwohl er über das Scheitern der Ehe enttäuscht war, nahm Davidi Waknin seine Tochter mit Freuden auf, hauptsächlich aus drei Gründen: Erstens, um seine geliebte Tochter im Moment ihrer Krise zu unterstützen. Zweitens, um zu versuchen, sie zu einem Leben gläubiger Religion zurückzuführen, denn Davidi wusste, dass sich seine Tochter und ihr Exmann, der ebenfalls aus traditionellen Verhältnissen stammte, in den vier Jahren ihrer Ehe von der Religion entfernt hatten. Drittens, weil er sich einsam fühlte, seit seine Frau, Schulis Mutter, ein paar Monate nach Schulis Hochzeit an einer schweren Krankheit verstorben war und seit sich seine jüngere Tochter Leti (die ursprünglich Ajelet hieß) auf eine Indienreise begeben hatte, die im Laufe jenes strahlenden Tages grausam abgebrochen wurde.

Ich kam am Morgen zu ihr. Wir ließen den Polo bei ihrem Haus stehen und gingen zu Fuß die Hazefirastraße entlang in Richtung Emek-Refaim-Straße. Ich hielt ihre Hand, aber sie fühlte sich nicht wohl dabei. Sie behauptete, ihr sei kalt und sie wolle Handschuhe anziehen, was sie auch wirklich tat, aber ich wusste, dass es ihr peinlich war.

»Heute Nacht wird es passieren, keine Sorge«, sagte sie.

»Ich bin nicht besorgt«, lächelte ich. Sie senkte ihren Blick aufs Straßenpflaster mit dem verlegenen Lächeln eines Versprechens. Es war ein besonderer Augenblick: Ich fühlte eine Hitzewelle vom Herz in den Hals hochsteigen, die mir für ein paar Sekunden den

Atem raubte und das Herz stärker schlagen ließ, um den Mangel an Sauerstoff auszugleichen.

Wir gingen zur Post. Um einen diplomierten Abschluss als Köchin zu erhalten, brauchte sie ein Jahr Erfahrung in einem bekannten Restaurant, die Empfehlung von einem Küchenchef bestimmten Rangs (die ihr Alon gerne gegeben hatte) sowie eine praktische und theoretische Prüfung der Gastronomieschule im Tadmor-Hotel in Herzelia. Sie schickte die Formulare ab. Anschließend kaufte sie in einer Bäckerei Brot für ihren Vater. In einem Schreibwarenladen kaufte sie ein Tagebuch. Sie hatte beschlossen, Giora jeden Tag zu schreiben. Ich fragte sie, ob sie ihm alles erzählen würde. Sie sagte, sie denke schon. Sie hatte in den vier Monaten, in denen sie zusammen waren, nichts vor ihm verheimlicht. Ich fragte sie, ob er ihr etwas verheimlicht hatte. Sie sagte, sie wisse es nicht. Immer wenn sie ins Bett gingen, erzählten sie einander, was ihnen an diesem Tag alles passiert war. »Erzähl mir noch was«, hatte sie immer zu ihm gesagt. »Noch was«, wiederholte sie immer, bis er ihr alles erzählt hatte und sie ihm.

»Was ist mit dem einen?«, fragte sie.

»Dem einen?«

»Dem einen, den Giora in Tel Aviv getroffen hat, Otto.«

»Ah, der eine vom Palm. Wir haben gesagt, wir fahren nach Tel Aviv. Wir wissen, wo sie sich getroffen haben.«

»Stimmt, haben wir gesagt«, sagte sie. »Vielleicht morgen?«

»Okay«, stimmte ich zu. Ich dachte, heute Nacht tun wir es. Sie hat es versprochen.

»Jetzt brauche ich einen Ice Europa«, sagte sie. Es gab kein Wenn – sie sagte es, wir machten es.

Das Café war voll. Der Sicherheitsmann am Eingang durchsuchte uns mit seinem Metallarm, diesem großen Stiellutscher mit dem runden Kopf und den verzerrt winselnden Tönen, nach Minen. Schuli bestellte ein Croissant und einen Ice Europa. Ich nahm ein Sandwich mit Ei und einen Milchkaffee. Sie wollte mich unbedingt einladen. Ich fragte, wieso. Sie sagte, sie schulde mir etwas. Ich hatte einen runden Tisch für zwei nicht weit vom Eingang gewählt und saß mit dem Gesicht zur Straße. Sie setzte sich mir gegenüber und blickte mich an. »Was ist?«, fragte ich.

»Warum hast du diesen Tisch ausgesucht?«

»Ich weiß nicht, er war frei«, antwortete ich. Sie blickte sich um. Es gab noch andere freie Tische. »Willst du woandershin?«

»Nein, nein. Bloß ... das ist der Stammtisch von mir und Giora.«

»Wirklich?«

Sie blickte mich an. »Weißt du, manchmal ...« Sie unterbrach sich. Ich sagte nichts. »Dass du ausgerechnet diesen Tisch genommen hast ... Und ihr habt eine Minute, bevor er gestorben ist, miteinander geredet. Als ob ...« Sie legte ihre Hand auf meine. »Bloß so, kümmer dich nicht drum.« In ihren Augen standen Tränen. »Weißt du, ich habe immer mit dem Gesicht zur Straße gesessen und er mir gegenüber. Jetzt sehe ich, was er gesehen hat. Die ganzen Leute, die hier sitzen.«

»Aber das Schönste, was er gesehen hat, kannst du nicht sehen«, erwiderte ich.

Die Ereignisse der vergangenen Nacht rasten in jenem Augenblick wie ein japanischer Expresszug aus dem Erinnerungsspeicher des Gehirns in den Vordergrund des Denkens. Die Fahrt bis an den Rand der Wüste Jehuda. Das Lächeln. Der Kuss. Das Streicheln. Sie fühlte sich köstlich weich an, dunkle seidige Haut, harte Brustwarzen, ein duftender, langer Hals. Sie liebte die Berührung, atmete schwer. Als ich mich zu ihren Brüsten hinunterküsste, hielt sie sekundenlang den Atem an, und als meine Lippen auf ihre Brustwarze trafen, stieß sie den Seufzer aus, der all diese Sekunden gespeichert hatte. Sie knöpfte ihre Jeans auf und zog sie bis unter die Knie, legte meine Hand auf ihren Schenkel. Ich bückte mich zu ihrem Knöchel hinunter und biss das kleine Krokodil dort, und dann kehrte ich mit meinem Mund wieder nach oben zurück, mit kleinen Küssen und hauchzart streifenden Berührungen, die über das Knie, den Oberschenkel, Beckenknochen, Nabel, die Rippen, beide Brustwarzen, das Schlüsselbein, den Hals und das Kinn bis zum Mund wanderten, der mich ungeduldig erwartete. Ich streichelte den Oberschenkel, den der Mond beschien, ich berührte ihre Unterhose, mein Finger streifte die Knospe, erkundete sie ringsherum, glitt mithilfe eines weiteren Fingers unter den straffen Gummi, wo Schulis wunderbare Haut am allerzartesten war, ich berührte, berührte, berührte die Haut, den weichen Flaum, ich küsste und küsste, die Mulde neben ihren Schamlippen, die heiße, glatte Vertiefung, und dann in ihr, mit ihrer Feuchtigkeit, sie küsste jetzt mein Ohr, ihre Lippen flüsterten mir zu, dass es so gut war, ja so, weitermachen, meine Finger streichelten sie ganz von unten bis oben, verharrten oben, streiften, kniffen, kreuzten sich ringsherum, berührten zart und übten dann Druck aus, kreisten, und dann hinunter und wieder hinauf, und wieder küsste ich ihren Mund, und sie kam, während ihre Lippen und ihr Kopf tief zwischen meinem Kopf und meiner Schulter vergraben waren und ich fest ihre Schultern mit meiner freien Hand umschlang, sie war atemlos, wimmerte fast, schluchzte beinahe, und dann atmete sie tief, kam wieder zu sich und flüsterte »wow«, während meine nassen Finger auf ihrem versilberten Schenkel ruhten. Es schien mir, dass meine Nasenflügel einen hauchfeinen Geruch von Chumis Gewehröl witterten, der auf dem Platz gesessen hatte, auf dem jetzt Schuli saß, vor zwei Tagen erst, vermischt mit Geruch nach Kokos und befriedigter Frau.

Der Expresszug drehte um und fuhr zurück in den Erinnerungsspeicher. Sie fragte: »An was denkst du?«

»Was meinst du?«, antwortete ich. Sie lächelte. »Mach mich nicht verlegen.« Ich sagte: »Heute Nacht, ja?« Gestern waren wir nicht dazu gekommen, uns um mich zu kümmern. Sie wollte nach Hause. Sie versprach, ich würde an die Reihe kommen. Das war völlig in Ordnung von meiner Seite aus. Ich brachte sie nach Hause.

Mein Telefon klingelte. Gili von der Arbeit. Ich teilte ihr mit, ich sei noch in Jerusalem. Sie erwiderte, Jimmy habe gesagt, ich müsste Erklärungen liefern. Ich sagte, das würde ich. Schuli sagte: »Nike und Nokia.«

»Was?«

»Nike und Nokia. Das bist du.«

»Und was bist du?«

»Ich bin total Köchin. Ich koche für die Nikes und die Nokias. Richtiger gesagt, für Gucci und Cartier. Oder eigentlich weiß ich es nicht. Ich sehe die Gäste nicht. Ich komme in der Früh, wenn sie noch schlafen, besonders im Winter, wenn es noch dunkel ist. Ich komme zusammen mit dem Gemüse vom Markt und dem Brot aus der Bäckerei, dem Tehina aus Nablus und den Pitafladen aus der Altstadt. Ich gehe von hinten rein, unten. Dieser Eingang riecht nach Putzmitteln oder manchmal auch nach sauberer Wäsche, und in der Küche hängt schon der Kochgeruch.«

Das Sandwich war besser als gewöhnlich. Hartes Ei mit Tomate, Schwarzbrot, ein Hauch von Mayonnaise. Ich streue immer viel Salz und Pfeffer darauf. Klassisch. »Willst du noch etwas?«

»Ich weiß nicht. Ich möchte zu Gioras Grab gehen. Ein bisschen allein mit ihm sein.« Ich streichelte ihre Hand. »Und danach gehen wir vielleicht wieder zum Trauerbesuch bei Gioras Eltern?«

»Kein Problem.« Ich war bereit, alles zu tun, was sie sagte. Es war nicht deswegen, weil ich mich verliebt hatte. Das heißt, etwas war da passiert und fing an zu wachsen, das leugne ich nicht. Aber mehr als das versetzte mich die Zeit in Erstaunen. Sie stand still. Ich jagte ihr nicht hinterher, rannte nicht. In Jerusalem war es irgendwie anders. Ich betrachtete die Menschen um mich herum, wer waren sie? Woher hatten sie die Zeit? Mussten sie nicht arbeiten?

»An was denkst du?«, lächelte sie mich über den Tisch hinweg an, ein bezauberndes Mädchen. Ich zuckte die Achseln: »Nichts Besonderes.«

»Ich gehe aufs Klo.«

Erst als sie gegangen war, hörte ich die Musik. »Bab al-Wad«, ein erstes Sternenlicht jenseits Beit Mahsir. Einige Leute bewegten ihre Lippen zu den Worten des Lieds.

Ich sah nach draußen. Immer noch elektrisierend blau, der Himmel, doch Jerusalem fühlte sich modrig an. Etwas Beängstigendes lag wie eine Decke auf der Stadt. Ich hörte ein Gespräch neben mir: »… und Gabi hat zu dem Wachmann gesagt, er soll den Verdächtigen aus dem Restaurant rausholen, und der Typ sagte: ›Ich fange erst in zehn Minuten zu arbeiten an.‹ Da hat Gabi ›Einen Moment noch‹ gesagt, ist aus der Hintertür und einen Kilometer gerannt. Der Terrorist hat auf den Knopf gedrückt, aber er hatte ein Problem mit dem Sprengsatz …« Der Zuhörer brach in Gelächter aus. Ich betrachtete die roten Barhocker, die rot-schwarzen Tische. Ich roch Kaffee und Thunfisch. Ich schlug eine Zeitung auf und las, dass der neunzehnjährige Soldat Chumi Glaser gestern auf dem Friedhof von Petach Tikwa zur letzten Ruhe geleitet worden war. Vielleicht müsste ich bei seiner Familie auch vorbeischauen? Ich aß den kleinen Schokoladewürfel, den ich mit dem Kaffee erhalten hatte, und danach den von Schuli. Ich wollte noch einen Kaffee, aber ich hatte nicht die Energie aufzustehen. Außerdem sollte ich es nicht übertreiben mit dem Koffein. Koffein steigert die nervliche Verbrennung im Gehirn. Die Gehirnanhangsdrüse meint, diese erhöhte Aktivierung zeige eine Notstandssituation an, und setzt Hormone frei, die der Nierenanhangsdrüse befehlen, Adrenalin auszuschütten. Und dann weiten sich die Pupillen, die Sauerstoffwege öffnen sich, die Blutgefäße ziehen sich zusammen, der Blutdruck steigt, die Leber schüttet Zucker ins Blut aus zur Energiesteigerung, die Muskeln verfestigen sich, die Hände kühlen ab.

»Warum schaust du auf deine Hände?«, fragte Schuli, die zurückgekommen war.

»Was? Ach, nichts.«

»Komm, wir tauschen die Plätze. Ich möchte die Straße sehen.«

Von allen Wenns, die ich seitdem durchgespielt habe, ist das das größte Wenn von allen. Das war das Wenn des Jahres. Wenn Schuli nicht gebeten hätte, dass wir Plätze tauschen.

Warum wollte sie tauschen? Sie hatte es erklärt – um die Straße zu sehen. Aber trotzdem. Ich konnte das Gefühl nicht loswerden, dass jemand die Dinge lenkte. Zum dritten Mal.

20

»Das würde mir gerade noch fehlen, dass die ganzen Leute mit den Schildern am Eingang mitkriegen, dass ich dich pflege. Diese Nervensägen mit ihrem Krokodil. Hast du wirklich versucht, ihn zu töten, Fahmi? Ich hätte das nicht von dir geglaubt. Du siehst …«

Das Krokodil? Was ist mit ihm? Wir sind in seinem schönen grünen Auto gefahren …

Mein Land, oh, mein Land, o Vaterland, für dich opfere ich mich, opfere ich, opfere mich für dich, ewig in meiner Entschlossenheit und im Feuer des Vulkanausbruches meiner Rache, mithilfe der Sehnsucht meines Volkes nach meinem Land und meinem Haus erklomm ich die Berge, kämpfte, tat Großes und Gewaltiges, löste die Fesseln …

»… ich weiß nicht, siehst irgendwie gutherzig aus … ich kann mir nicht vorstellen, dass du einer Fliege was zuleide tust …«

Der Körper rührt sich nicht, und die Augen öffnen sich nicht.

»Du hast zu gute Augen für einen Mörder. Das kann nicht sein. Ich sollte ihnen vielleicht sagen …«

Wo ist das Krokodil? Ein netter Kerl … fünfhundert Schekel für einen Tag Arbeit …

»Wenn sie hier an meiner Stelle wären, würden sie dich abhängen. Sie würden … ich könnte das jetzt tun … am Luftschlauch, Urinschlauch ziehen … und dann, Fahmi …«

Das Krokodil, in der *Arche Noah*, mit Tommy Museri und dann mit mir, mit Fahmi …

Die al-Aqsa-Moschee ruft euch, erhebt euch gegen jene, die uns berauben, für dich, mein starkes Volk, zusammen werden wir kämpfen und bekriegen, so rufe mit lauter Stimme: *Allahu akbar, Allahu akbar*, wir werden jede Träne einer Mutter rächen und jeden Tropfen Blut eines Verwundeten, für jeden Schahid, der stirbt, wird einer aufstehen an seiner statt, den Jahren zum Trotz, für dich, mein starkes Volk …

Mahmuzi wachte früh auf, las im Koran und betete. Er hatte gut geschlafen. Ich hätte es nicht geschafft, in meiner letzten Nacht zu schlafen.

Bilal traf mit Nadschis Mazda ein. Er war einverstanden gewesen, seinen Mazda für einen Tag herzugeben.

Noch eine Überprüfung der Sprengladung. Bilal hatte duftende Seifen mitgebracht und schickte Mahmuzi los, sich gründlich zu schrubben, für Allah. Nach dem Duschen zog er die neuen Kleider an, die Bilal ihm gab.

Wir fuhren mit dem Mazda nach Ramallah. Bilal parkte in einer Seitenstraße. Gab Mahmuzi einen Zwanzig-Schekel-Schein und schickte ihn zum Friseur. Ich erhielt hundert Schekel, um für einen Tag eine Videokamera auszuleihen und eine Kassette zu kaufen.

Einem der Plastiklöwen an dem Platz fehlte der Kopf. Ein riesiges Poster von Arafat verkündete: »Alles, was man braucht, ist Willenskraft.« Ich passierte den geschlossenen Laden des Fleischers, der bei einem Raubüberfall ermordet worden war. Es befanden sich eine Menge Leute auf der Straße, schöne Frauen aus den guten christlichen Vierteln, die zum Einkaufen kamen, Studentinnen auf dem Weg zum College der UNRWA. Alte Händler, die schon alles gesehen hatten, saßen auf dem Bürgersteig draußen vor ihrem Laden und versuchten, die Sonnenstrahlen einzufangen.

»Zu welchem Anlass soll es sein, wenn ich fragen darf?«, fragte der Verkäufer, ein älterer, grauhaariger Mann, der über den Rand seiner Brille spähte. Die Wände des Fotogeschäfts waren mit gerahmten Bildern bedeckt. Ein Geruch nach Minze hing in der Luft, der von seinem Teeglas kam.

»Aber sicher dürfen Sie. Unser Freund heiratet. Da ist er, auf der anderen Straßenseite, beim Friseur, bei der Vorbereitung.« Er erklärte mir, wie man die Kamera bediente. Schob eine Kassette hinein und nahm mich zur Probe auf. Danach filmte ich ihn. Ich ließ meinen Ausweis als Pfand bei ihm zurück.

(Mahmuzi machte während der gesamten Prozedur beim Friseur seinen Mund nicht auf, aber dafür bekam Jack den seinen nicht mehr zu. Er erzählte von seiner Schwester Ibtissam in al-Bira, bei der vergangene Woche Soldaten hereingekommen waren, den Kühlschrank und die Schränke aufgemacht hatten, eine Sahnetorte genommen hatten, die Ibtissam für den Geburtstag ihrer Tochter zubereitet hatte. Sie zerbrachen nichts, aber sie aßen, blieben Stunden in der Wohnung, befahlen ihnen, wo sie sitzen sollten, wann sie aufs Klo zu gehen und was sie zu tun hätten, und dann gingen sie.)

Bilal war wütend. Der reguläre Fahrer hatte Angst bekommen und war seit Abu Zeids Liquidation verschwunden. Bilal musste einen anderen Fahrer auftreiben, Ausweise und Papiere für ihn, die gelben Nummernschilder für den Mazda …

(»Gut so?«, fragte Jack. »Heute nehmen sie alle den Bart ab und wollen modern sein. Was ist los mit ihnen? Das heißt, ich habe zwar auch keinen Bart, aber ich betrachte mich als traditionell. Was heutzutage mit den jungen Leuten passiert, das …« »Wie viel?«, fragte Mahmuzi.)

Mahmuzi kehrte zurück, rasiert, das Haar nass und ordentlich. Sah israelisch aus. Er schaute aus dem Fenster, während Bilal den Mazda zurück nach al-Amari lenkte.

Ich hängte die zwei Fahnen auf – eine grün mit Koranzitaten, die andere weiß mit einem Bild der al-Aqsa-Moschee, einem

Gewehr und der Aufschrift: »Die Brigaden der Iz ed-Din al-Qassam zur Befreiung des heiligen Bodens«. Die beiden Gewehre von der Aktion bei Bab al-Wad waren noch in der Wohnung. Ich legte eines ans Kopfende des Gebetsteppichs, das zweite ergriff Mahmuzi, während er sich hinkniete. Außerdem hatte Bilal eine verrostete Kalaschnikow und ein paar Minen mitgebracht, die im Laufe der Jahre aus der Erde ausgegraben worden waren. Sie taugten nichts mehr, sahen aber gut genug für das Video aus.

Mahmuzi betete, dann stand er auf, knüpfte sich ein grünes Band um den Kopf und las den Text von Bilal vor: »Ich, der lebende Schahid Mahmud Salam al-Mahmuzi habe den Tod der Heiligen im Namen Gottes gewählt und setze den Weg des Schahids Chalil Mahmud Abu Zeid fort, ein Kämpfer im Namen Gottes, ein Mitglied der Iz ed-Din al-Qassam, ich werde den Weg des islamischen Glaubenskampfes beschreiten und aufbrechen, um den Tod des Schahids Chalil Mahmud Abu Zeid durch die Besatzungsarmee zu rächen, um allen heiligen islamischen Boden zu befreien und zu dem großen, allerbarmenden, barmherzigen Gott einzugehen, in die Gärten und Quellen des Paradieses.«

Er blickte weiter in die Kamera, und ich fuhr fort zu filmen. Keiner sagte etwas.

Swetlana, was machst du? Mir ist kalt … trockne mich ab, warmes Wasser, ja … mmmh … wie gut das tut, Swet …

»Du magst das Waschen, gell, mein Junge?«

Du wäschst mich gerne, nicht wahr, Swet?

»Du liebst das warme Wasser, die Hände auf deinem Körper …«

Wo ist das Krokodil? Wo ist Mama? Großvater, Papa, Lulu, Rana, Bilal … wo sind sie alle? Warum bist nur du hier, Swet? Es hört nicht auf …

»Keine Grimassen schneiden. Nicht böse werden. Was hab ich denn gesagt? Genug, Schluss mit dem Zusammenkrümmen, genug …«

Der Fahrer traf ein. Eine Fahrerin. Ein hübsches Mädchen, aber als ich sie anlächelte, warf mir Bilal einen zornigen Blick zu und schickte mich hinein. Er besprach leise die Aktion mit ihr. Mir blieb nichts anderes übrig, als Mahmuzi den Gürtel anzulegen. Ich holte die Glühbirne und die Batterie, schloss den Stromkreis und platzierte den Sicherungsnagel. »Eins – Batterie anschließen, zwei – Sicherung rausziehen, drei – auf den Knopf drücken.«

Er zog das Hemd über den Gürtel und darüber einen Pullover. Er wusch sich das Gesicht, putzte sich die Zähne und besprengte sich noch mit Parfüm. Als er hinausging, zog er eine verblichene Jeansjacke über den Pullover. Ich wünschte ihm viel Erfolg. Bilal stellte sich nahe neben ihn und redete ruhig mit ihm. Er sagte: »Begib dich in Gottes Hände, befreie den Boden des Islams und vergiss uns nicht im Paradies, hilf auch uns im Glaubenskampf. Empfiehl uns am Eingang. *Inschallah,* bis bald. Diese ganze Welt ist nicht mal so viel wert wie ein Fliegenbein im Vergleich zu dem Glück, zu Gott ins Paradies zu gelangen. Du wirst der König sein. Es ist Gottes Wille.« Mahmuzi küsste seinen Koran. Der Auspuff des Mazdas schickte bereits Dämpfe in die kalte Luft. Mahmuzi stieg hinten ein und schloss die Tür. Der Mazda setzte sich in Bewegung.

21

Es ist unmöglich zu unterscheiden, was meine Erinnerungen sind und was sich als meine Pseudoerinnerungen in der Zeit, die seitdem vergangen ist, aufgebaut hat – aus den Geschichten, aus den Zeitungen, von den Bildern und Menschen, die dort waren und sich wirklich erinnerten. Vielleicht stammt nichts von dem, was ich jetzt erzählen werde, wirklich von mir, vielleicht aber auch alles. Jedenfalls ist es das, woran ich mich erinnere oder mich zu erinnern glaube, was ich weiß oder was, soweit ich begriffen habe, passiert ist:

Schuli kam von der Toilette zurück und wollte die Plätze tauschen. Ich stand auf und wartete, dass sie an mir vorbeiging, und als sie sich hinsetzte, unterstützte ich sie mit einem zarten, intimen Schulterstreicheln. Dann ging ich zur anderen Seite des Tisches und setzte mich. Sie sagte: »Weißt du, Krokodil, ich habe nachgedacht.«

»Nachgedacht?«, fragte ich. »Worüber hast du nachgedacht?«

»Ich habe auf dem Klo gesessen und gedacht, das Leben geht weiter. Das Leben bleibt auf dieser Welt. Es verschwindet nicht. Giora ist gegangen, und du kommst und setzt dich an seinen Tisch, und das Leben geht weiter. Wir atmen noch. Er war ein guter Mann, weißt du das?«

»Ja, ich konnte es selber sehen.«

»Er war ein guter Mann, und es ist schrecklich. Es tut weh. Er war mit mir zusammen. Ich habe ihn jeden Tag gesehen. Ihn gefühlt. Mit ihm geredet.« Die Tränen standen wieder in ihren

Augen. »Er hatte eine schöne Stimme.« Auch sie hatte eine schöne Stimme, die jetzt höher als normal war und leicht zitterte. »Aber dieses Leben. Wie soll man das erklären? Plötzlich saß ich da und habe begriffen, dass man es nicht aufhalten kann, es ist wie strömendes Wasser, das seinen Weg im Innern der Erde, zwischen den Steinen findet.« Sie schwieg, ich sagte nichts. Ihre Augen fixierten einen Punkt auf dem Tisch, vielleicht streichelten ihre Finger das Glas mit ihrem Ice Europa. Dann sagte sie: »Dieser Gedanke ist schön. Vielleicht der schönste Gedanke, den ich in der letzten Zeit hatte.« Und sie lächelte, ein Lächeln mit geschlossenem Mund, nur mit den Lippen, ohne Zähne, und dann vibrierte die Luft.

Dunkelheit. Als seien wir mit einem Schlag an einen anderen Ort versetzt worden. Pfützen auf dem Boden. Wasser tröpfelt von der Decke, Betonbrocken und Staub. Ein Geruch nach Baustelle, Geruch nach verbranntem Fleisch, Geruch nach Kaffee, Geruch nach Blut, Geruch nach Schießpulver, Geruch nach Blumen, Geruch nach Tränengas. Oder vielleicht war es gar kein Geruch, denn die ganzen Gerüche hoben einander auf. Umgestürzte, zerbrochene rot-schwarze Tische. Mein Blick schoss sich auf die Handtasche einer Frau ein, machte sich daran fest, Zoom-In, sah ein Handy, das herauskam und klingelte, mich anzog zwischen den Schreien. Schreie? Oder vielleicht ekelerregende Stille? Oder beides, zuerst die Stille, danach die Schreie, danach das Weinen. Gekrümmte Menschen, verstreut, liegend oder nicht. Ich sah Schuli nicht. Hatte nichts von Schuli in Erinnerung, nach ihren Worten von dem Gedanken, den sie hatte, das Lächeln mit geschlossenem Mund. Aber ich erinnerte mich an eine gelbe Blume. Ich habe keine Ahnung, wie sie dort hinkam, aber sie war da. Auch andere redeten von Blumen. Drei Explosionen gab es dort, sagten sie, und einen weißen Lichtblitz und das Gefühl einer Maus in der Falle. Das alles hatte ich anscheinend verpasst.

Auch an den Tritt an den Kopf erinnerte ich mich nicht, aber an den Fuß, der trat, an den Schmerz im Kopf, an die Beule, die blieb, an die zwei Nähte und die Narbe. Ein Fuß flog in meine Richtung, mit einem schweren Armeestiefel daran. Ich betrachtete ihn verständnislos, und dann begriff ich, es durchzuckte mich elektrisierend, ich wollte brüllen.

Jemand fragte, ob alles in Ordnung sei mit mir. Ich machte die Augen auf. Blinzelte. Ich konnte nicht antworten. Mir war heiß, ich spürte brennende Punkte auf meiner Haut. Eine Hand unter meinem Rücken versuchte, mich aufzurichten, aber dann sagte eine Stimme: »Nein, nicht! Nicht hochheben! Schau nach, ob er sich was gebrochen hat. Du kannst sonst Schaden anrichten.« Die Hand, die meinen Rücken stützte, verschwand von dort. Finger wanderten behutsam über mich, drehten mich, untersuchten. Ich bestand die Prüfung anscheinend, denn man richtete mich auf. »Können Sie gehen? Wir gehen besser hier raus.« Ich stützte mich auf ihn und ging. Etwas klebte an meinem Absatz. Als ich draußen auf den Krankenwagen wartete, versuchte ich, dieses Etwas mit einem Stecken abzukratzen. Am Schluss warf ich die Schuhe weg.

Eine Leiche lag in unnatürlichem Winkel zwischen dem zersplitterten Glas, das Gesicht verbrannt, staubbedeckt, der Mund offen, die Augen starrten nach oben. Ein blaues Adidas-T-Shirt, ebenfalls von Staub überzogen, ein Ring am Finger. Leute schrien neben mir: »Hier ist noch'n Stück.« Ein Orthodoxer deckte einen Teil des Körpers zu. Wir wechselten einen Blick, unterdrückten ein Lächeln. Es war nicht lustig. Weitere Religiöse von der orthodoxen Mannschaft in gelben und orangen Plastikwesten sammelten Glieder in Säcke ein und wickelten größere Körperteile in Stoff. Ich saß währenddessen am Rand, versuchte, meine Schuhsohle zu säubern, und sah zu. Jemand ging an mir vorbei, sagte mir, ich solle weinen, und schob mir einen Schokoladewürfel in den Mund. Ein hochgewachsenes Mädchen, das eine Bluse des Café Europa trug, lief verwirrt herum. Ein kleines Mädchen weigerte sich, in die Ambulanz einzusteigen.

Eine junge Frau mit Brille, kurzem braunem Haar und blassem freundlichem Gesicht legte eine Hand auf meine Schulter. »Alles in Ordnung?«, fragte sie. Ich sagte: »Wer sind Sie?«

»Mein Name ist Silvia, ich bin vom psychologischen Beratungsdienst der Krankenkasse hier in der Emek Refaim. Ich habe die Explosion gehört und bin gekommen, um zu helfen.« Sie hatte einen südamerikanischen Akzent. Dehnte das »Sil« in ihrem Namen und kürzte das »via« ab. »Ja, mir geht es gut«, antwortete ich, obwohl ich vor Angst zitterte. Aus dem Augenwinkel sah ich, wie Silvia zu einem dicken, schwitzenden Mann trat, dessen Lockenmähne an Schlomo Scherf, den Trainer der Nationalmannschaft, erinnerte. Er hatte ein kurzes, zerrissenes Hemd an, durch das sein Bauch herausschaute. Eine Hand hatte er auf der Hüfte, die zweite berührte eine blutende Stelle in seinem Gesicht. Silvia legte zögernd ihre Hand auf seine Schulter. »Alles in Ordnung?«

»Wer sind Sie?«, erwiderte er erschreckt.

»Mein Name ist Silvia, ich bin vom psychologischen Dienst der Kasse hier in der Emek Refaim. Ich habe die Explosion gehört und bin gekommen, um zu helfen.« Er blickte sie entgeistert an. »Wie heißen Sie?«

»Avi.«

»Angenehm, Avi, ich bin Silvia. Erinnern Sie sich, was passiert ist?« Er sah sie nur an. »Wollen Sie es mir erzählen?« Er starrte sie weiter an. »Schauen Sie, Avi, wir befinden uns noch im Stadium des Geschehens des Ereignisses, es wäre daher von Bedeutung, wenn Sie sich jetzt öffnen und mir erzählen, was passiert ist. Das wird Ihnen im Weiteren helfen.«

Er starrte sie noch ein paar Sekunden lang an, bevor er antwortete: »Wie, was passiert ist? Sehen Sie nicht, was passiert ist?«

»Ich se…«

»Sie fragen mich, was passiert ist?« Seine Stimme wurde lauter. »Sehen Sie vielleicht nicht, dass irgend so ein dreckiger, stinkender arabischer Wichser mit Gummis im Arsch das alles hier in den Himmel hat fliegen lassen?«

»Ja, Avi, ich meine … ich möchte, dass Sie versuchen, mir zu erz…«

»Sagen Sie mal!« Nun brüllte er schon richtig, und die unglückliche Silvia wich einen Schritt zurück. »Jetzt sagen Sie mal! Haben Sie einen Schock?!? Nein, sagen Sie, im Ernst, haben Sie noch alle Tassen im Schrank!? Diese ganzen verdammten Araber sollen … Arschwichser!! Jetzt! Ihnen sofort eins reinrammen …« Er fuchtelte jetzt mit den Händen, und man konnte den tiefen Schnitt über seinem Wangenknochen sehen. »Was passiert ist, fragt sie mich! Ob ich mich erinnere, was passiert ist!!!« Jemand ging zu ihm und legte die Arme um ihn, brachte ihn von der entsetzten Psychologin weg. Sie blieb noch einige Sekunden auf ihrem Platz stehen.

Ich traf Silvia ein paar Wochen später im Krankenhaus wieder, als ich zu meiner wöchentlichen Gruppensitzung und meinem wöchentlichen Besuch bei Schuli kam. Es stellte sich heraus, dass ihr nächster Versuch, nach dem aggressiven Kerl einen Patienten zu finden, sie zu einem reizenden Mädchen geführt hatte, das auf dem Boden saß und weinte. Sie begann mit ihr zu reden, diesmal mit Erfolg. Doch dann streckte Silvia ihre Hand nach der Schulter des Mädchens aus, um sie zu trösten, und spürte, dass sie etwas Klebriges berührte. Sie hob die Hand und sah auf dem T-Shirt des Mädchens Haut- und Fleischfetzen. Silvia brach zusammen. Als ich sie wiedertraf, war sie bereits im Erholungsstadium und auf dem Weg nach Hause.

An das Krankenhaus erinnere ich mich deutlich. Meine Verwundung war oberflächlich, da sie jedoch am Kopf war, wollte man kein Risiko eingehen. Ich hatte eine hässliche Beule an der Stirn und, wie es schien, Blut an mir, das nicht meines war. Ich war ein paar Stunden in der Notaufnahme, sie nähten mich, gaben mir eine Bluttransfusion von jemand (der höchstwahrscheinlich Zeit hatte, Blut zu spenden – nicht wie ich, dachte ich beschämt) und schickten mich in die Patientenstation nach oben. Ich schlief ein.

Als ich aufwachte, spürte ich, dass sich etwas Weißes neben mir bewegte, mehr wie Licht- und Schattenspiele eines unklaren Bildes. Watte wischte über meine Stirn, meinen Mund, man wechselte mein Kissen, mein Kopf war schwer, schmerzte. Ich hörte ein entferntes Klingeln. Ganz langsam klärte sich das verschwommene Bild. Das Weiße wurde zu einer Krankenschwester, es waren viele Blumen da und Schokolade, ich weiß nicht, wer sie gebracht hatte. *A-Team*-Melodie. Das war mein Handy, das klingelte. Die Schwester sagte, es sei im Krankenhaus verboten, mobil zu telefonieren. Ich schaltete es aus. Als ich es in die Tasche der Hose zurückschob, die gefaltet auf dem Tischchen neben mir lag, stieß meine Hand auf eine Glasscherbe. Ich holte sie heraus. Der Palm, dachte ich, von Giora Gueta. Das war übrig von ihm. Auch er ein Terroropfer. Auch er dahingegangen und mit ihm die Geschichte Giora Guetas.

Ich fragte die Schwester, wo Schuli sei. Meine Stimme klang zersplittert in meinen Ohren – was aus meinem Mund kam, war etwas anderes als das, was ich in meinem Kopf sagte. Aber die Schwester verstand mich. Sie versprach nachzuforschen. Irgendwann später sagte sie mir, dass Schuli verletzt sei und noch in der Aufnahme. Sie wisse nicht, wie ihr Zustand sei oder ob ich sie sehen könne. In der Notaufnahme gebe es keine Besuche, sagte sie, und ich könne noch keinesfalls aus meinem Bett aufstehen.

Mama und Papa, Jochanan und Lea Einoch. Tränen standen in Mamas Augen, Schrecken in Papas. Er sah hilflos aus. Sie brachten Schokolade und Blumen. Mein Bruder in Maryland ließ Grüße ausrichten. Er hatte anrufen wollen, aber der Zeitunterschied. Er wollte ins Flugzeug steigen und kommen. Ich sagte, das sei nicht nötig, wieso denn. Auch Großmutter hatte angerufen, gefragt, ob ich etwas brauche. Anschließend traf meine Schwester Dafdaf ein und dann Dutschy. Es war seltsam, sie zu sehen, aber sie war so hübsch, dass mir eine Träne aus dem Auge rollte, als sie an mein Bett trat. Ich begriff, wie sehr ich mich nach ihr gesehnt hatte, während ich die Träne über meine Zunge rollen ließ und ihre Umarmung erwiderte, den vertrauten Geruch einatmete, ihren weichen Hals küsste. »Dutschy! Was machst du denn hier?«, fragte ich lachend.

»Willst du, dass ich gehe?« Sie umarmte meine Eltern und meine Schwester. Dann ging sie hinunter, um für alle Kaffee zu holen, und als sie zurückkam, rollte eine Schwester einen Fernseher ins Zimmer, den Dutschy organisiert hatte. Muku kam. »Muku!«

»Kroko, das ist echt ein mysteriöses Teil, ich hab im Moment daran gedacht, dich anzurufen, als ich es hörte – *wumm!*«

»Du hast es gehört?«

»Wir haben es auch bei uns gehört«, sagte mein Vater.

»Es klang, als ob man einen Frosch vom Dach eines Gebäudes hinuntergeworfen hätte«, sagte Muku.

»Einen Frosch?«, fragte Dafdaf. »Bist du sicher?«

»Einen Müllfrosch hab ich gemeint«, erwiderte Muku. »Wie geht's dir, Dafna?« Er bückte sich und küsste sie auf die Wangen. Dafna, die zwei Jahre jünger ist als wir, war lange Jahre in Muku verliebt. Er hatte auch die Ehre, ihr erster Mann zu sein, als sie sechzehn war. Vorher, sagte er zu ihr, sei er nicht bereit dazu. Ich kannte sämtliche Einzelheiten, obwohl sie ihn hatte schwören lassen, mir nichts zu verraten. »Das versteh ich nicht«, sagte sie. »Was ist ein Müllfrosch?«

»Ich weiß nicht, ob ihr so was in Chadera habt, das sind diese großen Abfallcontainer, die grünen«, erklärte Muku.

»Nicht Chadera, Pardes Hanna.«

Papa, Mama, Dutschy und ich schauten Dafdaf und Muku während ihrer Unterhaltung über den Frosch an, ohne uns einzumischen. Ich nehme an, wir alle dachten an ihre Jugendliebe und stellten uns vor, was passiert wäre, wenn. Dutschy streichelte mein Gesicht und meine Haare und hielt meine Hand. Es war angenehm. Man musste nicht reden, es war nicht möglich zu reden. Als die Nachrichten anfingen, sagte Papa: »Schschsch …«, und alle verstummten und richteten den Blick auf den Bildschirm.

»Eine gewaltige Explosion«, sagte Asnat Dekel mit tränenglitzernden Augen, »hat wenige Minuten vor zwölf die friedliche Ruhe der Deutschen Kolonie in Jerusalem durchbrochen. Ein Selbstmordattentäter betrat in der stark besuchten Mittagszeit das Café Europa und sprengte sich in die Luft. Achtzehn Tote und dreiundfünfzig Verletzte, Einzelheiten dazu von unserem Korrespondenten Dani Ronen.« Als sie die Anzahl der Toten nannte, ging ein Raunen durch die gesamte Station. Mamas Tränen verwandelten sich in Weinen, und Papa umarmte sie flüchtig, verlegen. Dutschy drückte meine Hand, und ich spürte, dass sie zitterte. Muku legte eine Hand auf Dafdafs Schulter. Jemand rief: »Was?« Es gab noch andere Fernseher auf der Station, alle auf Kanal 50 eingestellt. Dani Ronens Stimme erklang von verschiedenen Stellen aus. »Also«, sagte er, »die Organisation Iz ed-Din al-Qassam, der militärische Arm der Hamas, hat die Verantwortung für den schweren Anschlag in Jerusalem übernommen und mitgeteilt, der Selbstmörder Mahmud Salam al-Mahmuzi kam aus dem Flüchtlingslager al-Amari. Am Nachmittag wurde ein Video von Mahmuzi im palästinensischen Fernsehen ausgestrahlt, in dem er erklärte, der Anschlag sei die Rache für den Mordanschlag auf Chalil Abu Zeid in al-Bira gestern Morgen. Die Sicherheitskräfte äußern jedoch starken Zweifel an der Fähigkeit der Hamas, sich so schnell zu organisieren und einen Attentäter auf israelisches Gebiet zu schicken. Wie mir eine hochrangige Quelle übermittelt hat, besteht die Möglichkeit, dass Mahmuzi gar nicht der Selbstmörder war oder jemand anders auf der Videokassette gefilmt wurde. Der wahre Terrorist versteckte sich allem Anschein nach einige Tage lang in Jerusalem. Die Untersuchung läuft auf Hochtouren. Chalil Abu Zeid wurde, wie berichtet, von der Luftwaffe als Reaktion auf den Heckenschützenanschlag bei Scha'ar Hagai zu Beginn dieser Woche liquidiert.«

»Pfff, was für Lügner diese Araber sind, einfach unglaublich«, sagte mein Vater. Der Vorhang, der mein Bett vom Nachbarbett trennte, wurde beiseitegeschoben, und das Gesicht einer Frau tauchte auf. »Haben Sie das gesehen? Einfach schamlos. Das sind ja keine Menschen, das sind Tiere. Machen einfach so ein Video und erwarten dann auch noch, dass man ihnen glaubt. Ich habe immer gesagt, alle rauswerfen, alle, bis auf den Letzten. Ich will nichts von ihnen sehen und hören.« Die Bewohnerschaft des gesamten Zimmers blickte die Frau überrascht an. Sie hatte ein fülliges, rotes Gesicht und trug ein Häubchen auf dem Kopf. »Danke«, sagte mein Vater und zog den Vorhang wieder zu.

Muku und Dafdaf gingen, anschließend Mama und Papa. Dutschy und ich redeten, sahen fern, aßen. Sie erzählte mir von den Arschlöchern in der Arbeit, vor allem von dem aalglatten Gewirzman. Als sie auf die Toilette ging, fragte ich die Schwester nach Schuli. Immer noch in der Notaufnahme. Sie wusste nicht, wie ihr Zustand war.

Dutschy kam zurück, schloss die Vorhänge um mich herum und schaltete das Handy ein. Sie entschuldigte sich. Sie musste ein paar Telefonate erledigen, sie hatte morgen einen Auftritt. Ich blickte sie bewundernd an. Normalerweise hatte sie an dem Tag vor einem Gerichtsauftritt die Kotzerei und schlief nicht. Während sie ihre Nachrichten abhörte, hob sie einige Male ihren Blick zu mir. »Man sucht dich«, sagte sie.

»Wer?«, fragte ich.

»Weiß nicht, alle möglichen Leute. Schau auf deinem Handy nach. Vielleicht gibt es was Wichtiges.«

»Aber es ist verboten«, sagte ich. Sie sprach mit Boaz über ihren Termin morgen. Als sie die Verbindung beendete, klingelte ihr Telefon. Es war für mich.

»Hallo?«

»Eitan?«, fragte eine Frauenstimme. Eine Frau, die mich nicht kannte und ich sie nicht.

»Ja?«

»Schalom, hier ist Ja'ara von Rafi Reschefs Sendung auf der Militärwelle. Wie geht es dir?«

»Gut, und?«

»Eitan, wir wollten mit dir in der Sendung morgen früh reden, wärst du bereit?«

»Wozu?«

»Über den Anschlag reden? Einfach nur so erzählen, was war? Rafi stellt dir Fragen, und du antwortest?«

»Wozu?«

»Um die Perspektive von jemand zu hören, der dort war. Ein menschlicher Blickwinkel? Die Leute haben genug von Politikern.«

»Menschlicher Blickwinkel?«

»Es wird ein kurzes Gespräch sein. Fünf, sechs Minuten.«

»Fünf, sechs?«

»So in etwa.«

»In Ordnung.« Ich blickte Dutschy an, die mich interessiert musterte. Wir vereinbarten die Zeit. Dutschy schnitt eine Grimasse.

Sie blieb bis spätabends. Es war sehr still ringsherum, alle waren schlafen gegangen. Sie spähte durch den Vorhang hinaus und schloss ihn dann ganz. Als sie sich zu mir umdrehte, lächelten ihre Augen. »Was?«, fragte ich.

»Hast du schon mal Doktorspielchen gemacht?«

Dutschy machte es mir mit dem Mund, und ich konnte nicht anders, als an Schuli zu denken. Sie hatte mir versprochen, dass es heute Nacht passieren würde. Nun, es passierte, aber nicht mit ihr. Sie war vielleicht gar nicht mehr am Leben, es wollte mir bloß keiner erzählen.

Sie sagte, dass sie einen schönen Gedanken hatte. Sie lächelte. Eine Träne floss aus ihrem Auge. Dutschy war gut. Ich kam still. Sie wischte mich ab und dann sich selbst, und danach gab sie mir einen zarten Kuss auf die große Beule auf meiner Stirn und ging.

22

»Wie hat er sich benommen?«

»Sehr natürlich, normal. Normaler, als man sich vorstellen würde. Als die Fahrerin kam, um ihn abzuholen, las er im Koran und war sehr ruhig. Das ist das Wort. Er war überhaupt nicht angespannt. So wie ich jetzt hier mit dir rede. Du hättest an seinem Benehmen nichts Unnatürliches gefunden.«

»Was waren die letzten Worte, die du zu ihm gesagt hast?«

»So Gott will, treffen wir uns im Paradies. Ich bete zu Gott, mich auf den gleichen Pfad wie dich, den des Schahids, zu führen, und wir werden uns im Paradies treffen.«

»Wie war seine Stimmung?«

»Er hat gelacht. Er hat normal geredet, wie ein Mensch, der einen kleinen Ausflug macht, wie jeden Tag. Nicht wie einer, der kurz davor steht, sich in die Luft zu sprengen. Er war sehr besonnen, ausgeglichen, natürlich, ruhig, lächelnd.«

Tommy Museri reibt sein Kinn auf die Art, wie er es immer macht, und wendet sich mit ernstem Blick der Kamera zu. »Die *Arche Noah*, mit Fahmi Omar al-Sabih. Und nun Werbung, bleiben Sie dran.« Das Publikum klatscht. Tommy sagt zu mir, dass ich meine Sache sehr ordentlich mache. Ich trinke ein Glas Wasser, das mir irgendeine Schönheit reicht.

»Hat die Fahrerin unterwegs etwas zu ihm gesagt?«

»Nein. Das Allerwichtigste, was man ihm eintrichtern musste, war die Aufgabe, die Straßensperren zu passieren und, falls die Armee sie erwischen würde, sich sofort in die Luft zu jagen, so dass beide sterben würden. Vielleicht erreichten wir das Ziel nicht, aber das sei besser, als gefasst zu werden, mit Verhör und Folter, und unsere Brüder und Kameraden preiszugeben.«

»Folter?« Tommy Museri wirkt erschüttert. Das Publikum saugt kollektiv und vernehmlich die angespannte Luft ein. »Wie musste er aussehen?«

»Er hat sich den Bart abrasieren und einen westlichen Haarschnitt machen lassen, mit Seitenkoteletten. Sein Benehmen war natürlich. Er konnte kein Hebräisch, aber ich brachte ihm ein paar Wörter bei – guten Morgen, guten Abend. Ich hoffe, er hat nichts durcheinandergebracht und guten Abend in der Früh gesagt!« Das Publikum lacht, und Tommy lächelt.

»Schalom, Lulu.«

Lulu … bring mich weg von hier … falls ich träume, weck mich auf …

»Hi, Swetlana, wie geht's?«

»Ah, wunderbar! Noch mehr Kassetten von Amr Diab? Wir konnten es schon kaum mehr erwarten … danke …«

»Magst du ihn?«

»Ich höre ihn den ganzen Tag, was soll ich da machen? Ich kann ihn entweder hassen oder lieben. Wenn ich ihn hassen würde, hätte ich echte Probleme, haha.«

»Wie geht es meinem Bruder?«

»Wie es ihm geht? Wie immer … liegt … hat ein schönes Leben, wird gefüttert, wird versorgt, kriegt Massagen …«

»Er hat nicht die Augen aufgemacht? Geredet? Sich bewegt?«

Lulu, weck mich auf und bring mich hier weg. Wo ist die *Arche Noah* … Tommy … das Krokodil?

»Das hat er alles gemacht, aber das ist nichts Neues. Wie geht es dir, wie war der Weg heute?«

»Puhhh … wie immer … Stunden. Ein Glück, dass die Leute mit den Schildern draußen nicht wissen, wer ich bin. Es waren gerade Polizisten dort unten …«

»Ich wollte dich fragen, Lulu, im Ernst, was sie über deinen Bruder sagen, das kann doch nicht sein. Er hat dem Krokodil etwas getan? Er ist ein Mörder? Ich habe das Krokodil einmal gesehen, in der Arche Noah …«

Arche Noah?

»Ist es nicht schwierig, mit so einem Gürtel herumzulaufen?«

»Es ist sehr einfach, Tommy. Wenn du an das Ziel, an die Mission und die Aktion glaubst, benimmst du dich ganz natürlich. Du lachst, hörst zu und zündest dir eine Zigarette an. Würde der Gürtel fünfunddreißig oder sogar fünfzig Kilo wiegen, wie euer Schaul Mufaz nach jedem Anschlag erzählt, wäre er wirklich schwer rumzuschleppen. Aber Schaul Mufaz, jetzt mal echt, nimmt den jemand ernst?« Tommy Museri setzt einen Ausdruck auf, der besagt, »Was meinst du?«, und das Publikum platzt vor Lachen. »Genau. Aber mit zehn, fünfzehn Kilo geht das völlig in Ordnung.«

»Bevor er auf den Knopf drückt, sagt er da *Allahu akbar*?«

»Nein. Das ist zu gefährlich. *Allahu akbar*, Allah ist groß, auch ohne dass er das sagen muss. Das ist bloß so ein Mythos.«

»Und wie bezahlt er den Autobus?«

»Mit Münzen. Wenn er zehn Schekel braucht, gebe ich ihm zehn. Wenn er hundert braucht, bekommt er hundert. Wenn die Aktion auf einen Autobus abzielt, überprüfe ich die Einzelheiten – wie viel es kostet, ob es Ermäßigung für Studenten und Soldaten gibt.«

»Gibt es Ermäßigung für Soldaten der Hamas?« Das Publikum bricht wieder in Gelächter aus. Ich stimme mit ein. Tommy ist zufrieden mit sich. »Sag mal, wenn er im Autobus sitzt und eine alte Frau einsteigt, steht er für sie auf?« Jetzt liegt das Publikum unter den Stühlen. »Ehrfurcht vor dem Alter, nicht?«

Die Fahrerin passierte den Posten bei Qalandija mit Leichtigkeit. Sie sah gut aus, lächelte den Soldaten immer zu und winkte mit ihrem blauen Ostjerusalemer Ausweis, was die Sache meist erleichtert. Sie trug ein enges T-Shirt, eine enge Hose und eine Sonnenbrille, ihr Haar war mit einem Band zusammengebunden, und sie war geschminkt. Sie passierte die Straßensperre mit Nadschis Auto, fuhr zwei Kilometer weiter in Richtung Jerusalem und hielt kurz nach der Abzweigung nach Bir Nabala. Mahmuzi hatte sie ungefähr einen Kilometer vor der Sperre abgesetzt. Er umging sie auf einem neuen Ausweichweg, den die Armee noch nicht kannte, zusammen mit ein paar Arbeitern. Für alle Fälle hatte er eine gefälschte Arbeitserlaubnis der Hebräischen Universität dabei, zur Sicherheit. An der Ortseinfahrt von Jerusalem kaufte sie einen großen Blumenstrauß und legte ihn auf das Armaturenbrett. Die Sonne blitzte, es war gleißend hell. Sie nahm die Schnellstraße Nr. 1, bis links von ihr die Mauern der Altstadt auftauchten, setzte die Fahrt in Richtung Stadtzentrum fort und bog links in die König-David-Straße ein, der sie bis zum Ende folgte. Dann fuhr sie die Straße am Glockenpark entlang und stieß auf die Emek-Refaim-Straße.

Mahmuzi war die ganze Fahrt über still, spähte hin und wieder in seinen Koran und murmelte: »Allah hat mich auserwählt.« Das Café Europa kannte sie von einem früheren Besuch in Jerusalem. Viele Leute und guter Kaffee. Ein älterer Mann, glatzköpfig, mit einer grünen Steppjacke, hatte sie angemacht. Er fragte sie, ob er für sie zahlen könne. Er fragte, was ein so hübsches Mädchen allein an einem solchen Ort mache. Sie hatte ihm den Rücken zugedreht.

Sie erzählte Mahmuzi von der Lokalität. Ihr Bauch war völlig verkrampft vor Anspannung. Erst nachdem es vorbei war, verschlang sie heißhungrig eine Portion Schawarma. Sie sagte zu ihm: »Schau nach rechts. Dort ist es. Ziemlich voll.« Sie fuhren an dem Café vorbei.

Mahmuzi drehte den Kopf. »Der Sicherheitsmann scheint mir kein großes Hindernis zu sein.«

»Sehr gut. Wenn es dir problematisch erscheint – es gibt noch mehr Plätze an der Straße.« Sie hielt am Straßenrand. »Schau dir diese ganzen arabischen Häuser hier an. Wie diese Banditen das alles geklaut haben. Ohne jede Scham.«

Er schloss die Batterie an den Sprenggürtel an. »Nimm den Blumenstrauß«, sagte sie zu ihm. »Wenn du kannst, warte fünf Minuten, bis ich mich ein bisschen entfernt habe. Viel Erfolg.« Er stieg aus, und sie fuhr weg, und im Rückspiegel sah sie, wie er in die vorgesehene Richtung strebte, den Blumenstrauß in der Hand. (Er kam hinein, ohne dass ihn der Sicherheitsmann – leicht verletzt – kontrollierte, er warf nur einen Blick auf die Blumen und winkte Mahmuzi mit einem Blick herein, während er telefonierte. Viel Glas überall, runde Tische, eine lange Holzbar mit runden Barhockern. Geruch nach Kaffee und Thunfisch-Sandwich. Jemand – tot – sagte etwas zu ihm, er lächelte ihn an und flüsterte in seinem Herzen: Halt's Maul, Idiot. Der Typ redete weiter. Mahmuzi trat an die Bar, wartete in der Reihe, bedeutete der Bedienung – tot –, dass er einen Espresso wollte, nahm einen Schluck, spähte auf die Uhr, zog den Sicherungsnagel heraus, spuckte auf den Boden, wechselte noch einen schnellen Blick mit der Bedienung und sprengte sich in die Luft.)

Sie fuhr nach Talpiot weiter. An einer der roten Ampeln blickte sie über den Fahrerspiegel auf die Reihe der Autos hinter ihr und hörte eine gedämpfte Explosion. Sie bog in die Parkgarage im Canyon und ging hinauf, um durchs Einkaufszentrum zu laufen. In den Läden berichteten Radio- und Fernsehgeräte von dem Anschlag. Sie blieb in einem der Geschäfte vor dem Fernseher stehen und sah ein paar Minuten zu. Sie hörte nicht, was gesagt wurde, aber die Tatsache, dass sie zu dieser Tageszeit auf Live-Sendung gingen, genügte. Der Blick in Dani Ronens Augen war tiefernst.

Sie schloss kurz die Augen und verließ das Geschäft. Sie fand die Toilette, betrat eine der Kabinen und brach in bitteres Weinen aus. Zehn Minuten lang schluchzte sie dort, in der grünen, kalten Resopalschachtel, und fühlte sich so einsam wie noch nie in ihrem Leben. Später erzählte mir Bilal, dass sie eine Verwandte von Chalil war.

»Es ist langweilig im Dorf, nichts los. Mir reicht's. Vielleicht kommst du wieder zurück? Ich gehe zu meinem Felsen und sitze dort stundenlang. Schaue hinunter … Papa ist trauriger, als ich ihn je erlebt habe. Er redet kaum. Du musst zurückkommen, Fahmi …«

Hol mich zurück, weck mich auf …

»Unsere Cousine Nizrin heiratet nächsten Monat Mustafa. Er ist Chemielehrer an der Universität. Sie wird nach Qalqilja ziehen. Er will nach Dubai fahren, um dort zu unterrichten. Interessiert dich das überhaupt?«

Ich liebe deine Stimme, Lulu … geh nicht …

»Bist du da? Wie kommt es, dass du nicht antwortest? Du schaust so heil aus … Swetlana hat mir den Splitter gezeigt. Er ist dermaßen klein, nicht größer als eine Brillenschraube, in deiner Stirn. Wenn sie ihn mir nicht gezeigt hätte, hätte ich ihn nicht bemerkt. Wie kann ein so kleines Ding …«

Am Nachmittag veröffentlichten sie Mahmuzis Namen und dass er aus dem Lager kam. Die Armee war schon in den Straßen unterwegs. Die Leute gingen nicht aus dem Haus, obwohl noch keine Ausgangssperre bestand. Ich schloss mich Bilal zum Gebet am Abend an, und auf dem Rückweg passierten wir Mahmuzis Haus. Sie hatten es noch nicht zerstört, aber Soldaten standen draußen und neben ihnen ein paar Leute aus dem Lager. Hammad, ein Cousin von uns, der bei einem Schlosser im Lager arbeitete, winkte uns zu. »Ich kapier nicht, was die sich dabei denken«, sagte er, »dass sie die Armee besiegen? Wozu machen sie das? Das bringt nichts als Ärger. Wir alle müssen das jetzt auslöffeln.« Wir gaben keine Antwort. »Mein Vater ist wütend«, fuhr Hammad fort. »Er sagt, wer immer das getan hat, ist ein echter Dreckskerl. Man kann hier nicht leben wegen ihnen. Es reicht langsam mit diesen Kriegen.«

Bilal sagte leise: »In meinen Augen ist er ein Held. Er hat uns Ehre gemacht.«

»Was für Ehre denn …« Hammad warf einen verstohlenen Blick zu den Soldaten hinüber. »Es gibt schon längst keine Ehre mehr. Was für eine Ehre soll das sein, dass sie uns mitten in der Nacht aus den Häusern holen?«

Sie sagten, die Ausgangssperre würde noch in der Nacht beginnen. Die Lebensmittelläden waren bis spätabends geöffnet. Auch wir kauften ein und kehrten schnell nach Hause zurück. Leuchtraketen erhellten den bewölkten Himmel.

Dani Ronen sagte, das sei nicht die Rache für Chalil, denn so schnell könnten wir uns nicht organisieren. Bilal schnaubte: »Dieser Dani Ronen, du brauchst bloß in seine Augen schauen und siehst, wie verblödet er ist.«

Ich machte uns eine Kanne Tee.

Er sagte: »Jetzt muss das wahre Ding geplant werden.«

Mit den beiden Gläsern in Händen, zwei Finger in jedem Henkel, blieb ich abrupt auf meinem Platz stehen. Hob den Blick. Lächelte. »Machst du Witze?«

Bilal erwiderte: »Die ultimative Krönung aller Aktionen. Etwas, das noch niemand in dieser Gegend gesehen hat.«

Die Soldaten verkündeten mit ihren Lautsprechern die Ausgangssperre.

Ich holte die Matratze, warf ein Laken und eine Decke darauf. Die Durchsagen würden noch eine ganze Weile so weitergehen, aber mich überfiel plötzlich eine ungeheure Müdigkeit, und ich sackte kraftlos auf die Matratze. Bilal sah schweigend weiter fern, stellte den Ton leise. Bevor ich einschlief, dachte ich an Papa, wie er nach Mamas Tod ununterbrochen weinte, seine Hand auf meine Schulter gelegt, zur Unterstützung.

23

Ich erwachte von Schmerzgestöhne. Hinter meinem Vorhang wusste ich nicht, von wem es kam. Ich schlief nicht viel in dieser Nacht. Jedes Mal, wenn die Beule an meiner Stirn mit dem Kissen in Berührung kam, durchlief mich eine Welle von Schmerz, und ich sah im Geist den Militärstiefel, der mich trat. Irgendwann gab ich mich geschlagen. Ich beschloss, Schuli in der Notaufnahme zu besuchen. Ich dachte, dass ich wie Bruce Willis einen dösenden Wächter überlisten müsste, um zu ihrem Bett zu gelangen, aber die Notaufnahme befindet sich vierundzwanzig Stunden, rund um die Uhr, in höchstem Wachzustand: Leute treffen ein, Schwestern und Ärzte und Rollbetten, Schreie der Verwundeten und besorgte Verwandte. Auch in aller Früh, um 3 Uhr 24, als auf meiner Krankenstation Totenstille herrschte. Die Schwester am Eingang schaute auf die Tabelle vor ihr und sagte zu mir, ich könne nicht hinein. Ich spähte nach der Tabelle. Fragte nach ihrem Zustand. Sie erwiderte, er sei stabil. Ich sagte: »Wunderbar«, obwohl ich keine Ahnung hatte, was das hieß, und dann: »Vielleicht trotzdem?« Sie verneinte und beantwortete einen Anruf. Ich kroch in mein Bett zurück. Anscheinend schlief ich für ein paar Minuten ein, bis mich das Stöhnen weckte.

Das Frühstück kam auf einem Tablett.

Hinterher der psychologische Berater. Er eröffnete mit einer einzelnen Frage: »Wie geht es Ihnen?«, und ging dann zu gebündeltem Beschuss über: »Was haben Sie gesehen? Was haben Sie gehört? Was haben Sie gemacht? Was haben Sie gedacht? Was haben Sie gefühlt? Einen Augenblick nach dem anderen, Sie erzählen, und ich notiere alles, was Sie sagen. Wir werden die Ereignisse am Tag des Geschehens noch vor dem Trauma und das ganze Ereignis hindurch bis zu seinem Ende rekonstruieren. Das ist sehr wichtig.« Ich antwortete geduldig. Ich sagte zu ihm, es sei mein Recht zu erfahren, was mit Schuli passiert sei. Er stimmte mir zu. Er hatte ein großes Muttermal neben dem Auge. Er sagte: »Ihre Systeme sind aus dem Gleichgewicht geraten, und sie sind noch immer sensibel. Jetzt ist die Gelegenheit. Eine Behandlung jetzt ist ausschlaggebend für Ihre Genesung, ja?«

»Die Genesung geht mir am Arsch vorbei«, antwortete ich. »Wovon reden Sie eigentlich?«

»Ich rede von Ihrem Zustand. Er ist labil, angegriffen, und ohne eine Therapie könnten Sie an Orte geraten, an denen Sie sich ungern wiederfinden wollen.«

»Therapie?«

»Ich schlage eine Gesprächsgruppe vor, neun bis zwölf Personen, alle wie Sie, in Ihrer Lage, Verletzte und Schockopfer von Terroranschlägen, zum Teil von dem, den Sie hinter sich haben.« Er notierte etwas in ein Heft.

»Ich bin Ihrer Meinung nach ein Schockopfer?« Er schien einen größeren Schock zu haben als ich. Er sah mir kaum in die Augen. War da ein Hauch von französischem Akzent in seiner Sprache?

»Es ist noch zu früh, um das zu sagen, Eitan, aber es ist besser, alle Maßnahmen zu ergreifen, um eine Diagnose zu stellen und Sie zu behandeln, wenn es wirklich der Fall sein sollte.«

»Was macht man dort?«

»Der Gesprächsleiter heißt Ilan. Alle erzählen ihre Erlebnisse. Die Gruppentherapie hat sich in solchen Fällen als sehr wichtiges Hilfsmittel erwiesen. Ich empfehle Ihnen, es mit ein paar Treffen zu probieren. Niemand wird Sie dazu zwingen, wenn es Ihnen nicht zusagt. Hören Sie«, er beugte sich nahe zu mir, versuchte, eine intime Atmosphäre zu erzeugen, »die Anwesenheit bei einem Ereignis dieser Art verursacht eine Schädigung. So viel ist sicher. Jetzt ist dieser Schaden in Ihnen noch revidierbar. Ohne Therapie wird es viel schwieriger sein, das Rad zu drehen.« Ich legte die Stirn in Falten. Er fuhr fort: »Ohne Therapie werden Sie sich auf lange Sicht viel schlechter fühlen.«

Mein Handy klingelte. Wir betrachteten es beide überrascht. Ich entschuldigte mich und antwortete. Es war Ja'ara von der Militärwelle – guten Morgen und wie geht's, sofort nach dem Lied gehe ich auf Sendung, okay?

Ich erklärte dem Psychologen, dass er sich ein paar Minuten gedulden müsse, und dann erreichte mich die tiefste Stimme in der Weltgeschichte der Stimmen, kitzelte mein Ohr zu dieser frühen Morgenstunde und fegte mit ihrem Summen die letzten Schlafgespinste weg: »Ein schwerer Terroranschlag in Jerusalem. Achtzehn Tote und dreiundfünfzig Verletzte; wie es scheint, ist letzte Woche kein Tag vergangen, ohne dass wir von einem weiteren Anschlag hören. Im Hadassa-Krankenhaus in Ein Kerem, Jerusalem – Eitan Einoch. Schalom, Eitan.«

Was sollte ich sagen? Schalom? Hi? Schalom, Rafi? »Guten Morgen«, sagte ich und bereute es sofort.

»Guten … nun ja, nur zur Erklärung für unsere Zuhörer, Eitan, du warst gestern im Café Europa in der Emek-Refaim-Straße zum Zeitpunkt des Anschlags.«

»Ja.« Erwartete er, dass ich noch etwas sagte?

»Erzähl uns davon.«

»Wir kamen kurz vor Mittag dorthin.«

»Wir?«

»Ja, ich war mit einer Bekannten zusammen.«

»Ah ja.«

»Wir holten uns Kaffee und setzten uns.« Ich fühlte mich wie ein Idiot. »Es war ein sehr schöner Morgen. Sie sagte zu mir, ich hätte den Stammtisch von ihr und ihrem Freund gewählt. Ihr Freund wurde bei dem Anschlag in Tel Aviv Anfang der Woche getötet. Giora.« Der psychologische Berater machte große Augen.

»Was?«, fragte Rafi Reschef.

»Ja«, sagte ich. Es entwickelte sich nicht gut.

»Erinnerst du dich an etwas … eine Explosion?«

»Nein. Ein Fuß hat mich am Kopf getroffen. Es war dunkel. Ich weiß nicht, wie ich nach draußen gelangt bin. Da war eine Frau mit einem südamerikanischen Akzent. Ein mieser dicker Kerl hat sie angeschrien.« Wovon redete ich eigentlich?

»Und … deine Bekannte?«

»Was ist mit ihr?«

»Ja. Was ist mit ihr?«, fragte die tiefe Stimme.

»Ah. Ich weiß nicht. In der Notaufnahme. Niemand sagt mir was. Um drei in der Nacht hat eine Schwester zu mir gesagt, ihr Zustand wäre stabil.«

»Stabil.«

»Ja.«

Er schwieg ein paar Sekunden. »Gewissensbisse?«

»Das ist schwer zu sagen. Als Schuli von der Toilette zurückkam, wollte sie Plätze tauschen. Dort sitzen, wo Gueta saß. Wir haben getauscht, und sofort danach ist es passiert. Hätten wir nicht getauscht, wäre jetzt vielleicht ich derjenige in stabilem Zustand, und sie würde mit dir reden. Ich weiß nicht.« Warum war ich damit einverstanden gewesen? »Andererseits, bei dem vorigen Anschlag, bei Bab al-Wad, ist der, der neben mir saß, gestorben, also … ich weiß nicht.«

»Eitan Enoch. Einer der Verletzten des gestrigen Terroranschlags in der Emek-Refaim-Straße. Ich denke, mit diesen drei Worten – ich weiß nicht – drückt er besser als jeder Politiker die Empfindungen von uns allen in dieser Woche aus. Interessant, dass du Bab al-Wad erwähnt hast, denn das ist unser nächstes Lied. Eitan Einoch, im Jerusalemer Krankenhaus, schnelle Genesung und alles erdenklich Gute.« Ich beendete die Verbindung. Wenigstens hatte er nicht gesagt, bis zur Hochzeit sei alles vorüber.

Das Handy klingelte. Ich unterdrückte das Gespräch. Es klingelte wieder. Ich schaltete es aus. Als ich aufschaute, fiel mein Blick auf das Muttermal des psychologischen Beraters. Er sah mich einige Sekunden schweigend an. »Wie war das?«, fragte er schließlich.

»Ich weiß nicht, der Horror, nicht?«

»Ja … Nein! Nein, nein, sagen Sie, was Sie zu ihm gesagt haben über Bab al-Wad … Sie waren auch dort?«

»Ja. Warum?« Er notierte etwas in sein Heft. »Und im kleinen Neuner war ich auch. Fast. Giora Gueta, Schulis Freund, ebenfalls.« Der Psychologe schenkte mir einen ungläubigen Blick. »Ich werde Erkundigungen einziehen, wie ihr Zustand ist«, sagte er dann. Ich dankte ihm.

Im Laufe des Vormittags starrte ich die Wolken draußen an. Am Mittag stand ein säuerlicher Geruch in der Luft. Der psychologische Berater berichtete, dass Schuli im Koma liege. Sie sei nun auf der Intensivstation und werde künstlich beatmet. Es sei nicht klar, wie lange ihr Zustand so bleiben würde, ob sie überhaupt wieder rauskäme. Ein Koma könne zwischen zwei und vier Wochen anhalten, und danach könne der Patient entweder aufwachen, in einen vegetativen Zustand verfallen oder sterben. Mama und Papa trafen mit gutem Essen in Plastikschachteln ein. Sie bestellten Grüße von allen möglichen Leuten. Man hatte sie aus dem Ausland angerufen. Warum hatte ich ihnen nicht gesagt, dass ich bei Rafi Reschef war? Und bei Scha'ar Hagai? Da erzählte ich ihnen alles. Blickte in die verstörten Gesichter und wollte nur noch schlafen.

Spezialisten kamen und stellten Untersuchungen mit mir an. Der Kopf schien in Ordnung zu sein, aber man konnte nie wissen, was die Auswirkung eines starken Schlags war. Besonders wenn er eine Ohnmacht zur Folge hatte. Ich würde einige Wochen, wenn nicht Monate unter Beobachtung bleiben müssen. »Ohnmacht?«, fragte ich.

»Sie sind nicht bewusstlos gewesen?«, fragten sie.

»Ich weiß nicht«, antwortete ich.

»Erinnern Sie sich an alles, was vom Augenblick der Explosion bis zu Ihrer Ankunft im Krankenhaus passiert ist?« Ich versuchte, mich zu erinnern. An die Explosion selbst erinnerte ich mich nicht, an Schuli mir gegenüber erinnerte ich mich nicht. Plötzlich war ich draußen.

»Nein«, sagte ich.

»Dann waren Sie bewusstlos.« Sie streichelten die empfindliche Beule an meinem Kopf. Ich würde noch weitere Untersuchungen durchlaufen, könnte aber das Krankenhaus morgen verlassen. Die Folgeuntersuchungen seien mittwochs, vor der Therapie. »Therapie?«

»Die Gesprächsgruppe, mittwochs abends um halb acht Uhr.«

Die zwei Tage im Krankenhaus kamen mir wie ein Wachtraum vor. Ärzte. Telefongespräche. Zerrissener Schlaf. Ausflüge in den Korridoren und Verschlingen von Twist-Riegeln aus dem Automaten. Journalisten saßen an meinem Bett und kritzelten hastig in Notizbücher. Die liebe Dutschy. Jimmy, für zehn Minuten, bevor er zum Flughafen raste, um den Flug nach Brasilien zu erwischen. Ich sah auch Schuli – es gelang mir nicht, die Tränen zurückzuhalten, ich brach zusammen, und sie brachten mich per Rollstuhl zurück ins Bett.

Adrenalin und Erregung und Euphorie. Ich war am Leben. Ich fühlte mich lebendig. Ich hatte überlebt. Ich hatte dem Tod ins Auge gesehen und es ihm gezeigt. Doch bisweilen, vor allem nachts, sickerte ein dunkleres Gefühl durch, die Empfindung, dass er sich mir näherte, mich suchte, um mich am Ende zu kriegen.

Der Auftritt in der *Arche Noah* war am nächsten Tag. Die Erinnerung daran blieb mir viel frischer im Gedächtnis, aus einem einfachen Grund – ich habe mir die Kassette von der Sendung viele Male angesehen. Die Erwartung überschwemmt die Erinnerung, gleich einer Wunde, an der man unbedingt kratzen muss.

Ab und zu gebe ich dem Drang nach und schaue sie mir an, und danach bereue ich es.

»Guten Abend und willkommen in der *Arche Noah* mit … Tommy Museri!!« Das Publikum applaudierte begeistert, während ich darauf wartete, dass man mich auf die Bühne rief. Sie hatten mich am Morgen angerufen, zuerst eine Frau, die sich als »Rechercheurin« bezeichnete und mich danach an Tommy Museri höchstpersönlich übergab. Ich hatte in den letzten Jahren keine Zeit zum Fernsehen gehabt, aber sogar ich wusste, wer Tommy Museri ist. Sogar mir war es nicht gelungen, seinem gewinnenden Glasaugenlächeln zu entkommen, nach den Freitagabendessen bei Dutschys Mutter (vor dem elften September), ihrem Vater oder bei meinen Eltern. In keinem der drei Wohnzimmer, in denen wir an den Freitagabenden zu Gast waren, wurde auf Museris Sendungen im Laufe der Jahre verzichtet – *Am meisten Museri*, *Ein bisschen Museri* und *Der Museri des Staates*. Die Zuckerkirsche auf dem Sahnehäubchen jedoch, auch das wusste sogar ich, war die *Arche Noah*. Mir scheint, alle außer mir haben die *Arche Noah* gesehen, eine Sendung, die eine links orientierte Witwe mit einer rechts orientierten zusammensetzte, eine Siedlungsbewohnerin mit einer Tel Aviverin, einen Verweigerer mit einem General, einen Zyniker mit einem Patrioten, eine Dame der Gesellschaft mit einer Arbeiterfrau. Alle sahen zu, von rechts bis links, von Ost nach West, von Reich bis Arm – wie es in ihrer Werbung hieß. Auch Dutschy sah es sich an. Bei Time's Arrow redeten sie mittags immer darüber. Talia Tenne sagte, die Sendung sei auch in Ägypten, Jordanien und im Libanon erfolgreich. Als daher Tommy Museri höchstpersönlich in der Leitung war und mich einlud, begriff ich die Größe des Geschehens. Und ich sagte nein.

»Guten Abend. Danke. Vielen Dank. Danke. Genug … genug.« Er brachte das Händeklatschen und die Rufe mit einer Handbewegung zum Verstummen. »Heute Abend ist ein besonderer Abend in der *Arche Noah*. Bei uns anwesend ist ein Krokodil.«

Ein Raunen lief durchs Publikum. Ein Krokodil? Tommy holte tief Luft. Im Studio sah ich erst, wie klein er war. Sein Mund und sein echtes Auge zerfielen in ein Lächeln. »Nein, kein echtes Krokodil, sondern ein junger Mann, der Krokodil genannt wird.« Er wandte seinen Kopf einer anderen Kamera zu. »Wir, die Israelis, haben eine harte Woche hinter uns. Drei schwere, grausame Terroranschläge.« Er hielt inne, um die Dramatik zu steigern, und fuhr dann mit ruhiger Stimme fort. »Sind wir gebrochen?«

»Nein«, antwortete das Publikum.

»Ergeben wir uns?«

»Nein!«

»Oder fassen wir einander an den Händen, stärker denn je, bleiben hier, weil das einfach unser Land ist und wir kein anderes haben?«

»Ja!!«, schrie das Publikum, angespornt von zwei Fernsehmitarbeitern, die Schilder mit dem richtigen Wort in die Höhe hielten.

»Eitan?«, hatte Tommy Museri am Morgen zu mir gesagt.

»Sie können mich Krokodil nennen.«

»Krokodil?« Die Stimme und die Artikulation waren unverkennbar.

»So nennen mich alle.«

»Okay, ich werde dich also auch so nennen. Krokodil, ich habe dich bei Rafi Reschef gehört und war zu Tränen gerührt ... wenn ich es richtig verstanden habe, warst du Augenzeuge bei dem Anschlag bei Scha'ar Hagai, und danach hast du während des Anschlags im Café Europa gesessen?«

»Augenzeuge? Der Soldat, den ich mitgenommen habe, hat eine Kugel in den Hals gekriegt.«

»Eine überwältigende Zufallsverkettung. Zwei Anschläge in der gleichen Woche.«

»In Wahrheit drei«, sagte ich und erzählte es ihm. Schließlich war es Tommy Museri. Er sagte, das sei einfach unglaublich, mystisch. Er sagte, jemand wache über mich, ich sei ausgewählt worden zu zeigen, dass wir ihrer Herr würden, ich sei ein Symbol. Ich sagte ihm, ich wolle nicht im Fernsehen auftreten, aber er setzte das, was als sein »berühmter Mosche-Dajan-Charme« bekannt war, bei mir ein, bis mir der Kopf schwirrte und ich nachgab.

»Genau! Eitan ist ein besonderer junger Mann. Durch eine schlicht überwältigende Verkettung von Zufällen war Krokodil bei allen drei mörderischen Anschlägen in der letzten Woche dabei. Er hat Freunde verloren und Szenen gesehen, die sich in sein Gedächtnis eingegraben haben und ihn sein Leben lang nicht mehr loslassen werden. Er hat den Tod gesehen, meine Damen und Herren, aber wissen Sie, was?« Im Vorraum des Studios waren Bildschirme, die die Sendung zeigten. Das Publikum saugte begierig Tommys Worte auf. »Er hat es ihm gezeigt!« Applaus. »Er hat den Tod gesehen und ihm gesagt, nein, danke!« Tommy machte eine Handbewegung, um den Beifall zu dämpfen. Die Kamera fuhr nahe an sein Gesicht heran, das ernst wurde. »Daher ist Krokodil heute ein israelisches Symbol. Er ist der Mann, der die Anschläge sah und sagte, nein, danke! Meine Damen und Herren, ich bin zutiefst bewegt, diesen teuren jungen Mann vorzustellen, das Krokodil der Anschläge, der Held gegen den Terror, Eitan Einoch!!!« Die Rechercheurin stupste mich leicht an der Schulter in Richtung der Bühne.

»*Schalom*, Krokodil.« Ein breites Lächeln, weit ausgebreitete Hände, eine kühne Umarmung.

»*Schalom*.«

»Du wirst uns gleich erzählen, was du durchgemacht hast, und auch, woher dieser Name kommt.« Gelächter im Publikum, ich lächelte. »Inzwischen wissen ja alle, wie das in der *Arche Noah* funktioniert …« Das Publikum brüllte: »Paare, Paare!«

»Stimmt genau, Paare, Paare, von beiden Seiten der Front, und heute Abend haben wir eine ganz besondere junge Frau neben Krokodil. Und jetzt Werbung, bleiben Sie dran!«

Nach diesem Ereignis traten Leute auf der Straße auf mich zu und sagten, das sei die bewegendste Sendung der *Arche Noah* gewesen, die sie je gesehen hätten. Jungen schrien aus dem Autobus »Krokodil!« und grinsten. Freunde aus fernen Zeiten und Verwandte, deren Existenz ich längst vergessen hatte, riefen an. Tommy Museri rief zweimal an, einmal am nächsten Tag, um mir zu danken und mir zu sagen, dass er sich nicht erinnere, in seiner ganzen Karriere je so bewegt gewesen zu sein, und dass die Zuschauerquote immens gewesen sei. Das zweite Mal rief er mich an, um mir zu sagen, der Staatspräsident habe ihn angerufen und zu der Sendung beglückwünscht. »Hör mal, Krokodil, ich erhalte unglaubliche Reaktionen. Wir werden dich demnächst wieder einladen. Wir finden einen Grund.«

»Oberleutnant Dikla Gadassi leistete zweieinhalb Jahre Dienst in den Gebieten und wurde vergangene Woche entlassen. Als Offizierin der Militärpolizei hinderte Dikla viele Terroristen an der Überschreitung der Grenze. Sie hat die Wurzeln des Hasses aus nächster Nähe gesehen. Hier ist sie!« Eine bebrillte, dünne Jemenitin kam aufs Podium und setzte sich mir gegenüber. Tommy wechselte ein paar Sätze mit ihr. Sie hasste Araber, hasste sie bis aufs Blut. Und sie dachte, dass die Soldaten oder Soldatinnen, die dort dienten, sie auch bis aufs Blut zu hassen hatten, um geteilte Sympathien mit Sicherheit auszuschließen. »Sie sind vor deiner Nase, und manchmal ist der Geruch nicht gerade angenehm.« Das Publikum lachte. »Aber du kannst die Augen nicht verschließen. Du kannst nicht nachgeben. Du musst streng sein. Bevor du nicht hundertpro sicher bist, tausend, eine Million und zehn Prozent, dass dieser Mensch dein Volk nicht anrührt, lässt du ihn überhaupt nichts tun, es spielt keine Rolle, wie viel er dir vorweint und wie viele Geschichten er dir von seiner Frau erzählt, die schwanger ist, und von seinem kranken Kind und der Arbeit, die er versäumt. Das interessiert mich überhaupt nicht.«

»Hmmm … interessant. *Die Arche Noah*, zwei Seiten der Front. Wir haben hier die Soldatin, die uns vor ihrem Hass schützt, und«, er deutete in meine Richtung, »einen unschuldigen Bürger, Opfer ebenjenes Hasses. Krokodil, du hast das Morden und die

Zerstörung mit eigenen Augen gesehen. Hasst du sie auch, so wie Dikla?«

»Ähm …«, ich überlegte, »ich … ich weiß nicht. Ich bemühe mich, niemand zu hassen. Nicht mal den, der mich töten will. Ich denke nur, wir müssen stark sein, egal, was ist.« Applaus. Sagte ich das wirklich?

»Ich verstehe nicht, wie«, sagte die bebrillte Offizierin ungeschminkt, »wie es möglich ist, jemand nicht zu hassen, der dich töten will. Vor allem, wenn sie es sind. Man muss zweieinhalb Jahre lang in ihrem Dreckstall gewesen sein, um zu verstehen, wovon ich rede. Die ganzen Schöngeister müssten mal dort sitzen und diese Widerwärtigkeit erleben, und dann möchte ich sie sehen, wie sie von einem Palästinenserstaat reden.« Tommy rieb sich die Hände.

»Klar, ich sage ja nicht, dass ich einen, der mich umbringen will, nicht hasse. Wir dürfen nicht nachgeben, wir müssen Druck ausüben.« Ich fing an zu schwitzen. Wie war ich dort gelandet? Was hatte ich mit Politik zu tun?

»Der Zuschauer Ran aus Ramat Gan«, las Tommy von einem Stück Papier ab, »sagt, wir sollten lieber mal uns selbst anschauen. ›Sie leben in dem, was Dikla als Dreckstall beschreibt, weil wir ihnen kein anderes Leben ermöglichen …‹«

»Warum sollten wir ihnen ein anderes …«, platzte Dikla dazwischen.

»Moment, Moment, lass mich den Zettel fertig lesen«, stoppte Tommy sie. »›… Mit unserer Besetzung an sich, mit Soldaten und Soldatinnen wie Dikla geben wir ihnen Gründe, uns töten zu wollen.‹« Tommy hob seinen Blick von dem Zettel. »Dikla, wir wissen, was deine Meinung in der Sache ist, aber es würde mich interessieren zu erfahren, was Krokodil darüber denkt?« Ich schluckte.

»Ja, ich kann ihn verstehen. Wir können wirklich nicht bloß die ganze Zeit weiter mit dem Finger auf die andere Seite zeigen.« Dikla wollte etwas sagen. »Ich verstehe deine Wut«, versuchte ich sie zu beschwichtigen, »aber manchmal haben auch sie ein bisschen recht mit ihrer Wut.«

»Ich glaub's nicht, er rechtfertigt Terror. Er war in drei Anschlägen, und er rechtfertigt Terror.« In Diklas Augen stand jetzt Verachtung.

»Wieso rechtfertige ich den Terror, würde dir das gefallen?«

»Lassen wir uns nicht davontragen, Dikla, niemand rechtfertigt Terror«, griff Tommy ein. »Ich nehme an, dass sich Krokodil Fragen stellt. Nach einer so traumatischen Woche in seinem Leben und in dem von uns allen, kommt man nicht umhin, sich zu fragen, warum. Warum das passiert. Woher das kommt.« Tommy blickte mich voller Sympathie an.

»Stimmt genau«, sagte ich erleichtert. Tommy erfasste meine Notlage und begann, von dem zu reden, was passiert war. Darin bin ich stärker, ich erzähle einfach, was passiert ist. In dem Moment, in dem es um Meinungen geht, ist es dermaßen verwickelt. Sie fallen sofort über einen her.

»Zum Abschluss«, wandte sich Tommy an mich, »was hast du dem Volk zu sagen? Gib uns Tipps, Terroranschlägen zu entkommen. Was müssen wir tun?«

»Wir müssen stark sein, aufrecht stehen«, sagte ich und sah Diklas befriedigten Blick. »Jeder muss mit seinem Leben weitermachen. In Autobusse einsteigen, auf Straßen fahren, Kaffee trinken. Denn wenn es kein normales Leben mehr gibt, was ist dann?« Stürmischer Applaus des Publikums und auch von Tommy und Dikla. »Und gleichzeitig müssen wir Menschen bleiben. Das ist am allerwichtigsten, denn was sind wir, wenn nicht Menschen?« Eine Sekunde lang war es ganz still, dann beugte sich Tommy vor und drückte meine Hand, und das Publikum brach in eine weitere Welle allgemeiner Unterstützung aus. Ich triefte vor Schweiß. Leute, die ich nicht kannte, drückten mir die Hand. Ich spürte einen Druck in der Brust, ging aufs Klo, und ich beschreibe lieber nicht, was dort herauskam. Mir war schlecht. Ich verstand nicht, weshalb ich gekommen war oder was ich gesagt hatte. Ich ging hinaus, um Luft zu schnappen, und draußen sah ich keinen Sinn mehr darin, wieder hineinzugehen. Ich ging von dort aus direkt nach Hause, schwitzte und zitterte weiter und drehte mich in einem fort um, um sicherzugehen, dass ich allein war. Der Applaus des Publikums hallte die ganze Nacht in meinen Ohren.

24

Swet, warum gibt es keine Musik? Spiel meine Kassetten …

»Wunderbar, die Augen bewegen sich … Doktor Hartum wird sich freuen, das zu hören … lass mich dich jetzt waschen …«

Das Gehirn steckt …

»Ah, du wirst es nicht glauben, Fahmi. Erinnerst du dich an dieses Krokodil? Der in der Arche Noah *war, der, der …«*

Krokodil … ein netter Kerl …

»Sie sagen, dass er dich hier besuchen will …«

Das erste Mal sah ich ihn in der *Arche Noah*, unter der Decke im dunklen Wohnzimmer; nur das bläuliche Licht des Fernsehers und die zwei orangefarbenen Spiralen des Heizofens malten weiche Schattenrisse im Raum … lange bevor wir uns begegnet sind, bevor wir zusammen im Auto fuhren … Ich mochte das Krokodil, wirklich eine Verkettung von Zufällen, wie Tommy Museri sagte. Bilal sagte: »Man muss diesen Krokodiltypen erledigen.«

»Was?«, fragte ich.

»Ein Symbol. Standkraft. Was für Schwachköpfe. Er muss sterben.«

»Schau mal, sie haben Angst. Zittern. Beschäftigen sich nur damit«, sagte ich.

»Man muss diesen Krokodil töten«, wiederholte Bilal. Ich lachte in mich hinein, Bilal war nie zufrieden.

»Diese Dunkle da würde ich töten, ohne zweimal drüber nachzudenken«, erwiderte ich.

»Vergiss es, die ist einfach bloß dämlich. Krokodil, den muss man erledigen.«

Der Lärm der Bulldozer wurde zu einem beständigen Hintergrundgeräusch. Hin und wieder waren Schüsse und Schreie zu hören. Kinder liefen hinaus, um Steine zu werfen. Eines Tages schossen Soldaten aus einem Panzer versehentlich auf andere Soldaten. Vor Wut darüber zerstörten sie ein Haus daneben, denn es hatte die Sicht der Soldaten behindert. Bilal und seine Freunde kamen und gingen gemäß der Ausgangssperre, am Abend saßen sie da, rauchten und redeten (Juden, Amerikaner, Technologie, Verwundungen, Erniedrigungen, Dschihad, Waffen, Dschenin, Gaza, Hebron …), bis das Hirn zerprang, in der Nacht schliefen sie mit Gewehren auf dem Boden unter braunen Decken. Am Tag gingen sie in die Moschee, in die Koranschule, in die Stadt – erinnerten mich immer daran zu beten, zu glauben. Als die Ausgangssperre aufgehoben wurde und auch ich hinausging, sah ich, dass das Lager voller frischer Wandbeschriftungen und Plakaten von Mahmuzi war, mit einem Foto von dem Video, das ich aufgenommen hatte, und von Chalil.

»… Aber ich weiß nicht, ob das so eine gute Idee ist, wenn er herkommen würde. Außer denen, die draußen stehen und verlangen, dass man dich von den Maschinen abhängt, wissen nicht viele, dass du hier bist. Wenn er kommt, wird das bloß mehr … frag nicht, ich gehe durch den Hintereingang rein, sie …«

Seltsame Tage. Ein Gefühl von Stärke, Macht, Sicherheit, Sieg. Und der Demütigung durch die Armee, die im Lager machte, was ihr gefiel, sprengte, zerbrach, prügelte, rausholte, zerstörte. Und auf einmal Sehnsucht nach Papa, Mama, Lulu, Rana. Sehnsucht nach ihrem Geruch, nach ihrer Haut. Ein realer Schmerz.

Vor dem Fenster: ein gepanzertes Truppenfahrzeug in Führung, dahinter zwei Reihen Soldaten mit Helmen auf dem Kopf, schusssichere Westen am Körper, ein Riemen über der Schulter, der ein Gewehr hält, zwei Hände, die ihn halten – die rechte Hand am Griff unter dem Abzug, der Daumen streichelt die Sicherung, der Zeigefinger den Abzug, spannt ihn bis zu dem Punkt, an dem er stoppt, blockiert, die Linke am Gewehrlauf. Ein kurzer Befehl, eine Reihe kleiner Verschiebungen der Fingerkuppen, und sie schießen, töten, zerstören. Als sie die Helme abnahmen, konnte ich Augen, Haare, Nasen, Bärtchen sehen. »Schau sie dir an. Sie zittern vor Angst«, sagte Bilal.

Kampfflugzeuge im Tiefflug ritzten den Himmel mit Weiß. Hubschrauberknattern. Hin und wieder bebten die Fenster, anschließend übertrug sich das Vibrieren auf den Boden und den Körper, und dann hörte man den Motor. Der Bulldozer. Zerstörte das Haus der Familie Mahmuzi und erweiterte ein paar Hauptwege, auf denen das gepanzerte Truppenfahrzeug nicht passieren konnte. Was wohl Großvater Fahmi dazu gesagt hätte? Zuerst warfen sie ihn aus seinem Dorf. Dann ging er hin und errichtete sich ein provisorisches Zuhause aus nichts. Acht Jahre im Zelt, und dann Dreck, Wellblech, ein bisschen Mörtel und mit den Jahren Ziegel, Zement, Bodenplatten. Baute ganz langsam und allmählich sein provisorisches Haus, seine Nachbarn bauten ihr provisorisches Haus, ein ganzes Viertel wurde gebaut, ein Lager von Flüchtlingen und Entwurzelten.

Und dann kamen sie, die dahergelaufenen Zerstörer, und die Breite der Wege im Lager gefiel ihnen nicht. Rissen Zäune und Mauern ein, stürzten Autos um, verbogen Masten, die mit viel Mühe aufgestellt worden waren, um die Leitungen für Strom und Telefon zu tragen. Damit ein Panzerfahrzeug passieren konnte. Soldaten gingen in die Häuser und schliefen auf den Betten in Schuhen voller Dreck. Leerten Schränke aus, zerbrachen Fenster, verstanken Klos. Rissen Poster von den Wänden der Kinder. Gingen von Haus zu Haus durch Löcher, die in gemeinsamen Mauern klafften. In der Apotheke zerstörten sie Material und Medikamente. Schossen auf eine Frau, die Wäsche aufhängte, auf ein Kind, das sein Gesicht angemalt hatte und vor ihnen Theater spielte. Ihre Schuhe wirbelten Staub auf, ließen eine gelbliche Wolke über dem Lager aufsteigen. Das Krokodil sollte mal kommen und diesen Staub sehen. Ein Glas Wasser. Nicht einmal ein Glas Wasser hatten sie ihr geben wollen. Ein Erdhaufen, der eine Woche lang aufgeschüttet war und in der darauffolgenden wieder abgetragen wurde, und es wusste immer noch keiner, warum und wozu das Ganze, wer den Befehl gegeben hatte.

Erstickende Luft, mattes Licht, umgestürzte Autos wie Schildkröten auf dem Rücken, das Klopfen der Gewehrläufe von Soldaten an Eisentüren, arrogantes Marschieren, Clementinenschalen, Bonbon- und Kaugummipapier, benutzte Papiertaschentücher hinter ihnen, weggeworfen wie Ausrufezeichen für die Stärke der Verachtung. Ich wollte, dass ein Soldat in mein Haus käme, alles umkippen, zerbrechen, spotten, drohen würde. Mein Kiefer war angespannt, und meine Zähne bissen aufeinander, als ich mir ausmalte, wie ich mit dem Kopf gegen seine Nase donnerte, den Knochen splitternden Klang, Gebrüll, meine Stirn mit seinem Blut verschmiert, und wie er sich auf dem Boden zusammenkrümmte, weinend, um sein Leben bettelnd.

Wer ist da? Wer berührt mein Gesicht, meine Haare? Ich kenne den Geruch … rede, sag was, sag deinen Namen …

Sag doch was, sag was zu mir, es tut mir leid, ich bin weggegangen, ich bin nicht zu Besuch gekommen, ich habe nicht …

Sie kam zu mir. Ich weiß nicht, wie, mitten in der Ausgangssperre. Zwischen rennenden Soldaten, fahrenden Jeeps, niederreißenden Bulldozern. Bilal entschlüpfte vor ihrer Nase und fuhr nach Gaza, und sie kam aus Mughajir. Bilal mochte sie nicht. Er dachte, dass sie … »Wie geht's dir?«, fragte sie mich. Ich berührte ihr Haar. Mein Herz klopfte, ich spürte, wie es mir bis in den Hals hinauf schlug. Sie störte mich nicht. Ich streichelte ihr Haar. Roch daran. Wir sahen einander nicht an. Haar ist etwas Komisches. Es ist wie abgetrennt vom Körper, ohne Nerven oder

Gefühle, man zwickt es, und es tut nicht weh. Aber das Haar bist du. Es ist dir ganz nah, intim. Ich streichelte das ihre einige Minuten, schweigend. Sie neigte den Kopf, umschlang sich mit den Armen. Stand schließlich auf und blickte mich an. In ihren Augen glänzten Tränen. »Warum bist du nicht gekommen?«

»Rana …« Sie war so schön, ihr Geruch … Warum versagte ich mir das? Bilal war in Gaza, es war so leicht, Dinge zu rechtfertigen, die man wirklich will. Sie stand mir gegenüber, und ich lehnte mich zurück ans Sofa. Ich sah sie an …

Im Winter liebe ich es, ganz dicht am Heizofen zu sein. Mir von den orange glühenden Spiralen die Hose oder den Pullover erwärmen zu lassen und dann die Hose oder den Pullover an die Haut zu drücken, um die fast unerträgliche Hitze zu spüren und danach ein wohliges Erschauern. Ich stellte mich direkt vor den Heizofen, und als die Hose auf der Haut glühte, zog ich sie schnell aus und Rana wild aufs Sofa.

Die Ausgangssperre wurde für zwei Stunden ausgesetzt, für Einkäufe und Chalils Begräbnis in Ramallah. Eine Menschenmenge in Prozession, rote und gelbe und palästinensische Fahnen. An den Mauern auf dem Weg Aufrufe und frische Graffiti. Ich versuchte heranzukommen, um den Toten zu küssen, doch der Tumult und das Gedränge waren zu groß. »Nach Jerusalem im Marsch, eine Million im Glaubenskrieg!«, schrien sie. Kämpfer bedeckten ihre Gesichter mit Kafijas, um den Kameras des Militärhubschraubers zu entkommen, der niedrig am Himmel patrouillierte. Jemand schoss in die Luft, aber die Soldaten hielten Abstand. Hätten sie es nur gewagt. Ein großes Flugzeug strich nah vorbei und ließ die Häuser beben. Die Fahrerin, Chalils Nichte, stand dicht am Grab, während es mit Erdbrocken und Sand zugeschüttet wurde; mit Tränen in den Augen bewegte sie die Lippen, ohne es zu merken, und wiegte den Kopf von links nach rechts, immer wieder, immer wieder.

Bilal kehrte aus Gaza mit Geld und der Genehmigung zu einer Aktion zurück – der ultimativen Aktion. Am Eingang zum

Lager gab es einen neuen Kontrollposten. Ein junger Soldat hielt uns auf. Ich sah den Blick in Bilals Augen und flüsterte ihm zu: »Mach keinen Scheiß.« Er blickte den Soldaten an. »Weißt du, wer ich bin? Du wagst es, von mir einen Ausweis zu verlangen? Du willst mir sagen, ob ich nach Hause gehen soll, wann ich herumlaufen darf? Du tust mir einen Gefallen damit, wenn du die Ausgangssperre für zwei Stunden aufhebst?« Der Soldat verstand kein Arabisch. »*Schu?*« Seine Augen verrieten seine Angst. Er blickte nach hinten und schrie etwas, anscheinend zu jemand, der Arabisch verstand. Ich erklärte ihm auf Hebräisch, dass wir nur weiter wollten. Ich lächelte. Bilal sah mich verächtlich an. Der Soldat gab uns die Ausweise zurück. »*Ahlan wa sahlan*«, sagte er. Ich nickte.

Wir gingen, ohne miteinander zu reden, Bilal spuckte wütend aus. Ich hob ein Toffeebonbon auf, das einer der Soldaten anscheinend hatte fallen lassen, wickelte es aus und steckte die orange-rosa Masse in meinen Mund. Ein süßsäuerlich weicher Geschmack. Vielleicht hätte ich etwas zu Bilal sagen sollen. Vielleicht hätte ich etwas Vernunft in seinen stolzen Schädel bringen können.

25

In den kommenden dreizehn Wochen ging ich jeden Mittwoch in die Unterstützungsgruppe. Um halb acht erschien ich in dem vorgesehenen Raum im dritten Stockwerk des Hadassa-Krankenhauses in Ein Kerem, in das ich nach dem Anschlag eingeliefert worden war und in dem auch Schuli, im Koma, im zweiten Stock lag.

Der Mittwoch wurde mein wöchentlicher Ankertag. Die restlichen Tage der Woche waren wie eine Bergbahn ohne Kontrolle und Richtung, ein ausgekauter, zäher Kaugummi oder ein in Dutzende Splitter zerbrochenes Bonbon; einige Tage versanken langsam mit der Rückkehr zur Alltagsroutine, Zähneputzen, vor dem Computer sitzen, Kanal 50, Essen per Heimservice, Debatten mit Dutschy, der Zeit hinterherhecheln; einige verwirrte Tage, ermattet von Schlafmangel, unverständlichen Schmerzen – nur die Mittwoche standen eisern in alldem und winkten mit offener Hand. Vom Mittelpunkt der Woche aus wiesen sie mich pünktlich an meinen Platz zurück. Erinnerten mich daran, dass sich etwas verändert hatte. Brachten Ordnung in meine Tätigkeiten und Vernunft in mein Handeln. Ließen mich nicht in die Vergangenheit flüchten und hinderten mich daran, die Gegenwart zu vergessen. Nagelten mich ans Kreuz der Wirklichkeit. Versetzten mich zurück nach Jerusalem. Hielten die Zeit an.

Jeden Mittwoch um zwei Uhr nachmittags stellte ich jede andere Aktivität ein. Der kleine Neuner zum zentralen Busbahnhof in Tel Aviv. Die Buslinie Nr. 405 von dort zum zentralen Busbahnhof in

Jerusalem. Der Siebenundzwanziger zum Hadassa in Ein Kerem. So hatte es Ilan, der Gesprächsleiter, vorgeschlagen. Dutschy protestierte und versuchte mich zu überreden, den Polo zu nehmen. Ich war bereit, es zu probieren, aber die Übelkeit, die ich verspürte, als ich den Fuß auf die erste Stufe des Minibusses setzte ... Doch Ilan überzeugte Dutschy und sie mich. Beim ersten Mal kotzte ich zweimal, aber die Leute, die mich zum Teil kannten, verhielten sich tadellos mir gegenüber. Danach kotzte ich nicht mehr. Sogar mehr – ich genoss es! Abgesehen von den zwei, drei Mal, wo die Übelkeit und das Erbrechen wiederkamen.

Mein Tag im Krankenhaus fing immer damit an, dass ich mir ein Twist am Automaten im Erdgeschoss kaufte, danach kam ein Besuch bei Schuli im zweiten Stock. Anschließend Untersuchungen bei dem Arzt, der den graduellen Rückgang der Beule an meiner Stirn maß, grauenhafte Witze riss (»Okay, Krokodil, ich muss deinen Kopf jetzt zur Untersuchung mitnehmen, kommst du ein paar Stunden ohne ihn aus?«) und Medikamente verschrieb. Dann die Gesprächsgruppe und um halb zehn Antritt der Heimreise: der Siebenundzwanziger zum Café Europa, ein Sandwich mit hartem Ei (eine Empfehlung von Ilan – das war das Sandwich, das ich damals gegessen hatte, und er sagte, Geschmack sei ein guter Weg, um zu rekonstruieren) oder ein Falafel (meine Empfehlung), dann zum zentralen Busbahnhof. Mit dem Vierhundertachtziger zum Tel Aviver Nordbahnhof, wo Dutschy wartete, um mich abzuholen, denn es gibt eine Grenze für jede Mutprobe, wie sie sagte oder wie ich so lange korrigierte, bis es in ihrem Kopf hängenblieb – es gibt eine Grenze für die meisten Mutproben, und das war eine davon.

Ilan hatte ziemlich lange Haare. Nicht lang genug für ein Nackenschwänzchen, aber auch nicht kurz genug, um sie irgendwie anständig zu arrangieren. Sie standen praktisch wie ein umgekehrter Fächer hinter seinem Kopf ab. Oben wurde er kahl. Er hatte ein Bärtchen, schwarz wie die Haare auf seinem Kopf. Und er war nicht groß, sollte das jemand für einen Moment gedacht haben. Es gibt kein Entrinnen vor der Schlusszeile, die nicht sehr angenehm war: Ilan war hässlich, und ich sage das nicht wegen dem, was später passierte, wirklich nicht. Er hatte blaue Augen. Na gut, schöne. Aber … das war wie ein Tadsch Mahal inmitten von Dreck, Gestank und Kuhfladen in Agra.

Die Unterstützungsgruppe. Sie schuf nicht nur einen wöchentlichen Anker, sondern half im Gespräch über die Seelennöte, bei der Bewältigung, mit Anteilnahme. Apropos Tadsch Mahal, das erinnert mich an Na'ama, das hübscheste Mädchen in der Gruppe. Beim ersten Treffen fiel es mir schwer, meinen Blick von ihr abzuwenden. Zu meinem Glück redete sie viel, sie liebte es zu reden, was im weiteren Verlauf an meinen Nerven zu zerren anfing, aber damals wollte ich bloß, dass sie redete, damit ich dieses Gesicht anschauen konnte. Sie war ein paar Mal nach Indien gefahren. Sie war bei dem Anschlag in Jerusalem vor fünf Jahren dabei gewesen. Ihre zwei besten Freundinnen waren neben ihr gestorben. Seitdem fuhr sie nicht mehr mit Bussen, setzte sich in keine Cafés und Restaurants mehr und hielt sich vom Stadtzentrum fern. Wenn sie auf die Straße ging, wich sie Bushaltestellen oder Stellen aus, die sie für sich markiert hatte. Jedes Mal, wenn es einen Terroranschlag in Jerusalem gab, fügte sie die betroffenen Orte ihrer Karte hinzu. Sie hatte eine Theorie, auf die sie jede Woche zurückkam, die auf fast wissenschaftliche Weise erklärte, warum es ihr Schicksal war, bei einem Anschlag zu sterben. Sie lebte mit der Angst, war an sie gewöhnt. Ihr Radarsystem war stets auf Peilung, sie hielt ständig die Augen offen, wer hinter und wer vor ihr war.

»Aber wo bleibt die Logik?«, fragte ich sie bei meinem ersten Treffen etwas laut. »Sie kehren doch nicht zweimal an den gleichen Ort zurück. Sie wissen, dass dort die Sicherheitsvorkehrungen erhöht werden und das Ganze.« Es erinnerte mich an die Auseinandersetzung mit Dutschy am Tag nach dem Anschlag auf den kleinen Neuner. Aber Na'ama war nicht Dutschy. Sie brüllte mich nicht an. Sie klimperte mit ihren hinreißenden langen Wimpern und senkte den Blick. Ilan sagte: »Krokodil, komm, wir hören uns die Geschichten unserer Freunde an, ohne dabei in die Luft zu gehen. Du musst verstehen, dass es nicht immer die Logik ist, die unser Leben diktiert. Manchmal sind es andere Kräfte, die agieren.« Ich schluckte und zog den Kopf ein. »Entschuldigung«, sagte ich und blickte Na'ama an. Sie sagte: »Zum Achtzehner sind sie nach einer Woche zurückgekehrt.«

»Stimmt«, sagte ich.

Uzi Bracha war Schweißer. Eines Morgens rief man ihn, um eine abgebrochene Ampel zu schweißen. Keine besonders komplizierte Arbeit, er arbeitete viel für die Stadtverwaltung. Er stieg auf den Kran mit dem Arm der Ampel, um ihn an der Bruchstelle anzuschweißen. Man hatte ihm nicht gesagt, dass die Ampel bei einem Terroranschlag beschädigt worden war. Oder dass er dort Hautstücke finden würde, eine Brille und etwas, das seiner Überzeugung nach ein Auge war. Uzi Bracha kehrte an jenem Tag nach Hause zurück und bestellte einen Schlosser, der acht Schlösser an seiner Tür anbrachte. Danach ging er in eine Waffenhandlung auf der Jafostraße und kaufte einen Revolver. Er ging nach Hause und saß mit gezogenem Revolver auf dem Sessel, vor der achtfach versperrten Tür. Ich mochte Uzi. Er redete nicht viel und hatte einen ängstlichen Blick in den Augen.

Ich erzählte ihnen von Giora Gueta, von dem Soldaten Chumi und von Schuli, die im Koma lag, im zweiten Stock. Ich beschrieb ihnen das zerschmetterte Rückfenster des Autos, den Fuß, der mich am Kopf traf. Ich sagte, ich glaubte nicht, dass ich ein Schockopfer sei. Sie fragten mich: »Schaust du dich manchmal panisch um?« Manchmal. »Schlägt dir das Herz bis zum Hals?« Einmal hätte ich es aus Versehen fast ausgespuckt. »Ist dir schlecht?« Immer. »Verursacht dir die Sirene von einem Krankenwagen kalten Schweiß?« Kalter Schweiß war das also. »Weinst du?« Nein. Aber die Augen konnten plötzlich tränen, das war mir aufgefallen. »Die Pieptöne bei den Nachrichten?« Ja, die waren stressig. »Schockopfer, und aber echt was für eins«, fasste Uzi Bracha zusammen.

»Ich bitte darum, solche Thesen mir zu überlassen, bitte, äh ... Uzi«, sagte Ilan. »Schau mal, Krokodil, die physische Bedrohung erzeugt ein Angstgefühl. Die Angst schädigt den Körper, Schmerz oder Vernichtung wird als Signal begriffen, das ist die Alarmierung des Körpers gegenüber einer Vernichtungsgefahr. Es ist eine biologische Notstandsreaktion.«

Julia weinte. Anfangs war das bedrängend, nach einigen Treffen wurde es zu einem Hintergrundgeräusch. Sie war mit mir im Café Europa gewesen. Meine Kampfgefährtin. Sie erinnerte sich an alle Gesichter, auch an mich und Schuli. Sie wurde im dissoziativen Zustand (ein Wort von Ilan) in die Notaufnahme eingeliefert. Sie hatte schwere Schlafstörungen.

Dani, mit vollem Namen Daniela, die aber darauf beharrte, Dani genannt zu werden, war mit ihrer Schwester und deren Tochter auf einer Hochzeit in Beit Schemesch gewesen. Ihre Schwester wurde getötet. Auch das Kind, erst zwei Jahre alt. Dani wurde schwer verletzt, aber es gelang ihr, sich zu retten. Sie lag drei Monate im Krankenhaus, und nach viel längerer Zeit lernte sie, wieder zu gehen. Aber ihr physischer Zustand interessierte sie nicht. Es interessierte sie, was genau mit ihrer Schwester und ihrer Nichte passiert war. Wo sie genau waren, als sich der Terrorist in die Luft sprengte. Wer hatte sie gesehen? Wie genau wurden sie getötet? Hatte sie die Sprengladung getroffen? Sie verletzt? Sie hatte schwere Schuldgefühle. Warum war sie geflüchtet? War sie an ihrer Schwester und dem Kind vorbeigegangen und hatte ihre Notlage ignoriert? Dani sagte: »Ein kleines Mädchen, es hat so viel geredet, ständig geplappert.« Die schöne Na'ama fügte hinzu: »Was so weh tut, ist, dass sie nichts gewusst, nichts verstanden hat und nie verstehen wird, das ist das Gespenstische daran. Ein Erwachsener weiß, wo er lebt, weiß, dass es Anschläge gibt, die Wahrscheinlichkeit gibt. Jeder fürchtet, dass er als Nächster dran ist. Aber was hat sie gewusst? Wenigstens ist sie mit ihrer

Mutter zusammen gestorben und nicht allein. Stellt euch vor, dass …« Na'ama liebte es zu reden. Und es gab noch andere. Ein Junge, der siebzehn Operationen am ganzen Körper hinter sich hatte. Ein Mädchen, das zu essen aufgehört hatte. Einer mit einer Verbrennung an der Stirn und Gehörverlust auf einem Ohr. Eine ältere Frau, die jedes Mal mit einem anderen Kind oder Enkel kam – sie hatte Dutzende davon.

Jede Woche versank ich für zwei Stunden in dieser Welt. Ich hörte intime Beichten. Ich weinte an ihrer Seite und sie an meiner. Die Erinnerungen kehrten mit intensiver Deutlichkeit zu mir zurück. Alle Erinnerungen, von allen Terroranschlägen, mischten sich ineinander und gerieten durcheinander. Ilan sagte, ich befände mich parallel in einigen posttraumatischen Stadien (sein Ausdruck): das Stadium des direkten Geschehens des Anschlags im Café Europa zusammen mit dem Stadium der unmittelbaren Reaktion auf den Anschlag bei Scha'ar Hagai und dem Stadium der früheren Reaktionen hinsichtlich des Anschlags auf den kleinen Neuner. Er sagte, es gebe nicht viele solche Fälle.

Alle hatten mich in der *Arche Noah* gesehen. Ich spürte, dass Ilan das störte, doch er sagte nichts. Vielleicht geriet ihm meine Position als berühmter Terrorüberlebender damit durcheinander, dass ich neu in der Gruppe war. Alle anderen redeten darüber, waren interessiert. Ich spürte, dass sie stolz auf mich waren, dass ich sie repräsentierte. Sie liebten es, mit mir durch die Krankenhausgänge zu gehen, wo mich fremde Leute erkannten und sich beeilten, mir die Hand zu drücken und ihre Anteilnahme zu bekunden. Einmal, als ich mit Dani unterwegs war, hielt uns ein Knessetabgeordneter auf, der Verwundete besuchte. Er schüttelte unsere Hände. Er verströmte Gestank nach Aftershave und hielt einen Plastikbecher mit Nescafé in der Hand. Und er erzählte einen grässlichen Witz, von dem ich nur noch weiß, dass er sich um einen Hamasler drehte, der ins Paradies kommt und dem sie die guten und die schlechten Nachrichten erzählen.

Die Therapiemethode in der Gesprächsgruppe war, die Geschichte bei jeder Sitzung zu wiederholen, um die Empfindungen und die Erinnerungen zurückzubringen und neue Perspektiven zu gewinnen. Wir hörten die Geschichten immer wieder, und wir wollten sie hören. Manchmal veranstaltete Ilan einen Schnelldurchgang mit uns. Er stellte eine Frage, und jeder gab eine kurze Antwort: »Wie klingt ein Anschlag?«

»Ein kleines *Pak*«, sagte Noah.

»Ein großes *Bumm*«, sagte Dani.

»*Wuuum*, wie im Libanon, wie eine Mine«, sagte der bärtige Uri, und Roy, oder vielleicht war es auch umgekehrt, ich verwechselte die beiden immer: »Nichts. Bloß ein Schmerz in den Ohren. Und eine Erschütterung. Ich habe etwas gespürt und den Kopf gehoben.« Eine sagte: »Der Klang von Blut, das in der Luft fliegt.«

»Händeklatschen oder Feuerwerk«, sagte Julia, und ich sagte: »Berstendes Glas und Stille eines Aufzugs ...«

»Aber warum müssen wir das tun?«, fragte Uzi Bracha mit gequältem Gesicht. »Warum müssen wir hier sitzen und uns gegenseitig erzählen, wie sich ein Anschlag anhört?« Es herrschte Schweigen. Dann sagte Ilan: »Habe ich euch von den Mäusen erzählt?«, und ohne eine Antwort abzuwarten, denn er wusste die Antwort ja (hast du, klar hast du's erzählt, und aber echt wie du's erzählt hast – um einen Lieblingsausdruck von Uzi Bracha selbst zu benutzen), fuhr er fort: »Man hat die Reaktionen von Mäusen auf einen elektrischen Schock getestet. Eine Maus wurde in einem offenen Käfig unter Strom gesetzt, flüchtete aus dem Käfig, und es passierte ihr nichts. Sie lernte aus der Erfahrung und ging nicht wieder an den Ort zurück, an dem ihr Schaden zugefügt worden war. Eine zweite Maus wurde unter Strom gesetzt, aber ihren Käfig hatte man abgesperrt. Sie wurde krank, das Fell fiel ihr aus, sie bekam ein Magengeschwür. Dann setzte man zwei Mäuse in einem geschlossenen Käfig unter Strom, aber sie wurden nicht krank. Sie hatten einander. Sie saßen, genau wie die andere Maus, an einem schädlichen Ort fest, ohne Fluchtmöglichkeit. Aber sie waren nicht allein. Und das ist es, was wir hier machen. Jeder von uns sitzt an einem Ort fest, den er in diesem Stadium nicht verlassen kann«, (Julia weinte), »aber wir haben einander.«

»Und uns fallen die Haare nicht aus«, sagte ich. Ilan bedachte mich mit einem säuerlichen Blick und reagierte nicht.

»Geteiltes Leid ist halbes Leid?«, fragte Dani.

»So ungefähr«, antwortete Ilan und streichelte sein blödes Bärtchen.

Jeden Mittwoch saß ich auch bei Schuli. Ich kannte sie im Koma besser und länger als vorher, als sie aus eigener Kraft lebte und atmete. Ihr schönes Gesicht hatte sich nicht verändert, aber mir fehlte die dunkle Tiefe ihrer Augen. Schläuche waren mit ihrem Gesicht und ihrer Brust verbunden. Atmen, essen, schlafen – Handlungen, an die wir keinen Gedanken verschwenden, waren unmöglich geworden. Die Maschinen atmeten für sie, hielten ihr Blut im Fluss, fütterten sie.

Einmal zwinkerte sie, als ich allein neben ihr saß und ihr etwas erzählte, und ich hatte das Gefühl, das war für mich. An ihrem Geburtstag brachte ich ihr Blumen. Ich trug eine sterile Maske wegen Schulis offener Wunden. Nach ein paar Wochen lernte ich, Schulis Stimmung anhand der Luft im Zimmer zu erkennen. »Alles Gute«, sagte ich. Neben dem Bett waren Blumen und Geschenke. »In diesem Staat ist jeder Geburtstag, den du feierst, eine Leistung«, sagte ich. »Und Ehe? Generell eine Leistung. Und ein Kind – ein glatter Torschuss –, du hast eine Fortsetzung. Ich habe in irgendeiner Zeitung gelesen, dass sie hier viele Kinder machen, im Verhältnis.« Sie gab keine Antwort. Wenn ich allein dort war, liebte ich es, die Decke zu lüpfen und das Krokodil zu streicheln, das auf ihrem Knöchel eintätowiert war. Das war unser Zeichen, mein Geheimnis. Danach kam Alon, ihr Boss, der Chefkoch vom König-Schaul-Hotel. Er kam oft, manchmal mit anderen Köchen, die mit ihnen zusammengearbeitet hatten. Er sagte, sie sei begabt gewesen. Er kannte auch Gueta, ein Prachtkerl. Schulis Vater und ihre Schwester besuchten sie jeden Tag, immer deprimiert, weinten, beteten, warteten auf ein Wunder. Schulis Vater sagte einmal zu Alon, es sei gefühllos, mit Arabern dort aufzutauchen. Alon und Osama, der dabei war, verließen das Zimmer. Alon bedauerte, dass er nichts darauf antwortete. Er hatte die Antworten im Kopf formuliert, fand aber nicht die Gelegenheit, sie loszuwerden, und er war beileibe nicht links oder so was, aber ein bisschen Achtung vor dem Menschen sollte schon sein, bei aller Liebe.

Schulis Bett war ein Treffpunkt. Ich verfolgte die Gesundheit ihrer Tante, beriet deren Mann im Telekommunikationsmarkt und wegen einer Reiseagentur und erhielt eine Empfehlung für einen Steuerberater. Guetas Vater fragte mich immer, was Giora am Morgen seines Todes in Tel Aviv gemacht hatte, und ich antwortete immer, ich wisse es nicht. Einmal bat er mich, etwas für eine Gedächtnisbroschüre zu schreiben, und ich versprach, darüber nachzudenken. Sogar Dutschy nahm ich einmal mit, nach einem Streit, der mit der Frage begonnen hatte: »Wer, zum Teufel, ist diese Schuli, von der du bei Rafi Reschef geredet hast?« Und die ganze Zeit lag Schuli zwischen uns, die Verbindungsstelle von allen, still und einsam, an die Maschine angeschlossen, leblos lebend, darauf wartend, dass etwas geschah. Bis etwas geschah.

Am meisten liebte ich an diesen Mittwochen die Heimfahrt. Die Fahrt in einem interurbanen Autobus in der Nacht hat ihren eigenen Zauber. Es war eine Zeit der Nettogedanken, in der der Tag ganz und gar versank und im Blut zerging. Die Leute redeten zwar, aber weniger und nicht so laut, anscheinend aus Ehrfurcht vor der Dunkelheit, vor dem weichen Brummen des Motors, vor den bläulichen Lichtern. Und so drückte ich auf der nächtlichen Fahrt meine Stirn ans Fenster und erlaubte mir, tief zu atmen und zur Ruhe zu kommen. Dort blickte ich wirklich nach innen, in aller Stille. Dort erwachten die Erinnerungen, dort nahm ich mich so, wie ich war, und fing an, darüber nachzudenken, wer ich sein würde.

26

»Komm, wir schauen uns mal die Pupillen an … wunderbar. Deine schönen braunen Augen, Fahmi … weißt du was? Du bist der perfekte Mann, haha. Schreist nicht, verschwindest nicht, riechst nicht nach Wodka und Zigaretten und anderen Frauen. Lass mal sehen … Physiotherapie in einer Stunde. Heißt waschen, hopp, hopp. Schon fahren wir … Du hast gestern also einen vollen Tag gehabt, sowohl Lulu als auch die reizende Rana. Ich hab sie gesehen. Sie redet immer noch nicht mit dir, aber gestern hab ich gesehen, wie sie dich auf die Stirn geküsst hat … was ist eigentlich mit deiner Mutter? Hast du keine …«

Bilal war überzeugt, er könnte in die Tat umsetzen, wovon alle redeten. Die ultimative Krönung aller Aktionen. Er wollte mir seine Ideen erzählen, hatte viel Sicherheit in Gaza gewonnen. Zu viel.

Seine Ideen waren folgende: der Ben-Gurion-Flughafen. Seit den Siebzigerjahren, mit der Fatah, war es ihnen nicht mehr gelungen, auch nur in die Nähe zu kommen. Eine eingezäunte, bewachte Anlage. Die Eingangshalle war ein gutes Ziel. Ein Flugzeug war eine Möglichkeit, in der Luft oder am Boden. Der Effekt würde ungeheuer sein. Ein immenser Schaden für die Wirtschaft, Panik, das Gefühl, dass sie in einem Käfig eingesperrt waren.

Die zweite Option: der Flughafen in Eilat. Ein bisschen weit weg. Der Effekt würde aber immer noch riesig sein. Ein kleiner Flughafen, aber verletzlicher. Im Stadtzentrum, zwischen Hotels. Weniger strenge Bewachung. Ein paar Möglichkeiten hinzukommen: vom Süden der Westbank aus. Vom Gazastreifen aus. Von

Ägypten aus, entlang der Grenze oder vom Sinai. Saudi-Arabien oder Aqaba mit einem Kommandoboot. Eilat war verwundbar.

»Sie haben nicht bloß so in Eilat bisher noch nie einen Anschlag verübt. Eilat ist nicht Palästina.«

»Auch New York und München sind nicht Palästina.«

»Stimmt. Aber wenn du von der ultimativen Aktion redest …«

Dritte Option: ein großes Hotel in Jerusalem. So wie die Aktion der Juden im König David damals gegen die Engländer. Sie brachten ein Auto mit zweihundertfünfzig Kilogramm Sprengstoff hin. Von so was rede ich. Etwas, das in die Geschichte eingeht.

Vierte Option: Davidszitadelle.

»Davidszitadelle?«

Fünfte Option: die Knesset – Leute und Waffen mit Küchen- oder Reinigungsbedarflieferungen hineinbringen, die per Lastwagen am hinteren Tor eintreffen. Man schleust jemand dort zum Arbeiten ein, ein paar Monate.

»Das ist nicht leicht«, sagte ich.

»Ich hab nicht gesagt, dass es leicht ist.« Er rieb sich das Kinn. »Denken wir weiter nach. Ich höre mir gern Ideen an. Fang auf jeden Fall schon mal an, am Sprengstoff zu arbeiten. Fang an, Mengen zu sammeln, ganz langsam und allmählich.«

»Nu, wie geht's den Muskeln?«

»Hi, Swetlana. Na ja, du weißt doch. Er bewegt sie nicht wie wir, aber … es wäre gut, wenn du ihm jeden Tag eine kleine Massage hier machen würdest, und da, so …«

»Mach ich doch, was meinst du denn? Er bekommt Tiefenmassage, öfter als alle anderen, länger und tiefer als alle, haha …«

»Schön. Das kann helfen gegen Entzündungen und Wundliegen. Und immer kontrollieren, ja? Drunter hauptsächlich, denn so liegt er normalerweise. Da, hilf mir doch mal, ihn umzudrehen, ah …«

»Pass mit den Schläuchen auf … ja. Einer für die Luft, einer für den Urin. Er hat Glück, dass ich ihn so gut versorge. Andere Patienten erhalten keine solche persönliche Behandlung. Nicht wahr?«

Draußen fuhren gepanzerte Truppenfahrzeuge und gingen Soldaten herum. Wir gewöhnten uns an sie, und wie im Zoo, wenn die Tiere einander kennenlernen und anfangen, miteinander zu leben, hatten wir weniger Angst und stellten uns darauf ein. Die Kinder warfen schon Steine nach ihnen. Ich goss Cola ein. Das Getränk wisperte für ein paar Sekunden in den beiden hohen Gläsern, die Bläschen zerplatzten in der Luft darüber. Die Coca-Cola-Gläser hatte ich vor einem Jahr bekommen, als ich eine Kiste mit sechs Flaschen gekauft hatte. Bilal hob das Glas an den Mund. Ich stopfte mir ein Begele in den Mund. Ich mochte seine Haltung nicht. Ich weiß nicht, was sie ihm in Gaza gesagt hatten. Er zeigte mir das Geld, das sie ihm gegeben hatten. Zweitausend in bar … Wir hätten uns mehr daran freuen sollen, begreifen, dass der Hahn jeden Moment zugedreht werden konnte. Aber das lässt sich leicht sagen, wenn alles vorbei ist.

Ich sah mir *Wer wird Millionär?*, *Das schwache Glied* und *Die Aufgabe* im Fernsehen an. Jemand schaffte es bis zur goldenen Frage und hätte die fünf Millionen libanesische Lirot, die schon ihm gehörten, verdoppeln können. Die Frage lautete: »In der vergangenen Woche haben Mitglieder der Iz ed-Din al-Qassam einen Autobus auf der Schnellstraße zwischen Jerusalem und Jafo beschossen. In welchem Jahr wurde ein ähnlicher Überfall von palästinensischen Freiheitskämpfern gegen jüdische Autobusse auf der gleichen Straße durchgeführt?«

Der Kandidat sagte: »1978.« Mein Lächeln erlosch und auch das von Großvater Fahmi im Paradies. Der Moderator blickte den Kandidaten ein paar Sekunden an und sagte dann zu ihm, dass er die Gelegenheit, den Preis zu verdoppeln, verspielt habe. Er berichtete die wahre Geschichte der Kämpfer von Beit Mahsir. Als Bilal zurückkam, erzählte ich es ihm. Er sagte, ich bräuchte weniger Fernsehen und mehr Moschee in meinem Leben. Ich dachte an Rana.

27

Ich versuchte, zu meinem alten Leben zurückzukehren, und damit meine ich hauptsächlich zwei Dinge: Dutschy und Time's Arrow. Dutschy war lieb, rücksichtsvoll und gut oder versuchte zumindest, es zu sein. Am Anfang. Auch bei Time's Arrow empfingen sie mich mit offenen Armen, obwohl Jimmy sagte, er sei sicher, dass ich das Ganze organisiert hätte, um mich vor dem Flug nach Brasilien zu drücken. Nur langsam, das hörte ich oft – zu Hause, in der Arbeit, mittwochs in der Therapie oder an Schulis Bett. Man gab mir die Zeit, rüstete sich mit massenhaft Geduld und Verständnis hinsichtlich meiner Rückkehr.

Es war nicht leicht. Im Nachhinein gesehen, unmöglich. Erstens, in meinem Leben davor schlief ich. In diesem hier nicht. Ich begann, vor Sonnenaufgang aufzuwachen, mit aufgerissenen Augen, mein Hirn von Gedanken und Bildern verfolgt. Im weiteren Verlauf des Tages hatte ich Kopfweh und zerrüttete Nerven. Meine Gedanken rasten, aber mein Körper kämpfte, das Tempo durchzuhalten. Ich wanderte in der Nacht durch die Zimmer oder saß vor dem flaumig-tröstlichen Licht des Fernsehers. Ich hasste die Stille. Um die Zeit totzuschlagen, fing ich an zu rauchen. Das Rauchen führte zu Gereiztheit und Übelkeit. Nach ein paar Wochen verschrieb mir der Arzt Schlaftabletten. Manchmal wirkten sie, manchmal auch nicht, aber immer ließen sie mich apathisch und verwirrt zurück. Dutschy versuchte, mit mir zu reden, aber ich schrie sie an, sie solle ins Bett zurückgehen, denn sie verstehe das nicht. Ab und zu sprach ich mit Uzi Bracha, der zu diesen Zeiten auch wach war, aber es half nichts. Solche Nächte führten zu schlechten Tagen und immer so weiter. Es war ein Teufelskreis.

Abgesehen davon wirkten neue Kräfte in meinem Leben, die zu ignorieren mir nicht gelang, vielleicht wollte ich das auch gar nicht. Ich war das Krokodil der Terroranschläge, erhielt die Aufmerksamkeit von Fremden, Angebote und Druck, stand an einer Stelle, an die mich die Gesellschaft und nicht ich selbst gestellt hatte. Ich stand im Schaufenster, und bevor ich mich fragen konnte, ob ich da sein wollte, war ich gezwungen, in dieser Umgebung zu leben und mich daran zu gewöhnen.

Man redete ununterbrochen mit mir, Menschen, die ich kannte, und solche, die ich nicht kannte. Die einen dachten, sie wüssten, was gut für mich sei, die anderen wollten meine Stimme, Unterstützung oder meine Meinung. Es interessierte sie nicht, dass ich keine Meinung hatte, in den meisten Fällen.

Sie sagten: »Verklag die Versicherung, und du kriegst eine schöne fette Pension.« Sie schlugen mir vor, mich gegen Prozente zu vertreten. Man musste eine Bestätigung von der zuständigen Behörde im Sicherheitsministerium bekommen – drei Rechtsanwälte, die Klagen von Bürgern behandelten, die behaupteten, von Terroranschlägen betroffen zu sein, und ihnen Entschädigungsansprüche bestätigten. Ich war bei Treffen, wählte Taktiken, schnitt Zeitungsartikel aus – nichts. Sie bestätigten gar nichts. Der Rechtsanwalt griff sich an den Kopf und sagte, er glaube es einfach nicht, wie herzlos sie sein könnten. »Wie weit ist es mit uns gekommen«, sagte er, »wie sehr ist dieser Staat heruntergekommen?« Er gab meiner Berühmtheit dafür die Schuld. Und das, nachdem er mir davor versprochen hatte, sie würden mir eben wegen meiner Berühmtheit Entschädigung zugestehen, denn ich sei der Liebling der Medien. Und dann verlangte er das Honorar für seine Bemühungen: zweitausend Dollar. Dutschy nannte mich einen Idioten, sie hatte mich gleich am Anfang davor gewarnt, darauf einzusteigen.

Jemand anders sagte zu mir, ich solle etwas aus der Organisation für Opfer feindlicher Akte herausholen. Ich probierte es. Nichts.

Eine einzige Familie, eine private Gesellschaft, die Terroropfer unterstützte, bat mich, einmal in der Woche mit Betroffenen zu sprechen. Wegen der *Arche Noah*, den Reportagen in den Zeitungen, im Radio und im Fernsehen dachten sie, ich würde die Betroffenen aufheitern. Ich ging ein paar Mal hin, doch die Leute im Publikum beschuldigten mich, ein schamloser Ausbeuter zu sein, der versuchen würde, Geld zu machen und sich selbst groß rauszubringen mit Terrorereignissen, bei denen andere Menschen getötet und verwundet worden waren und die er selbst ohne einen Kratzer überstanden hatte. Ich zeigte ihnen den Kratzer auf der Stirn. Ich erklärte, dass ich überhaupt kein Geld machte, schön wär's. Ich sagte, ich hätte nicht darum gebeten, dass man über mich schrieb. Es überzeugte sie nicht. Ich diskutierte mit Menschen, die Traumata durchlebt hatten, die verletzt, deren Angehörige getötet worden waren. Sie suchten ein Ziel für ihre Wut, und sie fanden es. Da rückte ich das Ziel aus ihrem Visier, obwohl auch das Kritik auslöste – indem ich aufhörte hinzugehen, denn die Medien gelangten nicht dorthin, und alles, was mich interessierte, waren die Medien. Eines der Dinge, das ich in diesen Monaten lernte, war, dass man manchmal nicht siegen kann. Und bloß nicht sagen, man könne nie siegen, denn dann sagten sie, man flüchte sich in Selbstmitleid. Andere hätten Glieder verloren, lebenslange Traumata, ich sollte also ganz still sein.

Sie riefen vom Radio an. *Nur Alltägliches*, auf der Militärwelle, ein Abklatsch der *Arche Noah* mit Leuten von rechts und links, die einander anschreien. »Eitan Einoch, was sagen Sie zu der Entscheidung, während der Feiertage eine Ausgangssperre über die Gebiete zu verhängen?« »Herr Einoch, als einer, der die Intifada am eigenen Leib erfahren hat, könnten Sie Ihrer teuren Freundin, die im wohltemperierten Sendestudio in Tel Aviv sitzt, die Größe des Horrors erklären?« »Eitan Einoch, was ist Ihre Meinung zum einseitigen Rückzug? Über den Trennungszaun? Über den Transfer von Juden aus den Siedlungen? Über eine Umzingelung der Araber?« Sie riefen mindestens einmal in der Woche an, wobei ich nicht verstand, warum, denn ich hatte keine Antworten. Über die Ausgangssperre sagte ich, es sei furchtbar schwer, so zu leben, und man müsse zusehen, es den Menschen zu erleichtern. Über die Anschläge sagte ich, man müsse dem ein Ende setzen und mit aller Kraft dagegen kämpfen. Zum Zaun meinte ich, man solle so wenig Schaden wie möglich verursachen. Und zum einseitigen Rückzug – nur unter der Bedingung, dass die Sicherheit gewährleistet sei. Ich antwortete nicht wirklich, ich redete wie die Politiker: Sie sagen Wörter, die sich zu Sätzen zusammenfügen, Absätze bilden, doch am Schluss haben sie gar nichts gesagt. Aber anscheinend liebten sie das, denn sie riefen weiter an.

Eines Tages, nach einem weiteren pointenlosen Gespräch in *Nur Alltägliches*, rief mich Benzi Dikstein, der Sprecher des Niederlassungsrats, an. Ich fragte ihn, was ein Niederlassungsrat sei. Er erwiderte: »Genau! Das ist unser Problem, dass uns keiner kennt. Wir sind eine Lobby, die einige Niederlassungen in Bereichen von Erez-Israel vertritt, die sich gegründet hat, um auf die Regierung Druck auszuüben gegen das Entfernen von Siedlungen und den Transfer von Juden.«

»Ach so, die Siedlungen«, sagte ich.

»Wir ziehen die Bezeichnung Niederlassungen vor«, erwiderte Benzi.

»Und was wollen Sie von mir?«

»Wir wollen, dass Sie sich unserer Lobby als bekannte Figur anschließen, als jemand, der viel am eigenen Leib erfahren hat und die Wirklichkeit aus nächster Nähe kennt.« Ich brach in Lachen aus.

»Ich?«

»Ich habe auf der Militärwelle gehört, dass Sie sich gegen einen

Transfer von Juden ausgesprochen haben. Vor ein paar Minuten erst. Übrigens, kennen Sie den Ursprung des Namens Einoch?«

»Nein, ich dachte mal daran, ins Diasporamuseum zu gehen und nachzuschauen. Wissen Sie es?«

»Aber sicher. Das ist eine Aberration von Chenoch beziehungsweise Enoch, dem Vater von Metuschelach. Übrigens ist es auch bei ihm, so wie bei Ihnen, nie gelungen, ihn, das heißt Metuschelach, zu töten, Jahrhunderte lang ...« Er bellte zweimal kurz, was offenbar ein Lachen darstellen sollte.

Eines Tages rief Schmulik Kraus an. »Schmulik Kraus!!!«, rief ich schockiert. Dutschy neben mir erschrak. »Das ist sicher dieser Linke«, sagte sie.

»Ich bin nicht der Schmulik Kraus«, erklärte er, »ich bin der Schmulik Kraus von *Besetzung voran.*«

»Ah«, sagte ich.

»Wir fanden die Dinge sehr gut«, fuhr er fort, wobei er plötzlich in den Plural wechselte, »die Sie heute Morgen gesagt haben, bezüglich der törichten Ausgangssperre, die die Bewohner der Westbank – und ich meine natürlich die Juden darunter – von unserem genialen Sicherheitsminister als Festtagsgeschenk erhalten haben.« Ich erinnerte mich nicht, was ich gesagt hatte, aber jeder weiß, dass Mufaz ein Komiker ist. »Wir wollten fragen, ob Sie einer der Sprecher bei der Demonstration nächsten Samstagabend auf dem Rabinplatz sein würden?«

Es gab noch viele solche Gespräche. Von rechts und links, von unpolitischen, unparteiischen Bewegungen, von einer Vereinigung gegen Gewalt in der Familie, und einmal, als ich mitten in einem Radiointerview die Ibn Gvirol entlangging und bei dem Versuch, eine Zigarette auszutreten, in Hundescheiße stieg und die Hundebesitzer verfluchte, die die Scheißhaufen ihrer Hunde nicht vom Bürgersteig aufsammelten, kam ein Anruf von der *Initiative für ein sauberes Tel Aviv*, bei dem sich nach einer kurzen Unterhaltung herausstellte, dass sie für den Transfer von Hunden waren.

Auf der Eingangsseite der Zeitschrift *Menschen* lautete die Überschrift: »Eitan Einoch, Eskapist des Terrors«. In der *Ma'ariv* sah man mein Porträt. In einer anderen Zeitung beantwortete ich einen Fragenkatalog, einschließlich Lieblingsfarbe und Lieblingslied dieses Jahres. In der *Stadtzeitung* las ich, dass der Entweichungskünstler Krokodil allein in der Bar Barabusch beobachtet wurde, wo er in einen Hamburger des Modells »Der Kannibale ist hungrig heute Nacht« biss.

Beim Staatssicherheitsdienst kostete es mich ungefähr eine halbe Stunde, um zu begreifen, was sie wollten. Die Tatsache, dass ich bei drei aufeinanderfolgenden Anschlägen anwesend und unbeschadet daraus hervorgegangen war, löste ihr Misstrauen aus. Ob ich arabische Freunde hatte oder je gehabt hatte? Aus den Gebieten? Sympathisierte ich mit dem Leid der Palästinenser? Unterstützte ich ihren Kampf? Ich sagte zu ihnen, sie seien eine Schande für den Staat, sie sollten sich gefälligst die wahren Verantwortlichen vornehmen und nicht die Opfer. Danach brach ich auf einmal in Tränen aus. Sie kamen schließlich von mir ab, glaube ich.

Unter all den neuen Freunden, den echten und den falschen, den vorübergehenden und den dauerhaften, die ich mir erwarb, waren die zwei, die ich besonders mochte, Polizisten. Inspektor Avi Jahalom, »Elmaz«, stand an der Spitze des Ermittlungsteams, das den Anschlag auf den kleinen Neuner in Tel Aviv untersuchte. Zion Ferer ermittelte im Fall Café Europa in Jerusalem. Elmaz' Mannschaft umfasste außer ihm eine Polizistin namens Ricki. In Jerusalem bestand das ganze Ermittlungsteam aus Zion. Es war nicht so, dass man Terroranschläge nicht untersucht hätte, aber den Großteil der Arbeit machte ab dem Moment, in dem klar wurde, dass es sich um einen nationalpolitischen Tathintergrund handelte, der Staatssicherheitsdienst. Die Polizei untersuchte die strafrechtlichen Aspekte der Anschläge wie zum Beispiel die Benutzung eines gestohlenen Fahrzeugs, Diebstähle allgemein, Betrügereien bei Lebens- oder Sachversicherung, Identifizierung von Opfern und Ähnliches. Manchmal entdeckte sie Dinge, die dem Sicherheitsdienst halfen.

Elmaz und Zion wandten sich an mich wie an alle Augenzeugen (auch Polizeiinspektor Rubi Waksman, der den Heckenschützenanschlag bei Scha'ar Hagai untersuchte, wandte sich an mich, doch ich möchte kein weiteres Wort über ihn verlieren, denn er war ein blöder Fettkloß und Angeber, und es wäre schade darum, teure Sekunden des Lebens an ihn zu verschwenden. Ihm hatte ich jenen Besuch vom Sicherheitsdienst zu verdanken). Mit Zion Ferer vereinbarte ich einen Termin an einem meiner Mittwoche in Jerusalem. Es war einer der ersten heißen Tage nach dem Winter, mit strahlend klarer Sonne ohne die wässrige Zwischendecke wie in Tel Aviv. Ferer trug eine Sonnenbrille, die, wenn er sie abnahm, an einer Schnur um seinen Hals baumelte. Sein blaues Polizistenhemd wies zwei Schweißflecken unter den Achseln auf. Wir trafen uns am Tor der Anlage (so nennen sie die Polizeibasis) an der Bethlehemer Landstraße und gingen zu einem Caravan zwischen Eukalyptusbäumen. Er spielte mir den CCTV-Film vor, den er vom Café Europa erhalten hatte, in dem ich, wie sich herausstellte, der Star war. Ich saß in dem Polizeicaravan, rauchte eine Zigarette, deren Geschmack mir widerstrebte, und sah mir einen Film über mich selbst an, in Schwarzweiß, ohne Ton, in einem kleinen Fernseher. Da war ich, allein, trank Kaffee, starrte einen Punkt in der Luft an und dann einen Punkt mir gegenüber, als konzentrierte ich mich auf jemand Bestimmten (»Ich hoffe, es war wenigstens ein hübsches Mädchen«, sagte Ferer), bohrte in der Nase und schnäuzte mich dann in die Papierserviette. Blickte auf die Uhr, und dann kam Schuli, wir wechselten ein paar Worte, tauschten die Plätze. Jetzt saß ich mit dem Rücken zur Kamera und sie ihr gegenüber. Ich sah hin und glaubte es nicht – Schuli, in den letzten Minuten und Sekunden, lächelnd, flirtend, neigte den Mund zu ihrem Ice Europa hinunter und blickte dann enttäuscht in das Glas. Ich bot an, ihr noch einen Ice Europa zu bringen, doch sie schüttelte mit Nachdruck den Kopf – nein. Und dann beugte sie sich nach vorn und sagte etwas zu mir. Ich erzählte Zion Ferer, was sie gesagt hatte, ich erinnerte mich fast Wort für Wort daran. Sie hatte einen Gedanken auf der Toilette gehabt, einen schönen Gedanken. Über das Leben. Über Giora. Dann kam das Lächeln. Und anschließend zitterte die Luft, nur sah ich sie diesmal zittern. Mehr noch, Zion zeigte mir den Terroristen. Er hieß Mahmuzi. Zion fror sein Bild ein. Ich betrachtete ihn, doch es gelang mir nicht, den Hass zu empfinden, den ich in mir erwartet hatte. Und dann zerfiel ich in meine Bestandteile.

HOLT MICH HIER RAUS. Ein Schüttelfrost überfiel mich, als hätte ich einen Stromschlag erhalten. Ich schwitzte, als sei ich Kilometer gerannt. Ich spürte meinen Puls in den Schläfen rasen. Eine Welle stieg von meinem Bauch auf, und ich erbrach mich geräuschvoll. Ich versuchte aufzustehen, zu gehen, aber ich war zu schwach. HOLT MICH HIER RAUS. Eine Hand griff nach mir, versuchte, mich zu stützen. Ich fand mich in einem Bett im Hadassa-Krankenhaus wieder, aus dem ich nach einer Stunde wieder hinauskletterte, um in die Gesprächsgruppe zu gehen, und es ging nicht nur vorbei, ich fand nicht nur wieder zu mir selbst, sondern bei diesem Treffen fühlte ich mich stärker und unschlagbarer denn je.

Elmaz, der Tel Aviver Ermittler, lud mich zu einem Treffen in einem Café in der Jehuda-Hamaccabi-Straße ein. Er trug keine Polizeiuniform. Es gab keine Filme. Es war eine angenehme Unterhaltung. Er stammte ursprünglich aus Ägypten, wohnte im Norden Tel Avivs, war mit einer Irin verheiratet, der er auf einem Flug begegnet war. Nach dem Smalltalk redeten wir über den Anschlag. Ich erzählte ihm alles, woran ich mich erinnerte, von Gueta und dem Ganzen. Ich sagte ihm, dass Schuli und Guetas Eltern nicht wussten, was er an jenem Morgen in Tel Aviv gemacht hatte, und dass Schuli und ich beschlossen hatten, es herauszufinden. Er meinte, die Tatsache, dass jemand in einer bestimmten Stadt war, ohne seinen Eltern oder seiner Freundin etwas davon zu sagen, sei kein kriminelles Vergehen. Ich erwiderte, das stimme, aber es sei trotzdem interessant, und ich fühlte mich verpflichtet, es für Schuli zu tun, damit ich eine Antwort für sie hätte, wenn sie aufwachte. Er sagte: »Aber gern, dann geh dem nach.« Ich erzählte ihm von dem Palm. Er bemerkte, er könnte mich wegen Diebstahls verhaften. Ich sagte zu ihm, ich hätte nicht gestohlen, sondern nur gute Absichten gehabt, und dass ich den Palm der Familie zurückbringen wollte. »Gute Absichten, das sagen alle. Außer dem Gesetz«, antwortete er.

Auch die Glücksspieler sahen mich in der *Arche Noah* und wollten ein Stück abhaben. Die Spieler waren in diesem Falle Itzik mit vollem Namen, der in Netania wohnte und ein illegales Kasino im Stockwerk über einem »Standardpub« (seine Definition, ich lehnte die Einladung ab, dorthin zu kommen und auf Rechnung des Hauses zu trinken, was immer mir »über den Weg läuft«) im Industriegebiet betrieb. Unter anderem unterhielt er ein Wettbüro: Fußball- und Terroranschlagswetten.

Ich muss gestehen, dass ich schon einige Schekel auf Anschlagsprognosen gesetzt habe. Einmal hatte Bar in der Arbeit eine Wette auf den nächsten Anschlag organisiert – wo und wie viele Tote. Ich sagte, Jerusalem und vier. Es waren drei, aber ich erhielt die Einsatzkasse – fünfunddreißig Schekel. Danach erzählte mir Bar, er habe Freunde in Cholon, die so etwas »professionell« machten. Ich gab ihm einen Hundert-Schekel-Schein, um ihn auf Jerusalem zu setzen. Nach zwei Wochen erhielt ich zweihundert zurück. Als Itzik mich anrief, überraschte mich daher nicht die Tatsache von Terrorwetten an sich, sondern dass er sich an mich wandte. »Ich möchte dich als Fachmann beschäftigen«, erklärte er. »Du sagst mir, wo der nächste Anschlag stattfindet, und ich könnte danach profitablere Wettquoten ausgeben.«

»Wie bitte?« Ich war auf der Straße unterwegs, blieb stehen und setzte mich auf eine Bank. »Warum denkst du, dass ich ein Fachmann bin?«

»Na, was meinst du, ich habe dich doch in der *Arche Noah*

gesehen! Ich gebe dir tausend Dollar im Monat. Auf die Hand. Egal, was, ob Anschlag oder nicht, du kriegst tausend im Monat. Du sagst mir bloß, wo der nächste Anschlag ist.«

»Sag mal, Itzik, du …«

»Gut, hör zu. Du sagst mir nicht, wo der Anschlag sein wird. Sag mir, wo du hinfährst.«

»Itzik … ich kann nicht. Tut mir leid.«

»Zweitausend Dollar? Zweitausend Dollar im Monat für einmal kurz am Sack kratzen. Was ist daran schlecht?«

»Das ist nicht schlecht«, und es war wirklich nicht übel, »aber ich war rein zufällig in einer einzigen Woche bei ein paar Terroranschlägen dabei. Das besagt überhaupt nichts. Seitdem sind schon mehrere Wochen vergangen, und nirgends, wo ich war, ist was passiert.«

»Seitdem gab's auch keine Anschläge mehr«, konterte Itzik.

Einladungen zu Filmpremieren, ein Psychologe, der eine neue Behandlungsmethode anbot, ein Blumengeschäft, das wollte, dass ich Werbung für sie machte, das Angebot, einen Wettbewerb junger Talente zu entscheiden …

Chumis Eltern kamen zu Besuch. Seine Mutter erzählte mir ihre tragische Geschichte. Chumis Bruder war mit zehn Jahren bei der Explosion einer Brandsatzflasche gestorben. Chumi wurde danach geboren. Vor zwei Jahren hatten sich die Eltern scheiden lassen. Chumis Großvater väterlicherseits war fünf Monate davor an Prostatakrebs gestorben und seine Großmutter mütterlicherseits kurze Zeit danach an Alzheimer. Und dann Chumi. »Du denkst, es sei ein normaler Tag, und dann ist es keiner. Dein Leben wird auf den Kopf gestellt. Es gibt so viel, worüber ich mit ihm reden möchte.« Ich erinnere mich nicht, was ich zu ihr sagte, aber es gefiel ihr nicht, was ich sagte. »Dein Leben ist hübsch und warm«, beschuldigte sie mich. »Du bist von Familie und Freunden umgeben. Du hast keine Tragödien in deinem Leben.« Ich murmelte etwas von Darüber-Hinwegkommen. Sie sagte: »Du irrst dich, über so etwas kann man nicht hinwegkommen. Nicht, wenn man seines Kindes beraubt wird. Der Verlust ist unendlich.« Ihr Exmann intervenierte: »Schluss jetzt, Eti, genug. Es ist nicht seine Schuld.«

»Ich hab ja nicht gesagt, dass es seine Schuld ist, aber er soll nicht von Darüber-Hinwegkommen reden«, antwortete Eti mit Tränen in den Augen. Ich spürte eine radioaktive Spannung zwischen ihnen. Als sie ihren Kopf senkte, rollte er die Augen und sah mich verzweifelt an.

28

Wenn ich durstig war, dachte ich an Mama. Und wenn ich an Mama dachte, dachte ich an Lulu. Und wenn ich an sie dachte, hatte ich Sehnsucht nach ihr. Al-Amari wurde unerträglich. Die Ausgangssperre wurde ausgesetzt und wieder verhängt. Alle paar Nächte drangen Soldaten in die Häuser ein, zertrümmerten Sachen, beschlagnahmten Dinge, prügelten und schrien. Holten Männer heraus, hielten sie ein paar Stunden mit Augenbinden und Plastikfesseln fest, verdonnerten einen Teil davon zu Administrativhaft. Die Israelis stopften jedem Geld rein, der bereit war, ein Wort zu sagen, und in Ramallah gab es viele miese Hunde, die redeten. Zweimal klopften sie mitten in der Nacht an die Tür und nahmen mich in die Moschee mit. Stundenlang auf den Knien mit verbundenen Augen, die Knie zerquetscht vor Schmerzen. Bilal schlief auf dem Dach. Er wollte das Risiko nicht eingehen, gefasst zu werden. Oder die Erniedrigung durchzumachen. So ging er natürlich ein viel größeres Risiko ein. Die ultimative Aktion machte keine Fortschritte. Soldaten wimmelten wie die Krätze überall, und es herrschte Ausgangssperre. Das Geld aus Gaza war fast zu Ende, und ich versuchte, mit Dschalal in der Elektrik zu arbeiten, doch es gab kaum Arbeit. Ich saß zu Hause herum, sah fern. Aber es gab eine Grenze, wie oft ich *Das schwache Glied* anschauen konnte.

Aus den Hähnen kam eines Tages kein Wasser mehr, und innerhalb einer Stunde waren alle Flaschen im Laden weg. Wochen waren seit der letzten Aktion verstrichen, und die heißen Tage kamen, wie immer, zu schnell. Ich war durstig. Ich dachte an Mama und an Lulu. Ich hatte sie seit Monaten nicht gesehen. Ich rief an. Lulu war am Telefon. Es ging ihr gut. Papa war in Ordnung, traurig. Alles wie üblich. Aber ihre Stimme hatte sich verändert. Sie klang ernster. Ich dachte daran, dass meine Schwester mit fast vierzehn aufhörte, ein Kind zu sein, und mehr als alles andere wollte ich sie sehen. Ich sagte: »Lulu, ich komme dich besuchen.« Sie fragte: »Im Ernst?« Ich sagte: »Aber klar im Ernst.«

»Wann?«, fragte sie.

»Jetzt«, antwortete ich.

Als ich ein Kind war, kam Großvater Fahmi aus al-Amari auf dem Rücken seines Pferdes nach Mughajir zu uns auf Besuch. Er brauchte eine Stunde dazu. Heute, mit dem Auto, dauert es drei Stunden, günstigstenfalls. Zwanzig Kilometer Luftlinie. Wo sonst wird die Zeit, die man braucht, um von einem Ort zum anderen zu kommen, länger, je mehr Jahre vergehen?

Ich packte ein paar Kleider in eine kleine Tasche und ging hinaus. Das Lager sah gelb und hell aus am Morgen. Die Hauswände waren noch voller Plakate und Aufschriften von Mahmuzi und Chalil, und große Betonbrocken lagen auf dem Weg verstreut. Am Militärposten am Lagerausgang hob ein Soldat mit Sonnenbrille die Hand und hielt mich auf. Er kontrollierte meinen Ausweis, öffnete die Tasche, holte alles heraus, drehte sie um und schüttelte sie. Er durchsuchte meinen Körper mit groben Händen. »Wohin?«, fragte er auf Hebräisch.

»Nach Mughajir.«

»Wo ist das?«

Ich deutete in die Richtung.

»Nicht deuten, sag, wo's ist.«

Ich wusste nicht, was ich sagen sollte. »Dort drüben, hinter Ramallah.« Ich musste erklären, wozu ich dorthin wollte. Ich wurde nach einem Tasrih gefragt. Ich zeigte die Genehmigung vor, die mein Onkel Dschalal erhalten hatte – freie Passiererlaubnis in der Westbank, von der Stromgesellschaft Ramallahs. Ich erhielt detaillierte Anweisungen, was ich tun durfte und was nicht. Ich nickte. Ich ging links nach Ramallah, auf der Hauptstraße, die die Stadt durchquert und nach Norden, nach Nablus, weiterführt, bis die Straßensperre aus meiner Sicht verschwunden war. Dann hielt ich an und wartete auf eine Mitfahrgelegenheit. Nach fünf Minuten hatten wir die Straßensperre an der Beitin-Kreuzung erreicht.

»Jetzt mindestens eine Stunde«, sagte der Fahrer. Ich stieg aus dem Wagen und ging in Richtung des Fußgängertors weiter. Ein Soldat trat auf mich zu und fragte mich, was ich mir eigentlich dabei denke. Ich solle sofort zum Auto zurückkehren. Ich sagte: »Ich habe kein Auto.« Er erwiderte: »Willst du mich anlügen? Schämst du dich nicht? Ich hab doch gesehen, dass du aus dem Auto dort ausgestiegen bist.« Er hatte eine Sonnenbrille auf und genoss es, auf mich herunterzuschauen. »Denkst du, ich bin ein Idiot?«

»Das ist nicht mein Auto. Ich bin mitgefahren.«

»Denkst du, ich bin ein Idiot?«, wiederholte er, und im Stillen erwiderte ich: Ja, klar denke ich das. »Nein«, antwortete ich. Er suchte die Tasche und meinen Körper ab. Ich erreichte die Schlange am Fußgängerübergang. Dort standen eine Freundin meiner Tante aus dem Lager, mit zwei Hühnern im Korb, und ein bärtiger, elegant gekleideter junger Mann, der sagte, er sei ein guter Freund meines Bruders aus der Moschee in al-Bira. Nachdem wir fast eine Stunde lang angestanden hatten, schlossen sie den Fußgängerübergang. Warum? »So ist die Anweisung.« Ich sah dem Gesicht des Soldaten an, dass er nicht wusste, weshalb sie zumachten. Aber sie schlossen. Nur Autos mit Sondergenehmigungen konnten passieren.

Ich ging zur Schlange der Autos und bot den Fahrern Geld, damit sie mich einsteigen ließen. Einer hatte Bedenken, ein zweiter schaute misstrauisch auf meine Tasche. Der dritte fragte, was er den Soldaten sagen sollte. Ich zeigte ihm meine Genehmigung.

Sagen wir, wir arbeiten zusammen. Sein Name war Muhammad Mahmud Zakat.

Ich rief Bilal an. »Wie lange hast du Lulu nicht gesehen?«, fragte ich ihn. Aber er war unzufrieden. Er wollte etwas tun. Doch nun waren Wochen vergangen, und es war klar, dass es uns nicht so schnell gelingen würde, etwas auf die Beine zu stellen. »Wie lange?«, fragte er, als würde ich auf die andere Seite des Erdballs reisen. »Ich weiß nicht. Ein, zwei Tage. Vielleicht ein bisschen länger. Ich habe keinen Nerv für diese Soldaten. Sie machen mich jetzt schon wahnsinnig, und wir haben noch nicht mal Beitin passiert.«

Ich setzte mich auf einen Stein neben das blaue Vierundachtziger-Modell von Zakats Subaru. Er war unterwegs nach Nablus, um Ware für seinen Schreibwarenladen zu holen. Hinter dem Steuer rauchte er eine Zigarette nach der anderen. Vor uns waren Autos, Hühner, Körbe und Menschen. Hinter uns das Gleiche. Die Schlange kroch langsam vorwärts. »Sie werden dich nicht passieren lassen«, sagte Muhammad.

»Warum nicht?«

»Warum sollten sie?«

»Gute Frage«, sagte ich zu ihm. Er bot mir eine Zigarette an. Ich lehnte ab. Die Sonne versengte mir die Augen.

»Ich glaube … ich weiß nicht, Doktor Hartum, mir scheint, er reagiert mehr in den letzten Tagen …«

»Das werden wir gleich überprüfen. Oh … ich verstehe, weshalb Sie das sagen. Ist das öfter passiert in den letzten Tagen? Lachen Sie nicht, Swet, das ist eine natürliche Reaktion des Körpers …«

»Ja, Doktor, das … es ist ihm ein paar Mal passiert. Ich denke … seine Freundin war vor ein paar Tagen hier …«

»Das ist nicht immer der Grund, wissen Sie, manchmal ist … jedenfalls, schön. Pupillen?«

Nein! Nicht die Pupillen … das Licht … die Sonne … der Strand …

»Schön. Aber motorisch und kognitiv ist er mehr oder weniger an gleicher Stelle, wenn ich Sie recht verstanden habe.«

»Mehr oder weniger. Außer …«

»Ja.«

Ich wählte Ranas Nummer. Sie ging nicht dran. Eine Ameise krabbelte zwischen meinen Füßen hindurch, in Richtung der Sperre. Die würden sie garantiert passieren lassen, ohne Fragen zu stellen, dachte ich. In dem Moment, in dem sie am Subaru vorbei ist, rufe ich noch mal an, beschloss ich. Die Ameise kam in gutem Tempo voran. Wollte Gott, ich hätte ein solches Tempo. Sie war vorbei. Ich wählte. »Du hast gesagt, du würdest nicht anrufen.«

»Ich weiß.« Ich wollte sagen, dass ich mich nach ihr gesehnt hatte, nach ihrer Stimme.

»Wie geht es dir?«, fragte sie.

»Ich komme nach Mughajir.« Sie schluckte hörbar.

»Wann?«, fragte sie nach langem Schweigen.

»Ich bin an der Beitin-Straßensperre, warte.«

»Ach so. Es ist also überhaupt nicht sicher, ob du ankommst.«

»Hab ich was von ankommen gesagt?«

Sie lachte.

Nachdem wir zusammen aufgewachsen waren, die ganze Zeit zusammen waren, jede Minute zusammen verbrachten und an unserem Geheimplatz unterhalb des Dorfes oder in einem leeren Haus zusammen geschlafen und vom Heiraten geredet hatten, hatte ich das Dorf verlassen, ohne ein Wort zu sagen. Ich verschwand. Bilal sagte, sie sei keine gute Muslimin. Er sagte, die muslimischen Frauen seien zu fortschrittlich. Sie sagte über ihn, dass er nie Sex gehabt hätte und nicht an Frauen interessiert sei. Sie verachtete ihn, obwohl sie wusste, dass ich das nicht ertrug. Also ging ich. Ich hatte Sehnsucht, Phantasien, aber ich rief nicht an. Wochen, Monate. Und dann war sie aufgetaucht. Tauchte sie wirklich auf? Sie stand mir gegenüber, als ich mich gegen das

Sofa lehnte, und zog die Kleider aus. Sie fragte nicht, warum ich verschwunden war, sagte nicht, wie sie mich gefunden hatte, wie sie mitten in der Ausgangssperre durchgekommen war. In der Früh, als ich aufstand, war sie nicht mehr da. Ich stellte mir im Geiste ihren weichen Mund vor, ihre Zunge, süß wie warme Eiscreme. Ihr Streicheln, lange, betörende Minuten …

Eine zweite Ameise schloss sich ihrer Schwester beim Überholen des Subarus an. Muhammad ließ den Motor an und fuhr ein paar Meter vorwärts. Ein weiteres Auto passierte die Sperre. »Für wie lange kommst du?«, fragte sie.

»Ich weiß nicht. Ein, zwei Tage, vielleicht länger.«

Die ganze Nacht hörten wir nicht auf, bis ich erschöpft zusammenfiel, und als ich aufstand, erinnerte mich nur die lähmende Süße in meinem Körper …

»Ich freue mich«, sagte sie schließlich. Ich dachte an unseren Platz, unterhalb des Dorfes.

»Ich liebe dich«, sagte ich leise. Ich konnte hören, wie sie ihren Mund verzog, als sie es sagte: »Ja, aber den Dschihad noch mehr.«

»Fahmi, du böser Junge … was machst du da? Woran denkst du? Haha … da, schau …«

Rana … Swet? Mir ist heiß …

Falls ich träume, hört dieser Traum nicht auf …

Muhammad machte mir ein Zeichen, ins Auto einzusteigen. Wir erreichten die ersten Kontrollen. Noch eine Durchsuchung der Tasche, des Körpers, Durchleuchtungsgeräte, Ausweise, Genehmigungen. Geh zum Caravan, warte eine halbe Stunde. Mein Großvater hatte es in einer Stunde geschafft, auf dem Rücken einer Stute. Manchmal hatte man Lust, dem arroganten Soldaten die Fresse zu Brei zu schlagen. Es brauchte gar keine ausgeklügelten Aktionen, es würde reichen, einem solchen Trottel die Nase zu zertrümmern.

Muhammad nahm mich auf der östlichen Straße über Beitin und al-Jabrud Richtung Nablus mit. Ich bin viel auf dieser Straße gefahren, jetzt war ihr Zustand übler denn je. Unterwegs war eine neue Straßensperre eingerichtet worden, drei Betonquader und ein Stacheldrahtzaun, die manchmal in Betrieb war. Auf den Würfeln stand in Hebräisch: »Arschficklutschende Arabs, Hurra auf die Siedler!« Jeeps fuhren die ganze Zeit an uns vorbei, einer von ihnen hielt uns auf und kontrollierte wieder die Taschen, das Auto, und ich wurde aufgefordert, die Hose herunterzulassen. Es war immer noch eine schöne Straße. Ich hatte mich nach diesen Bergen gesehnt. Großvater Fahmi hatte immer von Beit Mahsir und den Bergen von Jerusalem geredet, aber nichts ging über Mughajir. Dort bin ich aufgewachsen, in dem Staub und den dürren Hügeln.

Muhammad setzte mich an einer Stelle nahe Mughajir ab, und ich ging zu Fuß weiter. Das war der vergnüglichste Teil der Expedition: sieben Kilometer zwischen der Straße und Mughajir, dem östlichsten Dorf an dem Kamm, der auf den Jordan und das Edomgebirge und an klaren Tagen bis nach Amman hinausschaut. Ich ging auf der schmalen, geborstenen Straße, die schwere Militärfahrzeuge aufgerissen hatten. Auf halbem Weg war ein Erdhügel. Ich stieg hinauf und pinkelte darauf. Kein einziges Auto fuhr hierhin oder dorthin, ich war allein mit den Bergen, mit der östlichen Landschaft, die sich ganz allmählich immer mehr offenbarte, je weiter ich hinaufstieg, je mehr ich meine Beine anstrengte, diese helle, gelbe Landschaft, Tal zur Linken, Tal vor mir, die Wüste, und keine einzige jüdische Siedlung, die die Landschaft und die Stimmung zerstörte. Und da war Mughajir, die kleinen, gelben, alten Häuser auf dem Hügel, die hohe Säule der Moschee und die kleinen blauen Traktoren der Bauern. Ich warf einen Blick auf die Uhr – vier Stunden. Es war befriedigend, bewegend, so anzukommen, nach einer zermürbenden Reise, dachte ich. Und dann antwortete ich mir, mit Bilals Stimme, hör auf, ständig das halbvolle Glas zu sehen. Hör auf, so positiv zu sein. Eine erniedrigende Reise von vier Stunden statt einer halben, und du sagst, es sei befriedigend. Einmal hatte Bilal zu mir gesagt: »Eines Tages wirst du mir noch erzählen, warum die Besetzung eigentlich nötig und positiv für uns war.«

Ich kam entsetzlich durstig an, und ausgerechnet dort, von allen Orten ausgerechnet in Mughajir, bei meiner Tante Lily, der jüngeren Schwester meiner Mutter, stillte ich meinen Durst und kehrte ins Leben zurück. Und dann Lulu, meine liebe kleine Schwester, mit ihrem Lächeln und den Geschichten, die sie für ihren großen Bruder aufgehoben hatte, am Ende des Dorfes, bei der großen Höhle, über dem steilen Felsabsturz zum tiefen Tal darunter. Und als Lulu und ich von unserem Spaziergang zurückkamen, hörten wir, dass sie Bilal gefasst hatten.

29

»Time's Arrow – jede Sekunde zählt.« Doch als ich dorthin zurückkam, war mir auf einmal nicht mehr jede Sekunde wichtig. Jimmy rief mich zu sich ins Büro. »Wie steht's, du Opferkrokodil?«

»Ganz gut.«

»Du siehst müde aus.«

»Ja, ich bin ein bisschen … es geht schon.«

»Dann bist du also wieder bei uns.«

»Ja.«

»Schön. Konzentrier dich auf die Dinge in deiner Freizeit, aber nicht zu viel freie Zeit, wenn du verstehst, was ich meine.« Er zwinkerte.

»Warst du in Brasilien?«, fragte ich.

»Wir haben es auf kommende Woche verschoben. Am Ende hat es nicht geklappt. Du kommst mit, ja?«

»Okay«, sagte ich enttäuscht. Ich stand auf, aber seine Stimme hielt mich auf. »Und … übrigens, Krokodil …«

»Ja?« Ich blickte ihn über die Schulter auf halbem Weg an. Er strich mit dem Finger über seine große Nase, seine Glatze glänzte: »Du wirst erfreut sein zu hören, dass ich mein Teil beigetragen habe bei … bei der Bereinigung des … Problems, das du hattest …« Er zwinkerte wieder. Jimmy war verantwortlich für das Zeitmanagement der Luftwaffe, zum Beispiel für die Koordination der Bombardements des Reaktors im Irak und die Angriffe der Luftwaffe im Libanon. In letzter Zeit wurde er ab und zu für ein, zwei Tage zum Reservedienst einberufen, und am nächsten Tag schrieben die Zeitungen von einer Liquidierungsaktion, die die Luftwaffe durchgeführt hatte. Ich denke, er versuchte mir damit zu sagen, dass er im Reservedienst war, als sie in Ramallah diesen einen, den Kopf der Terroreinheit, erledigten. Leider hat die Hamas gesagt, der Anschlag im Café Europa sei die Rache für diese Liquidation gewesen, also war deine Hilfe, Jimmy, nicht wirklich eine, sagte ich im Stillen.

Wie im gesamten Staat, so umringte mich auch in der Arbeit großes Interesse: vierhundertdreiundsechzig E-Mails, Anrufe, lange Gespräche auf dem Gang, Kurzabrisse der Geschichten. Bar schickte die folgenden Buchstabenwertspiele: Krokodil = Anschlag gestern Abend; Krokodil = trotzdem Anschlag; Krokodil = einzelne Explosion im Canyon; und die mir liebste Gleichung: Krokodil = kommt ein Anschlag geflogen.

Ich sagte Jimmy, ich sei zu Reisen nur unter der Bedingung bereit, wenn ich mich mittwochs immer im Land befände. Ich fuhr mit ihm nach Belgien. Danach nach Frankreich mit dem verlassenen Joasch Green. Die Nächte in Europa waren nicht besser als die zu Hause.

Ich bemühte mich zu arbeiten. Ich schrieb Papers über eine Welt, die das Tempo veränderte, über Jeans, die bereits stonewashed verkauft werden, und über Schnelltoaster. Über schnelles Reden (hundertfünfzig Wörter in der Minute; das menschliche Ohr ist in der Lage, sechshundert Wörter pro Minute zu entschlüsseln; wir lassen Mitteilungen mit vierhundertfünfzig Wörtern pro Minute laufen, da wir feststellten, dass die Leute das so mögen. Sie hassen langsame Durchsagen mit Mehrfachoptionen). Früher schrieb ich solche Produktwerbung in ein bis zwei Stunden. Jetzt brauchte ich, inklusive sieben Zigarettenpausen, Gesichtwaschen, eine Stunde mit geschlossenen Augen auf dem Sofa im Aufenthaltsraum ruhen und zwischen den Zimmern hin- und herwandern, ein oder zwei Tage dazu.

An einem dieser Tage klingelte das Telefon. Es war Jimmy aus dem Sitzungsraum. »Komm mal einen Augenblick, Krokodil«, sagte er, wobei seine Stimme parallel aus dem Hörer wie vom Gang her donnerte. »Sehr angenehm«, sagte er, als ich hereinkam, und deutete auf einen jungen Mann, der einen Rock trug, »Roy Abrahamov, ein junger, talentierter Designer, der neue Star der Bezalel-Akademie, er hat das Plakat für die Jubeljahrfeier gestaltet, falls du dich erinnerst.« Ich erinnerte mich nicht. »Das ist Krokodil, vom Verkauf. Krokodil … das Terroropfer!« Er sagte das, um zu schockieren, schoss »das Terroropfer« ab wie eine Überraschungsbombe. Er hatte das schon ein paar Mal gemacht seit meiner Rückkehr, doch von Anfang an war niemand erschrocken oder hatte gelacht. Zu Jimmys Gunsten muss gesagt werden, dass er ausdauernd war.

Im Raum befanden sich auch Noga und Jirmi (den ich Jeremias, der Prophet, getauft hatte) vom Marketing. »Wir reden über ein neues Logo für die Firma. Roy, zeig Krokodil die Optionen.« Der Blick, mit dem ich Jimmy bedachte, tropfte an seiner Glatze ab wie Wasser. Ich hasste diese prätentiösen Hirnwichsereien der Vermarktung. (Einmal suchten sie bei der Telefongesellschaft Bezek nach einer Nummer für den neuen Auskunftsdienst, den ihnen Time's Arrow installieren sollte. Die neue Nummer sollte vermitteln, dass der neue Service schneller und billiger als die alte 144 war. »Kommt, wir machen 77 – halbe Zeit, halber Preis«, sagte Jimmy. »Genial«, sagte der Produktleiter von Bezek, und alle waren einverstanden. Aber dann sagte jemand: »77 ist aber nicht die Hälfte von 144. Die Hälfte davon ist 73,5.« Stirnen legten sich in Falten, Brauen gingen in die Höhe, Pfiffe wurden ausgestoßen. Ein Problem. »Vielleicht 735?«, schlug einer vor, aber das klang nicht gut. Jimmy rief Talia Tenne. Talia sagte: »Sagt mal, spinnt ihr eigentlich? Die Hälfte von 144 ist 72!« Am Ende beschloss man 122. Die Einführung des Services verzögert sich immer noch.)

Der Designer präsentierte ein paar Logos. »Der Pfeil ist Bewegung, Bewegung der Zeit, der Pfeil der Zeit«, er spähte nach

Jimmy, der zufrieden nickte. »Der Ring«, er zeichnete ihn mit seinen Händen, »schließt den Pfeil sozusagen ein, er ist die Firma, die Organisation, die Ordnung hinter den Dingen. Es gibt hier einen Konflikt, ein Voranschreiten …«

»Run!«, donnerte Jimmy.

»Okay … einen Run vorwärts neben Ordnung, Disziplin, Verantwortung. Der Ring wird natürlich auch mit einer Uhr identifiziert …« Roy setzte sich. »Das ist allgemein. Man kann Variationen in die Pfeile, Farben, die Formen und Richtungen einbringen.«

Dafür zahlte man Tausende Dollar. Damit ein Star von der Bezalel im Rock daherkam und einem das Selbstverständlichste der Welt zeigte. »Ich möchte, dass sich das Logo verkauft«, sagte Jimmy, »wie das Swash von Nike, wie Intel, Microsoft, Apple.«

»Warum?«, fragte ich. »Bei denen ist jeder Mensch auf der Welt eine Verkaufszielscheibe. Wir sind nicht so was.«

»Wir sind die FedEx des 21. Jahrhunderts«, sagte Jimmy mit leiser Stimme.

»Der Pfeil geht nach links«, sagte der Prophet Jeremias. »Eine zu starke politische Konnotation.«

»Es gibt die Option, ihn nach rechts zu richten«, sagte der Designer und führte es vor. Noga machte einen Satz. Es gab einen Pfeil nach oben, aber er war grün auf rotem Hintergrund. »Erinnert das nicht zu sehr an Delek, die Treibstofffirma?«

»Wenn schon, dann an die palästinensische Fahne.«

»Stimmt.«

»Dann blau-weiß?«

»Nein, das erinnert zu sehr an Israel.«

»Blau-rot?«

»Erinnert das nicht zu sehr an Amerika?«

»Rot-weiß?«

»Um Gottes willen, die Tel Aviver Fußballmannschaft.«

»Rot ist warm«, erklärte der Designer, »Grün ist jung. Vielleicht trotzdem?« Seine Brauen zogen sich in einem Fragezeichen nach oben. Es herrschte Schweigen. Jimmy sagte: »Vielleicht holen wir Talia Tenne?«

Aber bei Time's Arrow begannen die Probleme. Die Lage war schuld daran, genau wie das Geschäftskonzept und die Managementmethoden, nicht durchdachte Investitionen und die Inder (die Telefongesellschaften entdeckten, dass billigere Arbeitskräfte mehr einsparten als Software. Die Auskunftszentralen übersiedelten nach Indien, die Gespräche wurden dorthin gestellt, und der Lohn für die Service-Vertreter war ziemlich lächerlich für den Westen). Wenn die Probleme einmal anfangen, ist es leicht, Gründe zu finden. Wir verkauften das Produkt nicht ausreichend vielen Kunden, und die Kunden, die es kauften, zahlten nicht genug. Als uns bei einer Firmensitzung die Vertreterin des Risikokapitalfonds erklärte, dass der Fonds an die Firma glaube und in jedem Fall hinter ihr stehe, begriffen wir, dass die Lage ernst war und die Investoren die Geduld verloren.

Die erste Kündigungswelle rollte in den zwei Monaten nach meiner Rückkehr. Jimmy rief mich in sein Zimmer. Er schaute aufs Meer und sagte: »Du bleibst, Krokodil, aber ich will ehrlich mit dir sein. Seit den Anschlägen ist dein Output gesunken, deine Motivation ist im Keller. Dir ist nicht mehr jede Sekunde wichtig, du kommst später und gehst früher und dazwischen … das ist nicht mehr Krokodil, den ich vor drei, vier Monaten, vor ein, zwei Jahren gekannt habe. Aber …« Er wandte sich vom Fenster ab und setzte sich. »Ich verstehe. Du hast ein schweres Erlebnis hinter dir. Und du bist berühmt geworden. Time's Arrow kann sich die Schlagzeilen nicht erlauben, die die Zeitungen bringen würden – Krokodil der Anschläge entlassen. Aber ich sag dir eins: Werd wieder du selber, denn nichts ist mehr sicher.« Was du nicht sagst, dachte ich im Stillen. Er blickte mich an. »Außerdem«, er deutete auf die überwältigende Aussicht, das Mittelmeer, das kilometerlang glitzerte, die Strände, die Stadt, die drei Hubschrauber, die im Tiefflug über dem Küstensaum unterwegs waren, nach Süden, in Richtung Gaza, »verabschiede dich von dem Ganzen, denn wir ziehen nach Rosch Ha'ajin um.«

»Was?«

»Du hast richtig gehört. Sag's vorerst niemand.«

Ron und Ronen waren geschockt. Drei Minuten später stürmte Talia Tenne durch die Milchglastür und fragte mit Blitze schleudernden Augen, ob das Gerücht stimme. »Wir wissen nichts von Gerüchten«, sagte Ronen. Sie sah ihn zornig an, setzte sich auf einen freien Stuhl zwischen unseren Arbeitstischen und heftete ihre schönen Augen auf uns, einen nach dem anderen, bis wir umfielen. »Aber Allah sei dir gnädig, wenn das aus diesem Zimmer dringt«, sagte ich.

»Klar«, sie lächelte lieb, stand auf, glättete ihren sexy schwarzen Rock und verließ das Zimmer. Innerhalb von zehn Minuten schickte Bar uns zur Auswahl: Rosch Ha'ajin = schlecht für Time's Arrow, und: Rosch Ha'ajin = internationale Zukunft für Time's Arrow.

Jimmy hatte recht. Ich arbeitete nicht gut. Ich hatte aufgehört, hinter dem Schwanzende herzujagen, um noch mehr zu erreichen: noch ein Verkaufsdisplay, noch ein Terminresümee, noch ein Zwei-Tage-Trip nach Europa mit Non-Stop-Arbeit im Flugzeug, identischen Besprechungsräumen, identischen Hotelzimmern, das gleiche Englisch mit Akzent. Seitdem der Euro eingeführt worden war, unterschied ich nicht mehr zwischen den Ländern: Flug, Landung, Taxi, Hotelzimmer, Besprechungsraum, Abendessen, Pornofilm, Frühstück. Früher liebte ich das, jetzt nicht mehr. Nach schlaflosen Nächten mühte ich mich, logisch zu denken, den Nebel zu lichten, mich zu konzentrieren. Die Leistung, die Unterlagen, der Haken, den ich neben eine Aufgabe ins Heft setzte, hatten keine Bedeutung. Meine Arbeitszeiten waren immer noch lang, aber ich arbeitete weniger. Ich trieb mich in der Raucherecke herum, schlief auf dem Sofa ein.

Ich surfte im Y-Net, E-Mails, Pornos, Spiele – einen Helikopter zwischen Hindernissen durchsteuern, auf dänische Drogenhändler schießen. Ich stand auf, um Kaffee mit der Espressomaschine zu machen und Begele oder Hörnchen zu holen, schwatzte mit jedem, der in Küche war, oder mit meinen Zimmergefährten (Ronen, nach Abschluss eines tagelangen komplizierten Programmierungsprojekts: »Es handelt sich um einen kleinen Schritt für den Menschen und einen noch kleineren für die Menschheit.« Seine Augen lächelten hinter den elliptischen Brillengläsern, und er zog eine Schachtel Winston Lights heraus. »Eine solche Errungenschaft muss man feiern«, sagte ich und stand auf).

Ich interessierte mich nicht für die österreichische Telefongesellschaft, die ihren telefonischen Auskunftsdienst effektiver machen wollte. Oder für die Ersparnis von eineinhalb Sekunden pro Gespräch in Spanien. Für Lösungen in Echtzeit, Rationalisierung von Servern, Selbstregulierung, Socketing und Schmocketing, diese Netze oder andere, Datenbanken längs und breit oder flach, Algorithmen, die auf Risiko basierten, Stimmidentifizierung, Geschwindigkeit und Genauigkeit, Websphere, Wise Response, Killer Application und Blablabla. Jimmys Zeitpfeil fuhr fort, mit Hochgeschwindigkeit in Richtung Zukunft abzuheben, doch ich flog nicht mehr mit.

Wir zogen in ein modernes Gebäude im Industriepark von Rosch Ha'ajin. Dutschy und ich kauften ein mieses Auto für zwanzigtausend Schekel, einen Peugeot 206, Jahrgang 93. Dutschy fuhr weiterhin den Polo von Time's Arrow und ich den Peugeot, obwohl sie bloß in Tel Aviv nach Ramat Gan musste und ich bis nach Rosch Ha'ajin – aber sie war Rechtsanwältin mitten in einem lukrativen Prozess und ich alles in allem einer im Verkauf in einer Start-up-Firma. Jeden Morgen fuhr ich (»Umgekehrt zu den Staus! Genau gegen die Staus!«, sagte Jimmy dermaßen frohlockend, dass wir uns fragten, ob eine Arbeit im Zentrum Tel Avivs wirklich so nett war, wie wir dachten) in den Industriepark von Rosch Ha'ajin, zu den Büroräumen in der ersten Etage eines neuen, zweistöckigen Gebäudes mit himmelblauen Säulen voller Start-ups, die meisten in Schwierigkeiten. Zu Mittagessen mit Humus, gefülltem Gemüse oder Pasta, im Stil einer »Rosch Ha'ajin Cuisine«, die, so versprach Talia Tenne, eines Tages noch auf der internationalen Speisekarte auftauchen würde.

Espressobar und Sushi wurden von anständiger orientalischer Küche bei Schabazi und Absolino abgelöst, das Mittelmeer von den dürren Hügeln Samarias, die Sicherheitsleute am Eingang zum Diezengoff-Center von einem Zaun und dem paramilitärischen Bewachungsdienst des Parks und die Geräuschkulisse der Stadt von den Rufen des Muezzins oder, am Abend, von Schüssen aus Richtung der Gebiete. Der Aufenthaltsraum wurde durch einen einsamen Billardtisch ersetzt. Die Designerküche durch etwas Kleines, Funktionales. Die Brownies von Lachmi durch Waffeln einer unbekannten Firma. Aus den Sandwich-Türen wurden Milchglastüren, aus den Formikatischen silbrige Stahltische. Die Farben verschwanden von den Wänden, und die Farbe in den Gesichtern der Menschen verblich ebenfalls, je länger sie blieben. Ronen und andere gingen. Acht Angestellte waren entlassen worden, darunter Noga vom Marketing und Schoko vom System.

Giora Gueta erstand wieder zu neuem Leben, als ich den Computer in dem neuen Büro installierte. Das letzte Mal, dass ich an ihn gedacht hatte, war, als ich an Schulis Bett auf seinen Vater stieß, der wieder fragte, was Giora am Morgen seines Todes in Tel Aviv gemacht hatte. Aber der Anschlag im Café Europa hatte Gioras Palm vernichtet, mit dem ich hätte anfangen können, das Rätsel aufzuklären. Der Palm existierte nicht mehr, dachte ich, Giora gibt es nicht mehr, und auch wenn ich wollte, könnte ich die Antworten nicht finden. Ich hatte mich getäuscht.

Als ich den Computer in Rosch Ha'ajin anschloss, gab es ein Problem mit Outlook. Ich musste das Programm neu installieren, und während dieses Vorgangs wurde mir die Frage gestellt, welchen Benutzer ich wählen wolle. Das Programm gab mir zwei Optionen: Krokodil und Gueta. Und da traf mich die Erleuchtung. Ich hatte Guetas Palm, die gesamte Information, auf meinen Computer übertragen, am Tag nach dem ersten Anschlag, bevor ich nach Jerusalem gefahren war. Die Aluminium- und Silikoneingeweide meines Computers enthielten alle Details von Guetas Leben. Ich saß vor dem Bildschirm, die Hand auf der Maus, und dachte über die Optionen nach. Die eine, meinen Namen einzugeben, meinen Terminkalender, mein Adressenverzeichnis und meine Aufgabenlisten und mit meinem Leben weiterzumachen; die zweite, Gueta zu wählen, den Unbekannten mit dem honigfarbenen Haar und der großen Sonnenbrille, der ein paar Worte mit mir gewechselt und mich mitten im Winter auf ein Jerusalemer Abenteuer geschickt hatte, auf dessen Beerdigung ich war, in dessen Haus, dessen Eltern und Geliebte ich getroffen hatte.

Natürlich siegte die Neugier. Herumschnüffeln und Voyeurismus. Und der Abenteuertrieb. Vielleicht aber auch, ich gestehe es, in erster Linie ein dummes Gefühl der Verpflichtung im Bauch gegenüber Schuli. Ich spürte tief in mir, dass es ein zusätzliches Zeichen dafür war, dass sie ins Leben zurückkehren, aus dem Koma aufwachen würde. Ich hatte das Gefühl, dieses technische Zufallstreffen passierte mir deshalb, um ihr ein Geschenk für eine Rückkehr ins Leben machen zu können. Was wäre perfekter, als ihr, wenn sie aufwachte, die Antwort auf eine Frage zu präsentieren, die sie beschäftigt hatte?

Aus all diesen Gründen beschloss ich, Guetas Handlungen nachzugehen, und eventuell noch aus anderen Gründen, die allesamt die Tatsache ignorierten, dass es bereits keine Rolle mehr spielte. Ich wählte Gueta und klickte mich in seine Welt ein.

30

Omar Scharif traf aus dem Dorf Beita in der Nabluser Gegend ein. Neunzehn Jahre alt, schöne Augen und glattes Haar wie Tom Cruise. Er hatte sich freiwillig gemeldet, und Bilal hatte einen guten Eindruck von ihm und rekrutierte ihn. Er war einmal bei uns, die Ausgangssperre war inzwischen aufgehoben. Er blickte durch die Gitterstäbe des Fensters, sagte: »Schaut mal.« Draußen war ein Hund. Ein Soldat bückte sich und streichelte ihn.

Er wurde rekrutiert, zusammen mit anderen. Bilal fuhr nach Qibja und Rantis, Dörfer in der Nähe des Flughafens, und traf sich mit Leuten, die helfen wollten. Er fuhr auch wieder nach Gaza. Als er zurückkam, redete er von einer konzertierten Offensive: Eine Aktionszelle würde zu Fuß zu einem der Dörfer gelangen und eine Qassam-Rakete auf das Parkareal der Flugzeuge und auf die Gebäude abschießen; eine zweite Einheit würde ein Höllenauto über den im Bau befindlichen und nicht so gut bewachten Terminal des Ben-Gurion-Flughafens 2000 einschleusen (Bilal hatte aktuelle Luftbilder aufgetrieben); eine dritte Zelle sollte aus zwei Glaubenskämpfern bestehen, die mit zwei verschiedenen Autobussen kommen sollten, einer von Jerusalem her, der zweite aus der anderen Richtung, von Ra'anana.

Es war eine Riesenaktion, die da zu planen und durchzuführen war. Eine Masse kleiner Details und Abstimmungen, um die man sich kümmern musste, und viele Beteiligte, was das Risiko vergrößerte.

Es ist keine große Kunst, jetzt mit dem Finger auf Bilals Fehler zu zeigen, er ist begreiflich. Für eine Aktion dieser Größenordnung muss man eine Hierarchie aufbauen, mit Verantwortung und Oberkommando. Daher gab Bilal Omar Scharif, der einen ernsthaften Eindruck machte und sagte, er würde Leute mobilisieren, seine Telefonnummer.

»Schluss jetzt, Papa. Wir sind nicht hergekommen, um zu weinen …«

Warum bist du nicht allein gekommen, Lulu? Ich will dich allein … Lass ihn zu Hause mit seinen Tränen …

»Einer wird vierhundert Jahre im Gefängnis sitzen, einer liegt hier wie eine Gurke …«

»Nicht. Die Schwester hat gesagt, man soll neben ihm nicht so reden. Man soll nur positive Sachen sagen.«

»Was für positive Sachen, Lulu? Wie denn, wenn er hingeht und explodiert, wenn mein Junge tötet … einen Herzinfarkt wird er mir noch bescheren …«

»Nein, Papa, du sollst nicht so reden …«

»Zwei Söhne hatte ich … er war ein guter Junge, er hat versprochen, dass er …«

»Er wird noch auf die Universität gehen, du wirst sehen … Genug, komm, wir machen ein bisschen Musik …«

Ja … Lulu … *»Amarain«* … die zwei Monde …

Der Druck der Armee und des Nachrichtendienstes im Lager war heftig, besonders in unserem Nacken. Auf Kanal 50 sprach Dani Ronen von einer Warnung vor einer Großaktion im Zentrum. Jedes Mal, wenn das gesagt wurde, bekam Bilal einen Anfall und war sicher, dass die Leute geredet hatten. Es gab Tage, an denen wir die Arbeit einstellten und jeglichen Kontakt zu allen abbrachen. Es gab Fehlversuche.

Omar Scharif erwischten sie ohne Zusammenhang mit den Warnungen. Eine Routinerazzia in seinem Dorf, bei der alle Männer des Dorfes in die Moschee gebracht wurden, mit Handfesseln und verbundenen Augen. Niemand weiß, was genau geschah. Vielleicht mochten die Soldaten seine schönen Augen, vielleicht war an einer der Straßensperren registriert, dass er in al-Amari war. Sie haben Wege, Information herauszuholen.

Sie hatten auch Wege, Telefone zu orten. In dem Moment, in dem sie Bilals Nummer aus dem Speicher von Omar Scharifs Gerät gezogen hatten, riefen sie bei Bilal an, dessen Mobiltelefon Signale zur nächsten Antenne schickte, und anschließend kamen Dutzende Soldaten zu Fuß und mit Panzerfahrzeugen und durchkämmten das Areal in Kreisen, drehten jeden Stein um, drangen in jedes Haus ein, holten jede Menschenseele heraus. Eine Stunde später waren die Soldaten verschwunden, als ob nichts gewesen wäre, alle kehrten in ihre Häuser zurück und das Leben in die gewohnte Bahn. Nicht aber für Bilal Nadschi al-Sabih. Sie fanden ihn auf der Matratze in dem Versteck auf dem Dach der Wohnung.

»Womit habe ich das verdient? Wie habe ich sie erzogen …«

»Papa, Schluss damit. Du hast versprochen … Es hilft niemand, wenn du hier stehst und jammerst. Sind wir dazu hergekommen? Also jetzt … lass ihn doch die Musik hören.«

Mughajir hatte sich kaum verändert, seit ich ein Kind war. Keine neuen Bauten, keine Erweiterung, kein Geld, kein Leben. Das Dorf trocknete zunehmend aus, drinnen gab es keine Arbeit, und draußen war zu weit für eine tägliche Fahrt unter den herrschenden Bedingungen. Wer konnte, zog in größere Städte um, so wie ich. Der Rest wartete. Die wenigen, die sich mit Landwirtschaft abgaben, wurden wegen der Wasserlage und der eingeschränkten Bewegungsfreiheit immer noch weniger.

Andererseits war das erstarrte Dorf wie ein Museum meiner Kindheit, wie eine Reise in die Vergangenheit. Wenn ich Lulu ansah, war das manchmal wie ein Spiegel. Was in ihr vorgeht, die Entdeckung der geheimen Ecken am Dorfrand, das Bedürfnis, allein zu sein mit den Gedanken und den Bergen, die erregende

Verwirrung der Pubertät. Als ich ankam, trank ich mit meinem Vater Tee, und dann gingen wir hinaus, Lulu und ich, zu einem Spaziergang im Dorf. Ich begrüßte vertraute Gesichter, ein bisschen älter als beim letzten Mal. Wir gingen zu Mamas Grab, auf den felsigen Friedhof neben den Kakteen und den Pflanzen mit den dreieckigen, fleischigen grünen Blättern, die ich immer gerne mit den Fingern abgerupft hatte.

Nach Wochen der Beschäftigung mit der Aktion war es erfrischend, etwas aus der gewöhnlichen Welt zu hören. Ich entdeckte, dass es ein ganz normales Leben gab, für meinen Vater und meine Schwester zum Beispiel. Es gibt kein wirklich normales Leben in Palästina, aber es gibt Orte, an denen das private Leben größeres Gewicht hat. Freunde, Familie, Arbeit, Studium. Lulu erzählte mir von ihren Freundinnen in den Nachbardörfern, von Ausflügen zu Höhlen in der Umgebung, von einem Jungen aus Duma, der sich auf einer Stute herumtrieb und sie zu Ausflügen auf die Bergrücken mitnahm. »Wie alt ist er?«, fragte ich. »Sechzehn.« Ich versuchte, sie mit den Augen eines Sechzehnjährigen zu betrachten, aber ich sah nur meine kleine Schwester. Ein Kind, ein Mädchen mit langem schwarzem Haar, braunen Augen, klein, einem wunderbaren Lächeln. »Ich weiß nicht, ob das gut für dich ist, mit einem sechzehnjährigen Jungen auf einem Pferd herumzureiten«, sagte ich. Sie lachte.

»Da passiert nichts. Auch meine Freundinnen reiten mit ihm.« Dieser Satz klang merkwürdig aus ihrem Mund.

»Was heißt, es passiert nichts? Woher weißt du, dass überhaupt was passieren kann?«, fragte ich.

»Was glaubst du denn, Fahmi, dass ich zehn bin? Meine Freundinnen haben schon geküsst.«

»Was? Lulu, hör auf, dich mit diesem unverschämten Kerl rumzutreiben. Wie heißt er? Ich werde mit ihm reden.«

»Beruhig dich. Ich bin nicht so, keine Angst.«

Sie nahm mich an den Platz mit, zu dem sie am liebsten allein ging. »Du kannst dich als was Besonderes fühlen«, sagte sie, »ich bringe sonst niemand hierher.« Ich sagte ihr, dass ich mich mit ihr zusammen immer so fühlte. Es stimmte. Manchmal sagte ich etwas zu ihr, das mit nichts zusammenhing, und sie schaute sofort in meinen Kopf rein. Plötzlich, ohne Vorwarnung, war ich der Lehrer oder der Kommandeur oder ihr Pferd, und sie verhielt sich entsprechend. Sie erzählte mir von ihren Freundinnen, worauf ich entgegnete: »Aber warum hast du heute keine Hausaufgaben gemacht, Frau Sabih?« Und sie antwortete: »Ich habe alle anderen Fächer gemacht, Herr Lehrer.« Oder sie nannte mich bei meinem Namen, und ich schnitt ein finsteres Gesicht und brüllte: »Wie hast du mich genannt?« Und sie schmetterte darauf: »Sir, yes, Sir!«, wie in einem amerikanischen Film. Es war schwachsinnig, aber wir fanden es beide sehr lustig. Sie erzählte mir, dass sie einmal neben Mamas Grab geniest und dann zu lachen angefangen hatte und nicht mehr aufhören konnte. Jetzt begann sie wieder mit ihrem ansteckenden Lachen, wie ein Sprinklergerät, wie ein Automatikgewehr. Sie bekam keine Luft mehr. Ich lachte auch, ein befreiendes, großes Gelächter, wiehernd wie ein Pferd, was sie erneut ansteckte und das wiederum mich, und ich weiß nicht, wie lange wir dastanden und lachten, und ich weiß nicht, warum, aber wir konnten nicht aufhören.

Als wir ihren Geheimplatz erreichten, sagte ich, jetzt wisse ich endgültig, dass sie meine Schwester sei. »Warum?«, fragte sie.

»Weil das mein Platz ist.«

»Deiner? Das ist meiner!«

»Bist du sicher, dass ich ihn dir nicht gezeigt habe?«, fragte ich. Sie war sicher. Es war mein und Ranas Platz: eine Stelle in der Mitte des Hangs, der unterhalb vom Dorfende abfällt, hinter dem großen Haus der Familie Sneina. Es gab dort eine Art kleine Lichtung im Wald und glatte Felsen, auf denen man sitzen oder sich ausstrecken konnte in absoluter Einsamkeit. Wenn man nicht von der Sneina-Familie war, kostete es einen fast zehn Minuten, um von der Straße aus dorthin zu gelangen, was die Stelle besonders intim machte. Ich war Jahre nicht da gewesen, aber das war unser Platz. Vielleicht hätte ich sogar eine Packung Kondome gefunden, wenn ich danach gesucht hätte, aber nicht mit Lulu zusammen. Wir setzten uns nebeneinander, Bruder neben Schwester, und schwiegen lange. Rana war in meinem Kopf und meinen Ohren, das Gespräch am Morgen, das letzte Treffen. »An was denkst du?«, fragte meine Schwester.

»An nichts.« Sie warf mir einen forschenden Blick zu. »Dieser Ort erinnert mich an ... weißt du, wie lange ich nicht mehr hier war?«, sagte ich schließlich.

»Und es war wirklich dein Platz?«, fragte sie.

»Wirklich.«

Sie lächelte. »Ich freue mich. Das ist ein guter Platz, nicht wahr?«

»Der beste«, antwortete ich. »Ich wünschte, ich hätte einen solchen Platz dort, wo ich jetzt wohne.«

Papa war verstört, als wir zurückkamen. Jemand hatte angerufen und aufgelegt, wieder angerufen und nichts gesagt. Auch mein Mobiltelefon habe geklingelt, sagte er, ein paar Mal. Ich rannte zu meiner Tasche und holte es heraus. Es waren Nachrichten eingegangen. Zweimal wurde nichts gesagt. Und dann in Kürze: »Sie haben Bilal erwischt. Sie rufen alle Nummern von seinem Telefon an. Mach deins aus und werd es los. Melde dich in ein paar Tagen. Pass auf dich auf, sei vorsichtig.« Ich schaltete das Gerät aus. Lulu registrierte den Schrecken in meinen Augen. »Nimm das Telefon«, sagte ich, »versteck es in unserem Versteck und schalt es nicht ein. Du darfst es auf keinen Fall einschalten, in Ordnung?« Sie nickte. »Was ist passiert?« Ich blickte sie an, meine kleine Schwester. Wie sehr ich dieses Mädchen liebte. »Nichts«, sagte ich. Sie sah mich prüfend an. Sie glaubte mir nicht, aber sie beließ es dabei.

Ich musste sofort weg. Die Soldaten könnten kommen. Vielleicht hatten sie mein Telefon geortet, vielleicht würden sie sich als Folge Mughajir zuwenden, dem Dorf von Bilals Kindheit. Ich wusste nichts. Nicht, dass Omar Scharif gefasst worden war, wer Bilal erwischt hatte, wohin sie ihn gebracht hatten, was er ihnen gesagt und ob sie begriffen hatten, wer er war, was er machte und geplant hatte, auf wen sie über ihn gestoßen waren. Wenn man nichts weiß, muss man die schlimmste Möglichkeit einkalkulieren. Bilal war gefasst worden und war in realer Gefahr. Ich verschwand besser. Allerdings wusste ich nicht, wohin.

Lulu war während dieser ganzen Zeit an meiner Seite. Wie lange war ich im Dorf? Zwei, drei Stunden? Ich barg mein Gesicht in den Händen. »Ich muss gehen. Tut mir leid. Ich hatte vor, ein paar Tage zu bleiben, aber ich muss weg.«

»Weil nichts passiert ist?«

»Ja«, antwortete ich.

»Kann ich mitkommen?« Ich brach in Lachen aus.

»Was meinst du wohl?« Sie zuckte enttäuscht die Achseln. »Ich werde bald mal für länger kommen. Ich verspreche es«, sagte ich und küsste sie auf beide Wangen. »Du wirst ein braves Mädchen sein, ja? Treib dich nicht zu viel mit dem Jungen aus Duma auf seinem Pferd herum. Pass auf dich auf.«

Als ich das Dorf verließ, mit der Tasche auf meinem Rücken, ohne Telefon, ohne Verbindung zur Welt, ohne zu wissen, wohin ich ging und wo ich in der Nacht schlafen würde, dachte ich, dass ich ein Glückspilz war. Ausgerechnet heute hatte ich innerhalb einer Sekunde entschieden hierherzukommen. Warum? Was hatte mich veranlasst, Lulu anzurufen und zu beschließen, sie überraschend zu besuchen? Jemand, der dort oben über mich wachte, hatte mir diesen Gedanken eingegeben. Großvater Fahmi. Er wachte über mich. Ich war mir sicher. Er hatte mich heute aus al-Amari herausgeholt, und er würde weiter über mich wachen. Nach diesem Gedanken – dass ich ein Glückspilz war – sagte ich mir mit Bilals Stimme zum zweiten Mal an diesem Tag: Hör auf, das Glas immer halb voll zu sehen, und fang an, für dich selbst zu sorgen.

31

Schuli starb dreizehn Wochen nach dem Terroranschlag, an einem Mittwoch, an dem ich nach Jerusalem zur Gesprächsgruppe kam. Das dreizehnte und letzte Treffen. Ich bekam einen Totalschock, obwohl die Ärzte überhaupt nicht überrascht waren. Die Maschinen, sagten sie, hielten einen gewissen Standard von Körper- und Gehirntätigkeit aufrecht, doch sie konnten den Körper nicht wiederbeleben. »Was ist mit denen, die jahrelang Zombies bleiben«, fragte ich, »und dann nach siebzehn Jahren aufwachen und ein Pepsi wollen?«

»Das ist eine andere Geschichte«, erwiderten sie und ließen sich nicht weiter darüber aus.

Die Nacht davor war ohne Schlaf vergangen und der Morgen langsam verstrichen. Als ich in den kleinen Neuner einstieg, verspürte ich einen schrecklichen Brechreiz, stieg sofort wieder aus und erbrach mich auf den Bürgersteig. Ich saß lange auf einer Bank und trank Wasser, während mein Kopf voller Lärm war, dann nahm ich ein Taxi nach Jerusalem. Die Luft war drückend. Im Süßigkeitenautomaten war das Twist aus. Im zweiten Stock war Schulis Bett nicht an seinem Platz. »Was ist los?«, fragte ich die Schwester und erwartete, die Antwort zu hören, von der ich seit Monaten phantasierte. Die Schwester sagte: »Schuli? Sie ist gestorben.« Ich sank auf die Knie und weinte ohne Pause, bis ich Hände auf meiner Schulter fühlte, die Hände von Alon, dem Küchenchef vom König-Schaul-Hotel, der mich zu einer Bank vor dem Krankenhaus führte, wo wir lange Minuten saßen, die

Kiefern rochen, auf die Jerusalemer Berge blickten, schwiegen und schnieften.

In der Gesprächsgruppe sagte ich nichts, und sie belästigten mich nicht. Am folgenden Mittwoch machte ich mir nicht mehr die Mühe hinzufahren.

Ich kehrte noch einmal nach Jerusalem zurück, zu ihrer Beerdigung. Auf dem Friedhof, auf dem ich sie zum ersten Mal getroffen hatte, drei Monate vorher, an einem stürmischen, bewegten Tag, verabschiedete ich mich von ihr an einem strahlenden Frühlingstag. Ich fühlte mich so allein wie nie zuvor im Leben. Zwischen ihr und Gueta standen zwei Reihen frischer Gräber, die auf die Zeit hinwiesen, die vergangen war, die stille, sichere Aktivität des Todes. Ich verließ den Friedhof mittendrin, ich floh, in meiner Brust ein gewaltiger Pfropfen von Schmerz und Selbstmitleid, der mich wochenlang beim Atmen behinderte.

Ich blickte in den Spiegel, eines Morgens. Ein dreiunddreißigeindritteljähriger Mann. Ein paar graue Haare. Ein kleiner Bauch, echt klein, eigentlich gar kein Bauch, sondern eine vorübergehende Schwellung. Haare in den Ohren und in der Nase. Rote Augen.

»Was schaust du dir da an?«, hörte ich eine Stimme. Sie stand in der Tür mit einem weißen Frotteemantel, ihr nasses Haar war dunkel, fast schwarz. Ich veränderte meinen Blickwinkel im Spiegel, so dass ich sie sehen konnte. Ihre Augen lächelten. »Diesen gutaussehenden Mann?« Sie kam und umarmte mich von hinten. »Nicht besonders gut aussehend«, antwortete ich.

»Du bist süß«, sagte sie und drückte ihre weiche Wange an meinen Rücken.

»Meinst du?« Ich runzelte die Brauen und warf ihr einen schrägen Blick zu. So sah es besser aus.

»Klar«, sagte sie. »Manchmal unausstehlich, aber ich erinnere mich noch an das süße Krokodil, und ich weiß, es wird zurückkommen.«

Dutschy versuchte, gut zu mir zu sein. Sie versuchte, tolerant zu sein, kümmerte sich um mich, steckte die Nächte ohne Schlaf weg, die daraus folgende Gereiztheit und den Mangel an Konzentration. Es war seltsam, wir stritten uns kaum, und es war, als fehlte etwas. Ich fragte sie, ob sie etwas aus der Wohnung rausgeworfen hätte, etwas an der Einrichtung verändert, doch es waren die Auseinandersetzungen. Als ich sie eines Nachts im Bett fragte, weshalb sie vorher nicht so gewesen sei, warum sie nicht immer so nett war, schaute sie mich mit ihrem tiefen Blick an und stieß ein kleines Lachen aus. »Blödmännchen, denkst du wirklich, ich habe mich geändert?«

»Nicht?«

»Natürlich nicht. Das bist du.«

»Ich?«

»Wer hat aufgehört, wegen jedem Blödsinn zu streiten, die ganze Zeit gestresst zu sein, Streit zu suchen ...«

»Gut, schon gut, ich hab's kapiert.«

»Das heißt, jetzt gibt es andere Dinge.« Sie machte ein bedrücktes Gesicht. »Du ... bist schwierig. Du kannst ekelhaft und egozentrisch sein, und du schläfst nicht, und ich verstehe immer noch nicht, wie die Zigaretten dir helfen sollen.« Ich blickte sie an. »Nein, bloß so, du bist nicht ekelhaft«, sagte sie, und ein paar Sekunden darauf: »Vielleicht ein bisschen.«

Das Wort »Hochzeit« war immer noch nicht wieder aufgetaucht, seit dem 11. September 2001. Einmal erinnerte Wuwy, Dutschys Bruder, sie daran, als er bei uns zum Abendessen war. Genauer gesagt, das Wort rutschte ihm heraus, klatschte von seiner Zunge auf den Boden und sackte dort kraftlos in sich zusammen.

Ich beschloss, Bar an der Ermittlung in Sachen Giora zu beteiligen. Ich nenne es Ermittlung, da ich kein anderes Wort dafür habe, aber natürlich war es keine – der Polizeibeamte Elmaz definierte es als einen Fall, der nicht ermittlungswürdig war. Das

Timing, was Bar anging, war gut. Die Arbeit ödete ihn an, und auch die Gematriespielchen begannen ihn zu langweilen. Außerdem war er, was ich danach entdeckte, ein großer Verehrer Hercule Poirots.

Das Erste, was einem auffiel, wenn man Bar begegnete, war seine schlaffe Haltung. Schwankend. Er war dünn, nicht besonders groß, und auf seinem rasierten Schädel klebte stets eine gefütterte Baseballkappe, die zu klein war. Er hat kleine, eng anliegende Ohren als Entschädigung für das fehlende Kopfhaar, seine Wangen waren nie rasiert, aber er war nicht bärtig. Und – als Letztes zu seinem Aussehen – er hatte die hellblausten Augen, die ich kannte.

Er kopierte den Inhalt von Guetas Palm auf seinen Computer und begann, ihn zu durchkämmen. Er war beim Nachrichtendienst gewesen, ich weiß nicht genau, als was, aber ich verließ mich auf ihn. Nach ungefähr einer Stunde schickte er mir eine Mail mit einer Reihe von Angaben:

– Am Morgen seines Todes hatte Gueta einen Termin um acht: Auto. Coffee Bean, Jehuha Hamaccabi. Mobiltelefonnummer.

– In Guetas Adressbuch tauchte der Name Otto auf: Otto Schneidermann, und daneben die Telefonnummer, die bei dem erwähnten Termin eingetragen war. Fast hundertprozentig hieß das bei dem Termin notierte Wort nicht »Auto« sondern Otto, der Vorname von Schneidermann.

– Diese Telefonnummer hatte keinen Anschluss. Bei der Telefongesellschaft wurde gesagt, die Nummer sei nicht in Benutzung. Als Bar etwas Druck machte, erklärte ihm die Dame vom Kundenservice, dass dies eine Information sei, die der Geheimhaltung unterliege, aber die Nummer sei vom Kunden selbst annulliert worden. Das Datum, das sie angab, war einige Tage nach besagtem Termin.

– Im Telefonbuch tauchten drei Otto Schneidermanns auf. Einer allein, zwei mit Ehepartnerinnen. Einer aus Tel Mond, zwei aus Tel Aviv.

– Schulis Geburtstag war am vierten November.

– Giora Guetas Spitzname war »Gigo«.

– Zwei Tage, nachdem er gestorben war, sollte Giora eine neue Kreditkarte von seiner Bank in Jerusalem abholen (wie lange wartet eine Kreditkarte vergeblich darauf, abgeholt zu werden, während das unabnutzbare Material, aus dem sie gemacht ist, nur metaphorisch verrottet? Über ein Jahr, bis ein Bankangestellter – hochgewachsen und bebrillt, krank nach Basketball, das er früher spielte, ein Mensch, der jeden Tag stundenlang über die NBA zu reden pflegte, auch in der Arbeit mit lautstark dröhnender Stimme – auf Guetas Karte stieß, als er die Karte eines anderen, lebendigen Kunden suchte, dessen Familiennamen höchstwahrscheinlich auch mit dem Buchstaben G anfing, und als er auf Guetas Karte stieß, die Stirn runzelte und mit seiner kräftigen Stimme fragte: »Warum kommt mir der Name Giora Gueta bekannt vor?«, und der lebendige Kunde, Herr G., sagte: »Giora Gueta? Ist der nicht bei irgendeinem Terroranschlag ums Leben gekommen?«).

– In der Gematrie: Giora Gueta = verwickelte dunkle Affäre = Treffen in Tel Aviv. (»Ich schwör's dir«, schrieb Bar, »du kannst es überprüfen. Die Summe ist achthundertfünfundvierzig bei allen drei Sätzen.«)

Was für ein Genie, dachte ich. So viel Information innerhalb einer einzigen Stunde Arbeit. Ich vereinbarte eine Teamsitzung in zehn Minuten unten beim Falafel. Wir trafen uns an der Tür und fuhren zusammen im Lift hinunter, gingen am Wachdienst vorbei und erreichten den Falafelladen.

»Eine Menge Information für eine Stunde«, sagte ich anerkennend.

»Ja, aber das ist keine Kunst. Wenn du weiches Material durchkämmst, findest du neunzig Prozent der interessanten Information schnell. Das Problem besteht darin, auf die restlichen zehn Prozent zu stoßen.«

»Weiches Material?«

»Das ist das Material von jemand, der nicht davon ausgeht, dass man ihn überprüft. Normale Bürger wie ich und du, die Daten, Listen und Terminkalender speichern, ohne daran zu denken, dass jemand anders hineinspähen könnte. Das Gegenteil von verschlüsseltem, klassifiziertem Material von Leuten oder Organisationen, die auf Geheimhaltung achten.«

Wir bestellten ein Falafel und danach einen Fruchtshake im angrenzenden Kiosk und setzten uns in die Korbstühle auf dem Bürgersteig. Die Straße des Handwerks im Industriegebiet von Rosch Ha'ajin ist nicht unbedingt eine der schönsten Israels. »Okay«, sagte ich und ging Bars E-Mail durch, die ich ausgedruckt hatte. »Auto ist also Otto und in Wirklichkeit der Name des Mannes. Schuli hat diese Nummer angerufen, und er ist drangegangen und hat gesagt, er sei Otto. Sie hat nach Gueta gefragt, aber er hat aufgelegt und nicht mehr reagiert.«

»Erinnerst du dich an das Datum?«, fragte Bar. Ich rechnete zurück. Ein oder zwei Tage nach Scha'ar Hagai. Bar sagte, Otto habe die Nummer ungefähr da streichen lassen. »Vielleicht ist er wegen Schuli erschrocken und hat sie deshalb storniert. Aber das ist bloß eine Vermutung.«

Ich machte mit seiner E-Mail weiter. »Was ist mit diesen ganzen Otto Schneidermännern?«

»Es scheint logisch, dass es einer von denen aus Tel Aviv ist«, sagte Bar, »aber es kann auch der aus Tel Mond sein, oder unser Otto Schneidermann taucht gar nicht im Telefonbuch auf.«

»Was meinst du also?«, fragte ich ihn. Bar hörte sich an wie jemand, der wusste, was er tat.

»Man könnte anfangen, bei den Schneidermännern nachzuforschen, aber vorsichtig, denn vielleicht hat Schuli ihn aufgeschreckt. Vorher kämme ich den Palm aber noch zu Ende durch. Da gibt's noch eine ganze Menge.«

Ich biss von meinem Falafel ab. Nicht übel. »Mach weiter so«, sagte ich, »und schick mir's, wenn du was hast.«

Frühling und Sommeranfang hatten in der israelischen Küstenregion bereits ihre herbe Attacke aufgenommen. Die Augenblicke des Übergangs von der Klimaanlage im Auto zu der im Büro ließen sich von Tag zu Tag schwerer ertragen, und zudem handelte es sich um die Klimaanlage eines zehn Jahre alten Autos. Die Wasserflasche erhielt wieder einen festen Platz, die kühlen Duschen dauerten immer länger, der Humuskonsum wurde weniger.

Auch das Interesse am Krokodil der Anschläge nahm ab. Hin und wieder erhielt ich noch einen Anruf, ein Spendenaktionsabend für dieses, ein Aufmarschabend für jenes, das Wochenblatt von Rosch Ha'ajin (sie waren dem faszinierenden Umstand auf die Spur gekommen, dass ich begonnen hatte, mein Brot in ihrer bedeutenden Stadt zu verdienen) und ein Wochenblatt aus Jerusalem (der Lokalpatriotismus der Wochenblätter ist blind bei der Bevorzugung der Opfer) und Bekannte. Manchmal war am anderen Ende der Leitung jemand aus der Vergangenheit, ein Mensch, dessen Existenz ich vergessen hatte, eine Stimme, die mich zurückwarf, weit zurück. Einer davon war Gadgid.

Es war kurze Zeit nach Schulis Tod. Ich wachte immer vor Sonnenaufgang auf und verließ das Haus, wanderte durch die Straßen und Parks, sah meine schlaflosen Leidensgefährten, setzte mich auf eine Bank und wechselte ein paar Worte mit ihnen. Es waren derart müde, unwirklich fiebrige Tage, dass das Einzige, was sie und mich zusammenhielt, Gueta war.

Ich fuhr gerade mit dem miesen Peugeot nach der Arbeit nach Tel Aviv zurück, vor mir das Meer, links das Tenniszentrum von Ramat Hascharon, als das Telefon klingelte. »Krokodilus?«, fragte eine Stimme, schwebte im Raum des Autos, und plötzlich war ich an einem anderen Ort, spürte einen scharfen Geschmack im Mund, ein Brennen im Hals und in den Augen. Der armselige Peugeot verwandelte sich in eine Zeitmaschine, trug mich rückwärts, ostwärts, über Rosch Ha'ajin hinaus, über die Berge und weiter, bis zu dem Felsen über dem Tal, bis zu dem Dorf.

Gadi. Gadi Gideon. Oder kurz, Gadgid. Oberleutnant Gadgid. Wie viele Jahre hatte ich diese Stimme nicht mehr gehört! »Gadi?«, fragte ich mit verschleierten Augen.

»Was denkst du?«, gab er zurück.

»Jahre«, sagte ich. Die Zeitmaschine landete bei dem Wachturm am Dorfeingang und setzte mich frei.

Gadgid führte eine Gruppe Soldaten bei einer Routinepatrouille im Dorf an.

Vom Dorfeingang aus zog sich eine breite Straße zur Spitze des Hügels hinauf. Es gab ein paar verstreute Häuser am Straßenrand, doch das Herz des Dorfes war oben, am Ende der Straße. Dort waren die engen Gassen mit den dicht gedrängten Häusern. Ich blieb im Wachturm am Dorfeingang zurück, sah die Soldatenreihe immer kleiner werden und dann an der Spitze des Hügels verschwinden. Gadgid führte sie an – hochgewachsen und selbstsicher, kleine schwarze, eng am Kopf anliegende Löckchen, eine Prachtnase. 1988: Ausgangssperre, Winter, Intifada, Stille. Als die Soldaten aus meinem Blickfeld verschwunden waren, sah ich ringsherum auf die dürre winterliche Landschaft. Ich setzte mich mit dem Rücken an die Seitenwand und trank aus der Feldflasche.

Wir trafen uns in der Bar Barabusch. »Krokodilus! Ja Allah, der Star!« Gadgid war noch genauso groß, die Nase eine Spur in das Gesicht eingesunken, das etwas dicker geworden war, und die Löckchen gab es nicht mehr. Er trug eine Brille. »Bist du ein Intellektueller geworden?«, fragte ich ihn. Ich bestellte meinen Kannibalen, er das Bier. Ich hatte Gadgid geliebt in der Armee, denn er nahm sie, wie ich, nicht ernst. Wir wurden Freunde, als wir in Balata stationiert waren und zusammen das Spiel Israel gegen Kolumbien in einem winzigen Schwarzweißfernseher sahen, der an einen Generator angeschlossen war. Joram Arbel und Carlos Valderrama, 0:0, wir schafften es wieder nicht zur Weltmeisterschaft. Gadgid brachte mich das ganze Spiel hindurch zum Lachen, und ich kann per Eid beschwören, dass er, bevor Arbel den Mund aufmachte, gesagt hat: »So baut man keine Mauer.«

»Weißt du«, sagte ich, »als du jetzt angerufen hast, als ich deine Stimme ›Krokodilus‹ habe sagen hören, war ich so gut wie dort. Als würde ich den Staub anfassen, den Geruch riechen.«

»Geruch nach Tränengas, hm?« Er lächelte. »Dieser Scheißkerl, er hätte das, was er verdiente, auch ohne dich gekriegt.«

Ich saß da und trank. Und schlief ein. Das Nächste, an das ich mich erinnere … ich weiß nicht … Schreie? Das heiße Knistern von Flammen? Mein Hintern, der sich absurderweise erhitzte? Ein Stein, der neben mir landete? Schüsse? Das Funkgerät? Ich weiß es nicht. Ich erinnere mich, dass die Soldaten hinter der Spitze des Hügels verschwanden. Ich setzte mich hin, trank, schlief ein. Und dann erinnere ich mich, wie ich nach unten schaue und den Turm brennen sehe. Und sie sind unten, ich weiß nicht, wie viele, fünf, zehn, schreien, als sie mich entdecken, werfen Steine. Ich ducke mich. Ich höre die Flammen, Schreie, Steine, und erst der schreckliche Geruch! Verbranntes Plastik, Holz. Ich spähe wieder hinaus. Ein Stein. Sie fangen an raufzukommen. Da sah ich das Funkgerät. Und rief Gadgid. Ohne Kodierungen, ohne Verschlüsselungen, ohne Befehle oder Funksprache. Ich schrie: »Gadgid, komm und rette mich!« Er antwortete: »Wir sehen's. Wir sind unterwegs.« Ich kauerte mich in eine Ecke, den Kopf zwischen den Händen, atmete tief und wollte nicht, nein, nein, nein, und ein Schuss und noch einer. Schreie. Und Schläge. Und mein Kopf tief, ganz tief zwischen den Knien in der Ecke.

Ein Rauchring stieg aus Gadgids Mund auf. Ich versuchte, über seinen Kopf hinweg die großen Brüste des Mädchens weiter oben an der Bar zu sehen. Ich trank Wodka Maracuja, leckte die säuerlichen Kerne auf. »Sag mal, wie hast du es geschafft, sie den Turm einfach anzünden zu lassen?«, fragte er mich damals. »Keine Ahnung«, antwortete ich. Fünfzehn Jahre danach habe ich immer noch keine Ahnung, und ich werde nie eine haben.

Aber das weiß ich: An diesem Tag fuhr Dani Lamm, mein bester Freund aus Jerusalem, mit einem Patrouillenjeep im Zentralsektor des Sicherheitsgürtels im Libanon herum. Um elf Uhr vormittags, als ich in einem brennenden Turm saß und auf das Ende wartete, erreichte sein Jeep eine große Pfütze und hielt davor an. Wie oft ich mir immer wieder diese Situation vorgestellt habe: Ich, allein, in einem brennenden Wachturm in einem Dorf in der Westbank. Dani Lamm und seine Kameraden, in einem Jeep im Libanon, am Rand der großen Pfütze. Und oben Gott, der mit seinen Knöpfen spielt und auswählt.

»Ja Allah, Krokodilus, was für einen Schlamassel du uns an dem Tag eingebrockt hast. Ein ganzes Regiment ist nach uns anmarschiert, um das Dorf ruhig zu stellen.«

»Ja … ich hab's schon fast vergessen. Und auf einmal tauchst du aus der Vergangenheit auf. Wo kommst du plötzlich her?«, fragte ich.

Es war spät, er hatte schon viele halbe Bier getrunken und seine Heldengeschichten als Offizier erzählt, außerdem die Geschichte seines Lebens, seiner Ehe und seiner Scheidung, seines Aufstiegs als Spitzenstudent der Chemie am Technikum und seiner Arbeit am Weizmann-Institut in Rechovot an der Seite attraktiver Wissenschaftlerinnen in ihren Zwanzigern, die in der ehemaligen Sowjetunion geboren und aufgewachsen waren.

Als wir uns verabschiedet hatten, stieg ich ins Auto und fuhr los, aber nicht nach Hause. Ich fuhr einfach, um zu fahren, um nachzudenken. Ich fuhr im Kreis, Straßen, Meer, Plätze, langsam, inmitten der Erinnerungen. Die Ereignisse jenes Tages holten mich wieder ein. Ich fuhr eine lange Weile so, bis mir plötzlich einfiel, dass es etwas wie Arbeit, Dutschy, ein Zuhause gab, aber was konnte ich machen, wer wusste denn, dass Gadgid plötzlich anrufen würde?

32

Dajiq traf ich nach etwa einer Stunde zügigen Marschierens. Er stand mitten auf dem Pfad und blickte mich mit seinen großen braunen Augen an, umkränzt von langen Wimpern. Er war gelassen, stark. Sein graues Fell fühlte sich weich an, obwohl seine Knochen herausstanden, da er mager war. Wir hatten als Kinder einen Esel gehabt, und dank seiner kannte ich sämtliche Pfade in der Umgebung von Mughajir, in der sich außer ein paar Erdhaufen seit den Tagen der Propheten nichts verändert hatte. Ich wusste, wie man auf einem Esel reitet, kannte den Schmerz, der sich im Rücken, in den gegrätschten Beinen entwickelt, so dass man sie manchmal beide zusammen auf die gleiche Seite hängt. Ich erinnerte mich an das Gefühl des kleinen Jungen, der mithilfe des ersten Transportmittels, das ihm zur Verfügung stand, die weite Welt außerhalb der Grenzen seines Dorfes entdeckte. Esel waren ein Luxus, als wir Kinder waren. Es gab ein paar Räder, und jetzt gibt es sogar mehr, aber ein Esel war etwas Besonderes.

Als ich das Dorf verließ, konnte ich mich in jede Richtung wenden – nach Osten, über den Felsabhang ins Tal. Nach Norden zu den Dörfern am Kamm und anschließend nach Nablus. Nach Süden in Richtung Ramallah. Ich kannte sie alle gut, aber ich hatte keine Ahnung, welche Richtung ich wählen sollte. Ich wandte mich nach Norden. Vielleicht hatte ich die Vermutung, wenn sie Bilal in Ramallah gefasst hatten, sei es besser, mich entgegengesetzt zu entfernen. Der Esel akzeptierte meine Wahl ergeben. Der Esel, den wir in unserer Kindheit hatten, hieß Naseh, denn er war dick. Dieser Esel hatte magere Schenkel und einen herausstehenden Knochen am Rücken, an dem ich mir fast den Hintern abbrach. Ich nannte ihn Dajiq, was schmal heißt.

Im ersten Dorf, das wir passierten, kaufte ich im Lebensmittelladen Wasser, Pitafladen, Käse und ein Kilo Karotten für Dajiq, der heißhungrig darüber herfiel. Ich weiß nicht, weshalb, Esel begnügen sich mit Heu und Gras, auch Sträucher und Baumrinden können ausreichen. Aber ich hatte beschlossen, ihm etwas Besonderes zu geben. Ich blieb eine ganze Woche mit Dajiq zusammen, und ich bin überzeugt, dass er am Ende dieser Woche ein paar Kilo mehr wog. Die Knochen an seinem Rücken und seine Rippen standen weniger heraus. Sein Fell wurde voller und sah gesünder aus. Ich war stolz – wenigstens einen palästinensischen Esel hatte ich erfreut.

Dajiq hatte einen schiefen Zahn in seinem Vordergebiss, was ihm Charakter verlieh. Wenn er die Zähne bleckte, gab einem der schiefe Zahn das Gefühl, als lächelte er. Ich lächelte zurück und kraulte ihn an der Nase, zwischen den Ohren und den Augen. Wir brachen in die Berge auf. Stundenlang sahen wir keine Menschenseele, nur ein paar Vögel und zwei wandernde Ziegen. Wir hielten an einer Höhle, vor der ein flacher Erdplatz war. Es begann zu dunkeln, und ich beschloss, dort zu bleiben. Ich holte das Essen und das restliche Wasser heraus. »Die Berge Palästinas«, sagte ich zu Dajiq, »sind der schönste Ort auf der Welt. Du musst dich als Glückspilz betrachten, dass du hier dein Leben verbringst.« Ich steckte ihm noch eine Karotte ins Maul, und er kaute sie schmatzend.

Obwohl die Tage schon warm waren, waren die Nächte in den Bergen kühl. Ohne Decke stand mir eine kalte Nacht bevor. Andererseits war ich erschöpft von einem langen Tag des Reisens, einem Eselritt, der Aufregung über das Wiedersehen mit meiner Schwester und den Sorgen um das Schicksal meines Bruders und mein eigenes. Die Erschöpfung ließ mich ein paar Stunden auf dem Boden der Höhle in tiefen Schlaf fallen. Die Kälte weckte mich zu Anfang der Morgenstunden, noch bevor ich die Muezzins von den Moscheen rufen hörte.

Dajiq war bereit und gerüstet für einen weiteren Tag auf den Pfaden. In den ersten Stunden, noch im Schutz der Dunkelheit, ließ ich eine Decke und ein langes Hemd von einer Wäscheleine im Hof eines Hauses mitgehen. »Für den Kampf«, flüsterte ich in Richtung des Hauses, »ich bin sicher, ihr würdet es verstehen.« Zu meinem Glück gab es in dem Dorf ein kleines Café, das Humus mit Bohnen für die Arbeiter unterwegs anbot. Ich aß gut und nahm für den weiteren Tag Pitafladen mit Labane mit. Im Lebensmittelladen versorgte ich mich mit Wasser und mehr Futter für Dajiq.

Wir hielten es weiter so an jenem Tag – ritten in Dörfer, hinaus in die Berge, aßen, redeten. Mitten am Tag hörte ich den Muezzin zum zweiten Gebet rufen, und ich spürte, dass er mich rief: »Kommt zum Gebet, kommt zum Erfolg, Allah ist der Allmächtige.« Ich betrat eine Moschee und betete, und am Schluss fügte ich ein persönliches Gebet für Bilal und Lulu hinzu. Obwohl ich nicht so gläubig war wie Bilal, liebte ich es, in der Moschee zu sein.

Die zweite Nacht wurde viel länger und angenehmer mit der Decke. Ich fand eine alte Kanne, machte Feuer und kochte Tee mit Salbei und anderen Pflanzen, die ich am Berg ringsherum sammelte. Ich begann mich wie Iz ed-Din al-Qassam persönlich zu fühlen. Ich entzündete das Feuer zwar mit einem Feuerzeug, das ich bei mir hatte, und nicht mit Reisig oder Steinen, wir ritten in Dörfer und stießen auf Zivilisation, aber das Gefühl, allein in der Natur zu sein, war stark. Sie umschloss mich, jeden Tag stärker, und vor allem mit jeder Nacht, die ich draußen verbrachte, allein, nur mit dem Esel als Gesellschaft und dem Halbmond als Beleuchtung.

Die Neugier und die Sorge brachten mich um. Der Ziegenhirte, dem ich am nächsten Tag begegnete, hatte kein Mobiltelefon, aber er verwies mich an den Krämer im nahen Dorf. Ich rief Chalils Verwandte an, die einzige Option, an die ich denken konnte.

Sie war überrascht. Fragte, ob alles in Ordnung sei mit mir. Sagte mir, ich solle nichts reden, sie habe Befürchtungen, und bat mich, mich in einer Stunde zurückrufen zu können. Ich erhielt die Nummer vom Besitzer des Ladens, nachdem ich versprochen hatte, für das eingehende Gespräch zu zahlen.

Wir aßen. Ich fragte nicht, wo ich war, es spielte keine Rolle. Ein Bart begann auf meinen Wangen zu sprießen, mein Haar war wirr. Früher an diesem Morgen, in der Dunkelheit, hatte ich mich mit einem kurzen Hemd und Unterhosen von einer Wäscheleine schlafender Dorfbewohner ausgerüstet. Auf einem kleinen, alten Traktor fand ich eine Schirmmütze. Sie hatte hinten ein Plastiknetz und einen Lochriemen, um die Größe dem Kopf anzupassen. Vorn war ein weißer Einsatz mit der Abbildung einer Betonmischmaschine und der hebräischen Aufschrift »Israbright – Betonwerke GmbH«. Sie war grün, aus diesem angerauten Material. Ich verliebte mich sofort in diese Kappe. Gott weiß, wie sehr ich sie brauchte, wie erbarmungslos die Sonne in den Bergen sein kann.

Eine Stunde später erzählte sie mir alles. Man hatte Omar Scharif gefasst, berichtete sie, und Omar hatte Bilals Nummer. Bilal wurde noch am gleichen Tag erwischt, sie hatte keine Ahnung, wo er war und in welcher Lage. Ich erzählte ihr, wo ich mich befand. Sie lachte. »Du bist wie ein Cowboy«, sagte sie. Ich sagte ihr, dass ich eine Lösung brauchte. Ich musste mich verstecken, von allen vorhersehbaren Orten fernhalten – al-Amari, Mughajir, Freunde, Familie. Sie sagte: »Lass mich was organisieren. Ich rufe unter dieser Nummer morgen zur gleichen Zeit an.«

Deine Finger, Swetlana … tief in meinem Rücken, in den Muskeln … mmm … wo war ich? Ich war …

Das war die Regelung, die sie für mich organisierte: eine Wohnung in Kafr Qasim, in der Nähe von Rosch Ha'ajin. Bei Palästinensern mit israelischen Ausweisen. In der Wohnung, die einem der Unterstützer der Bewegung in Gaza gehörte, war ein Zimmer frei geworden. Er hatte sie an eine Familie aus dem Dorf, irgendeine aus Kafr Qasim, vermietet, die den Wohnungseigentümer aus Gaza nicht einmal kannte. Ein Zimmer wurde getrennt untervermietet, was der Familie Geld sparte. Ich konnte eine gewisse Zeit dort bleiben, bis sich die Dinge aufgeklärt hatten, sich die Lage beruhigt hatte.

»Wie lange?«, fragte ich.

»Einstweilen bist du dort.«

»Was ist das für eine Familie? Muss ich mit der Familie leben? Mit ihr essen?«

»Ich kenne die genauen Einzelheiten nicht, aber du hast nicht viele Möglichkeiten, wenn du nicht weiter mit deinem Esel in den Bergen bei Nablus herumwandern möchtest.« Ich schwieg.

»Was sage ich zu ihnen? Woher komme ich?« Sie lachte: »Meinst du, du bist der Einzige dort? Dass sie das Aussehen, den Akzent nicht mitkriegen? Es gibt genug aus der Westbank in den arabisch-israelischen Dörfern.«

»Wie gelange ich dorthin?«, fragte ich weiter. Sie wurde ein bisschen ungeduldig. »Versuch, allein hinzukommen. Das ist sicherer. Geh hin und versuch, dich zurechtzufinden. Ganz langsam.« Sie gab mir die Adresse.

»Was ist mit Arbeit?«

»Wir werden sehen ... ich werde fragen. Aber such allein. Das Zimmer wird umsonst sein. Das ist ziemlich viel, Fahmi.«

»Ich weiß.«

Dann begann die echte Expedition. Eine Woche lang unterwegs auf einem Eselrücken ohne Karte. Geleitet vom Gefühl, von allgemeinen Richtungen, die Leute angaben, Straßen, die ich querte, Dörfer, in die ich gelangte. Den Himmel verstand ich nicht zu lesen. Mein Bart wurde voll, mein Körper dünn und kräftig von der Anstrengung, die das tagelange Reiten auf einem Eselrücken mit sich bringt.

Wir sahen die ganze Woche weit und breit kein Militär. Bei dem einzigen Mal, als wir in der Ferne einen einzelnen Soldaten auf der Straße entdeckten, der auf eine Mitfahrgelegenheit wartete, stellte ich fest, was für eine angenehme Woche das war. Ich gewöhnte mich daran, wenig zu essen. Jeden Morgen kaufte ich ein paar Fladen und Käse, ein bisschen Olivenöl und Za'tar als Gewürz sowie eine Tüte Karotten, von denen ich zwei bis drei selber aß und den Rest im Laufe des Tages an Dajiq verfütterte. Wenn wir an einem Heuhaufen oder einem Feld vorbeikamen, hielt ich an und stieg ab. Ich blickte in Dajiqs große braune Augen und konnte ihnen nicht widerstehen. Ich ließ ihn den Überfluss genießen, und er ließ die Gelegenheit nicht aus, fraß ohne Pause, mit ausholenden Kaubewegungen, die seinen lächelnden Zahn betonten und seine Lippen herausstülpten, die innen rosa waren.

Jeden Tag sprach ich das Morgen- und das Abendgebet. Manchmal betrat ich eine Moschee, wenn ich den Muezzin zum passenden Zeitpunkt hörte. Die Waschung nahm ich nur vor, wenn ich zufällig an einem Wasserhahn vorbeikam.

Wir ritten durch die Berge und durch Wadis. Wir passierten jüdische Siedlungen und Dörfer. Wir überquerten schwarze Straßen, die zu Hügelkämmen führten, auf denen es rote Ziegeldächer und Wiesen gab, und ungeteerte oder ausgewaschene, fast weiße Asphaltstraßen, die zu Hängen mit dichter, wirrer Bebauung führten, ein Moscheeturm an der Spitze, ein Feld mit einer einsamen mageren Kuh darunter. Eines Nachts passierten wir Asira al-Qiblija, und damit kam offenes, dürres Gelände, nachdem wir einen ganzen Tag lang auf keine Menschenseele gestoßen waren. Bei Deir Istija rüsteten wir uns mit einer weiteren Decke und einem Paar neuer Hosen von einer Wäscheleine aus. Ich hätte gern Sachen aus den jüdischen Siedlungen genommen, an denen ich vorbeikam, Itamar am Anfang der Strecke, danach

Jizhar und gegen Ende nun Barkan, aber ich näherte mich ihnen nicht. Ich ging das Risiko nicht ein, dass sie eingezäunt und umringt von Soldaten waren oder dass ein Siedler mich bemerken und auf mich schießen würde.

Ich dachte viel nach im Lauf dieser Woche. Es gab sonst nicht viel zu tun, außer Denken. Mit Dajiq konnte ich nur bis zu einem bestimmten Punkt reden. Meine Mutter tauchte in meinen Gedanken auf. Ich stellte sie mir im Geiste vor, wie sie mit mir am Lagerfeuer Tee trank, ihn lobte, sagte, sie sei froh zu sehen, dass ich mich auf andere Dinge konzentrierte außer auf Explosionen. Ich bedauerte, dass ich meinen Vater im Dorf kaum gesehen hatte. Auch Lulu nicht genug. Und Rana. Ich war im Dorf gewesen und hatte nicht mit ihr geredet. Sie hatte sich bestimmt gewundert. War sicher beleidigt. Wer weiß, wann ich sie je wiedersehen würde. Ich hätte bei ihr vorbeigehen sollen, bloß kurz erklären, auf Wiedersehen sagen. Ihr einen Kuss geben.

Eine Menge Gedanken waren mit täglichen Existenzproblemen beschäftigt – Essen, Pfade, körperliche Schmerzen, Wegorientierung, Übernachtungsplatz. Ein Teil kreiste um die Sorge wegen der Zukunft – das Zimmer in Kafr Qasim, die unbekannte Familie. Was sollte ich ihnen sagen? Worüber sollte ich mit ihnen reden? Wovon würde ich mich ernähren? Was war mit dem Ausweis? Was würde aus Dajiq werden?

Als Dajiq und ich begannen, von den Bergrücken in Richtung Ebene abzusteigen, wusste ich, dass wir uns dem Ziel näherten. Die Besiedlung wurde dichter, mehr Straßen und auf ihnen mehr Autos mit israelischen Nummernschildern. Ich erhöhte meine Vorsicht. Ich wollte nicht, dass die Expedition umsonst gewesen wäre. Ich wählte versteckte Wadis und erfragte von Hirten und Arbeitern genaue Richtungen zu arabischen Dörfern. Von Deir Istija nach Karawet Bani Hassan. Von dort nach Bidja. Von Bidja nach Masha und von da nach Zawije. In Zawije hatten wir Zeit. Wir trafen dort gegen Mittag ein, doch ich wollte erst weiterreisen, wenn die Sonne unterging, denn das war der letzte Teil der Reise, und ich musste eine jüdische Ansiedlung auf dem Weg, Rosch Ha'ajin, umgehen. Nach Aussage der Arbeiter, die ich fragte, blieb mir noch ein Zwei-Stunden-Ritt bis nach Kafr Qasim.

In der Zeit, in der wir warteten, bereiteten Dajiq und ich uns auf die neue Periode in unserem Leben vor. Ich fand ein Feld am Rande des Dorfes, band Dajiq mit einem langen Seil an einem Zaun fest und ließ ihn so viel Gras und Luzerne verschlingen, wie er nur wollte. Dann ging ich ins Dorf und verlangte eine Rasur und einen Kurzhaarschnitt. Es war das erste Mal seit einer Woche, dass ich mich im Spiegel sah, und ich fand es lustig. Der Bart, die Haare. Ich verließ den Friseur nach einer Stunde als neuer Mensch und zog ein schönes Hemd mit Knöpfen an, das ich im Morgengrauen in Bidja hatte mitgehen lassen. Als ich Dajiq abholen kam, dachte ich, er würde mich nicht erkennen mit dem Geruch nach Aftershave und dem schönen Hemd. Aber in dem Moment, in dem ich auf seinen Rücken stieg, wusste er, dass ich es war. Wir brachen zum letzten Stück unserer gemeinsamen Reise auf, machten einen großen Bogen um das Industriegebiet von Rosch Ha'ajin und erreichten das Haus etwa gegen zehn Uhr abends, in einer gepflasterten Straße mit Straßenlaternen und gekalkten Wohnungen, in meinem neuen Dorf, Kafr Qasim.

33

Bar und ich versanken in Giora Guetas Leben und Tod. Nachts wirbelten in meinem Gehirn die Erinnerungen und Gedanken auf und stießen zusammen, mit Gueta und Schuli in den Hauptrollen. Morgens versuchte ich unter der Dusche, die vernebelten Gedanken wegzuspülen. Die Fahrt in die Arbeit begann mit einem Anruf bei Bar, der zur gleichen Zeit in dieselbe Richtung fuhr. Manchmal identifizierte einer das Auto des anderen, das am gleichen Fußgängerübergang stand oder Stoßstange an Stoßstange auf den Überholspuren der Straße nach Rosch Ha'ajin. Worüber wir sprachen – über Gueta, über Otto Schneidermann und Debora, seine Frau, über Timar Sarsur und seinen Bruder Amin. Aber ich greife vor. In der Arbeit tauschten wir lange E-Mails zum Thema aus. Internet-Suchaktionen, Mobiltelefonsitzungen am Mittag. Schulis Tod hätte mich fast zum Aufhören gebracht. Doch Bar drängte vorwärts, und ich wurde von ihm mitgerissen. Wir hatten den Punkt der Umkehr überschritten.

Wenn ich mich nicht mit Gueta beschäftigte, konzentrierte ich mich auf Computerspiele. Ich lieferte mir Schlachten mit Ron, der mitgeteilt hatte, dass er die Firma verließ. Wenn Ron nicht frei war, spielte ich allein. Oft zog ich mit Bar direkt von der Arbeit in die Bar Barabusch, wo wir die Affäre oder andere Themen weiter durchkauten.

Für Bar war es leicht. Trotz eines weit verzweigten Freundeskreises lebte er allein. Bei Time's Arrow fiel es niemand auf, dass Bar nicht arbeitete, denn seinen Bereichsleiter, Ron, kümmerte das nicht mehr. Für mich war es schwieriger. Dutschy dachte, ich hätte ein Verhältnis, und als sie begriff, dass ich immer mit Bar zusammen war, dachte sie, ich hätte eins mit ihm (auch Talia Tenne fragte übrigens öfter nach, ob zwischen uns was sei). Und ich hatte noch ein anderes Problem. Ich arbeitete eng mit der Firmenleitung zusammen.

Ich hätte nach Kroatien fliegen sollen, zu einer Firma namens Connect. Man wollte dort eine Lösung zur Schnellsuche von Namen in Datenspeichern einkaufen, und das Ziel der Reise war es, einen Dialog zwischen den Leuten von der Technik in die Wege zu leiten. Jimmy wollte, dass ich bei der Reise dabei war, um ihnen auch unser Sprachidentifizierungssystem anzudrehen – »ihnen noch was unterm Tisch rüberschieben, ohne dass sie's merken«, wie er es nannte.

Ich weiß nicht, wie ich es vergessen konnte. Vielleicht weil mein Reisepartner ein Kollege aus der Entwicklung war, mit dem ich normalerweise nie verreiste. Wenn ich mit Jimmy oder allein fuhr, machte er mich die ganze Woche davor schon wahnsinnig. Wenn ich mit Joasch Green fuhr, bereiteten wir den Termin zusammen vor. Aber mit Kroatien fiel ich offenbar zwischen alle Stühle: ein kleiner, uninteressanter Kunde, eine technische Reise plus ein Kollege, mit dem ich keinen Kontakt hatte. Als er seinen kleinen Koffer in mein Zimmer rollte und fragte, ob ich fertig sei, hob ich verwundert den Blick von meinem Computerbildschirm.

Jimmy rief mich in sein Büro. Es war der Morgen nach dem Wiedersehen mit Gadgid, dem eine weitere schlaflose Nacht mit Runden durch leere Straßen und Grübeleien gefolgt war. Er stand am Fenster, als blickte er auf das Mittelmeer und die Skyline Tel Avivs, wie in seinem früheren Büro. Doch vom Fenster aus war das Industriegelände von Rosch Ha'ajin zu sehen, ein paar Felder, nackte Berghänge in Richtung Samaria, die hinter einem sommerlichen Dunstschleier verschwanden. »Franklin Roosevelt hat einmal gesagt«, sagte er, »ein verlorenes Stück Land kann man zurückgewinnen, verlorene Zeit niemals.« Aha, dachte ich, eine dieser Reden. Er drehte sich um und blickte mich an. Ich setzte mich. »Heutzutage stellen wir große Ansprüche an das Leben. Eine interessante, erfüllende und einträgliche Arbeit zu haben, uns in einem guten, gehaltvollen und intimen Beziehungssystem zu bewegen, in den Nachrichten auf dem Laufenden zu sein; Bücher lesen, Musik hören, Filme und Ausstellungen sehen, Sportereignisse, Spiritualismus und Sexualität erforschen, viele Leute kennenlernen, tanzen, einen Garten anlegen, gesundes Essen kochen, sich in Form halten, eine Familie haben.« Er umrundete mich und seinen Tisch, ließ sich mir gegenüber nieder, beugte sich vor und legte seine Handflächen aneinander. »Reisen, wenigstens einmal im Jahr, an einen Ort, an dem man noch nie war, den Kontakt mit Freunden aufrechterhalten, aus allen Phasen, in aller Welt, neue kennenlernen. Das ist eine Mordsliste, Krokodil. Und wenn ich mich selber frage, was ich von alldem zu erreichen versuche, lautet die Antwort: Nichts. Und du?« Ich nickte gereizt. Diese ganze Nacht und der Morgen mit den Erinnerungen, die Gadgid in mir heraufbefördert hatte, piekSten in meinem Hirn wie kleine Nadeln. Gott, der mit seinen Knöpfen spielte ... ich im Turm und Dani Lamm im Jeep im Libanon, der durch die Pfütze fuhr ...

»Und bei einer solchen Mordsliste wunderst du dich, dass du keine Zeit hast?«, fragte Jimmy Rafael. Ich wunderte mich gar nicht. »Nein. Es ist unmöglich, alles zu schaffen. Das ist klar. Krokodil, ich rede dir nicht in dein Leben rein, das weißt du, aber ich will aufrichtig sein. Die Firma ist in keiner glänzenden Lage. In ein oder zwei Monaten – das bleibt bitte unter uns – werden wir eine weitere Kündigungsrunde durchziehen. Ich hätte am liebsten, dass du mit drin bist. Dein Beitrag in letzter Zeit war erbärmlich. Wir haben schon darüber geredet, ich dachte, wenn drei, vier Monate vergehen, würdest du da rausfinden. Ich habe nicht viel Geduld, aber für dich hatte ich sie.« Ich nickte verlegen. »Du findest nicht raus. Nicht nur, dass du Flüge vergisst, obwohl das ganz entschieden der Tropfen war, der für mich das Fass zum Überlaufen gebracht hat. Wenn ich könnte, würde ich dich auf der Stelle entlassen. Aber wie du weißt, ist das ein Problem. Du bist ein nationaler Held. Die Firma würde nicht gut dastehen. Man würde sagen, wir seien herzlos, dass wir ein Terroropfer, das Krokodil der Anschläge, entlassen. Ich habe mit den Investoren geredet. Zwar sind die meisten unserer Kunden Ausländer, die du nicht die Bohne interessierst, aber unsere Investoren sind Israelis. Sie haben mir einen Sonderetat genehmigt, um dich zu behalten, vorläufig. Aber ich kann dich nicht in deiner Aufgabe belassen. Du wechselst zur QA-Abteilung. Talia Tenne wird befördert und wird dich im Verkauf ablösen. Gaj wird Talia in der Leitung des QA ersetzen, und du wirst Gaj zuarbeiten ...«

Zwei Schüsse. Ein Schlag. Ich wagte nicht, die Augen zu heben. Ich wartete auf den Schuss, der mich treffen würde. Im Libanon fuhr Danis Jeep langsam in der Pfütze vorwärts, traf auf eine versteckte Sprengladung und löste sie aus. Dani wurde auf der Stelle getötet, auch der Kommandeur und ein weiterer Kamerad. Der Fahrer schlug einige Luftsaltos und landete auf einem Busch, ein paar Dutzend Meter von der Pfütze entfernt. Er überstand es mit gebrochenem Becken, aber lebendig ... und ich, im Turm, ich hob den Kopf erst, als ich begriff, dass die Schreie, die ich hörte, mir galten: »Krokodilus! Krokodilus! Bist du da oben?«

»Krokodil, folgst du mir?« Ich fuhr hoch.

»Ja«, sagte ich. »Gaj wird die QA leiten, ich werde ihm zuarbeiten.« Seine Worte waren zu meinem Glück durch die Erinnerungen bis zu mir vorgedrungen.

»Richtig«, sagte Jimmy. Sein Blick war ernst. Er liebte mich nicht mehr so wie früher, als ich sein Zwilling war; als wir zusammen in den Flughäfen saßen und das Einsteigen bis zum letztmöglichen Termin hinauszögerten, telefonierten, Treffen vereinbarten, Details koordinierten, das Büro informierten, bis unsere Namen mit deutschem Akzent in den hochmodernen Lautsprecheranlagen längs und quer über einen fremden Flughafen hallten.

»Ich verstehe dich«, sagte ich zu Jimmy. »Ich … es tut mir leid, dass ich dich enttäuscht habe. Aber ich konnte nichts anderes machen.« Jimmy streckte mir die Hand entgegen.

»Sieh mal«, sagte er, »was ich gerade zu dir gesagt habe, dass ich dich entlassen würde …«

»Schon in Ordnung«, erwiderte ich.

»Nein, nein, hör zu. Du kennst mich. Das war im Zorn des Augenblicks. Ich bin froh, dass du bleibst. Und wenn du dich wieder gefangen hast, kehrst du nach oben zurück, ja?« Ich nickte. »Dein Gehalt wird von fünfundzwanzig- auf fünfzehntausend runtergesetzt.« Ich nickte und stand auf.

Dani Lamm starb wegen mir. Er war mit mir in der Rekrutenausbildung. Es war Glück, wir hatten das gleiche Einberufungsdatum erhalten (Muku war jünger als wir beide). Wir meldeten uns beide zur gleichen Einheit, gelangten in die gleiche Basis, zur gleichen Abteilung, zwei Jerusalemer Kindheitsfreunde. Die Rekrutenzeit war beschissen, aber wir hatten wenigstens einander. Am Ende der Grundausbildung fragten sie, wer sich zu einer speziellen Einsatztruppe melden wollte. Ich hob die Hand. Dani nicht. Ich überzeugte ihn, mit mir zum Eignungstest zu kommen. Ich bat ihn. Ich sagte zu ihm, als Freund habe er die Pflicht, mich zu unterstützen und mir beim Test zu helfen. Er kam durch. Ich nicht. Ich blieb in der normalen Laufbahn und kam in die Westbank. Er, im Sondereinsatz, kam in den Libanon. Er starb. Ich nicht. Ich bin überzeugt, dass Gott die Absicht gehabt hatte, auf meinen Knopf zu drücken. Da lag ein Versehen vor.

Und Gadgid tötete einen siebzehnjährigen Palästinenser wegen mir. Als sie die Flammen aus dem Wachturm schlagen sahen, rannten sie zurück. Als er die Jungen sah, die auf den Turm kletterten, stoppte er und schoss. Plastikkugeln. Ein Schuss zerschmetterte einem sechzehnjährigen Jungen das Knie, und beim

Fall brach er sich das Schlüsselbein. Ein weiterer Schuss traf einen zweiten Jungen am Hals. Das habe der Dreckskerl verdient, sagten die Soldaten. Sie standen lange Zeit, Stunden, neben dem Turm herum, nachdem sie zurückgekehrt waren, nicht in der Lage zu sitzen, das Adrenalin brannte in ihrem Blut, sie erzählten die Geschichten, die zu Legenden wurden, die noch hundertmal erzählt werden sollten, jahrzehntelang, wie von Gadgid, neben mir, gestern in der Bar Barabusch. Und Dani Lamm wurde in Stücke gerissen und fing an, von oben über mich zu wachen, und hat seitdem nicht aufgehört.

Ich ging an jenem Abend wieder in die Bar Barabusch, allein. Es gibt dort eine lange Bartheke und bordeauxfarbene Wände. Die Bar ist in L-Form gestaltet oder genauer, in Form eines überlangen L, denn der untere Flügel ist um vieles kürzer als der Hauptteil (übrigens – ihre Hühnerflügel waren überragend). Mein Stammplatz war am kurzen Ende. Warum erzähle ich das alles? Wegen des Fernsehers. Die Barabusch-Bar ist keine der Bars mit so einem Plasmabildschirm, die pausenlos MTV oder den Modekanal laufen lassen. Aber unter der Theke gibt es einen kleinen Fernseher, der bei Terroranschlägen herausgeholt wird. Sie schließen ihn an und stellen ihn am kurzen Ende des L-Flügels auf, ohne Ton, denn es gibt Textstreifen, die die wichtige Information liefern, und niemand möchte deswegen auf die Musik in der Bar verzichten, es gibt Grenzen.

An jenem Abend sagte jemand, es habe einen Anschlag gegeben, und Noam, der Barmann, holte den Fernseher heraus: ein Anschlag in Tel Aviv, in irgendeinem Steak-Haus, bei irgendeiner Brücke. Wir saßen da, ich am kurzen Ende und noch sechs am Hauptteil, zwei Barkeeper und einige andere, die sich von der Straße her, von den Tischen, aus den Ecken der Welt zusammengefunden hatten, und starrten auf den kleinen Fernseher. Rauch stieg auf von den Zigaretten, Underworld improvisierte auf einer Saite im Hintergrund, Dani Ronen plapperte etwas ohne Ton. Und dann meldete die Untertitelung: »Terroranschlag in einem

Restaurant in Tel Aviv«, und wechselte weiter zu: »Zwei Tote und acht Verwundete«. Man konnte fast den kollektiven Erleichterungsseufzer der Millionen in allen Teilen des Landes hören und daneben eine haarfeine Spur Enttäuschung über die geringen Ausmaße des Dramas. »Ein Pipifax-Attentat«, sagte ich mit lauter Stimme, laut genug, dass es alle Anwesenden über die Musik hinweg hören konnten. Als führende Autorität im Raum in Sachen Anschläge, als Krokodil der Anschläge, war mein Urteil von ultimativer Bedeutung. Alle kehrten zu ihren privaten Unterhaltungen und jeder an seinen Platz zurück, und einige Minuten später nahm auch der kleine Fernseher seinen Platz unter der Bartheke wieder ein.

34

Ich hatte Befürchtungen, bevor ich nach Kafr Qasim kam, doch einige Wochen später war es, als ob ich nie ein anderes Leben gekannt hätte. Al-Amari wurde zu einer fernen Erinnerung. Bilal und Rana, Lulu und Papa zu Figuren aus einem anderen Stück. Ich sehnte mich nach ihnen und machte mir Sorgen um sie, und ich dachte an Mama und Großvater – wenn man allein ist, lebt man mit den Menschen, die einem nahestehen, im Kopf –, und dennoch gehörten sie der Vergangenheit an.

Mein Zimmer war fast so groß wie die ganze Wohnung im Lager. Es war schöner, ordentliche Bodenplatten, weiß. Das Bett war bequemer und viel größer. Ich wurde süchtig nach dem warmen Wasser und dem starken Wasserstrahl in der Dusche. Ich liebte die große Küche, den perfektionierten Wasserkocher, den Kühlschrank, in dem ein Fach extra für mich freigeräumt worden war; den riesigen Fernseher mit bestechender Bild- und Tonqualität. Die Stereoanlage, auf der sich Amr Diab besser denn je anhörte. Doch nach einem Monat war ich bereits wieder mit Sorgen, Arbeit und meinen Sehnsüchten beschäftigt und achtete nicht mehr auf die Annehmlichkeiten um mich herum.

Ich mochte die Familie. Der Vater, Razal, hatte eine Apotheke im Dorfzentrum an der Hauptstraße. Seine Frau Wasime war Englischlehrerin in der Schule dort. Sie war schwanger. Ihren ersten Sohn hatten sie Ata genannt. Er war sechs. Er gab mir ein Poster von Zinedin Zidane, nachdem ich ihm gesagt hatte, er sei mein Lieblingsfußballspieler.

Dajiq verkaufte ich einen Tag nach meiner Ankunft. In der ersten Nacht, nachdem ich das Haus gefunden hatte, suchte ich ihm einen Schlafplatz im Skelett eines Rohbaus. Ich ließ ihm ein bisschen Gras und eine Karotte da und sagte seinem lächelnden Gesicht gute Nacht. Am nächsten Tag führte ich ihn zu Fuß an den Dorfrand. Ich fragte Arbeiter, die mich an ihre Vorarbeiter verwiesen und jene an ihre Freunde, die wiederum herumtelefonierten und einen Käufer in einem wenige Kilometer entfernten Packhaus fanden. Als ich Dajiqs Rücken ablud, überflutete mich eine kleine Welle des Schmerzes. Noch ein Abschied. Er war ein guter Esel, mein Transportmittel und einziger Freund in der letzten Woche. Ich kehrte erst am Nachmittag zurück, aber es war der einträglichste Arbeitstag meines Lebens. Ich glaubte es kaum, als ich vier neue Hundert-Schekel-Scheine bekam. In der Westbank hätte ich nicht einmal die Hälfte davon erhalten.

Als Razal mich am ersten Abend in Empfang nahm, war eines der ersten Dinge, die er zu mir sagte: »Hast du gehört, dass es einen Anschlag gegeben hat?« Das brachte mich völlig aus dem Gleichgewicht. Ich hatte gedacht, dass er von nichts wüsste. Einen Moment später, als ich begriff, dass er eine andere Aktion meinte, war ich immer noch überrascht. Es hatte lange Zeit kein Attentat mehr gegeben. Ich dachte schon, wenn es uns nicht gelingen würde, eine Aktion auf die Beine zu stellen, würde es niemand schaffen. »Was?«, fragte ich ihn schließlich.

»Ein Anschlag in Tel Aviv«, antwortete er.

Dani Ronens Gesicht wirkte breiter. Vielleicht war es der große Bildschirm, vielleicht war er seit dem letzten Mal einfach dicker geworden. Es war geschossen worden. Zwei Tote. Nichts Ernstes. Ich fragte mich, wer die Witzbolde waren, die bis Tel Aviv gelangten und dann nicht mehr zusammenbrachten als zwei Tote durch Schüsse. Auf ein Restaurant. Fast hätte ich Razal und Wasime gefragt, aber ich bremste mich rechtzeitig. »Nur zwei Tote«, sagte Wasime. »Zum Glück«, sagte Razal. »Gibt es jetzt eine Ausgangssperre?«, fragte ich sie. Beide starrten mich an. Ich brach in Lachen aus. »Bloß ein Scherz. Ich meinte ... in der Westbank?«

»Vermutlich schon«, erwiderte Razal. Er wollte noch etwas sagen, hielt sich aber zurück. Ich hatte erzählt, dass ich aus Ein Rafa, westlich von Jerusalem in der Nähe von Abu Gosch, wäre und von dort mit dem Autobus gekommen wäre. Vielleicht wussten sie, dass ich log, mein Aussehen und Akzent waren eindeutig und mein Spiel nicht sehr überzeugend. Aber ich versuchte wenigstens, so zu tun, als ob.

Am nächsten Tag sollte die *Arche Noah* im Fernsehen kommen. Ich hatte die Sendung lange Zeit nicht mehr gesehen. Ich fragte Razal und Wasime, ob ich fernsehen könne, und Razal sagte: »Nur wenn du die *Arche Noah* sehen willst, denn das wird in diesem Haus angeschaut.« Ich lächelte. »Ich habe nicht vor, irgendetwas anderes zu sehen.«

Doch als wir uns auf den weichen türkisen Sesseln niederließen, die einen fast verschluckten, und Tommy Museri erwarteten, entdeckten wir zu unserer Bestürzung, dass die Sendung verschoben worden war. Stattdessen, so sagte der Moderator mit ernstem Gesicht, würde Kanal 50 ein Sonderprogramm bringen, eine Gedenksendung infolge des gestrigen Terroranschlags. Wasime stieß einen kleinen Schrei aus. Wir rissen entsetzt die Augen auf. »Eine Gedenksendung?«, knurrte Razal.

»Anschlag? Was für ein Anschlag?«, sagte Wasime. »Diese Schießerei?«

»Das war ein Anschlag?«, sagte er. Mein Blick glitt von Razal zu seiner Frau. Ich war zu betäubt, um etwas zu sagen. Die Sendung begann.

Innerhalb weniger Minuten lüftete sich das Geheimnis – Max Caspi von der Sendung *Max, der Kämpfer*, war zum Zeitpunkt des Attentats in dem Restaurant gewesen. Also ließ man ihn eine Sendung machen. Eine komplette Sendung über ein Attentat mit zwei Toten. Statt der *Arche Noah*. Max Caspi mit seinen Freunden in dem Lokal. Die Kamera zeigte das zerbrochene Fenster, durch das der Schahid geschossen hatte. Jetzt verstand ich, warum er bloß zwei erledigt hatte. Er hatte von draußen geschossen. Was für ein Witzbold. Wo war denn das Problem, einen kleinen Revolver zu nehmen, den Sicherheitsmann am Eingang zu erschießen und dann drinnen mit einer Uzi alles zu zerfetzen?

Max sagte: »Dieser Scheißkerl kam von Tulkarm, um uns Angst einzujagen, aber wir haben keine Angst!« Die Freunde von Max klatschten Beifall. »Weder vor ihm noch vor den ganzen anderen Scheißern, die in ihren Löchern in Tulkarm und Dschenin, Nablus, Hebron und Gaza sitzen und den nächsten Terroranschlag planen.« Er stand vor der Kamera mit seinem schwarzen Haar, von dem alle wussten, dass es eine Perücke war, und seinen dicken Brillengläsern und drohte den Scheißkerlen, die Aktionen vorbereiteten. Echt zum Fürchten. Ich wollte lachen. Und dann wurde ich wütend. Er sollte mit dem blöden Gequatsche aufhören. Ich wollte ihn und seine Sängerfreunde nicht sehen, wie sie traurige Lieder im Kerzenlicht in diesem blöden Restaurant sangen. Ich stand auf und ging in mein Zimmer.

Die *Arche Noah* kam eine Woche später, und ich fing an, mich an das Leben in meinem Zimmer, an die Gesellschaft der Familie, an Kafr Qasim zu gewöhnen. In den ersten Tagen ging ich im Dorf herum, spazierte auf der Hauptstraße, ging zum Fußballplatz, um der Dorfmannschaft beim Training und Spielen zuzusehen. Ich hatte Zeit, also betete ich an den meisten Tagen alle vorgeschriebenen Gebete, folgte den Rufen des Muezzins. Razal, Wasime und Ata sah ich nicht viel. Ich zog es vor, in meinem Zimmer zu essen, Essen, das ich von draußen mitbrachte oder in ihrer Küche zubereitete, wenn die Familie fertig war.

In der Moschee freundete ich mich mit ein paar Leuten an und lernte von ihnen die Spielregeln in Kafr Qasim. Nidal, ursprünglich aus Ramallah, wusch Autos an der Tankstelle. Issa war ein Melonenverkäufer aus Gaza, der auf seine Green Card nach Amerika wartete. Sie erklärten mir, dass es zwei Sorten Palästinenser im Dorf gab. Diejenigen, die die israelische Grenzwache die »Illegalen« nannte, waren die einfachen Leute wie sie und ich, die die Grenzwache zu erwischen und aus dem Dorf zu werfen versuchte – man musste wachsam sein wegen ihrer Straßensperren und Einsätze. Und es gab die »Koops«, die palästinensischen Kollaborateure, die im Villenviertel wohnten und von niemand behelligt wurden, obwohl sie Drogenhändler und Mafiosi waren und trieben, was ihnen gefiel. Die angestammten Dorfbewohner von Kafr Qasim blickten sowohl auf die einen als auf die anderen herab. Ein Teil schwärzte uns bei den Israelis an, die Selbstgerechten, die uns für minderwertig hielten, doch es gab auch viele, die die Israelis sogar noch weniger mochten als uns. Sie erzählten mir, dass die Israelis vor vierzig Jahren fünfzig Dorfbewohner einfach so getötet und es danach zu vertuschen versucht hatten.

Über die Moschee fand ich meine erste Arbeit ziemlich schnell. Nidal und Issa machten mich mit ein paar Leuten bekannt. Said, der jeden Tag zum ersten und vierten Gebet kam, war Direktor der Packhäuser der Firma Samson, eines großen Obst- und Gemüseexportunternehmens. Jeden Tag trafen in ihren Verteilerhallen Tonnen von frischen Früchten und Gemüse aus dem ganzen Land ein – Tomaten und Wassermelonen aus dem Negev, Mangos, Bananen und Avocados vom See Genezareth und vom Golan, Zitrusfrüchte aus der Gegend von Scharon, Petersilie und Basilikum aus der Westbank und anderes mehr. »Alles kommt bei uns an, und wir ordnen es nach Lieferungen, lagern, was nötig ist, bringen das andere raus zum Flughafen oder zu den Häfen«, sagte er. »Es ist eine schwere Arbeit«, warnte er mich, »sie kann dir den Rücken ruinieren. Und am allerschlimmsten – du wirst dein Leben lang dieses Obst und Gemüse nicht mehr sehen wollen.«

»Ich probier's mal«, gab ich zur Antwort. Als ob ich eine Wahl gehabt hätte.

Es war eine schwere Arbeit. Mein Rücken war nicht lang genug dafür. Ich hatte schon körperlich gearbeitet, aber das hier war endlos. Die Lastwagen kamen einer nach dem anderen mit Dutzenden Kisten Obst und Gemüse beladen herein – Karotten, Gurken, Kartoffeln, Rettich, Bananen, Tomaten. Der Geruch war grauenhaft. Zu Hause verbreiten ein paar Früchte in einer Schale einen angenehmen Duft. In riesigen Lagern, die voll mit Obst und Gemüse sind, wird man von dem Geruch fast ohnmächtig. Besonders schlimm sind Tomaten. Außerdem war Sommer. Der Sommer in Kafr Qasim war anders als der jenseits der Berge. Er war ein Alptraum. Und Kisten im Freien zu schleppen war ein doppelter Alptraum.

Die Packhäuser lagen außerhalb des Dorfes, in den Feldern, die sich nach Osten in Richtung der braunen Berge erstreckten, aber noch auf israelischem Gebiet. Ich erkannte den Ort wieder – hier hatte ich Dajiq verkauft (ich traf den Käufer, dem Esel ging es gut). Meine Arbeit bestand darin, Kisten von den Lastwagen, die auf die Laderampe einfuhren, auf die Gabelstapler abzuladen. Zwei Arbeiter und ein Gabelstapler arbeiteten an jedem angekommenen Laster, einer im Innern des Wagens, der zweite auf der Rampe. Von acht Uhr morgens bis fünf Uhr nachmittags, manchmal länger, fast ohne Pausen.

Meine Arbeit war ein kleiner Teil des Räderwerks in diesem Ameisenhaufen. Die Staplerfahrer beförderten die Kisten in die Lager. Andere Mannschaften verluden das Obst aus den Lagern in riesige Container, die für Häfen bestimmt waren, oder in kleinere, die zu Flugzeugen gingen. Es gab Arbeiter in den Kühllagern, die mit ihren Gabelstaplern innerhalb der riesigen Gefrierräume herumfuhren. Sie waren die meiste Zeit krank, verdienten aber am besten. Ich verdiente genug. In al-Amari hätte ich ein sehr gutes Leben mit diesem Lohn gehabt. Auch in Kafr Qasim kam ich damit zurecht. Die Arbeit war schwer, aber sie gab mir einen Grund, in der Früh aufzustehen. Sie stählte meine Muskeln. Und ich lernte ein paar Freunde kennen, wie

Madschid Haschem aus Qalqilja und Ibrahim Hasuna aus Bani Naim bei Hebron, die auch in Kafr Qasim wohnten.

Madschid hatte gewaltige Arme, das Ergebnis einiger Jahre Arbeit im Packhaus. Er war blond und hatte helle Augen. Ibrahim war klein und dünn, aber sehr stark. Er hatte einen Schnurrbart und schwarze Haare und sang immer Lieder von Sarit Chadad und Lior Narkis (»Und du bist meine süße Seele, die Einzige, die mich versteht, und mit dir bin ich alle Tage, und mit dir bin ich alle Nächte, ohne dich bin ich ein halber Mensch ...«). Madschid und Ibrahim waren keine engen Freunde. Sie waren nicht religiös, verstanden nichts von Politik wie Nidal und Issa von der Moschee. Sie redeten hauptsächlich über Mädchen und Fußball. Ich sah sie kaum außerhalb der Arbeit, aber ich verbrachte gerne die Tage im Lager mit ihnen. Dank der überheblichen Einstellung der Ortsansässigen und der ständigen Furcht vor der Grenzwache entstand zwischen uns ein besonderer Zusammenhalt.

Der Höhepunkt des Sommers war bereits überschritten, und die Luft begann, in Bewegung zu geraten. Plötzlich stellte sich heraus, dass es dort etwas zum Atmen gab, in jenem Teil der Welt, der nichts mit Erde noch mit Gebäuden, Menschen oder Maschinen zu tun hatte – dieser leere Teil, der während des Sommers eine nasse, erstickende Decke war. Zwei Monate nachdem ich angefangen hatte, im Packhaus zu arbeiten, hatte mein Leben einen Anstrich von Routine erhalten. Ich hatte mich an das Dorf, die Menschen, die Arbeit gewöhnt. Ich sah keine Juden, vielleicht wirkten die Leute deswegen so ruhig. Ich hatte natürlich Sehnsucht. Nach Lulu, nach Rana, sogar nach Orten wie Alis Café in al-Amari. Ich sprach mit Lulu am Telefon. Sie hatte nichts von Bilal gehört, Papa war völlig am Ende vor Sorge.

Wer weiß, wie lange ich mit dieser angenehmen Routine noch weitergemacht hätte, doch dann fuhr es mir in den Rücken. Es gab Anzeichen, aber ich schrieb sie der neuen Anstrengung zu, die meine Muskeln durchmachten. Eines Tages, irgendwann nachmittags, hatte ich plötzlich das Gefühl, als sei mein Körper in eine Falle geraten. Ich konnte mich nicht rühren. Jeder Atemzug führte zu einem scharfen Schmerz im ganzen Körper. Ich setzte mich auf einen Stuhl am Rand, und es gelang mir nicht einmal, dem Vorarbeiter zu antworten, als er mich fragte, was los sei. Er fragte mich, ob es der Rücken sei. Er sagte mir, ich solle mich auf den Boden legen, die Knie an den Bauch ziehen. Ich war nicht der erste Arbeiter und nicht der letzte, dem das passierte. Ich lag einige Minuten auf dem Rücken auf dem kühlen Boden. Ich nahm langsame Schlucke aus dem Wasserglas, das mir der Vorarbeiter brachte. Die Lage besserte sich. Es gelang mir aufzustehen, langsam zu gehen. Das Atmen wurde leichter. An irgendeinem Punkt ebbte der Schmerz ab und verschwand dann. Ich stand auf und signalisierte dem Vorarbeiter, dass ich weitermachen könne. Ich arbeitete bis zum Schluss des Tages, langsam, aber erfolgreich.

In derselben Nacht erwachte ich von einem lähmenden Schmerz. Die Qual war ungeheuer, die Schmerzen waren entsetzlich. Ich wusste nicht, was ich tun sollte. Es war mitten in der Nacht, ich wusste nicht, wen ich rufen, wohin ich gehen sollte. Ich lag dort, ertrank in Qual und wartete, dass die Zeit verging.

35

»Sag mal, tickst du noch ganz richtig???« Ihre Augen waren rot, ihr Haar wirr. Auch ich war nicht gerade in Bestform. Ich hatte, wie man so sagt, ein Bier zu viel getrunken, vielleicht auch zwei. Ich stank nach Zigarettenrauch, der einige Stunden lang aus meinem Mund gedampft war, an meinen Kleidern, meiner Haut und meinen Haaren klebte. »Warum? Was? …«

»Weißt du, dass es ein Attentat gegeben hat?«

»Ach, der Pipifax, du meine Güte.«

»Was? Zwei Tote! Idiot! Das ist Pipifax?«

»Vielleicht nicht?« Meine Kleider waren verrutscht und zerknittert. Ich wollte mich bloß hinsetzen, ein Glas Wasser trinken, diesen Mief loswerden, schlafen gehen.

»Wo warst du? Begreifst du nicht, dass ich mir Sorgen um dich gemacht habe? Du kommst nicht nach Hause. Auch gestern. Sagst nicht Bescheid. Rufst nicht an, um mir Erfolg zu wünschen …«

»Entschuldige, ich …«

»Es gibt ein Attentat in einem Restaurant, Tote. Ich … ich …« Sie weinte. Mit hohen, schweren, erstickten Schluchzern, die ihre Schultern erbeben ließen. Ich sah sie an. »Ich kann nicht mehr … wo warst du?«

»In der Bar Barabusch, wo sonst. Ich bin immer dort. Ich gehe nicht in diese Steakhäuser. Loser gehen da hin. Schon ein bisschen beleidigend, dass du gedacht hast, ich sei in diesem Steakladen.« Ich versuchte es mit Humor, aber es funktionierte nicht.

»Was hast du in der Barabusch-Bar gemacht? Warum gehst du jeden Abend dorthin? Wieder mit diesem Bar?«

»Nicht jeden Abend. Und nicht mit Bar. Heute Abend war ich allein. Gestern mit Gadgid, er war mit mir in der Armee ... schau mal, Dutschy, ich verstehe dich nicht. Hast du immer noch nicht begriffen, dass die Anschläge mich nicht umbringen? Sie können mich nicht ...«

»Du verstehst nichts. Sie verfolgen dich, und sie werden dich am Ende kriegen. Und ich war sicher, ganz sicher, dass du heute dort warst. Du isst immer Steak.«

Es wird gut, und wenn es nicht gut wird, ist das auch in Ordnung. Das ist, was ich denke. Dutschy denkt, es wird nicht gut, und wenn es gut wird, ist das auch nicht in Ordnung.

»Genug, Schluss jetzt«, sagte ich mit weicherer Stimme. »Komm, wir gehen schlafen.«

»Nein. Ich bin wütend. Wer ist dieser Gadgid? Was ist nur los mit dir? Bis um vier in der Früh mit irgendeinem Gadgid? Und die restlichen Nächte mit Bar. Worüber redet ihr? Was ist so ... wohin gehst du? Krokodil, nicht ... aha, der große Held. Dreht einem den Rücken zu. Was ist? Hörst du nicht gern, was ich dir zu sagen habe?«

Langsam ging ich in Richtung Klo und sagte müde: »Ich muss pinkeln, was willst du denn?«, doch ich glaube nicht, dass sie mich hörte. Sie fuhr mit ihrer Ansprache fort. Eine Rechtsanwältin, tröstete ich mich, muss Reden halten, um in Übung zu bleiben. »Blablabla, sagt ihr das zueinander? Ihr und eure Barabusch-Bar? Ich dachte, du seiest älter geworden, hättest keinen Nerv und keine Zeit mehr für Bars voller Rauch. Was ist plötzlich los?«

»Ich weiß nicht«, antwortete ich, während ich pinkelte. »Ich dachte wirklich, ich wäre älter geworden.« Ich war betrunken. Mir war übel. Ich teilte ihr mit, dass ich schlafen ginge. Sie war wütend, konnte mich jedoch nicht aufhalten. Ich zog mich aus, und innerhalb von Minuten war ich eingeschlafen. Ich schlief wie ein Toter, und ich wachte die ganze Nacht nicht auf. Das passierte alle paar Nächte einmal, eine Zusammenballung von Erschöpfung aus all den vorigen Nächten, die mich einfach erschlug. Am Morgen verließ sie das Haus, bevor ich aufwachte.

Sie rief am Nachmittag an, entschuldigte sich. Ich entschuldigte mich auch. Sie fragte, ob ich heute Abend weggehen würde. Bibi hatte sie eingeladen, wenn ich also nicht vorhätte heimzukommen, würde sie zu ihr gehen. Ich sagte, sie solle nicht gehen, ich würde heimkommen. Sie fragte, ob wir uns zusammen die *Arche Noah* anschauen würden. »Sicher«, sagte ich, »was für eine Frage.« Ich gab ihr einen Kuss durchs Telefon.

Ich kehrte früh zurück und ging in den Supermarkt, um Sachen für ein Versöhnungsabendessen einzukaufen: Wein, Pasta, ein paar Lauchstangen, Mascarpone – für ein Rezept des Nackten Küchenchefs, das ich zu kochen plante –, Gemüse für den Salat, Häagen-Dazs-Käsekuchen und Schweizer Schokolade mit Pistazien. Ich stellte mich an der Kasse an. Meine Absichten waren gut und meine Empfindungen positiv nach einer durchschlafenen Nacht und einem ruhigen Arbeitstag. Doch die Schlange rückte nicht weiter. Die Kassiererin arbeitete langsam, und der Typ, der vor mir stand, änderte alle Augenblicke seine Meinung und ging, um neue Lebensmittel zu holen. Mein Wutpegel stieg.

Ich erinnere mich an den Knall. Die Explosion war stark, ohrenbetäubend. Ich sprang in die Höhe. Schrie.

Das, was nachher passierte, erzählte mir Elmaz. Wie sich herausstellte, schrie ich viele Male: »Genuuug!!!!!!« Schwitzte. Hatte einen vernebelten Blick in den Augen. Hob die Weinflasche hoch und schmetterte sie auf den Boden. Packte den Typen vor mir in der Schlange am Hemd und schüttelte ihn gewaltsam. Sagte etwas von einem Essen. Weinte unbeherrscht. Hob eine Tomate hoch und warf sie gegen die Wand und dann noch eine, doch sie prallten bloß von der Wand ab auf den Boden.

Es stellte sich heraus, dass ich auf die Straße hinauslief und auch den Sicherheitsmann schüttelte, durch die Straßen rannte und pausenlos weinte. Dass ich sagte: »Genug jetzt, es reicht endlich, lasst mich in Ruhe«, und noch mehr wirres Zeug. Dass ich mich auf eine Bank im Park setzte, heftig in meinen Daumen biss und weinte. Dass ich in meinem Schweiß stand und stank (meine Unterhosen und nicht Elmaz bestätigten diesen Teil). Es stellte sich heraus, dass mein Handy klingelte und klingelte, bis ich es aus der Tasche zog und »Schluss!« schrie, es auf den Gehsteig warf und draufstieg, einen Pflasterstein aufhob, ihn mit aller Kraft daraufwarf und es in kleine Plastik- und Glasstückchen und runde Computerteilchen in Bronzegrün zertrümmerte.

Zu meinem Glück nahmen mich die Polizisten auf die Wache von Elmaz mit, und zu meinem Glück kam Elmaz dort vorbei und entdeckte mich. Dutschy kam und holte mich von der Polizeiwache ab. Zu Hause half sie mir, die Kleider auszuziehen und zu duschen. Ich konnte nicht sprechen, ihr nicht einmal sagen, dass ich ihr ein Abendessen hatte kochen wollen. Sie kümmerte sich still um mich, ihre Augen waren geschwollen und rot. Danach telefonierte sie. Ich bekam mit, dass sie mit ihrem Bruder Wuwy redete und dass ihr Vater seine dritte Frau verlassen und sich bei Wuwy zu Hause eingenistet hatte.

Wir saßen vor dem Fernseher und drückten auf die Fernbedienung. Das war etwas, was mich beruhigen würde, dachte ich. Ich irrte mich. Die *Arche Noah* fiel aus. Stattdessen wurde eine Pipifax-Sendung von Max Caspi, dem Faxenmacher, über das Pipifax-Attentat von gestern ausgestrahlt. Warum? Weil Caspi während des Attentats in dem Steakhaus war. Wow. »Was für ein Witzbold«, sagte ich, »wie pathetisch. Er hat sich dran erinnert, dass es Terroranschläge gibt? Es gibt ein Attentat in seinem Lokal in Tel Aviv, und dann machen sie darüber eine Fernsehsendung?«

»Es gab ziemlich viele Verletzte«, sagte Dutschy.

»In Jerusalem waren es neunzehn Tote, und er wacht plötzlich auf, weil sie auf sein Steak geschossen haben?«

»Schrei nicht«, sagte sie mit leiser Stimme.

»Ich will aber schreien. Das ist eine Schande. Was ist mit Afula, Netania, Chadera, Naharia, Haifa? Nichts. Jerusalem? Nichts. Willst du ein Eis?«

Ich dachte, ich hätte das Häagen Dazs gekauft, aber es war natürlich nicht zu Hause angekommen. Stattdessen lag im Gefrierschrank ein Eisblockrest in grauer Farbe. Max Caspi saß in seinem blöden Steakhaus und redete davon, mit der Routine weiterzumachen und den Terror zu besiegen. »So ein Arsch!«, wütete ich. »Wo ist da Routine, bitte, wo? Was heißt, werden wir besiegen? Wir haben schon verloren. Schon längst verloren. Es gibt keine Menschenseele an diesem Ort außer Sicherheitsleuten!« Dutschy sah mich an: »Krokodil, könntest du dich beruhigen?«

Ich kehrte aufs Sofa zurück. Max Caspi drohte den Terroristen, mit seiner schwarzen Perücke auf dem Kopf und seinen dicken Brillengläsern. »Sie zittern garantiert vor Angst«, sagte ich. »Sie schauen jetzt Max Caspi zu und sagen: ›Wir müssen mit dem Terror aufhören, denn Max Caspi, der zornige Max, droht uns.‹«

Bar und ich kamen langsam und allmählich mit Giora Gueta voran. Bar überprüfte die Telefonnummern der Otto Schneidermänner. Der aus Tel Mond sagte, er habe seit einunddreißig Jahren den Boden von Tel Aviv nicht betreten und würde das bis zu seinem Todestag auch nicht mehr tun.

»Bleiben die zwei Tel Aviver Otto Schneidermänner«, sagte ich zu Bar.

»Ja, obwohl man bedenken muss, dass der eine vielleicht gelogen hat oder dass es noch einen Otto gibt, der nicht im Telefonbuch eingetragen ist.«

»Hast du die Tel Aviver überprüft?«

»Klar. Einer ist Professor für Nuklearmedizin im Ichilov-Krankenhaus. Er wohnt mit seiner Frau in den König-David-Türmen im Norden. Der zweite wohnt in Ramat Aviv. Pensionist der Universität Tel Aviv. Hat ein Buch über Churchill publiziert.«

»Ausgerechnet Churchill?«

»Ja, was weiß ich, was dem sein Ding ist. Er ist Witwer, wohnt allein.«

»Fällt dir was ein, was der Zusammenhang zwischen einem von denen und Giora Gueta sein könnte?«

»Ich habe keine Ahnung«, zuckte Bar die Achseln. »Außer Gueta hätte eine Forschungsarbeit über Churchill gemacht. Oder sich für Nuklearmedizin interessiert.«

Wir saßen im Falafelladen unten. Die schwarze Baseballkappe hing schief auf Bars Glatze. Der Strohhalm seines Saftglases klebte in seinem Mundwinkel. Ich war mitten in meiner zweiten Portion Falafel. »Was ist Nuklearmedizin?«, fragte ich mit vollem Mund.

»Ich weiß nicht. Ich klär das.«

»Okay, aber es ist Medizin. Vielleicht hatte Gueta eine Krankheit, von der er niemand erzählen wollte?«

»Vielleicht«, sagte Bar, »aber ich bezweifle es. Warum sollte er ihn in einem Café treffen und nicht im Krankenhaus? Soweit ich nachgeforscht habe, ist nichts von einer Krankheit bei Gueta bekannt.«

»Dann stecken wir also in einer Sackgasse, wie man so schön sagt.«

»Überhaupt nicht«, erwiderte Bar. »Hab ich dir gesagt, dass ich mit einem Freund von Gueta geredet habe? Chaim. Er war mit ihm beim Militär, er stand in Guetas Telefonverzeichnis, und ich hatte so das Gefühl, er könnte interessant sein.«

»Was hat er gesagt?«

»Dass Gueta ein Killer in Gaza war.«

»Was?«

»In der Armee. Er war bei der Grenzwache. Sie nannten ihn ›Killer‹. Er ritzte zwei X auf seinen Gewehrlauf in dieser Intifada ein. Oder drei. Über das dritte gibt es einen Streit mit einem anderen Killer in seiner Kompanie.« Mir fiel etwas ein: »*Wallah*, bei seinem Begräbnis waren welche von der Grenzwache da.«

»Ja. Chaim und Gueta haben die ganze Laufbahn zusammen gemacht. Haben dort zwei Jahre gedient. Haben viele Abscheulichkeiten gesehen, wie er sagt.«

»Hilft uns das irgendwie weiter?«, fragte ich. Bar rückte seine Baseballkappe zurecht, um der Sonne, die ihm in die Augen fiel, zu entgehen, und stand auf. »Ich weiß nicht, Krokodil. Ich weiß es noch nicht. Es braucht Geduld bei solchen Dingen.« Als wir in die Arbeit zurückkehrten, mailte er mir: Otto Schneidermann = der wissenschaftliche Verdächtige = der mörderische Verdächtige = der verdächtige Historiker.

Meine neue Aufgabe bei Time's Arrow war es, die Leistungsfähigkeit des Spracherkennungssystems zu testen. In den alten Telefonzentralen verschwendeten die Telefonisten im Durchschnitt vierzig Sekunden ihrer Zeit auf jedes Gespräch: Begrüßung, Frage nach Namen und Stadt, Suche im Computer und Vorlesen der Nummer. Mit den Systemen von Time's Arrow wurde teure Zeit gespart, denn das Computersystem ersetzte die Telefonisten am Anfang des Gesprächs (Begrüßung, Name und Stadt) und am Ende (Verlesen der gewünschten Nummer). Auf diese Weise verkürzten sich die Gespräche um zwanzig und noch was Sekunden.

Aber das machten alle, und bei Time's Arrow wollte man, wie Jimmy Rafael sagte, »das Ultimo außer Konkurrenz finden«. Um weitere teure Sekunden einzusparen, entwickelte Time's Arrow das Spracherkennungssystem. Das Ziel war, das komplette Gespräch zwischen dem Kunden und dem Computer durchzuführen. Doch die Identifizierung von Stimmen ist ein kompliziertes Geschäft. Die Leute sprechen verschiedene Sprachen, eine Palette von Akzenten und Dialekten, die das Programm identifizieren muss, mitsamt Artikulationsfehlern und Hintergrundgeräuschen. Je leistungsfähiger die Software der Firma bei der Erkennung dessen war, was ein Anrufer sagte, desto schneller lieferte sie das Ergebnis.

Um das Produkt an jeden Kunden anzupassen, »lehrten« wir das Programm, die lokalen Sprachen und Akzente zu identifizieren. Meine Aufgabe war es, das System einer langen Reihe von Tests zu unterziehen und den Erfolg bei der Identifizierung zu messen. Für einen französischen Kunden zum Beispiel würde ich mir einen Franzosen holen, das System danach mit meiner Stimme testen und mir einen französisch sprechenden Nordafrikaner, Westafrikaner und so weiter suchen. Es war eine einfache Arbeit. Alles, was ich zu tun hatte, war, die Testformulare zu finden, den Test danach durchzuführen und sie auszufüllen.

Wie gesagt, der Firma waren keine Riesenerfolge beschieden, und die meiste Zeit lief die Arbeit in ruhigen Bahnen dahin. Ich arbeitete an dem Produkt, das wir für die Belgier entwickelt hatten, was Tests in Französisch, Flämisch plus sämtliche Akzente erforderte.

Eines Tages, während ich eine Afrikakarte anstarrte, um herauszufinden, wo sich Belgisch-Kongo befand, klingelte das Telefon auf meinem Tisch. »Hallo?«, sagte ich geistesabwesend.

»Krokodil, ich glaube, ich hab was ungeheuer Wertvolles gefunden.«

»Mit wem spreche ich, bitte?«, fragte ich.

»Hier ist Bar, du Idiot.« Wir vereinbarten ein Treffen im Falafelladen unten.

Er war auf eine versteckte Goldmine in Guetas Palm gestoßen. In jedem Palm gab es, neben Adressbuch und Terminkalender, etwas, das »Zettelkasten« hieß. Bar hatte Guetas Zettelkasten, der Einkaufslisten für den Supermarkt und die Liste der Mädchen, mit denen er geschlafen hatte, enthielt, gleich zu Anfang überprüft. Aber es gab in Guetas Palm die Möglichkeit, solche Einträge zu verschlüsseln. Bar fand einen solchen Zettel. Als er ihn zu öffnen versuchte, wurde er aufgefordert, ein Codewort einzugeben. Er tippte »Schuli« ein. Es funktionierte. Der Zettel besagte: *Tamar Sarsur. Obst und Gemüse Amerika. Physiotherapie. Nicht mit dem Bruder verwechseln!*

»Was ist das?«, fragte ich.

»Ich weiß es noch nicht«, antwortete er, »aber lass uns nach Tel Aviv fahren.«

»Warum?«

»Ich glaube, ich weiß, wo der Laden ist. Gehen wir mal schnüffeln.«

Wir gingen die ganze Be'eristraße ab. An der Ecke Weizmann befand sich der Obst- und Gemüseladen mit dem Namen »Obst und Gemüse Amerika«. Wir betraten ihn und sammelten Kirschen, Tomaten und Trauben ein. Dann baten wir den Verkäufer, eine Wassermelone zu halbieren, und sahen ihm interessiert zu. Schwarze Augen. Auf dem Weg zum Auto sagte ich: »Was war das denn?« Bar erwiderte: »Weiß ich nicht.«

»Er ist Araber?«

»Ja. Er heißt Amin.« Ich fragte: »Was bedeutet das?«

»Weiß ich nicht«, antwortete Bar. »Lass mich nachdenken.«

Dutschy war überrascht, das Ost und Gemüse zu sehen, das plötzlich im Kühlschrank gelandet war. »Was ist los?«

»Äh … ich weiß nicht. Ich hatte Lust drauf.«

»Aber ich war gestern im Supermarkt.« Ich zuckte die Achseln. Wir schafften es jedenfalls nicht, die Früchte zu essen. Die Trauben und die Kirschen fand ich nach einigen Wochen verfault und stinkend im Kühlschrank, die Melonenhälfte ereilte ihr Ende bei einer gewaltsamen Begegnung mit der Straße.

36

Der Arzt sagte, wenn ich meinen Rücken nicht für immer ruinieren wolle, müsse ich mit der anstrengenden Arbeit aufhören. Nach vier Tagen ging ich ins Packhaus und redete mit Said. Er war einverstanden, mich als Gabelstaplerfahrer auszubilden, aber er versprach mir keine Arbeit. Und tatsächlich, außer einem Tag, an dem ich einen erkrankten Fahrer vertrat und jede Sekunde litt, da ich die Arbeit nicht kannte, holten sie mich nicht mehr.

Ich begann wieder herumzufragen – in der Moschee und sogar Razal und Wasime. Ibrahim Hasuna, mein Freund vom Packhaus, rief mich eines Abends an. »Fahmi, ich bin im Krankenhaus.«

»Hallo, Ibrahim, was ist los?«

»Meine Frau ist eingeliefert worden. Ihr Blinddarm ist durchgebrochen. Sie muss operiert werden.«

»Oi. Wann ist die Operation?« Ich verstand nicht, wozu er mir das mitteilte.

»Morgen früh. Hör mal, Fahmi, willst du sie bei der Arbeit vertreten, bis sie sich erholt hat? Es wird etwa zehn bis vierzehn Tage dauern.«

»Was für eine Arbeit macht sie?«

»Putzen.« Was habe ich mit Putzen am Hut?, dachte ich.

»Wo?«, fragte ich.

»Im Industriepark von Rosch Ha'ajin.« Bei den Juden. Für sie putzen. Klang nicht attraktiv. »Hallo?«, sagte Ibrahim.

»Ja, Augenblick … lass mich darüber nachdenken.«

»Was gibt es da nachzudenken?« Er hatte recht. Ich konnte

nicht putzen. Ich mochte die Juden nicht. Aber es war immer noch besser, als zu Hause zu sitzen und mich selbst zu bemitleiden. Ich brauchte Geld.

»Muss man da schwere Sachen hochheben?«, fragte ich.

»Ist ein Besen schwer?«, entgegnete er.

»Was ist mit Papieren? Ich habe keinen israelischen Ausweis.«

»Sie kontrollieren nicht. Du musst nur vor acht Uhr abends aus dem Park draußen sein.«

»Sicher?«

»Auch meine Frau hat keinen Ausweis. Entscheide dich, Fahmi, ich muss zu ihr zurück.«

»Ich mach's«, sagte ich.

Von wem ist dieser Geruch? Bist du das, Rana? Ich liebe diesen Geruch …

»Guten Morgen, Fahmi. Wie war das Wochenende? War Besuch da?«

Ah, Swet … ich weiß nicht … war einer da?

»Ich hoffe, es macht dir nichts aus. Ich habe deine reizende Freundin gefragt, was für ein Parfüm sie hat. Ich sehe deine Nasenflügel. Ich sehe, du magst es. Du liebst meinen Geruch jetzt, Fahmi. Ich wollte nur, dass es angenehm für dich ist. So, lass mich dich umdrehen für die Massage. Es ist komisch, dieses Wochenende habe ich zum ersten Mal darauf gewartet, dass die Woche endlich wieder anfängt …«

Viel Lärm ringsherum … ich treibe …

»Ich habe in der Zeitung von dir gelesen. Von Krokodil. Von deinem Bruder … ich glaube nicht alles, was sie über dich sagen, ich glaube deiner Schwester. Sie hat mir gesagt, dass du ein guter Mensch bist, dass das alles die Schuld anderer war. Krokodil …«

Das Krokodil … ja. Ein netter Typ … der Strand … ich sehe den Strand, aber ich kann ihn nicht erreichen …

»Lächelst du wegen deiner Gedanken oder wegen der Massage? Komisch, wie ich darauf gewartet habe … haha …«

»Du willst den Juden dienen?« Ich stellte mir vor, Bilals Stimme zu hören. Wo war er? War er tot? »Du gehst bei den Juden dienen, ha?« In seinen Augen lag der Hass, den ich so gut kannte, und auch Enttäuschung. »Dafür haben wir so schwer gearbeitet? Damit du hingehst und ihnen die Büros putzt wie ein erbärmlicher Dienstbote?«

»Ich diene niemand. Ich habe sie besiegt. Ich bin stärker als sie, sie sind Feiglinge. Ich nehme nur ihr Geld, das ist alles.«

»So beherrschen sie uns, indem sie uns von ihrem Geld abhängig machen.«

»Du hast leicht reden, aber wie soll ich bitte leben?«

»Glaube. Studiere den Islam, geh in die Moschee, und Allah wird dir helfen. Was meinst du, wie ich all die Jahre gelebt habe?« Ich antwortete nichts. Obwohl ich wusste, dass er nicht wirklich da war, wollte ich nicht zu ihm sagen, dass ich nicht war wie er, ich wollte nicht von Allahs Wundern leben.

Ich wartete nach dem ersten Morgengebet an der Moschee und stieg in einen Minibus voller Bauarbeiter ein. Nach einer kurzen Fahrt tauchte der Industriepark auf. Wir verließen das Dorf auf der Hauptstraße, fuhren auf der breiter werdenden Straße weiter, passierten ein Tor ohne Kontrolle, und schon waren wir da: ein Straßenrechteck, Einbahnstraße, daneben Gebäude. An einem Neubauskelett hielt der Minibus und spuckte die lärmenden Arbeiter aus. »Bist du der Ersatz für Zahra?« Ich bestätigte es dem Fahrer. Er fuhr weiter, an ein paar neuen Gebäuden vorbei, und blieb stehen.

»Du hast ein paar Aufgaben«, sagte er. »Erstens, dieses Restaurant.« Wir standen neben einem Gebäude nahe dem Parkeingang, in dem sich ein paar Lokale befanden. Er deutete auf eines davon, zog einen Schlüsselbund aus seiner Hosentasche und winkte mir, ihm zu folgen. »Das Restaurant öffnet so gegen elf«, sagte er. »Du hast zwei bis drei Stunden Zeit, es vorher sauber zu machen.« Er zeigte mir, wo die Reinigungsutensilien und die

Geräte waren, erklärte mir, was ich putzen sollte. »Um elf kommt Samson Almozlino, der Besitzer, und entlässt dich.« Ich nickte. Am Ende des Gebäudekomplexes war ein winziges Lokal, eine Falafelbude. »Um elf gehst du von Samson aus da hin. Kurze Reinigung, halbe Stunde.«

Bilal hat recht, dachte ich. Was mache ich hier? Gehe ich wirklich den Juden die Klos und die Falafelbude putzen? Irgendwie gestört. Aber ich schwieg.

»Nach dem Falafel kannst du eine Pause machen, aber sei vorsichtig. In dem Gebäude von Orange« – der Fahrer deutete auf den großen, neuen rosa-orangefarbenen Steinbau der Telefongesellschaft – »gibt es bewaffnete Wachleute, die nach Arabern suchen. Sie haben schon ein paar festgenommen.« Er maß mich mit einem langen Blick. »Und die Grenzwache treibt sich manchmal hier rum und sucht Illegale. Mich interessiert nicht, wer du bist, du bist nur ein vorübergehender Ersatz für Zahra. Aber ich gebe dir den Rat, vorsichtig zu sein.« Ich gab ihm keine Antwort. Er wandte sich in die entgegengesetzte Richtung von Orange. »Um drei kommst du hierher.« Wir hatten einen weiteren Neubau erreicht. Er holte eine Karte aus seiner Tasche und gab sie mir. »Du brauchst das, um reinzukommen.« Wir gingen hinein, und er wechselte ein paar Worte mit dem Wächter, der mich anblickte und uns beiden dann winkte, hineinzugehen. Wir stiegen in den dritten Stock hinauf, und eine zweite Karte öffnete die Tür des Büros. Er erklärte mir die Arbeit. »Erinnerst du dich an alles?«, fragte er. »Du schaust aus, als hättest du einen Schock.«

»Nein, alles in Ordnung. Ich erinnere mich an alles.«

»Es gibt noch einen Platz zu putzen«, sagte er. Wir gingen in ein nächstes Gebäude, wieder ein Sicherheitsmann, Karte, Büro. »Wenn du hier fertig bist, wartest du um halb acht unten auf mich, ja? Oder sogar schon ein paar Minuten früher. Ab acht steht ein Wächter am Parkeingang, der Ausweise kontrolliert, wir wollen also vorher draußen sein, ja?« Ich nickte. »Um wie viel Uhr wartest du unten auf mich?«, fragte er noch mal.

»Um halb acht.«

Er blickte mich an: »Du scheinst mir aber echt einen Schock zu haben.«

»Ich habe keinen Schock«, erwiderte ich. Noch ein Wort von Schock, und ich würde ihn in einem der Gebäude seiner jüdischen Firmen begraben.

»Nimm dich vor den Wächtern von Orange in Acht«, sagte er, »und wenn es dunkel wird, vor den Patrouillen des Sicherheitsdienstes von Rosch Ha'ajin. Und vor der Grenzwache.«

Er brachte mich zurück an den Ausgangspunkt, Samsons Restaurant. »Weißt du noch alles?«, fragte er wieder. Ich hoffte schon. Ich sagte: »Ja, keine Sorge.«

»Hast du noch Fragen?«

»Wie viel kriege ich?«

»Ich dachte, sie hätten es dir gesagt. Zweihundert Schekel pro Tag, bar, wenn ich dich am Abend in Kafr Qasim absetze.« Er drehte sich um und öffnete seinen Minibus mit einem Pfeifen der Fernbedienung. »Viel Erfolg.«

»Sie stehen nicht mehr draußen. Sie sind müde geworden. Dieser Bericht in der Zeitung war interessant, aber mir scheint, sie haben dich jetzt vergessen. Sie haben geschrieben, dass sie Krokodil herbringen wollen, um dich zu besuchen. Das hätte nett sein können ... Aber man sagt, er wird nicht kommen ... er redet mit überhaupt keinem mehr ...«

Das Krokodil? Ist er noch ...

»So. Die Massage ist zu Ende. Wir drehen dich um, Vorsicht mit den Schläuchen, erinnerst du dich, welche Schläuche?«

Ein Schlauch für die Luft, ein Schlauch für den Urin ...

»Ich komm in zwei Stunden wieder zurück, mein Schatz ...«

Ich dachte, ich würde einen Tag dort bleiben, aber zu guter Letzt arbeitete ich zwei Wochen dort, bis Zahra wieder gesund war und zurückkehrte. Es war keine schwere Arbeit, denn es gab tagsüber

Pausen. Mein Rücken gab am ersten Tag ein paar besorgniserregende Signale von sich, aber danach machte er keinen Mucks mehr. Ich sparte einen Teil des Geldes, denn ich hatte nicht viele Ausgaben. In der Früh aß ich, obwohl es mir verboten war, etwas aus dem Kühlschrank des Restaurants. Mittags bekam ich Falafel. Die Mittagspausen verbrachte ich normalerweise mit einem Nickerchen in einem Gebäude, in dem die anderen Arbeiter aus Kafr Qasim arbeiteten. Es gab dort einen Raum mit einem Bretterboden, auf dem Decken lagen. Es machte ihnen und den Rumänen, die mit ihnen zusammenarbeiteten, nichts aus, wenn ich mich dort ausruhte.

Die leichteste Arbeit war die in der High-Tech-Firma. Es waren schöne, saubere Büros. Teppiche saugen, die Küchennische reinigen, Geschirr spülen, Abfall ausleeren und Müllsäcke auswechseln. Ich hatte zwei Stunden dafür zur Verfügung, aber eine genügte lässig. Ich liebte die Büros: Die Mädchen waren hübsch und lächelten; in den Küchennischen gab es Begele und Kekse; die Toiletten waren neu. Jeden Abend nach Arbeitsschluss räumte ich die Putzutensilien weg, betrat die kleinen Toiletten, die zu dieser Zeit niemand mehr benutzte, und schiss lange und befriedigend.

Ich hatte wieder einen geregelten Tagesablauf. Von der Fahrt am Morgen bis zum abschließenden Scheißen, von den Restaurants zu den High-Tech-Büros, vom Besen zum Staubsauger, von Samson und Ezra zu den lächelnden Mädchen. Ich kehrte kurz nach halb acht ins Dorf zurück, bekam die zweihundert Schekel, kaufte mit zwanzig davon Schawarma und Cola an der Hauptstraße, und den Rest behielt ich in der Tasche. Hin und wieder saß ich noch mit Arbeitern, die mit mir zurückfuhren, in der Schawarmabude, und manchmal traf ich Freunde. Aber meistens ging ich heim. Ich mochte die Ortsansässigen mit ihren Blicken nicht, die uns sagten, setzt euch nicht hierher, ihr elendes Flüchtlingspack. Als ob sie uns einen Gefallen täten, die Fettsäcke mit den weißen Haaren, den Gebetsketten, dem Backgammon und dem stinkenden Tabak. Sollten sie sich eingraben lassen mit ihren israelischen Ausweisen und ihren israelischen Freunden, die sie genauso hassten und töteten wie uns.

Die Wandlung vom großen Widerstandskämpfer zum letzten Dienstboten war erniedrigend und schwierig, aber ich blieb. Ich sagte mir, dass ich nicht für die Juden arbeitete, sondern für Samir. Dass wir Geld von ihnen nahmen und es in palästinensische Hände weitergaben. Ich machte für mich kleine, eigenständige Handlungen, um mich davon zu überzeugen, dass ich mein eigener Boss war – nahm mir Essen und Getränke aus den Küchen, Stifte von den Schreibtischen. Einmal sah ich ein Gerät, einen kleinen Computer, auf dem Tisch. Ich nahm ihn in die Hand, drückte auf die Knöpfe, streichelte das orangefarbene Plastik. Fast hätte ich ihn mitgehen lassen.

Ich stellte mir meinen Bruder vor, wie er verächtlich sagte, dass ich wieder mal darauf beharrte, das Glas halb voll zu sehen, aber es war in Ordnung dort. Sollte er doch sagen, dass ich ihnen diente, sollte er sagen, dass ich nichts zum Kampf beitrug. Was machte er denn? Wo war er überhaupt? Ich hielt das Glas in der Hand und entschied, welche Hälfte ich betrachten wollte. Ich arbeitete für sie, aber ich erinnerte mich daran, wer sie waren. Ich sah die Wachleute, die Soldaten, wie sie die Arbeiter und mich alle anschauten, wenn wir unter uns Arabisch redeten oder einfach nur so zusammen waren. Es gab liebenswürdige Menschen, aber ich achtete streng darauf, nicht anzufangen, sie zu mögen, die Grenze nicht zu überschreiten.

Ich überschritt diese Grenze ein Mal, in dem Büro, in dem ich meinen Arbeitstag beendete. Es war gegen Abend, und die meisten Angestellten waren gegangen. Es war still, außer dem Summen der Computer und Musik aus einem der entfernten Zimmer. Ich aß ein paar Kekse und trank einen Kaffee in der Küchenecke, und dann ging ich in den angrenzenden Raum. Ich hob zerknülltes Papier vom Boden auf, warf es in die Eimer, wechselte die Mülltüten aus. Ich sammelte die benutzten Kaffeegläser von den Tischen ein, und dann sah ich wieder dieses orangefarbene Gerät. Ich hob es wieder aus seiner Schale und drückte auf die Knöpfe.

»Du kannst ihn haben«, hörte ich eine Stimme hinter mir. Ich drehte mich entsetzt um.

»Was?«

»Du kannst ihn mitnehmen.« Vor mir stand ein junger Mann. Ein gewöhnlicher Israeli, mit der großen Nase der Israelis, ich hatte ihn ein paar Mal im Büro gesehen. Aber jetzt, als er direkt vor mir stand und redete, als ich die Stimme mit dem Gesicht verband, wusste ich plötzlich, wer er war. Ich kratzte mein eingerostetes Hebräisch aus den Tiefen meines Gehirns zusammen und sagte: »Ja?«

»Ja. Mir ist aufgefallen, dass du ihn immer anschaust. Du kannst ihn haben. Aber er funktioniert nicht.« Ich blickte auf das orangefarbene Gerät. Tat er das, um mich zu erniedrigen? Ich sagte: »Danke«, und steckte das Ding in die Hosentasche. Dann sah ich ihn weiter an.

»Was ist?«, fragte er. »Ich muss an meinen Schreibtisch zurück. Würd's dir was ausmachen?« Ich trat zur Seite und entschuldigte mich. Als er sich auf den Stuhl setzte, drehte ich mich um, um vor ihm zu stehen.

»Was ist?«, fragte er wieder von seinem Stuhl aus. »Du hast den Palm gekriegt. Was ist jetzt?«

»Nichts. Danke«, sagte ich und drehte mich um. Ich spürte seine Augen bohrend in meinem Nacken. Ich dachte weiter an ihn auf dem Nachhauseweg und an jenem Abend. Diese Sendung der *Arche Noah* war vor ein paar Monaten gewesen. Ich erinnerte mich, dass er einen besonderen Namen hatte, Tommy Museri hatte ihn die ganze Zeit wiederholt. Und mit ihm im Paar (»Paare, Paare!«, brüllte das Publikum) war irgendeine dämliche Kuh, eine Soldatin oder so was. Ich legte den Palm auf das Regal, betrachtete ihn, versuchte, mich an die Sendung zu erinnern. Das war das erste Mal, dass ich jemand in echt sah, der in der *Arche Noah* aufgetreten war. Schade, dass er so ein Scheißkerl war, nicht dass ich von einem Juden etwas anderes erwartet hätte.

Nicht dass ich von einem …

»Nu, Swetlana?«

»Nu, Doktor Hartum, es tut sich nichts. Immer das Gleiche, schon seit Wochen, er wird so bleiben, nicht wahr?«

»Wir werden es bald wissen. Demnächst sollte der Punkt kommen, an dem sich herausstellt, welche Richtung er einschlägt.«

»Besteht eine Chance, dass er es übersteht?«

»Es besteht für alles eine Chance …«

37

Dutschy hatte genug. Und ich denke auch, dass sie einen anderen hatte. Sie hatte gehofft, wir könnten zu dem, was vorher war, zurückkehren, aber das taten wir nicht, und nach ein paar Monaten war sie an der Schwelle, an der Schwelle … Danach kamen die Anschläge. Sie verstand, dass ich etwas Schweres durchgemacht hatte, sie ließ mir Zeit. Wollte helfen. Sie half auch, denke ich. Sie akzeptierte alles mit Verständnis, unterstützte mich. Die Fahrten nach Jerusalem jede Woche. Die schlaflosen Nächte, die Gereiztheit und der Konzentrationsmangel, die Bar Barabusch. Selbst mein ätzendes Benehmen steckte sie weg, denn sie glaubte, das sei nicht das echte Krokodil. Sie nahm den Abstieg in der Arbeit und die Gehaltsreduzierung hin. Das lange Schweigen. Die Besessenheit mit Bar und Schuli, die im Koma lag. Sie versuchte, nicht zu richten. Ausgerechnet Ori, ihr Psychologe, der immer gemeint hatte, sie müsse mich verlassen, sagte zu ihr, sie solle nachsichtig sein. Sie wandte sich an Ilan, den Moderator der Jerusalemer Mittwochsgesprächsgruppe. Er erklärte ihr, wie schwierig es für mich sei, ich hätte Defensiven und Bewältigungsangst. Er dachte, dass sie und mein ganzes Umfeld mir Wärme, Verständnis und Schutz geben müssten. Ich sollte, sagte er, mein Leben möglichst genauso weiterleben wie zuvor. Also versuchte sie es. Sie litt, sorgte sich, es gab Tage, da reichte es ihr, und sie hasste mich. Aber dann empfand sie Schuldgefühle, deswegen und weil sie so mit ihrer Arbeit beschäftigt war. Es war die schrecklichste Periode in ihrem Leben, und sie hasste sich und mich mit jedem Tag, der vorüberging, und nun wusste sie nicht mehr, was sie tun sollte, doch sie wusste, so konnte sie nicht weitermachen. Sie glaubte nicht, dass sich die Dinge ändern würden. Das war der Punkt. Unter uns, schon seit dem elften September – Streichung der Hochzeit, Tod ihrer Mutter – hatten wir nicht einmal miteinander geredet. Über die Hochzeit, über die Beziehung. In den letzten Wochen hatte sie die Hoffnung verloren. Sie sei die unwichtigste Sache für mich, behauptete sie. Sie und unser Zuhause. Ich beachte sie nicht, frage sie nichts, es sei mir egal, wie es ihr ging, ich mache überhaupt nichts daheim.

Ich erwähnte, dass ich vor ein paar Tagen Früchte und Gemüse gekauft hätte. Ich ging zum Kühlschrank, holte die halbe Wassermelone heraus und fragte: »Was ist das?« Sie weinte nur, hatte während ihrer ganzen Rede geweint, und wiegte den Kopf. »Was ist das«, fragte ich, »wenn nicht was für daheim?« Sie antwortete nicht. »Was??«, brüllte ich. »Ich höre nichts.« Ich ging zum Balkonfenster, das auf die Straße hinausging, und schleuderte die halbe Melone hinaus, drei Stockwerke tief hinunter aufs Pflaster. »Und?«

Sie sagte: »Es tut mir leid, Kroko, es tut mir so leid. Aber ich kann nicht mehr.« Sie schluchzte hart, holte tief und gepresst Luft. Sie drehe durch, sagte sie. Sie habe es echt versucht, aber es ändere sich nichts. Ich könne im Moment nichts mit Partnerschaft anfangen. Mit einem Beziehungssystem. Ich sei nicht fähig, der Verantwortung und der Mühe standzuhalten, die damit verbunden seien. Vielleicht würde mir ein Schock helfen. Der Trennungsschock. Sie hoffe, ich würde mich wieder fangen. Sie verspreche, mir noch eine Chance zu geben, wenn das der Fall sein würde, falls das der Fall sein würde. Aber vorläufig nehme sie Abstand.

Ich war überrascht. Sie hatte mir immer gesagt, dass sie keinen ihrer Freunde je verlassen habe, sogar wenn sie es wollte. Sie sei unfähig zu verlassen. Sie habe zu viel Mitleid. Doch ich erinnerte sie nicht daran.

»Hast du einen anderen?«

»Nein, wieso denn?«

»Ist es Ilan?«

»O Gott, wieso? Um Gottes willen, nein. Es gibt keinen anderen, Kroko, ich schwör's dir, darum geht es überhaupt nicht. Hast du bei allem, was ich gerade zu dir gesagt habe, nicht zugehört?«

Ich glaubte es nicht. »Großer Gott, diese Haare, so lang! Und oben wird er kahl. Und er ist dick! Du sagst immer zu mir, ich soll auf meinen Bauch achten, ich sehe aus wie im dritten Monat – er ist im sechsten! Und dieses Bärtchen, du lieber Gott, ich dachte, du erträgst keine Gesichtsbehaarung. Wie kannst du nur?«

»Krokodil, ich bitte dich. Schluss. Ich habe nichts mit Ilan oder irgendjemand anders. Warum kannst du nicht bei der Sache bleiben?« Sie brach in eine weitere Welle von Schluchzern aus.

Ich stand da und blickte sie an. Ich bin sicher, auf meinem Gesicht lag ein Ausdruck von Ekel. Ilan. Ich glaubte es nicht. Wie tief kann man sinken. Doch ich sagte nichts.

Sie starrte einen fernen Punkt an der Decke an, ihr Gesicht war verzerrt und geschwollen vom Weinen. »Sag was«, bat sie.

»Irgendwas«, sagte ich. Vieles ging mir in diesem Moment durch den Kopf, aber an mein Gefühl erinnere ich mich: Ein riesiger Stein fiel mir vom Herzen.

Ihr großer Abschiedsmonolog hatte wegen einer harmlosen Frage von mir begonnen. Ich fragte sie nach Elvis, unserem Putzmann. Ich fragte sie, an welchem Tag er käme. Sie sagte, am Dienstag. Und dann fügte sie hinzu, früher hätte ich mich an solche Sachen erinnert. Hatte sie organisiert. Hatte ihr ein bisschen im Haushalt geholfen. Danach fragte ich sie, woher er sei. »Irgendwo aus dem Süden der Stadt«, antwortete sie, »oder nicht? Alle Fremdarbeiter wohnen dort, denke ich.«

»Nein, aus welchem Staat?«

»Ach so. Ich weiß nicht mehr. Vielleicht Ghana?«

»Ghana«, sagte ich, »in welchem Teil Afrikas ist das?«

»Ich weiß nicht.«

»Ist das neben dem Kongo?«

»Der Kongo ist doch in der Mitte, oder? Ich weiß nicht.«

»War Ghana die Kolonie von irgendeinem Staat?«

»Ich weiß es nicht! Warum stellst du mir diese ganzen Fragen? Ist das wichtig fürs Wohnungsputzen?«

»Nein«, antwortete ich, vielleicht eine Spur zerstreut, vielleicht eine Spur gleichgültig, eine Spur, ohne sie zu beachten, »aber ich brauche was für die Arbeit. Ich brauche Französisch und Flämisch mit afrikanischem Akzent.«

Das war es, was bei ihr die Sicherung durchbrennen ließ. Es störte sie, dass ich nur an die Arbeit und an meinen persönlichen Blödsinn dachte. Dass mir die Wohnung egal war, angeblich. Dass sie mir egal war, dass mir alles egal war.

Elvis half mir am Ende. Er war Nigerianer, wobei Nigeria eine britische Kolonie war, so dass er weder Flämisch noch Französisch konnte. Er hatte jedoch einen Freund aus dem Kongo namens Clinton, der beides konnte. Clinton kam eines Tages zu Time's Arrow und testete unser Spracherkennungssystem einige Stunden lang. Ich erhielt von den Belgiern eine Liste mit Namen, die Clinton mit seinem Akzent aussprechen sollte.

Clinton war glücklich über die fünfhundert Schekel, die er am Ende des Arbeitstags bar auf die Hand erhielt, und er half mir anschließend dabei, einen vietnamesischen Chinesen in seinem Viertel in Süd-Tel-Aviv zu finden. Danach hatte ich nur noch einen letzten Akzent von der Liste zu testen, die mir die Belgier übermittelt hatten. Ich hob ihn mir bis zum Schluss auf, denn ich dachte, es wäre ganz einfach, so jemand in Kafr Qasim oder sogar im Industriepark selber zu finden – ich brauchte jemand, der Arabisch sprach.

»Beim letzten Mal, als Araber in deiner Gegend waren, ist das aber nicht gut ausgegangen«, zwinkerte mir Gaj zu, als wir bei unserer wöchentlichen Besprechung saßen. »Hoffen wir, dass es diesmal produktiver wird. Überprüfe, wen du dir herholst, mit Argusaugen, Papiere, alles.« Gaj war ein glühender Anhänger der nationalreligiösen Partei.

Bar trieb die Ermittlung Gueta energisch voran. Nachdem Dutschy das Haus verlassen hatte (einen Tag nach dem Geschrei und den Tränen, mit der freundlichen Hilfe ihres Bruders Wuwy und ihres Vaters, Noam Ne'eman, der mich zur Seite zog und sagte, es tue ihm leid, er verstehe nicht, was mit seiner Tochter in der letzten Zeit los sei – und Ilan wagte es zu seinem Glück nicht, seine Visage sehen zu lassen), wurde die Zeit, die wir der Ermittlung widmeten, sogar noch ausgedehnter. Wir verwandelten meine Wohnung in ein Hauptquartier (in der Barabusch-Bar konnten sie sich nicht erklären, wo wir geblieben waren) und verbrachten Stunden auf dem Sofa vor dem leise gestellten Fernseher, unter der lärmenden Klimaanlage, mit der Analyse der Ereignisse.

Bar nahm sich den elektronischen Notizzettel aus Guetas Palm wieder vor: *Tamar Sarsur. Obst und Gemüse Amerika. Physiotherapie. Nicht mit dem Bruder verwechseln!*

Er kam nicht weiter in dem Gemüseladen, also beschloss er, eine andere Zeile des Zettels unter die Lupe zu nehmen – Physiotherapie. Dieses Wort lieferte Diskussionsmaterial für einen ganzen Abend. Wir bemühten das Internet, Enzyklopädien, Branchenverzeichnis. Wir gingen sämtliche Physiotherapeuten im Bereich der Jehuda-Hamaccabi-Straße durch (dort hatte das Treffen zwischen Gueta und Otto Schneidermann stattgefunden), und danach die Liste in der ganzen Umgebung der Be'eri-Straße. Bar telefonierte sie am nächsten Tag durch, fragte alle, ob ihnen der Name Giora Gueta etwas sagte. Es gab einen, dem der Name bekannt vorkam, doch er fand keinen Eintrag in seinem Patientenregister. Als Bar jedoch das nächste Mal in den Gemüseladen in der Be'eristraße ging, traf es ihn wie ein Blitz. Er gab sich selbst eine Ohrfeige. Das riesige Gebäude stand direkt vor ihm. Das Krankenhaus. Ichilov. Garantiert gab es dort eine Abteilung für Physiotherapie.

Er rückte die abgewetzte Baseballmütze auf seinem Kopf zurecht und ging hinein. Es war ein besonders heißer Tag, und die Klimaanlage empfing ihn wohltuend. Mit einer Wasserflasche in der Hand wanderte er durch die Korridore des Krankenhauses, die Stockwerke hinauf und hinunter, passierte Gebäudetrakte, bis er die physiotherapeutische Abteilung im Erdgeschoss des Hauptgebäudes fand. Die Abteilung hatte eine Rezeption und weiter hinten im Gang ein Wartezimmer. Die Physiotherapeuten kamen jedes Mal ins Wartezimmer, um ihren nächsten Patienten aufzurufen. Bar warf einen Blick auf seine Uhr. Kurz nach halb zehn. In Kürze würde er in sein Auto steigen müssen, ein silberfarbener Renault Mégane mit dem Aufkleber »Time's Arrow – jede Sekunde zählt«, um in die Arbeit zu fahren. Er konnte die Physiotherapeuten vom Wartezimmer aus nicht sehen, und außerdem wusste er nicht, was er eigentlich suchte. Noch eine Sackgasse, dachte er im Stillen. Diese Detektiv-Story ist nichts für mich. Anscheinend bin ich nicht dafür gemacht. Oder Agatha Christie hat sich das einfach aus den Fingern gesogen, und die Bücher und Filme sind ein einziger großer Betrug – im Leben gibt es keine echten Hinweise.

Ein Physiotherapeut steckte seinen Kopf heraus und rief den Namen Mor Schimon. Niemand meldete sich. Zwei Minuten verstrichen. Der Physiotherapeut kam noch mal ins Wartezimmer und rief den gleichen Namen. Wieder antwortete kein Mor Schimon. Das war die Gelegenheit, beschloss Bar. »Ja, das bin ich«, sagte er und stand auf. Drei Jahre vorher hatte er in einem Skiurlaub sein Knie verdreht und einige Monate Physiotherapie gemacht. Es würde ein Leichtes sein, etwas vorzutäuschen, dachte er – er würde jene Verletzung, die Schmerzen und die Reaktionen rekonstruieren. »Das sind nicht Sie«, erwiderte der Physiotherapeut, »ich weiß, wer Mor Schimon ist.« Der peinlich gedemütigte Bar drehte sich um und zog übertrieben hinkend seines Weges. Als er die Rezeption passierte, sah er an der Wand eine Liste der Physiotherapeuten. Einer der Namen zog seine Aufmerksamkeit auf sich: Tomar Sarsur.

»Kann ich helfen?«, fragte die Angestellte.

»Ist Tomar da?«, entgegnete er. Sie sah im Computer nach.

»Nein. Morgen früh wird er da sein.«

Jener Abend verging in gespannter Erwartung. Am nächsten Tag standen wir früh auf und fuhren zum Krankenhaus. Es war der erste Besuch in einem Krankenhaus seit meinem letzten Mal im Hadassa, und die Gedanken an Schuli stürzten auf mich ein, machten mich schwach. Bar führte mich zur physiotherapeutischen Abteilung. Als wir ankamen, wurden wir vom Anblick Amins aus dem Obst- und Gemüseladen überrascht. »*Ahlan*, Amin, was machst du denn hier?«, fragte Bar.

»Ich bin nicht Amin«, sagte Amin. Erst da fiel uns auf, dass er Pflegerkleidung trug. »Ich bin Amins Bruder.« Bar sah sich das kleine Schildchen auf seiner Brust näher an. Anschließend studierte ich es aus der Nähe. Dort stand: »Tomar Sarsur« und mit kleineren Buchstaben darunter: »Physiotherapie«.

»Aha«, sagte Bar verblüfft, »was für ein Ding!«

»Ja«, antwortete er, »alle sind ganz begeistert. Nu, jetzt sag, dass du ein Kilo Tomaten möchtest, und dann Schluss damit. Und danach gehst du zu Amin und bittest ihn um eine Rückenmassage. Sehr lustig. Du bist dann bloß Nr. 2500, die diesen Witz macht.«

»Nein, nein«, entgegnete Bar. »Nein, wieso denn«, sagte ich. Bar sagte: »Nein, es ist bloß verblüffend, wie ähnlich ihr euch seht. Seid ihr Zwillinge?«

»Nein«, antwortete der Bruder. »Seid ihr zur Physiotherapie da? Wer von euch? Wie heißt der behandelnde Arzt?« Wir standen verlegen vor ihm. Bar fasste sich als Erster. »Kennst du Giora Gueta?«, fragte er.

»Ich?«

»Ja, du.«

»Warum sollte ich so jemand kennen?«

»Ich frage bloß.«

»Wie war der Name?

»Giora Gueta.«

»War er hier in Behandlung?«

»Ich weiß nicht.«

»Kenne ich nicht. Warum sollte ich ihn kennen?« Tomar ließ seinen Blick von mir zu Bar wandern. »Wer seid ihr?«

»Wir sind Freunde von ihm. Wir dachten, du kennst ihn vielleicht.« Tomar sah uns neugierig an, und dann sagte er: »Tut mir leid, ich muss arbeiten.« Er drehte sich um und ließ uns stehen. Ich steckte meine Hände in die Hosentaschen, Bar rieb sich nervös seine rötlichen Bartstoppeln.

Wir drehten uns auch um und gingen langsam durch das Krankenhaustor hinaus. »Moment mal«, sagte ich, »wenn das Tomar ist, wer ist dann Tamar?«

Bar sagte: »Komm, wir gehen zu Amin.«

Die Ähnlichkeit war extrem: die gleiche Nase, die gleichen schwarzen Augen und langen Wimpern. Dasselbe, nach einer Seite gezogene Lächeln. Es war ein heißer, ruhiger Morgen ohne viele Kunden, und Amin war gut gelaunt. Er erklärte, dass Tomar eigentlich Tamar war, seinen Namen in der Arbeit jedoch israelisch abgeändert hatte, damit die Patienten keinen Stress machten. Alle dachten, sie seien Zwillinge, und verwechselten sie, wenn sie sie zusammen sahen oder wenn Tamar im Geschäft arbeitete, weil Amin ihre Mutter besuchen fuhr.

Wir fragten, wo seine Mutter wohnte. Sie wohnte nirgends mehr, sagte er, sie war schon tot, aber als sie krank war, hatte Amin viele Tage bei ihr verbracht. Tamar wollte nicht mitfahren, er hatte den Kontakt abgebrochen. Wir fragten nach, wo seine Mutter gewohnt habe. In Kafr Qasim, antwortete er. Sie seien schon seit vier Jahren in der Stadt. Tamar war Pfleger im Ichilov, Amin hatte vor zwei Jahren den Laden aufgemacht. Sie hatten zusammen eine Wohnung in der Weizmannstraße gemietet.

Auch Amin wusste nicht, wer Giora Gueta war. Er erschien uns beiden aufrichtig, soweit wir das beurteilen konnten.

Wir hatten Fortschritte gemacht, doch nun steckten wir fest. Wir wussten von einem Treffen mit Otto Schneidermann, den wir noch nicht gefunden hatten. Wir hatten Tamar Sarsur ausfindig gemacht und verstanden nun die Zeile: »Nicht mit dem Bruder verwechseln!« Doch diese beiden Enden des Fadens, der Giora Gueta mit Tel Aviv verknüpfte, waren weder klar, noch schienen sie miteinander in Verbindung zu stehen. Ich schlug Bar vor, Elmaz einzuschalten, aber er sagte, Elmaz würde höchstens über uns lachen.

Ein paar Tage verstrichen ereignislos. Wir konzentrierten uns beide auf die Arbeit, und es schien, als hätten wir einen Gang zurückgeschaltet. Als Bar aufhörte, abends zu mir zu kommen, fiel mir auf, dass ich allein war. Ich fragte mich, wo Dutschy war, was sie machte. Ich sehnte mich nach ihr, und ganz langsam begriff ich, wie sehr ich sie liebte, wie viel ich verloren hatte. Ich ertappte mich dabei, dass ich an die Wand starrte und mich an einen Witz erinnerte, den ich ihr erzählt, irgendeine Verrücktheit, die ich gemacht hatte, und wie sie vor Lachen platzte und mich Blödmännchen nannte.

Ich rief Muku an, aber er war beschäftigt. Gadgid konnte sich nicht freimachen. Ich ging in die Barabusch-Bar und aß einen Kannibalen. Es waren viele hübsche Mädchen da, und es deprimierte mich, allein zu sein mit meinem Hamburger, also kehrte ich schleunigst nach Hause zurück. Ich rief Uzi Bracha von der Gesprächsgruppe an. Er erzählte, dass Na'ama, die schöne Na'ama, die ihren Mund nicht zukriegte, nach mir gefragt habe. Sie hatte sich von ihrem Freund, dem Bergkletterer, getrennt. Also rief ich sie an. Das Gespräch brachte mir ihre und meine Lage, eigentlich von allen in der Gruppe, in Erinnerung. Es war zu deprimierend. Wir vereinbarten, uns zu treffen. Ich rief nicht wieder an.

Eines Abends in der Arbeit, als die meisten Angestellten von Time's Arrow schon gegangen waren (ich fing an, die Arbeitszeit wieder zu verlängern, da ich daheim nichts anzufangen wusste), kam Bar herein und holte mich zu sich ins Zimmer. Auf seinem Gesicht lag ein Ausdruck, den ich als stark aufgeregt interpretierte.

Der Bildschirm seines Computers zeigte eine geöffnete Hotmail. Die Standardanordnung: in einer Spalte die Namen der Absender, in der zweiten die E-Mail-Adressen und eine dritte mit Datum und Uhrzeit.

»Hotmail«, sagte ich zu Bar, »ja und?«

»Schau mal, von wem«, erwiderte er und deutete auf die Stelle des Bildschirms, an der die Adresse des Kontoinhabers auftauchte. Ich kniff die Augen zusammen und näherte meinen Blick, bis ich fast mit der Nase anstieß. An der Stelle hinter Bars Finger, hinter dem Bildschirmglas, inmitten der farbig tanzenden Materie, stand in Blau auf weißem Hintergrund folgende Adresse: gioragueta@hotmail.com.

»Giora Gueta?« Bar lächelte befriedigt.

»Wie das?«, fragte ich.

»Ein Glückstreffer. Ich hatte ein bisschen Zeit, also fing ich an herumzuspielen. Um ehrlich zu sein, ich bin ein Vollidiot. Ich hätte das längst probieren müssen. Ich habe also alle möglichen Kombinationen von seinem Namen und alle Arten von Codewörtern ausprobiert.«

»Wie heißt das Codewort?«

»Was meinst du wohl?«

»Schuli?«

»Genau.«

»Wieso haben wir nicht schon früher daran gedacht?«

»Sagte ich ja.«

Ich setzte mich auf den Stuhl neben ihn. Schüttelte den Kopf. Wir waren verblödet. Aber Bar war ein Genie. »Nu?«, fragte ich schließlich. »Gibt es dort was Interessantes?«

»E-Mails von Otto Schneidermann.«

»Ich höre.« Mein Herz klopfte schnell.

»Eine vor dem Datum des Anschlags. Er macht mit ihm die Einzelheiten des Treffens aus. Coffee Bean, Jehuda Hamaccabi, acht Uhr morgens.«

»Okay.«

»Die zweite, einen Tag nach dem Anschlag, in der Früh. Er fragt Giora, wo er geblieben ist. Warum er nicht an sein Telefon geht. Sagt, er fange an, sich Sorgen zu machen. Er hoffe, dass Giora nicht vorhabe, mit dem Geld zu verschwinden. Dass er sich dringend mit ihm in Verbindung setzen solle.«

»Mit dem Geld verschwinden?« Ich starrte Bar an.

»Das ist alles. Der Rest der E-Mails ist uninteressant. Auch diese beiden Mails erzählen uns nicht wirklich viel …« Er hielt einen Moment inne, nahm seine Kappe vom Kopf und kratzte sich an der Glatze. »Allerdings schon …«

»Was schon?«

»Wir wissen jetzt, wer Otto Schneidermann ist.« Er zeigte mir die Unterschrift unter der Mail: Prof. Otto Schneidermann, Spezialist für Nuklearmedizin, Medizinisches Soraski-Zentrum Tel Aviv. Und anschließend Adresse, Telefon, Fax.

»Was ist das, das medizinische Soraski-Zentrum Tel Aviv?«

»Ichilov«, sagte Bar.

»Hallo!«, entfuhr es mir.

38

Ich reparierte seinen Palm innerhalb einer halben Stunde. Die Kontakte waren etwas lose und die Batterien leer. Das war's. Alles, was man hatte tun müssen, war ein Sprung zum Elektriker. Er war hochzufrieden, als ich ihm am nächsten Tag das reparierte Gerät gab. Ein paar Sekunden spielte er an den Knöpfen herum, dann hob er den Blick und sagte: »Wow, du bist ein Genie!«

Ich zuckte die Achseln: »Es waren bloß ein paar Kontakte.«

»Kontakte? *Wallah?* Ich hab selber versucht, ihn zu reparieren, hat aber nicht geklappt.«

»Nein. Aber du hättest ihn einem Elektriker geben können. Er hätte ihn dir problemlos gerichtet.«

Er saß an seinem Bildschirm und spielte mit den Knöpfen des Palms. Ich musste an die Arbeit zurück und setzte mich in Bewegung. »Augenblick«, sagte er. Als ich mich umdrehte, waren seine Augen auf den Computerbildschirm geheftet. Dann schwenkte sein Blick in meine Richtung, und er hielt mir den orangefarbenen Palm hin. »Nimm. Es ist deiner.«

»Nein, was hast du denn, er funktioniert doch.«

»Genau«, sagte er, »ich hab ihn dir gegeben. Wenn du ihn repariert hast, alle Achtung, das ist deine Sache.«

Ich nahm das Gerät in die Hand. Einerseits dachte ich, ich brauche keinen Gefallen von einem Juden, der mich wie eine Null behandelt und dann, nur weil ich einen Stromkreis schließen kann, plötzlich meint, ich sei ein Genie. Diese Seite wollte das Gerät an die Wand werfen. Die zweite Seite wusste, dass es Sperrholzwände waren, dem Palm würde kaum was passieren. Die zweite Seite sprach: »Du warst in der *Arche Noah*, stimmt's?«

Er sah mich an und legte die Stirn in Falten. »Ja. Du hast es gesehen?«

»Klar hab ich's gesehen, was für eine Frage. Du hattest einen besonderen Namen …« Ich versuchte, mich zu erinnern. »Du warst mit dieser bescheuerten Soldatin zusammen da.«

»Wie kannst du dich an das alles erinnern? Es ist fast ein halbes Jahr her!«, wunderte er sich.

»Klar erinnere ich mich. Wie kann man so was vergessen? Du hast geschwitzt.«

»Ich habe geschwitzt?« Er stockte einen Moment und dachte nach. »Weißt du was, du bist der Erste, der mir das sagt. Aber ich glaube, es stimmt. Was für ein Ding, ich hab's ganz vergessen … aber sag mal, wie … das heißt, ihr seht quasi die *Arche Noah*?«

Samir hatte mir gesagt, ich solle mit niemand reden. Nicht mit den Juden sprechen. Das wäre besser.

»Sag mir noch mal deinen Namen. Museri hat ihn tausendmal wiederholt, ich weiß nicht, wie ich ihn vergessen konnte.«

»Krokodil.« Er blickte mich an. Ich denke, in seinen Augen stand hauptsächlich Überraschung.

»Das Krokodil. Richtig. Das Krokodil der Attentate. *Timsah* auf Arabisch.«

Er lachte. »Ich glaub's nicht, dass du dich daran erinnerst. Ich hab nicht gewusst, dass man bei euch solche Sachen anschaut.« Ich antwortete nichts darauf. Ich sagte, ich müsse arbeiten, nahm den Palm und bedankte mich. In der Küchennische spülte ich das Geschirr ab, warf den Müll weg und wischte die Flächen sauber. Dann saugte ich die Teppiche. Ein schneller Blick auf die Uhr. Ich spürte den süßen Druck, der sich in meinen Gedärmen aufbaute.

Beim nächsten Mal, als ich neben dem Büro des Krokodils arbeitete, rief er: »Hi!« Ich steckte meinen Kopf ins Zimmer.

»Komm mal einen Moment«, sagte er. Nur das Krokodil war im Raum, und noch zwei leere Tische. »Wie heißt du?«, fragte er.

»Fahmi.«

»Fahmi«, wiederholte er. Ich nickte. Er sah mich weiter an. Seine Augen waren gerötet. »Fahmi«, sagte er, »kannst du zufällig Französisch?« Ich lächelte. Was redete er für einen Scheiß? Klar konnte ich keins. Er stellte mir weiter Fragen – wo ich wohnte, was ich machte. Ich erzählte es ihm.

»Möchtest du fünfhundert Schekel machen, für einen Tag Arbeit?«

»Was für eine Arbeit?«

»Hier im Büro. Du sagst alle möglichen Sachen, die ich dir vorsage. Um unser System zu testen.«

»System?« Ich warf einen Blick auf die Uhr und sah, dass es zwölf nach sieben war. Zeit zu scheißen.

»Setz dich«, er deutete auf einen der freien Stühle. Ich setzte mich. Ich blickte beunruhigt in Richtung Tür. Ich sollte mich nicht hinsetzen. »Das System, das wir hier entwickeln, ist für Telefone. Es soll die Stimme des Nutzers, was er sagt, erkennen. Ich teste, ob es gelingt, verschiedene Stimmen von Menschen zu identifizieren.«

»Warum ich?«

»Ich brauche einen Araber. Das ist die Bitte des Kunden in Belgien. Es gibt dort Araber und Schwarze, Chinesen und Vietnamesen. Die Belgier wollen, dass das System die ganzen Akzente erkennt.«

»Was ist mit den anderen?«

»Die hab ich schon. Bleibt mir nur noch ein Araber.«

Ich antwortete nicht. Er fuhr fort: »Hör mal, es ist Pipifax. Du kommst für ein paar Stunden her, ich sag dir, was du sagen sollst, wir nehmen dich auf, testen das System, drei bis vier Stunden, fünfhundert Schekel.«

»Wann?«

»Wann immer du sagst.«

Zahra hatte sich von der Operation fast schon ganz erholt. Das Gespräch mit dem Krokodil war am Mittwoch, und sie wollte nach dem Wochenende zurückkommen. Ich vereinbarte Sonntag früh mit ihm.

»Wir waren bei Bilal, Fahmi, bei seinem Prozess. Papa und ich …«

Lulu? Was? Bilal?

»Wir waren in einem kleinen Raum. Saßen auf blauen Stühlen. Bilal lächelte die ganze Zeit. Er sah gut und sauber aus, hatte eine braune Uniform an. In der Hand hatte er einen schwarzen Faden und einen kleinen Koran. Er sagte, er sei stark, Allah wache über ihn, er sei aus Stahl. Er behandelte die Soldaten mit totaler Verachtung. Er sagte, er sei stolz auf dich, Fahmi …«

Bilal? Stolz auf mich?

»Wegen dem, was mit dem Krokodil passiert ist … Er sagt, du bist dem Ziel treu geblieben …«

Ziel …

»Aber er war überragender Laune. Papas Handy klingelte mitten im Prozess, und der Richter wurde wütend … haha …«

Manchmal hatte ich das Gefühl, dass Großvater Fahmi mein Leben vom Paradies aus lenkte. Bilal hasste es, wenn ich das sagte, er sagte, nur Allah lenke alles. Ich dachte an Großvater, nach der Begegnung mit dem Krokodil. Ich erinnerte mich, dass Bilal gesagt hatte, wir müssten das Krokodil töten, weil Tommy Museri gesagt hatte, er sei ein Symbol für die Juden. Er hätte gesagt, dass Allah das Krokodil in meine Hände gegeben hatte, damit ich ihn umbringe. Papa hätte gesagt, dass Allah ihn mir hatte begegnen lassen, damit ich sähe, dass er ein Mensch war wie ich. Mein armer Vater.

Der nächste Tag war mein letzter als Reinigungsarbeiter im Industriepark von Rosch Ha'ajin. Am Freitag, dem Versammlungstag, stand ich mit dem Vorsatz auf, zu beten und in die Moschee zu gehen. Beim ersten Ruf wusch ich mein Gesicht, meine Hände und Füße und ging zur Moschee, wo ich länger als üblich blieb. Ich wiederholte die erste Sure ein dutzend- oder hundertmal. Tränen liefen mir aus den Augen. Ich sehnte mich nach Lulu, nach Papa und Mughajir; ich sehnte mich nach Rana, nach Bilal und al-Amari; ich sehnte mich nach Titi, Nasser und dem hinkenden Rami; ich sehnte mich nach Mama, nach Chalil Abu Zeid … und gleichzeitig fühlte ich mich stark, spürte Kraft. Wenn man monatelang allein lebt, lernt man, mit sich selbst zu leben.

Als ich zurückkehrte, rief ich Chalils Verwandte an. Sie freute sich, dass ich anrief. Sie hatten daran gedacht, sich mit mir in Verbindung zu setzen. Jetzt, wo endlich erneuter Kontakt mit Bilal hergestellt worden war, versuchten sie, den großen Plan aus der Versenkung zu holen.

»Was hast du gesagt?«

Sie glaubte nicht, dass ich nichts davon wusste. Bilal hatte aus der Haft Kontakte geknüpft. Er hatte die Planung der Anschläge gestanden und würde anscheinend mehr als lebenslänglich kriegen.

Mir blieb die Luft weg. »Was heißt das, gestanden? Hat er ihnen alles erzählt?«

»Was genau, weiß ich nicht. Du kannst ihn anrufen, aber sei vorsichtig. Sie haben ihm eine Leitung gegeben, um sie abzuhören und um über ihn an andere Leute zu kommen, die an Aktionen beteiligt waren.«

Sie gab mir die Nummer und fragte mich, wie es mir ging. Ich erzählte ihr vom Krokodil. Sie sagte: »Dieser Idiot, der am Leben geblieben ist. Du musst ihn umbringen.«

»Das ist nicht so einfach. Ich bin hier allein. Was kann ich machen? Wo soll ich eine Waffe herkriegen? Wohin soll ich fliehen?«

»Du hast schon schwierigere Dinge gemacht, Fahmi.«

Mein Herz schlug ruhig. Die Idee, dem Krokodil etwas anzutun. Das Bewusstsein, dass Allah oder Großvater die Dinge von oben lenkten. Die Tatsache, dass Bilal in die Welt der Lebenden zurückgekehrt war … Alles passierte auf einmal, ich hörte auf, in Rosch Ha'ajin zu arbeiten, hatte aber noch einen Tag Arbeit mit dem Krokodil, das Erlebnis des Freitagsgebets in der Moschee heute … alles führte mich zu einem glasklaren Schluss …

Ich wählte die Nummer. Verlangte Bilal. Nach zwei Minuten hörte ich sein »Hallo?«, wie aus den Tiefen der Erinnerung. »Bilal«, sagte ich.

»Fahmi?« Wir schwiegen lange Sekunden. Merkwürdig, über jedes Wort zweimal nachzudenken, nicht zu sagen und zu fragen, was man eigentlich wirklich will. »Wie geht's dir?«, fragte er. »Wie ist es im Dorf?«

»Gut. Angenehm. Es gibt Arbeit … ein bisschen im Packhaus, noch andere Sachen hier und dort.«

»Schön. Machst du weiter mit beten, glauben, die sechs Gebote einhalten?«

»Ja.« Er spielte mit dem Feuer. Nie hatte ich von den sechs Geboten gehört, aber ich begriff sofort. Es gab fünf Hauptgebote im Islam. Das sechste war die Fortführung der Aktionen.

»Es ist sehr wichtig«, sagte er, »alle Gebote, die ganze Zeit, jede Gelegenheit zu nutzen, um ein gläubiger Muslim zu sein und alle sechs zu erfüllen. Bei jeder Gelegenheit.«

»Ja.« Er meinte das Krokodil. Als wüsste er, dass sich eine Gelegenheit ergeben hatte, auch wenn er es nicht wirklich wissen konnte. Er war mein Bruder. Er spürte es an meiner Stimme. Spürte eine Gelegenheit, den inneren Konflikt, und verlangte von mir, mich nicht zu entziehen.

»Und was ist mit dir?«

»Allah, der Große, wird entscheiden. Wenn er will, werde ich herauskommen. Ich hoffe, es wird bald sein.«

Es war ein kurzes Gespräch, aber es hatte seine Wirkung auf mich. Die Macht meines Bruders über mich war stärker, als ich zugeben mochte. Auch am Telefon, aus einer Gefängniszelle. In Codes. Es wurde mir mehr als sonnenklar gesagt – Gott hat mir eine Gelegenheit in die Hand gegeben. Er hat mich hierher gebracht, mich durch die Berge auf einem Esel geführt, unter Apfelkisten. Gab mir Kraft zu arbeiten, auszuharren und weiterzumachen und hat mich vor meine nächste Aufgabe gestellt. Das Krokodil zu töten.

Ich saß ruhelos in meinem Zimmer. Einen Augenblick bedauerte ich, das Krokodil kennengelernt zu haben, und im nächsten glaubte ich, dass ich gesandt worden war, um ihn zu treffen. Den einen Augenblick bereute ich, davon erzählt zu haben, aber gleich danach fiel mir ein, dass es Bilal auch ohne Worte gewusst hatte. Einen Augenblick wollte ich nicht mehr in meiner Haut sein, doch gleich darauf fühlte ich, dass ich erwählt, ausgeschickt worden war, die Aufgabe zu vollenden, die ich begonnen hatte. Irgendwann streifte mich der Gedanke, dass es keine Rolle spielte. Was passieren muss, passiert.

»Es gab dort eine Soldatin in einer grauen Uniform. Ihre Haare waren ganz straff nach hinten frisiert. Sie hatte eine Brille mit einem violetten Plastikrahmen und drei Streifen auf der Schulter. Sie wurde rot und wirkte unsicher. Ein Soldat hat geschrien: ›Das Gericht‹, und alle standen auf. Bilal stand nicht auf. Er sagte: ›Das ist ein illegales Gericht, und es ist mir egal, denn das ist ein illegaler Prozess eurer illegalen Besatzung.‹ Die Soldatin mit der grauen Uniform und der violetten Brille, dem straffen Haar und den drei Streifen las die Anklageschrift vor. Sie erzählte von der Aktion in Jerusalem. Von Chalil Abu Zeid, der die Aktion geplant hat, von Safi Baria, der die Bombe gebaut hat …«

Safi hat sie gebaut? Wieso, ich … was ist mit mir, sie hat sich geirrt …

»Beide sind inzwischen getötet worden. Sie hat alles beschrieben, was in al-Amari passiert ist: Treffen in der geheimen Wohnung, die Planung von Bilal mit Chalil, die Herstellung des Sprengsatzes, die Rekrutierung des Selbstmörders, die Entscheidung über den Anschlag und die Örtlichkeit … dein Name wurde nicht erwähnt … Papa ist froh, er sagte, er wusste, dass du dich nicht mit so was …«

Aber ich … das kann nicht sein …

»… für jeden Toten des Anschlags gab es eine eigene Anklage wegen vorsätzlichen Mordes. Für jeden Toten bekommt Bilal lebenslänglich. Es sind so ungefähr vierhundert Jahre Gefängnis dabei herausgekommen … aber er ist glücklich. Er sagt, Allah …«

Wasime klopfte an meine Tür und lud mich zum Abendessen ein. Ich versank in einer langweiligen Unterhaltung über Apotheken, die Wirtschaftslage und über das Benehmen von Ata, der sehr gereizt war, weinte und sein Essen auf die Tischdecke warf. Als wir fertig gegessen hatten, der Junge beruhigt und zu Bett gebracht worden war, wechselten wir zum Kaffee ins Wohnzimmer, auch um die *Arche Noah* anzuschauen, was mir natürlich sofort das Krokodil in Erinnerung rief. Tommy Museri war in Höchstform. Das Paar bestand aus dem Titelblattsternchen der neuen Pornozeitschrift *Verlangen* und einem Musterstudenten einer Jerusalemer Jeschiva. Das Sternchen sagte, in ihren Augen sei der Junge sexy. Er blickte sie nicht an. Tommy zeigte wieder und wieder, wie er die Augen abwandte. »Fast!«, sagte er jedes Mal, »aber – nein …!« Und das Publikum lachte und klatschte.

»Gute Nacht, Fahmi …«

Geh nicht, Lulu … erzähl mir noch was von Bilal. Wo er ist. Ob Freunde bei ihm sind. Was …

»Gebe Gott, ich würde eure Sprache verstehen … sie ist schön, haha …«

»Das ist Arabisch, Swetlana. Auf Wiedersehen. Pass weiter gut auf ihn auf, ja?«

»Aber sicher … gute Nacht …«

… Auf dem Podium, vor den Kameras der *Arche Noah.* Die Scheinwerfer strahlen mich grell an, Schweiß fließt mir von der Stirn und unter meinen Achseln. »Fahmi Omar al-Sabih?«, fragt Tommy Museri.

»Ja. Guten Abend.«

»Guten Abend. Du hast also, nach drei großen Anschlägen, beschlossen, dass es Zeit wird, Krokodil zu liquidieren, das Krokodil der Anschläge, das Symbol unserer Standhaltekraft. Richtig?«

»Richtig.«

»Und was jetzt?«, fragt er das Publikum. »Paare, Paare!«, schreit das Publikum. Ich sehe Bilal im Publikum, Abu Zeid, Rana und Großvater Fahmi, alle zeigen mir ein V mit den Fingern und ermutigen mich mit ihrem Blick. »Richtig, liebes Publikum. Lasst uns mal sehen, wer Fahmis Partner in der *Arche Noah* heute Abend ist … meine Damen und Herren, empfangen Sie … das Krokodil!« Das Publikum rast, ich werde blass. Das habe ich nicht erwartet. Meine Schweißströme vervielfachen sich. Das Krokodil kommt aufs Podium, winkt dem Publikum und den Kameras zu, drückt mir mit beiden Händen die Hand und setzt sich.

»Also, Krokodil«, sagt Tommy Museri, »erzähl uns, was dir durch den Kopf geht, wenn du von Fahmis neuem Plan hörst …«

39

Freitag, Anfang des Sommerendes. Der Wind begann ein wenig zuzunehmen, den Wolken gelang es, über gewisse Bereiche des Himmels die Herrschaft zu erringen. Die ersten Tage des Sommerendes sind die besten Tage des Jahres – am allerweitesten vom nächsten Sommer entfernt.

Bar und ich kauften einen großen Blumenstrauß am Eingang zum Ichilov-Krankenhaus. Unterwegs erzählte mir Bar, was Nuklearmedizin war. »Vermessungen des Körpers«, sagte er. »Riesige Kameras, die den Körper von innen fotografieren.«

»Ach so, Röntgen«, erwiderte ich.

»Nicht Röntgen. Oder eigentlich, na gut. Sagen wir, ähnlich wie Röntgen, bloß viel perfektionierter. Beim Röntgen sieht man nur die Knochen, bei der nuklearen Kartografie sieht man alles.«

»Was ist dabei nuklear?« Ich stellte mir Blutbahnen vor, weiße Blutkörperchen, an- und abschwellende Muskeln, Fettgewebe, Bakterien, nikotinverschmutzte Lungen. »Die Nuklearkameras können radioaktive Strahlung entdecken, die der Körper freisetzt«, fuhr Bar fort. Wir erreichten den ruhigeren Teil des Krankenhauses. »Radioaktives Material in sehr geringer Dosierung wird ins Blut gespritzt …«

»Kann man Ihnen helfen?«, fragte eine braunhaarige Schwester.

»Ja, wir suchen Herrn Professor Otto Schneidermann.«

»In welcher Angelegenheit?«

»Äh … unsere Mutter war bei ihm in Behandlung, wir wollten

ihm den Strauß überreichen und ihm ein paar Fragen zur Diagnose stellen.« Manchmal weiß ich nicht, wie Bar es schaffte, solche Sachen aus dem hohlen Bauch hervorzubringen.

»Wie ist Ihr Name?«, fragte die Schwester. Bar blickte mich an.

»Einoch«, antwortete er. Wir setzten uns ins Wartezimmer. Ich nahm mir eine Ausgabe *Für die Frau*. Auf der Eingangsseite wurden fünfundzwanzig Tipps für ein perfektes Sexleben versprochen, auf Seite 31. Ich blätterte zu Seite 31. »Bedaure, meine Herren«, sagte die Schwester, »Einoch gibt es nicht in der Kartei.« Bar blickte mich ungeduldig an.

»Ist er da?«, fragte er die Schwester. »Wir müssen ihn bloß eine Kleinigkeit fragen.«

»Tut mir leid, der Professor ist heute Vormittag sehr beschäftigt«, antwortete sie.

»Sagen Sie ihm, es sei im Zusammenhang mit Giora Gueta«, zückte Bar die ultimative Wunderwaffe.

Er kam sofort heraus. Auf den ersten Blick wirkte er alt. Nachher stellten wir fest, dass er erst einundsechzig war, aber er sah aus wie fünfundsiebzig. Weiße Haare und weißer Bart, ein rosiges Gesicht. Gute Augen, aber in jenem ersten Blick lag auch Angst. Großer Mund und große Zähne. Sein Händedruck war weich. Er führte uns in die Cafeteria und bestellte uns Kaffee.

»Wer sind Sie?«, fragte er. Sein Blick verweilte auf mir, doch er erkannte mich nicht. Die Professoren für Nuklearmedizin sind offenbar die Minderheit, die sich die *Arche Noah* nicht anschaut.

»Wir untersuchen den Tod von Giora Gueta«, sagte Bar.

»Er ist bei einem Terroranschlag gestorben, nicht wahr?«, fragte Schneidermann. Seine beiden Hände lagen auf dem Tisch wie bei einem zum Tode Verurteilten.

»Stimmt«, erwiderte Bar. »Aber kurze Zeit vor dem Anschlag hat er sich mit Professor Otto Schneidermann in einem Café in der Jehuda-Hamaccabi-Straße getroffen.«

»Woher wissen Sie das?« Seine Stimme klang schwach, traurig.

»Sagen wir einfach, wir wissen es«, sagte Bar. »Und wir wissen, dass eine Geldsumme mit im Spiel war.«

Otto Schneidermann hob den Blick und betrachtete ihn. Anschließend mich. »Wer sind Sie?«, fragte er wieder. »Und was wollen Sie?«

»Warum haben Sie sich mit ihm getroffen, Schneidermann?«, fragte Bar mit einer Aggressivität, die ich an ihm nicht kannte.

Schneidermann gab keine Antwort darauf. Er wiederholte seine Frage. Wir steckten in einer Sackgasse. Was sollten wir sagen – dass wir untersuchten, was Giora in Tel Aviv getrieben hatte? Als eine Geste für seine Freundin, die inzwischen gestorben war? Ich war bereit, ihm das zu erzählen; er schien mir ein guter Mensch zu sein, er würde es uns sagen und Schluss damit. Doch Bar witterte, dass da noch etwas anderes war. Er stand abrupt auf, zog ein Stück Papier aus der Tasche und schrieb Schneidermann seine Telefonnummer auf. »Wir kommen wieder, Professor«, sagte er. »Wenn Ihnen einfällt, warum Sie sich mit Gueta am Morgen seines Todes getroffen haben, rufen Sie an.«

»Was war das jetzt?«, fragte ich Bar, während ich versuchte, auf dem Weg nach draußen zu ihm aufzuschließen.

»Wir haben Zeit«, antwortete er. »Wir haben noch anderen Richtungen nachzugehen. Wir müssen nicht alles gleich aufdecken.«

»Haben wir irgendwas zu verbergen?« Bar blieb neben einem Mülleimer stehen und warf den Blumenstrauß hinein.

»Hör mal, wenn er kapiert, dass wir zwei High-Tech-Angestellte sind, die Detektiv spielen, weil ihnen langweilig ist, wird er uns gar nichts sagen.«

»Ich spiele nicht Detektiv, weil mir langweilig ist«, widersprach ich, doch er ging weiter und ich hinterher. Er hielt am Gemüseladen von Sarsur.

Wir fragten Amin, ob er Professor Schneidermann kenne. Klar kenne er ihn. Er und seine Frau Debora seien Stammkunden. Sie wohnten in der König-David-Straße, nahe dem Geschäft. Wir fragten Amin, ob es eine Verbindung zwischen seinem Bruder Tamar und Schneidermann gebe. Plötzlich, so fanden wir beide, sah er uns mit einem distanzierten, misstrauischen Blick an. Er sagte, er sei jetzt beschäftigt. Freitag, eine Million Kunden.

»Komisch«, murmelte Bar und rieb sich seine rötlichen, dauerhaften Bartstoppeln. »Komm, wir suchen Tamar.« Wir kehrten zum Krankenhaus zurück, aber Tamar arbeitete nicht. Man sagte uns, sein nächster Dienst beginne Mitte der kommenden Woche. »Komisch«, wiederholte Bar. Wir steckten in einer Sackgasse. Meiner Ansicht nach. Bar bekam jedes Mal einen Anfall, wenn ich das sagte (ich sagte es ziemlich oft), und erklärte, dass wir wesentliche Fortschritte gemacht hätten, dass wir fast schon am Ziel wären. Wir müssten nur noch die Verbindung zwischen Schneidermann und Tamar verstehen und was die beiden mit Gueta zu tun hatten. Als ich ihn fragte, wie er gedenke, diese Verbindung zu klären, sagte er, er wisse es noch nicht, aber er würde einen Weg finden.

Am Sonntag machte ich eine Sprachaufnahme mit Fahmi, einem jungen Araber mit einem Anflug von Schnurrbart und einem leicht verschreckten Blick, der in den letzten zwei Wochen anstelle der netten Araberin die Büroreinigung bei Time's Arrow gemacht hatte. Ich hätte an den Putzmann keinen zweiten Gedanken verschwendet, wenn er mir nicht den Palm repariert hätte. Nachdem er fast ein Jahr lang tot auf meinem Schreibtisch gelegen hatte, kehrte das Gerät nach zwei Stunden in den Händen Fahmis aus Kafr Qasim ins Leben zurück – wer hätte das geglaubt!

Um ehrlich zu sein, ich weiß nicht mehr, wie es dazu kam, dass Fahmi, der Putzmann aus Kafr Qasim, mir den Palm reparierte. Aber irgendwie geschah es. Er erzählte mir, er sei früher einmal Elektriker gewesen, und fragte, ob ich Krokodil aus der *Arche Noah* sei. Ich war es schon gewohnt, dass mich Leute erkennen, aber ein Araber – auf die Idee wäre ich nie gekommen. Und da fiel bei mir der Groschen. Die Belgier hatten zwar um einen nordafrikanischen Araber gebeten, und ich hätte sicher einen arabischsprachigen Marokkaner oder Tunesier finden können, aber was kümmert es mich, dachte ich, probieren wir es mit einem Araber mit palästinensischer Aussprache, wollen wir mal sehen, was unser Programm taugt.

Er trat, wie ausgemacht, Sonntag früh an. Er sah etwas gestresst aus, also sagte ich zu ihm, er brauche sich keine Sorgen zu machen. Er erwiderte, er mache sich gar keine, er sei ein bisschen krank im Bauch, das sei alles. Ich wollte so was sagen wie: »Zu viel Humus, wie?«, doch ich stoppte mich. Es gibt eine Grenze.

Ich glaube, ich machte den Witz über den Humus an diesem Tag doch noch. Denn Fahmi war in Ordnung. Er lieferte mir einen palästinensischen, einen ägyptischen, einen jordanischen und einen libanesischen Akzent. Den nordafrikanischen konnte er nicht, aber das System kam gut zurecht mit ihm. Er hatte ein lustiges »Hallo«, immer mit einer leichten Verneigung des Kopfes: »Halloooou.« An irgendeinem Punkt imitierte ich ihn. Er lachte und sagte, er lasse wenigstens keinen Palm ein geschlagenes Jahr lang auf seinem Tisch liegen, ohne ihn zu benutzen. Am Mittag fragte ich ihn, ob er mit ins Falafel runtergehen wolle.

Ich lud ihn zu einer Portion mit einer Cola ein. Ich fragte ihn, wie das Falafel schmecke. Er sagte, ganz gut, aber bei ihm im Dorf sei es besser. Ich fragte, ob er mal das Falafel in Tel Aviv probiert habe. Er war noch nie in Tel Aviv gewesen. »Echt?«, fragte ich.

Bar rief an. Ich hatte vergessen, ihm zu sagen, dass wir zum Essen hinuntergegangen waren, und sagte ihm, er solle auch kommen. Als ich Bar mit Fahmi bekannt machte, warf er mir einen Blick zu, als wollte er mich umbringen. Ich ignorierte es. Vielleicht war er wütend, weil ich mit einem Araber zum Essen gegangen war, oder er war sauer, weil ich ihn vergessen hatte. Talia Tenne war immer beleidigt, wenn man vergaß, ihr bei einer

Essensbestellung Bescheid zu geben, machte Szenen, rächte sich am nächsten Tag durch Nichtbestellung.

»Du Idiot«, flüsterte Bar bei der ersten Gelegenheit, »er ist aus Kafr Qasim?«

»Ja, und?«

»Auch Tamar und Amin Sarsur sind aus Kafr Qasim.«

»Nu?«

»Nu?«, er betrachtete mich kopfschüttelnd, anfangs wütend, aber dann konnte er sich das Lachen nicht mehr verbeißen. »Hercule Poirot ist ein armer Hund neben dir«, sagte er. »Detektivischer Spürsinn ist Pipifax neben Kroko. Das Krokodil der Ermittlungen.«

»Was willst du eigentlich?«

»Dir ist nicht vielleicht eingefallen, ihn zu bitten, sich für uns nach den Brüdern Sarsur zu erkundigen?«

»Was kann er schon herausfinden?«

»Ich weiß nicht, aber man sollte es versuchen, Hercule, meinst du nicht?«

»*Wallah*«, sagte ich.

Nach dem Mittagessen arbeiteten Fahmi und ich noch ein bisschen weiter. Ich füllte die Testformulare aus, und danach tranken wir Kaffee in der Küchennische. Wir redeten vielleicht eine Stunde miteinander. Ich mochte ihn. Sein Hebräisch war gut, und er wurde etwas aufgeschlossener. Er erzählte von seinem Großvater, der auf einer weißen Stute in den Bergen von Samaria herumgeritten war. Ich erzählte ihm von Dutschys Großvater, der bei der Patrouille gewesen war, die 1935 mit den Leuten von Iz ed-Din al-Qassam zusammengestoßen war. »Du weißt, wer das war, Iz ed-Din al-Qassam, ja?« Er nickte. »Ja Allah«, sagte ich, »das Ganze war hier doch früher mal wie bei den Cowboys und Indianern.« Er lachte.

Die Barabusch-Bar, Sonntagabend. Bar, Fahmi und ich an der Theke. Das Lokal fast ganz leer. Fahmi streichelte mit seinen

Fingern ein Halbliterglas Bier, das sich zunehmend leerte. Er erzählte von seinem Großvater, auch ein Fahmi. »Wisst ihr, wo Beit Mahsir ist?«, fragte er. Bar und ich wechselten einen Blick. Wussten wir nicht. »Heute nennen es die Juden Beit Meir.« Das kam mir bekannt vor. »Oberhalb von Bab al-Wad«, sagte er.

»Ahhh«, machten wir gemeinsam.

»Er war Lehrer. Beteiligte sich an Aktionen gegen die Briten in den Dreißigerjahren. Tötete allein drei Briten. Hasste die Briten. Juden gingen in Ordnung, Briten nicht. Sie waren schuld. Nach einer Aktion gegen die Briten erwischten sie ihn. Er saß im Gefängnis von Akko und wartete auf den Prozess.«

Zwei Mädchen kamen in die Bar. Wir drehten die Köpfe. Das Gespräch wurde zu Ehren ihrer Schönheit unterbrochen. Eine von ihnen ging an die Bar. Sie hatte kurzes braunes Haar, rosige Wangen, Grübchen und schöne Lippen. »Kann ich bitte zwei Orgasmen haben?«, fragte sie Noam, den Barmann. Ihre Stimme war gut in der leeren Bar zu hören, über die Musik hinweg. Drei Blicke schwenkten nach rechts und trafen den ihren. Sie lächelte. Sie sah wunderbar aus. Sie wandte ihren Blick wieder Noam zu, der bereits damit beschäftigt war, ihre Bedürfnisse zu befriedigen. Fahmi seufzte, dann erzählte er weiter von seinem Großvater: »Er wurde zum Tod durch Erhängen verurteilt. Saß im Gefängnis in Akko und wartete auf den letzten Tag. Sie gaben ihm rote Kleider, sagten, dass der Tag gekommen war. Machten die Zellentür auf und führten ihn zum Strick. Sagten ihm, er hätte eine letzte Bitte. Was meint ihr, um was er gebeten hat?« Wir wussten es nicht.

»Um was hat er gebeten?«, wiederholten wir die Frage. Fahmi deutet auf sein Bierglas: »Als Letztes bat er um ein Bier. Einmal im Leben. Uns Muslimen ist Alkohol verboten, habt ihr das gewusst?« Das wussten wir. »Also sagte er, ein einziges Mal, versuchen wir's. Sie bringen ihm also ein Glas Bier, er fängt an zu trinken.« Fahmi unterbrach die Geschichte, um sich auf sein Bier zu konzentrieren. Es schien, als trügen ihn seine Gedanken jetzt an einen anderen Ort. Bar und ich tranken schweigend weiter. Noam, der Barmann, brach das Schweigen. »Nu?«, fragte er. »Was ist nach dem Bier passiert? Haben sie ihn gehängt?«

»Nein, haben sie nicht«, sagte Fahmi. »Gerade als er ganz selig sein Bier trank, traf ein Engländer auf einem Pferd ein und sagte, man hätte ihn begnadigt. Man ließ ihn das Bier austrinken, zog ihm die roten Kleider aus und schickte ihn in die Freiheit.«

»Im Ernst?«, fragte Bar.

»Ja, im Ernst.«

»Warum?«, fragte ich.

»Er wusste es bis zu seinem Tod nicht. Niemand erklärte es ihm, weder an dem Tag noch danach. Er dachte an einen Irrtum. An eine Verwechslung. Aber er wusste nicht, mit wem und warum.«

Ich grinste. Bar grinste. Auch Noam, der Barmann, und seine spitzen Wangenkoteletten grinsten mit ihm. »Vielleicht wegen des Biers«, sagte ich.

»Ja, das hat er auch gesagt. Und seitdem hat er ungeniert Bier getrunken. Alle in unserer Familie trinken es. Er fing auch an, die Briten zu mögen. Er machte keine Probleme mehr, bis er starb.«

»Dank des Biers, hm?«

»Dank des Biers. Wer wütend ist, braucht Bier. So gibt's keine Probleme.«

Nachher sagte Bar zu mir, diese Geschichte sei ja wohl der letzte Quatsch. Ich erwiderte ihm, für mich klinge sie durchaus glaubwürdig. »Der letzte Kack«, beharrte Bar.

»Gut, kann ja sein«, antwortete ich. »Aber was stört mich das?«

»Gar nichts, wenn er bloß keinen solchen Quatsch über Tamar Sarsur verzapft.«

Tamar Sarsur, fast hätten wir ihn vergessen. Der Grund, dass Fahmi mit uns in der Barabusch-Bar saß. Es war Bars Idee gewesen, von der ich anfangs völlig überrascht war. Ihn nach Tel Aviv einzuladen, zum ersten Mal in seinem Leben. Fahmi wirkte gestresst, als ich ihn fragte, aber am Ende willigte er ein, als ich versprach, ihn nachher zum Dorf zurückzubringen. Er sagte, dass Juden Araber manchmal verdächtigten. Ich sagte, wir seien dabei, er habe keinen Grund zur Sorge. Aber nach einem Bier beruhigte er sich und fing an, Großvatergeschichten zu erzählen.

»Kennst du Tamar Sarsur?«, fragte Bar.

»Sarsur? Es gibt viele Sarsurs in Kafr Qasim. Eine große Sippschaft«, antwortete Fahmi.

»Tatsächlich?«

»Ja. Aber Tamar kenne ich nicht.«

»Amin?«

Er runzelte die Stirn und dachte nach: »Nein. Warum?«

Bar blickte mich an. »Wir müssen was über Tamar herausfinden. Kannst du dich im Dorf erkundigen? Tamar und Amin sind Brüder. Sie wohnen in Tel Aviv, in der Weizmannstraße. Amin hat einen Obst- und Gemüseladen. Tamar ist Pfleger im Ichilov.«

»Was wollt ihr wissen?«

Es herrschte Schweigen. Bar blickte mich an. Ich sagte: »*Jallah*, erzähl's ihm, was soll denn passieren?« Also erzählte er, in Kurzfassung. Von Gueta, von dem Anschlag und von Schuli, von dem Palm (Bar fragte Fahmi, ob er wisse, was ein Palm sei, Fahmi und ich lachten), von Schneidermann, Tamar und Amin. Fahmi sagte: »Ich begreife nicht, was ihr von mir wollt.«

»Wir versuchen, die Verbindung zu verstehen«, antwortete Bar. »Den Zusammenhang zwischen Tamar, Schneidermann und Gueta.«

»Das habe ich verstanden, aber wie kann ich dabei helfen? Ihr habt doch schon nachgeforscht.«

»Du könntest es in Kafr Qasim versuchen. Nach Tamar fragen. Vielleicht entdeckst du was. Das ist alles. Ich sage nicht, dass du was finden wirst. Ich sage bloß, es ist einen Versuch wert. Du musst nicht. Vielleicht machen wir selber irgendwann einen Abstecher, um herumzuschnüffeln.«

»Spinnst du?«, fragte ich ihn. Beide sahen mich an.

»Aber warum macht ihr so was?«, fragte Fahmi verwirrt.

»Ich habe Schuli versprochen herauszufinden, was Gueta an diesem Tag in Tel Aviv gemacht hat.«

Fahmi blickte mich an. »Schuli ist gestorben.«

»Nachdem wir in die Sache schon eingestiegen waren. Das war nicht geplant, ihr Tod. Wir hatten schon angefangen. Also bringen wir es zu Ende.«

Er trank einen letzten Schluck von seinem Bier. »Geht nicht nach Kafr Qasim. Das bringt überhaupt nichts. Könnt ihr Arabisch?« Wir schüttelten die Köpfe. »Was wollt ihr dann machen, in die Moschee gehen und nach Tamar Sarsur fragen?«

Wir hatten keine Antwort darauf. Fahmi stand auf und sagte: »In Ordnung. Ich werd versuchen, was herauszubringen. *Jallah*, fährst du mich heim?« Er zog die Scheine heraus, die er bei Time's Arrow verdient hatte.

»Steck's wieder weg, ich lade dich ein«, sagte ich und zückte die Brieftasche.

40

Im Laufe dieses ganzen langen Tages, an dem ich mit dem Krokodil zusammen war, sagte ich mir immer wieder: Er ist dein Ziel. Nähere dich, aber lass dich nicht ein. Schaffe Gelegenheiten, keine Hindernisse. Die Arbeit in dem Büro war leicht, die Bezahlung gut. Er lud mich die ganze Zeit ein – Mittagessen, abends, Bier. Behandelte mich wie einen Flüchtling, den man füttern muss, wie einen Idioten, der dankbar jeden Schekel annahm, den er für mich ausgab. Ich erzählte ihnen Geschichten über Großvater, komplett erfundener Scheiß. Die beiden waren Idioten.

In Tel Aviv gab es schöne Frauen. Die Bar war leer, weil Sonntag war, erklärten sie mir. Sie sagten zu mir, ich solle am Wochenende kommen. Ich dachte, beim nächsten Mal werde ich den Ort voller schöner Frauen sehen, und vielleicht nehme ich das Krokodil und noch ein paar Leute in den Himmel mit.

Aber ich weiß nicht, wie. Ich weiß nicht, was man von mir erwartet. Ich will nicht sterben. Ich bin kein Glaubensmärtyrer, kein Schahid. Ich habe nicht die Furchtlosigkeit, die Kraft. Und wenn nicht als Schahid, wie dann? Ich habe Menschen getötet, aber aus der Ferne. Pläne, Bomben, Schüsse aus der Distanz. Ich habe Anweisungen erfüllt. Ich bin meinem Bruder gefolgt und meinem Großvater und dem Gewissen.

Ein Messer ist nichts für mich. Ich versuchte, am Telefon etwas anzudeuten, aber sie dachten, ich brauchte Glaubensstärkung in Weg und Ziel, also redeten sie von Allah und der heiligen Erde. Das half mir nichts. Und der Abend in Tel Aviv vergrößerte nur die Angst. Die Sicherheitsleute. Die Blicke der Menschen. Das Alleinsein.

»Nein, Doktor Hartum, er reagiert nicht mehr ... er ist irgendwie tiefer versunken, ich weiß nicht ... ich habe Tiefenmassagen wie immer gemacht, die Lampe jeden Morgen. Auch weniger Ausscheidungen ...«

»Das ist in Ordnung, Swetlana, das kommt nicht überraschend, nach dieser Zeitspanne dachten wir uns schon, dass es hierhin oder dorthin geht ... hmmm ... keine Pupillen ... na gut, wir ...«

Am nächsten Tag begann ich, Nachforschungen über Tamar Sarsur anzustellen. Ich fragte Said in der Moschee. »Es gibt viele Sarsurs im Dorf«, sagte er. »Die meisten beten in der zweiten Moschee.« Er kannte die Namen nicht. In der anderen Moschee fragte ich einige der Betenden am Ausgang. Einer blieb stehen. »Wer bist du?«, fragte er. Vielleicht war es keine so gute Idee gewesen, dachte ich. Bis ich mich daran gewöhnt hatte, hier zu leben, und sie sich an mich, konnte ich nicht brauchen, dass sie mich bei der Grenzwache anschwärzten. »Ich wohne hier, ich ...« Der Mann war ungeduldig. Er drehte sich um und deutete auf einen bärtigen Mann mit einer Kafija. »Er ist ein Sarsur. Frag ihn.«

Der lachte und sagte: »Die findest du nicht in der Moschee. Du findest sie so weit weg wie möglich von der Moschee.« Seine Zähne waren gelblich, und seine Stimme war heiser von jahrelangem Rauchen. Er hielt eine Zigarette in der Hand. »Geh weit weg von der Moschee, und dann fang an zu suchen.« Zufrieden mit sich selbst drehte er sich um und ging seines Weges.

Ich wollte das Krokodil anrufen und ihm sagen, es täte mir leid, aber als ich den Zettel mit seiner Nummer suchte, stieß ich auf die von Ibrahim Hasuna. Ich wählte sie. Zahra hatte ihm schon erzählt, ich würde mich mit den Juden in den Büros herumtreiben, die sie saubermachte. Ich erklärte ihm, dass ich keine Arbeit gefunden hatte und dass ich nicht ihr Freund sei. Auch er kannte Tamar nicht. Madschid, mein zweiter Freund aus dem Packhaus, erinnerte sich an Tamar, hatte ihn aber seit Jahren nicht gesehen.

Zu Hause aßen Wasime und Ata zu Abend. Ich machte mir ein Glas Tee. »Wie geht's dir?«, fragte Wasime. »Du scheinst ziemlich beschäftigt zu sein in der letzten Zeit.«

»Ja, Gott sei Dank.« Ata blickte mich mit seinen braunen Augen an und aß Ei mit Hüttenkäse. »Wo ist Papa?«, fragte er.

»Er kommt gleich«, antwortete seine Mutter. »Ach«, fiel ihr plötzlich ein, »jemand hat heute ein Päckchen für dich gebracht. Sagte, er sei ein Freund von dir. Wollte es selber in dein Zimmer legen.« Sie sagte zu ihrem Sohn, er solle das Brot essen. »Was? Wer?«, fragte ich.

»Hast du nichts erwartet?«

»Nein … äh …« Ich ging nachschauen.

Eine Handgranate. Die Wahnsinnigen. Wo hatten sie das her? Wer hatte das gebracht und wie war er ins Dorf gekommen? O Gott. Wie setzte man so was in Betrieb? Sie lag in einem braunen Karton, in weichen Stoff und knisterndes Papier eingebettet. Rund wie ein Apfel, grün wie Olivenöl, glatt. Ich betrachtete sie mit inwendigem Zittern. Sie trug eine Aufschrift der israelischen Armee. Das Telefon ließ mich hochschnellen. Chalils Verwandte. »Hast du's gekriegt?«

»Ja, gerade. Seid ihr wahnsinnig geworden?«

»Warum?«

»Wie habt ihr es geschafft, das hierher zu bringen? Wer hat das gebracht?«

»Was kümmert dich das? Denk du darüber nach, wie du sie benutzt.« Das war ein Problem. Ich wollte nicht sterben. Ich wollte kein Schahid sein. Und auch nicht das ganze Leben im Gefängnis sitzen. Ich hatte Angst, das am Telefon zu sagen, also schwieg ich. »Gibt es ein Problem?«, fragte sie.

»Ja. Ich …« Ich wusste nicht, was ich sagen sollte.

»Du willst es jetzt nicht machen? Weißt du, wie gefährlich … ich war überzeugt, dass du diese Aufgabe ausführen kannst und willst …« Es klopfte an der Tür. Ich warf mein Bettuch über das Päckchen. »Fahmi? Ist alles in Ordnung?« Es war Wasime.

»Ja, ja, ich komme gleich in die Küche«, sagte ich. »Ich habe das Päckchen erhalten. Danke! Hallo«, kehrte ich flüsternd zu meinem Gespräch zurück.

Schweigen. »Also, was sagen wir?«, fragte sie schließlich.

»Ich weiß nicht«, sagte ich. »Ich habe nicht gesagt, dass ich keine Aktion machen will. Ich will. Ich habe eine Gelegenheit. Aber ich möchte nicht sterben. Oder gefasst werden.«

»Dann glaub an Allah, und er wird dich leiten. Denk dir einen Weg aus. Allah liebt dich. Es wird dir gelingen.«

»Entschuldige, dass ich dich gestört habe«, sagte Wasime mit leicht gerötetem Gesicht. Ata schlief fast.

»Ist schon gut. Ein Päckchen von meinem Bruder.« Sie lächelte, streichelte ihren großen Bauch. Sie war schön, wie ihr Name. Die Schwangerschaft machte sie schöner. »Sag mal, Wasime, kennst du einen Mann aus dem Dorf namens Tamar Sarsur?«

»Natürlich, warum?«

»Wirklich?«

»Sicher. Er ist in Tel Aviv. Arbeitet im Krankenhaus. Warum?«

»Woher kennst du ihn?«

»Er ist der Bruder meiner besten Freundin. Ihre Mutter war sehr krank, aber er ist fast nie gekommen, um sie zu besuchen, auch am Schluss nicht. Er kommt ab und zu, um seine Freunde zu sehen. Amin war fast jedes Wochenende bei ihrer Mutter. Ein Goldjunge. Kennst du ihn?«

»Ich? Nein. Ich … jemand von der Arbeit in Rosch Ha'ajin hat mich gebeten, ihm Grüße auszurichten. Ich habe gewusst, dass es eine Menge Sarsurs im Dorf gibt und daher …« Ich unterbrach mich.

»Ja«, sagte sie. Ich trank noch etwas Tee. Er war kalt. »Wie meinst du also, dass ich …«

»Ich kann seine Schwester bitten. Ich sehe sie fast jeden Tag. Er wohnt mit Amin zusammen, man kann es über Amin ausrichten lassen.« Ata zog an ihrer Hand. Sie gingen hinauf in sein Zimmer.

Ich hatte nicht mehr erwartet, dass jemand Tamar Sarsur kennen würde. Abgesehen davon, half es mir nicht viel weiter. Ich wollte nicht mit Wasimes Freundin reden. Auch nicht mit Amin. Wasime kam zurück. »Weißt du, was du machst? Tamars Freunde sind fast jeden Abend im Restaurant ar-Ruman. Kennst du es?«

»Ich hab's gesehen. An der Hauptstraße.«

»Ja, geh hin. Ein Freund von Tamar, Avi, führt das Restaurant. Tamar ist immer nur dort, wenn er zu Besuch kommt. Geh hin und rede mit ihnen.«

»Er reagiert nicht. Ich möchte ein paar Untersuchungen mit ihm auf der Intensivstation machen, und dann entscheiden wir. Keine Besuche, bitte …«

»Denken Sie, dass …«

»Ich denke, dass ich Untersuchungen machen werde, Swetlana.«

»Ja, Doktor Hartum.«

»Pfff … was für ein Stress, hast du sie gehört? Fahmi? Geh nicht, Fahmi, ich find es nett hier mit dir. Hörst du?«

Am nächsten Tag ging ich ins ar-Ruman. Ich aß langsam, genoss meine Portionen. Ich hatte Sehnsucht nach dem Essen von Ramallah, aber das hier kam ihm nahe. Frische Salate. Das Steak besser als in der Bar in Tel Aviv mit dem Krokodil. Ich bekam den Kaffee serviert und trank ihn mit kleinen Schlucken.

Einer der Kellner rief den Namen Avi. Während ich den Kaffee trank, versammelten sich drei junge Männer um ihn, einer davon ein Kellner. Von ihrem Tisch drangen Reden und Gelächter herüber, wurden zunehmend lauter. Ich spürte einen Druck in der Brust. Wie sollte ich sie ansprechen? Wie sollte ich Tamar erwähnen? Ich wartete.

Ich blieb als letzter Kunde und trank einen zweiten Kaffee. Der Kellner aus der Gesellschaft, mit weißem Hemd und schwarzer

Hose, trat zu mir. »Alles in Ordnung, mein Herr?« In seinen Augen lag der misstrauische Blick, den die Dorfbewohner für die Bewohner der Gebiete reserviert hielten. Sein Atem roch nach Arrak. »Ja. Vielen Dank. Ich möchte jetzt die Rechnung.«

»Aber gern«, sagte er und ging. Ich zog einen Schein heraus. Wenn er mit dem Wechselgeld zurückkommen würde, war meine Gelegenheit gekommen, das wusste ich.

Ich ließ ein großzügiges Trinkgeld liegen, und als ich sah, dass der Kellner es wahrgenommen hatte und seine Augen anerkennend aufblitzten, fragte ich: »Sagen Sie, kennen Sie zufällig Tamar Sarsur?« Der Kellner hob abrupt den Kopf. »Tamar? Aber sicher! Was haben Sie mit ihm zu tun?« Und bevor er mir Zeit für eine Antwort ließ, rief er in Richtung des Tisches: »He, er kennt Tamar Sarsur!« Dann zählte er das Geld und sagte, nur für meine Ohren, zu mir: »Danke, mein Herr.«

»Wer kennt Tamar Sarsur?«, dröhnte eine der Stimmen. »Er«, sagte der Kellner. »Woher kennst du ihn?« Das war Avi.

»Aus Tel Aviv. Aber nicht wirklich …«

»Hat er dich hergeschickt?«, fragte ein anderer.

»Eigentlich nicht. Ich … ich habe ihn vor einiger Zeit in Tel Aviv getroffen … er hat mir von diesem Lokal erzählt, also dachte ich, ich probier's mal, das ist alles.« Sie antworteten nicht darauf. Alle sahen mich jetzt an, außer dem Kellner, der meinen Tisch zu Ende abräumte. »Kennt ihr ihn alle?«

Avi lachte. »Klar kennen wir ihn. Seit wir ungefähr so klein waren. Hast du ihn im Krankenhaus gesehen? Mit der Pflegerkleidung?«

»Ja«, sagte ich. Ich wusste nicht, wohin ich das Gespräch lenken sollte.

»Er sieht sehr gut darin aus.« Alle lachten. »Hast du den Gemüseladen von Amin gesehen?«

»Klar. Alle verwechseln Tamar und Amin. Die Leute im Krankenhaus verlangen Gemüse, und im Gemüseladen wollen sie Medikamente!« Ich erinnerte mich an die Geschichte des Krokodils. Sie lachten. Avi sagte etwas zu dem Kellner, und er trat mit einer Flasche Arrak und einem Glas zu mir, ein Fragezeichen im Blick. Ich nickte, er schenkte ein.

Einer sagte etwas, das in etwa lautete: »Ob die Alte sie wohl auseinanderhalten kann oder ob beide auf ihre Kosten kommen, ohne dass sie es merkt?« Ich verstand es nicht, aber es führte zu langen Lachsalven. Ich lächelte. Es war eines dieser Gruppengelächter, das sich selbst nährt, und es dauerte über die Maßen lange, bis es ausklang. Schließlich fragte mich Avi mit Lachtränen in den Augen, ob ich die Alte gesehen hätte. »Die Alte?«, sagte ich. »Nein. Welche Alte?«

Avi erwiderte: »Die Alte, die Tamar vögelt. Hat er dir nichts von ihr erzählt?« Der Kellner fügte hinzu: »Er hat überhaupt nicht mehr aufgehört, von ihr zu reden, bis wir anfingen, Witze über ihn zu machen, er solle doch ins Altersheim gehen.« Sie lachten wieder. Ein Junge mit Schnurrbart und langem Haar bis auf die Schultern sagte: »Wir haben ihm gesagt, er soll mit den Falten aufpassen!«

Nachdem sie sich endlich beruhigt hatten, erklärte Avi, Tamar habe erzählt, dass er eine Jüdin in Tel Aviv vögelte. Er war sehr stolz darauf. Aber es stellte sich heraus, dass sie vierundfünfzig war, und er wurde zur Zielscheibe von Spott und Erniedrigung im Restaurant. Seitdem erwähnte er sie nicht mehr. Ich lachte. Es war ein Lachen von Arrak, Männersolidarität, Tagesende. Es war, an dieser Stelle, auch ein Lachen der Erleichterung, den Auftrag ausgeführt zu haben. Ich hatte zwar keine Kenntnisse gewonnen, die dem Krokodil oder sonst jemand nützlich sein würden, doch ich hatte es wenigstens versucht. Ich war an die richtigen Leute geraten. Ich hatte eine Information erhalten.

Und dann, als ich schon anfing aufzustehen, erhielt diese Information eine andere Dimension. Es gab da noch ein klitzekleines Detail, das den Unterschied ausmachte. Ein Detail, das, wie ich in dem Moment begriff, als ich es hörte, genau das war, wonach das Krokodil und sein kahlköpfiger Freund gesucht hatten.

41

»Bingo!«, sagte Bar.

Er verstand etwas, das ich nicht begriff, oder hörte etwas, das ich nicht gehört hatte. Der Lärm in der Bar Barabusch war unerträglich. Sie machten einen südamerikanischen Abend. Das Essen war gut, der Lärm übel: Viele Menschen und schauderhafte Akustik sind eine grausame Kombination. Um den anderen zu verstehen, musste man sein Ohr regelrecht in dessen Mund stopfen. Bar saß näher an Fahmi, der mit Akzent und seiner sanften Stimme redete. Er erzählte von seinen Nachforschungen in Kafr Qasim. Erzählte, dass Tamar mit irgendeiner Frau hier in Tel Aviv vögelte. Eine Vierundfünfzigjährige, sagte er und lachte. Bar und ich hoben unsere Augenbrauen. Und dann sagte er noch etwas, das mir nicht zu hören gelang, und Bar rief: »Bingo!«

Fahmi hatte zwei Tage davor angerufen. Er sagte, er habe etwas für uns und wolle sich mit uns treffen. Er wolle in die Bar Barabusch, um noch mehr schöne Frauen zu sehen, die einen Orgasmus verlangten. Ich sagte ihm, es gebe nichts Besseres als den Donnerstag, ich würde ihn am Dorfeingang abholen.

Ich war so vertieft in die Sache mit Gueta, dass ich gar nicht darauf achtete, was bei Time's Arrow passierte. An jenem Donnerstag beendete ich das Projekt der Belgier und händigte Gaj die Unterlagen aus. Wir gingen sie durch, und dann fragte ich ihn, was danach anstand. Er blickte mich an. »Ich weiß nicht«, sagte er, »es gibt jetzt nicht viele Projekte.«

»Echt?«, fragte ich.

»Ist dir das neu?«, entgegnete er. Es war mir neu. Mittags bestellte ich Thailändisch mit Talia Tenne, die ihr Haar rot gefärbt hatte, samt Finger- und Zehennägeln. »Welche Ehre!«, sagte sie.

Ich sagte zu ihr: »Heute erklärst du mir, was in dieser Firma passiert.«

»Mit Freuden«, erwiderte sie, »obwohl am Nachmittag eine Firmensitzung stattfindet, wo du dich aktuell informieren könntest.«

»Im Ernst?«, fragte ich sie. Ich hatte von keiner Sitzung gehört, doch als ich meine E-Mails durchforstete, sah ich die Einladung.

Es gab nicht viel zu erzählen. Es gelang nicht, das System zu verkaufen. Die Inder killten den Markt. Die Kürzungen und der Umzug nach Rosch Ha'ajin hatten die Angelegenheit für einige Monate stabilisiert, aber die Investoren machten wieder Stress. Jimmy stand unter Hyperdruck in letzter Zeit, berichtete Talia, er hatte Joni Baronko angebrüllt, weil Joni anscheinend irgendein großes Geschäft in Skandinavien zum Platzen gebracht hatte. Und die Belgier schnitten jetzt Grimassen. Sie würden vielleicht auf das System verzichten. Es gab Gerüchte, dass sie ein Angebot unserer Konkurrenz erhalten hatten, eine andere israelische Firma. Talia Tennes weiße Haut mit den vereinzelten blassen Sommersprossen glänzte unter der Neonröhre in der Essecke. Mir fielen die Falten um ihre Augen auf. »Das ist nicht wie in den guten Zeiten, Krokodil, hast du das noch nicht gemerkt?« Es war mir nicht aufgefallen. Ich war mir keines Drucks, keines Geschreis, keiner Fehlschläge und keines Jimmys bewusst. Und ich hatte keine Ahnung, wer Joni Baronko war. Das thailändische Essen war gar nicht übel.

Bei der Firmensitzung sah ich Jimmy weniger enthusiastisch, ohne Funken. Er redete über die gleichen Dinge, aber er schien sie selbst nicht zu glauben. Der große Rafi Rafael, der Jimmy des Luftwaffen-Zeitmanagements, der König der Zeit von Time's

Arrow – »Jede Minute zählt« – sah aus wie einer, der stehengeblieben war. »Kennt ihr das Hofstadter Gesetz?«, fragte er. Keine Antwort. »Das Hofstadter Gesetz sagt: Es dauert immer länger, als man glaubt, auch wenn man das Hofstadter Gesetz mit einkalkuliert!« Er blickte die Anwesenden an. Niemand verzog auch nur den Mundwinkel. »Und was sagt uns das? Es besagt, dass die Dinge mehr Zeit brauchen, als wir geplant haben. Es besagt, dass man Geduld braucht. Aber auch ich, der ich das Hofstadter Gesetz jeden Morgen bei der Bauchgymnastik und dem Orangensaft vor den Nachrichten auf Kanal 50 repetiere – auch ich verliere die Geduld!« Den letzten Satz sagte er unter Steigerung von Lautstärke und Nachdruck, als hätte jemand die Knöpfe am Verstärker auf Maximum gedreht.

»Seht mal«, fuhr er mit ruhigerer Stimme fort. »Niemand hat mehr Zeit. Sechzig Prozent der Europäer haben das kürzlich in einer Umfrage bestätigt. Auch der Risikokapitalfonds, der in uns investiert – Risikokapitalfonds, wozu so ein langer Name? Es dauert mindestens zweieinhalb Sekunden, ihn auszusprechen, und das ist *way too much* –, auch sie haben keine Zeit. Sie verlieren die Geduld. Sie haben uns Geld für zwölf Monate gegeben, und nach zwölf Monaten wollen sie Ergebnisse sehen. Sie wollen das sehen, was ich ihnen versprochen habe – die FedEx des 21. Jahrhunderts.«

Jimmy trank einen Schluck Wasser. Ich wechselte einen Blick mit Talia Tenne. Ihre Augen fragten: Verstehst du jetzt, wovon ich rede? Meine Augen antworteten: Verstehe. »Weshalb rennen wir so von Ort zu Ort?«, fuhr Jimmy fort. »Wir leben unter Terror. Der Terror der Zeit, Terror des Ablaufs der Zeit, der Terror vom Ende. Der Terror des Todes. Wir fürchten uns vor der Zeit und finden Trost in Zeitformaten, in runden Stunden, in Tagen und Ereignissen, die einen Anfang und ein Ende haben. Wir flüchten – in Schlaf, Träume, Bier, Meditation und Esoterik. Oder wir arbeiten wie die Wahnsinnigen und päppeln die Illusion, dass wir die Zeit unter unserer Kontrolle haben.«

Ich erinnere mich nicht an alles, was er sagte. Nur in Bruchteilen an Ideen und Worte. Er redete über Kronos, von Zeit in der griechischen Mythologie. Über Indianerstämme, deren Sprache keine Worte für »spät« oder »warten«, nicht einmal für »Zeit« hat. Über den Pfeil der Zeit, ein Strom, der von der Vergangenheit ausgehend in die Zukunft reicht, in eine Richtung, mit einer Abfolge von Ereignissen, die nicht rekonstruierbar sind, er sprach von Stephen Hawking und den zehn Dimensionen. Er redete und redete und redete. Wir saßen ihm gegenüber, betäubt, und fragten uns: Was will er, dieser Mann, was treibt ihn?

Nach der Sitzung gingen wir in die Küchennische, um Kaffee zu trinken. Bar sagte: »Wie wir früher seinen Quatsch über Zeit immer geschluckt haben, was? Wir waren ganz begeistert von solchem Schwachsinn.«

»Echt?«, fragte ich ihn, aber was ich damit eigentlich meinte, war die Frage: Du meinst, wer sich hier verändert hat, das sind wir und nicht Jimmy?

Ich rief Fahmi am Ende dieses Tages an und las ihn auf dem Weg nach Tel Aviv auf. Er sah auch diesmal gestresst aus, aber er sagte, es sei alles in Ordnung. Er kam mit einer kleinen Gürteltasche, so einem Beutelchen wie die Wanderer in Südamerika (es passte zu dem Südamerika-Abend in der Barabusch-Bar), nur dass er es nicht um die Hüften geschnallt, sondern über die Schulter gehängt hatte, und während der Fahrt legte er es auf seine Knie und hielt den Gürtel fest. Wir fuhren in die Barabusch-Bar und aßen.

Bar traf danach ein. Er redete von dem Maccabi-Spiel und erklärte es Fahmi. Ich erhielt einen Anruf von meiner Schwester Dafdaf, die das Gespräch ewig in die Länge zog. Ich spürte, dass sie versuchte, mir etwas zu sagen, aber ich war mir nicht sicher, was. Sie hatte einen großen Streit mit ihrem Mann und fragte mich, was sie tun solle – mich! Als ob ich eine Ahnung hätte. Mich, dem es weder gelungen war zu heiraten noch aktiv nicht zu heiraten. Dann drehten sie die Musik auf, und ich war gezwungen, das Gespräch abzubrechen.

Ich sagte zu Fahmi: »Nu, kannst du was erzählen?«

Er erwiderte: »Wie wär's mit noch einem Bier? Ich will noch ein bisschen die Mädchen anschauen.«

»Gern, aber lass uns vorher vielleicht die Sache mit Tamar erledigen.«

»In Ordnung. Wir reden noch darüber.« Er schenkte mir einen starren Blick. Bar zuckte die Achseln. Ich bestellte noch ein Bier. Es war nahe Mitternacht. Das Lokal war voll. Wir saßen an der Ecke der Bar, meine Stammecke. Fahmi war zufrieden mit dem Aussichtsposten.

»Was ist denn nun Bingo?«, schrie ich in Bars Ohr.

»Was?« Fahmi versuchte, seinen Kopf dazwischenzudrängen, um uns zu hören.

»Warum hast du Bingo gesagt?« Bar blickte mich überrascht an. »Hast du nicht gehört, was er gesagt hat?« Ich schüttelte den Kopf.

»Komm, wir gehen hier raus«, sagte ich. »Ich ertrage das nicht. Ich höre überhaupt nichts.«

»Was?«, schrie Bar. Ich deutete nach draußen – rausgehen. Fahmi schien die Idee zu erschrecken. »Warum?« Ich drückte meinen Mund an sein Ohr: »Ich höre nichts, gehen wir raus.« Er blickte besorgt seinen Beutel an. »Nur noch ein bisschen?«

»Wir kommen nachher zurück. Wir reden ein bisschen draußen und gehen wieder rein.« Ich begann, in Richtung Tür zu drängen. Als ich sie erreicht hatte, drehte ich mich um. Fahmi sah aus, als sei ihm etwas Schlimmes passiert. Er schob sich langsam und unwillig hinter Bar voran, den Beutel über der Schulter. Ich trat hinaus. Es war, wie aus einem Vakuum herauszukommen. »Was für ein Lärm!«, sagte ich.

Wir gingen zum Meer, nahmen uns drei Liegestühle und ließen uns darauf nieder, im Angesicht der Wellen. Es fing an, endlich kühl zu werden, und ich hatte eine angenehme Gänsehaut. Mein Körper nahm die horizontale Lage lustvoll an. Die Ohren genossen das Wispern der Wellen. »Was war los, Fahmi, du wolltest nicht gehen?«

»Nein, ist schon in Ordnung«, sagte er, aber er sah noch gestresster aus.

»Vielleicht kann mir einer mal erzählen, was los ist?«, fragte ich und zündete eine Zigarette an.

»Ganz einfach«, sagte Bar. Er lehnte sich im Liegestuhl zurück, als bräune er sich in den Mondstrahlen. Niemand war in der Gegend. »Sehr einfach. Tamar vögelt die Frau des Professors.«

»Echt? Woher weißt du das?«

»Das haben Tamars Freunde Fahmi erzählt. Dass er die Frau von irgendeinem Doktor vögelt.«

»Aber er ist um die hundert. Du hast gesehen, wie alt er ist.«

»Sie ist vierundfünfzig nach dem, was sie gesagt haben«, sagte Fahmi.

»Nu?«

»Was nu?«

»Also vögelt Tamar die Frau von Schneidermann«, sagte ich. »Wo ist die Verbindung zu Gueta? Wo genau ist das Bingo?«

»Das wirst du Schneidermann fragen müssen«, sagte Bar zu mir.

»Ich? Warum ich?«

»Wenn nicht du, wer dann?«

»Ihr braucht ihn nicht zu fragen, es ist klar.« Das war Fahmi. Sein Liegestuhl war in der Mitte, zwischen uns. Wir drehten ihm beide den Kopf zu. »Er hat Gueta bezahlt, damit er Tamar tötet.«

»Was?«

»Ja. Ihr habt gesagt, Geld. Ihr habt gesagt, geheimes Treffen. Ihr habt gesagt, keiner redet. Wetten?«

»Aber Gueta war bloß ein Junge. Er war gerade erst aus der Armee entlassen …«

»Genau.«

»Wie hat er Gueta denn kennengelernt? Wie ist er an ihn gekommen?«

»*Ana aref*, was weiß ich?«

Ein paar Minuten lang sagten wir gar nichts. Wir dachten still nach. Schließlich sagte ich: »Nein, Fahmi, die Dinge funktionieren nicht so hier im Land. Wegen eines Seitensprungs, das ist unlogisch. Wir sind nicht ... wir sind nicht irgendwo in Afrika ...«

»Vergiss nicht, er ist Araber.«

»Wer?«

»Tamar.«

»Nu?«

»Das Leben eines Arabers ist nichts wert. Sicher hat der Doktor 1948 schon Araber getötet. Was bedeutet da einer mehr oder weniger? Mit Freuden ... hat die Frau gevögelt ... das ist ein ausreichend guter Grund bei einem Araber.«

Wieder schwiegen wir. Jetzt wusste ich nicht mehr, was ich sagen sollte. Fahmi wühlte in seinem Beutel. Ich spähte dorthin, er hielt da etwas in der Hand. »Was hast du da, Fahmi?«

Er zog die Hand heraus: »Nichts, ich hab was gesucht.«

Mir fiel auf, dass Bar schon seit einer ganzen Weile schwieg. Er wirkte, als sei er eingeschlafen.

»Bar?«

»Hm?« Er war nicht eingeschlafen. Seine Augen waren hellwach.

»Was denkst du?«

»Du willst wissen, was ich denke?« Auch so spät in der Nacht, im Mondschein, hatte er seine abgewetzte Baseballkappe auf. Jetzt schob er sie leicht nach einer Seite.

»Ja.«

»Ich denke, was Fahmi sagt, klingt ziemlich logisch.«

Ich nahm mir ein paar Sekunden Zeit, um das zu verdauen. »Und was heißt das? Was machen wir jetzt?«, fragte ich.

»Gute Frage. Wenn du mich fragst, musst du ins Ichilov gehen und dir den Professor zu einer Unterhaltung greifen.«

»Und was dann?«

»Dann werden wir sehen«, sagte Bar.

Wir blieben noch ein paar Minuten dort, gegenüber dem Meer. Ich dachte an Jimmys unwirkliche Rede bei der Firmensitzung, und es tat mir ein bisschen leid um ihn. Ich versuchte, mich an die Dinge zu erinnern, die er gesagt hatte. An irgendeinem Punkt weckte mich Fahmi aus meinen Gedanken und fragte, ob wir in die Bar zurückgingen. Ich sagte, ich hätte nicht mehr die Energie dazu, der Lärm bringe mich um. Bar sagte, er könne auch nicht mehr. Ich fragte Fahmi, ob er eine Mitfahrgelegenheit nach Hause wolle.

Die ganze Strecke nach Kafr Qasim schwieg Fahmi. Es war seltsam. Ich hatte gedacht, wir wären beim letzten Mal Freunde geworden, doch heute Abend war das wie weggeblasen. Als ob er gekommen sei, weil er musste, weil das seine Arbeit sei, weil er für mich ein paar Tage vorher bei Times's Arrow gearbeitet hatte. Aber dieser Abend war keine Arbeit. Wir bezahlten nicht für die Information, die er uns gebracht hatte, und er hatte es auch nicht verlangt. Das heißt, es hatte sich wie eine Sache unter Freunden angefühlt bis heute Abend, und an diesem Abend nun, wo es sich anders anfühlte, fiel es mir schwer zu verstehen, was passiert war. Ich konnte auch nur schwer verstehen, weshalb er sich die Mühe gemacht hatte, nach Tel Aviv mitzukommen, wenn er so verschlossen und distanziert war, wenn er nicht unser Freund war.

Aber ich stocherte nicht allzu sehr darin herum. Nicht bei mir und bei ihm ganz sicher nicht. Als wir den Dorfrand erreichten, steckte er die Hand in seinen südamerikanischen Beutel, und dann erinnere ich mich an nichts mehr.

42

»Guten Morgen, Fahmi, wie steht's? Lass mal sehen. Luftschlauch. Urinschlauch. Du hast fast gar nichts gemacht. Auch kein Kacki. Weniger Arbeit für mich, aber weniger gut für deinen Körper. Nicht?«

Der Körper … rührt … sich nicht …

»Heute kommt deine Ärztekommission. Bitte, sei … alle werden heute Morgen hier sein.

Deine Schwester, deine reizende Freundin mit dem guten Geruch, meinem Geruch, dein Vater. Viel Erfolg, mein Schatz …

Krokodil wird nicht kommen … das war bloß ein Gerücht in den Zeitungen …

Und danach die Kommission … sie müssen entscheiden …

Ich weiß nicht genau, was, was das heißt, Fahmi …«

Die al-Aqsa-Moschee ruft euch. Erhebt euch gegen jene, die uns unterdrücken. Für dich, mein starkes Volk. Zusammen werden wir kämpfen und streiten. Ruft mit lauter Stimme: *Allahu akbar, Allahu akbar.* Wir werden jede Träne einer Mutter und jeden Tropfen Blut eines Verwundeten rächen. Für jeden Schahid, der stirbt, wird ein anderer an seiner Stelle aufstehen. Trotz der Jahre, für dich, mein starkes Volk … bald, ewiges Glück mit den Propheten. Sie empfingen den Tod von ganzem Herzen. Schlugen zu wie Herrscher. Die Zeit ist gekommen, endlich …

»Bitte, Doktor Hartum.«

»Danke, Doktor Bar'am. Also, der Junge wurde im Auto getroffen.

Die Tür war offen, anscheinend war er dabei, auszusteigen. Aber er saß noch drinnen. Wie bekannt, hat die Lokalität der Explosion gravierende Auswirkung auf die Art der Verletzungen, die wir sehen. Ein geschlossenes Auto ist vielleicht der kleinste Raum, an den sich denken lässt, und daher besonders tödlich. Zusätzlich zu den direkten Verletzungen wirkt eine weitere Energie, die von den Autowänden zurückgeworfen wird.«

»Natürlich, mehr Implosion als Explosion. Einsturz nach innen und nicht nach außen. Tödliche Saugkraft vor allem. Ein Wunder, dass er noch atmet. Die meisten Menschen erleiden durch ein Abtrennen von Gliedmaßen den sofortigen Tod.«

»Exakt. Daher habe ich die offene Tür vermerkt. Dazu noch etwas: Er hat offenbar gezögert und im letzten Moment die Handgranate, die er hielt, nach draußen geworfen. Die Ermittler haben die Stelle der Explosion lokalisiert, zwei Meter vom Auto entfernt. Es gab einen weiteren Passagier im Auto, aber er erinnert sich an nichts ...«

»Augenblick, sagen Sie mir nicht, dass das dieser Krokodil ist, wie hieß er gleich ...«

»Genau, das ist er.«

»Außergewöhnlich ... ganz außerordentlich ... hmmm ... Na gut, also, was haben wir hier?«

»Ein Splitter im vorderen Gehirnlappen. Man kann ihn an der Stirn sehen, hier.«

»Wenn Sie nicht darauf gezeigt hätten, hätte ich ihn, glaube ich, nicht bemerkt ...«

»Daher stammt die Theorie, dass er sich vielleicht anders entschlossen hat. Außer der Verletzung an der Stirn trafen ihn Splitter am Körper: Hier, hier, da und da. Geringfügige und leichte Verletzungen. Der Zweite im Wagen erlitt nur einen Schock und einige Kratzer von Splittern.«

»Und das Gehirn, Doktor?«

»Ich hätte vor etlichen Wochen den Gehirntod feststellen können, doch er hat auf Berührung, Musik, Geruch und Stimmen von Nahestehenden reagiert.«

»Hmmm … welche Reaktionen?«

»Schweißabsonderung. Pupillen. Ausscheidungen. Sexuelle Erregung. Veränderungen des Gesichtsausdrucks, Stöhnen …«

Vielleicht hatte ich zu viel getrunken. Oder zu wenig. Ich trank, um keine Angst zu haben. Ich trank, damit es mir egal würde. Ich hatte so viele Gelegenheiten – in der Bar, am Meer, auf der Fahrt, aber ich ruinierte das Ganze, ich war nicht fähig dazu. Und dann erreichten wir den Dorfeingang und … was passierte? Wo war das Krokodil? Er war neben mir, schwieg die ganze Strecke …

»Hmmm … interessant. Und Sie sagen, in den letzten zwei Tagen findet eine Regression statt …«

Als wir am Meer saßen, das Krokodil, sein glatzköpfiger Freund und ich, war der Himmel ganz hell, fast so hell wie bei Tageslicht. Voller Sterne. Jetzt ist er grau, und der Regen prasselt heftig, wild. Der Muezzin ruft mich zur Moschee, aber ich bin nicht würdig. Was ist dort passiert? Ich spielte mit dem Ring an der Granate. Das Bier rauschte in meinem Kopf. Warum spielen sie mir nicht mehr Amr Diab vor? Wo ist Lulu? Wo ist Rana? Keine gute muslimische Frau, eine so süße muslimische Frau, geh weg von mir, Bilal, geh weg, Papa, geht …

Die Zeit, die verging, Generationen, Minuten, der überstürzte Aufbruch aus meinem Dorf, Dajiq, der Esel. Meine geliebte Lulu. Meine geliebte Rana. Es tut mir leid. Aber ich nicht. Das Krokodil hielt am Dorfeingang. Ich spielte mit dem Ring. Machte die Autotür auf. Das war der Moment. Alles oder nichts. Was soll ich … bist du jetzt zufrieden, Bilal? Wo bist du, Lulu?

»Ich werde heute vierzehn, Fahmi. Viel Glück. Und auf Wiedersehen. Sie haben zu uns gesagt, wir sollen uns verabschieden. Vielleicht hörst du mich …«

Unser Geheimplatz, der zum Toten Meer hinausblickt. Der Winter wird kommen, und es wird viel regnen, doch das wird uns nicht stören. Die Luft wird die Luft meiner Kindheit sein. Es wird keine Armee geben. Keinen Erdwall. Ein normales Leben, Lulu. Du wirst aufwachsen und auf die Universität gehen. Papa wird stolz sein. Bilal wird frei sein.

Ich werde Kafr Qasim vergessen. Das Krokodil und Tel Aviv vergessen. Die Soldaten mit den Sonnenbrillen vor den Augen, den Händen in den Taschen und dem wütenden Gebell … Sie zogen mich aus, nahmen mir einen Socken weg und stopften ihn in eine Ecke, zwischen Decke und Wand, um eine lecke Stelle abzudichten. »Du hast was für dein Volk gemacht«, sagte der Soldat. »Jetzt tropft denen, die nach dir kommen, kein Wasser von oben rein.«

Ich rieche dich … ich spüre deine Tränen …

Was geht dir durch den Kopf, wenn du in einem grünen Polo spät in einer hellen Nacht nach Osten fährst, auf deinem Schoß einen kleinen Beutel, der eine Handgranate der Armee enthält, deinen Finger in ihren Ring gehakt, wie ein Ehering, den du nie hattest, der dich ihr angelobt, der Handgranate. Was geht dir durch den Kopf? Bierblasen streichen dir durch den Kopf, all die schönen Mädchen, das Flüstern der Wellen, all die Menschen, die dir sagten, was du tun sollst, wohin du gehen sollst, was du glauben und wen du hassen sollst, wer du sein sollst. Großvater Fahmi, der dich lehrte, was ein Held ist, und wollte, dass du hart bist; Mama, die dich lehrte, dass es manchmal keinen Grund gibt; Bilal, der dich lehrte, was Hass ist, und wollte, dass du gläubig bist, stark und unnachgiebig; Rana, die dich lehrte … Weichheit lehrte und deine Nähe wollte; Papa, der dich Geduld lehrte und dich auf der Bir-Zeit-Universität sehen wollte; Lulu, die dich Freude lehrte und nur an deiner Seite sein wollte … was bleibt von dir, nachdem dir alle gesagt haben, wer du bist und was du bist? Was war in dir, darunter, unter den Schichten, die sie über dich legten? Wer warst du letztendlich, als du nur du warst, als der Esel dich zu dir selbst mitnahm? Wer warst du, wer wolltest du sein und wer konntest du nicht sein, weil deine Vergangenheit stärker war als du, weil sie dich einholte, von dir zu handeln verlangte? Wer möchtest du jetzt sein, während der Ring deinen Finger umschließt und das Krokodil neben dir ist, in seinem kleinen Auto … Kümmert es dich? Ist es dir wichtig? Du wolltest, dass dein Leben etwas wert ist. Dass es ein Ziel hat. Spielt es überhaupt eine Rolle, für irgendjemand oder irgendetwas, ob du jetzt aufstehst, hier weggehst und nach Hause zurückkehrst, ins Lager oder ins Dorf zurück, Arbeit findest, wartest, wartest und wartest, tagelang vor dem Fernseher, der deine Ohren mit dem Klang der Zerstörung füllt, deine Augen mit Blut, deine Nase mit dem Fäulnisgeruch, deine Zunge mit dem Geschmack des Feuers? Spielt es irgendeine Rolle, ob du eine Bombe baust, zu einer Aktion aufbrichst oder in der Erde verfaulst? Zu studieren anfängst? Nach Australien reist? An der Sicherung ziehst?

»Swetlana, könnten Sie sich vielleicht beeilen? Swetlana, sagen Sie ihm … Ist alles in Ordnung mit Ihnen? Swet?«

»… Ja, Doktor Hartum … sofort … Herr Sabih, könnten Sie … ja, ich weiß, ich verstehe ja … o Gott …«

Bevor ich aufbrach, betrachtete ich die Handgranate lange. Eine halbe Stunde. Ich betrachtete sie und dachte nach. Unser Boden, unsere Menschen, die Schahids, die schrecklichen Fernsehbilder auf al-Manar, die Moschee. Ich schloss die Augen. Ich öffnete sie wieder. Hob den grünen, glatten Apfel auf. Legte ihn in den Beutel, den ich im Schrank in meinem Zimmer gefunden hatte, ein Lederbeutel oder eine Lederimitation in hellem Braun. Ich legte den Apfel hinein und rief Rana an. Das Telefon klingelte dreimal. Sie ging dran. Ich schwieg. Sie fragte, wer dort sei, zweimal. Ich sagte im Herzen: »Ich liebe dich.« Und legte auf. Ich ging zu Fuß zum Dorfrand, mein Hals war trocken wie Sandpapier. Dort holte er mich ab. Dorthin kehrte ich nach Mitternacht zurück. Und dort …

Was geht dir durch den Kopf? Was geht in deinem Kopf vor? Was ist passiert? Und wem? Und …

43

Otto Schneidermann sah noch älter aus als beim vorigen Mal. Diesmal waren es nur er und ich, in einem kleinen Café in einer Seitenstraße. »Auf gar keinen Fall im Krankenhaus«, hatte er gebeten. Sein Schädel schimmerte rosa unter dem schütteren weißen Haar, der Bart war zwar gepflegt, doch in seinen Augen lag Trauer und noch etwas, das zu bestimmen mich eine Weile kostete – Angst. Professor Otto Schneidermann hatte Angst vor mir. Am Telefon hatte ich zu ihm gesagt, ich wisse Bescheid über Tamar und seine Frau, über Gueta und das Geld. Er fragte, was ich wolle, Geld? Ich sagte: »Ein Treffen und die ganze Geschichte hören.«

»Und nachdem Sie die ganze Geschichte gehört haben?«, fragte er.

»Dann entscheide ich, was ich mache«, antwortete ich.

Ich bestellte eine heiße Schokolade, er Tee. Draußen war es heiter, aber kühl. Es waren einige Wochen seit Fahmis Handgranate vergangen. Mein Gehör war fast wieder intakt. Die Verletzungen – an Unterschenkel, Knie und Arm – taten nicht mehr weh. Ich war zwei Wochen bei meinen Eltern gewesen. Als ich nach Tel Aviv zurückkam, wohnten meine Schwester Dafdaf und mein Bruder, der aus Maryland angereist war, bei mir. Sie verweigerten in meinem Namen sämtliche Anrufe von der *Arche Noah*, *Nur Alltägliches* und dem gesamten Rest. Auch von Dutschy.

»Werden Sie zur Polizei gehen?«, fragte er mich. Ich blickte ihn lange an. Jetzt konnte ich die Angst in jeder Bewegung, jedem Muskel, jedem Blick sehen.

»Ich weiß nicht«, sagte ich. »Ich möchte die komplette Geschichte hören.«

»Wer seid ihr? In wessen Auftrag?« Er hatte Angst, denn er wusste nicht, wer wir waren und woher wir aufgetaucht waren. Mir war klar, wenn ich die Geschichte hören wollte, musste ich mir diese Karte aufheben, die Drohung aufrechterhalten. Ich setzte mein ernstestes Gesicht auf und sagte: »Wir sind, wer wir sind, und wir arbeiten, für wen wir arbeiten. Ich kann Ihnen nicht sagen, wer das ist, aber ein freundschaftlicher Rat – legen Sie sich nicht mit uns an. Es lohnt sich nicht für Sie.«

Er begann zu sprechen. »Ich habe entdeckt, dass meine Frau eine Affäre hatte, es lag eine neue Vitalität in Deboras Gesichtshaut, sie sagte immer, ich hätte Falkenaugen. Ich habe auch ein gutes Gedächtnis.« Er bat um eine Zigarette. Ich hob überrascht die Augenbrauen. Dann zündete ich uns beiden eine an und bemerkte, dass seine Hände zitterten. »Ich sollte nicht rauchen«, sagte er. Ich wartete darauf, dass er fortfuhr.

Er rauchte still, mit zitternden Händen und gesenktem Blick. »Was soll das«, seufzte er nach einigen Augenblicken. »Was hat das für einen Sinn? Sie werden es nicht verstehen.«

»Sie haben also mitgekriegt, dass sie eine Affäre hat«, sagte ich.

»Es war nur … lassen wir das … die Ehe war schon vorher in Trümmern. Das war nur der letzte Tropfen. Es tat weh. Dieser Staat …« Etwas war höchst problematisch an diesem Mann. Ich betrachtete ihn mit Sorge. Begann zu überlegen, ob ich einen Fehler gemacht hatte. Dachte daran, Bar anzurufen. Laut sagte ich: »Erzählen Sie, was mit Debora passierte.«

»Eines Tages kam ich auf einen Sprung nach Hause, tagsüber. Normalerweise tue ich das nicht, obwohl die Wohnung nahe beim Krankenhaus liegt. Es war eine Phase … ich war müde. Als ich kam, sah ich ihn aus dem Gebäude kommen. Debora war zu Hause. Sie hatte einen Morgenmantel an. Sie arbeitet in dem Laden des Tel-Aviv-Museums. Sie war nicht einfach so mitten während eines Arbeitstags nach Hause gekommen und hatte einen Morgenmantel angezogen. Sie sagte, sie habe sich nicht gut gefühlt, aber … o Gott, bitte.« Schneidermann rieb sich die Augen hinter den Brillengläsern. »Ich sagte nichts. Ich drehte mich um und verließ das Haus.«

Er nahm einen tiefen Zug von der Zigarette und tat danach einen tiefen Atemzug. »Ich stieß vier, fünf Tage später auf dem Gang im Krankenhaus auf ihn. Er trug Pflegerkleidung. Ich erkannte ihn anfangs gar nicht, aber dann machte es *klick* in meinem Hirn. Ich versuchte, das Schild auf seiner Brust zu lesen, und sah, dass ›Tomar‹ darauf stand. Etwas quälte mich. Er kam mir von irgendwoher bekannt vor.« Schneidermann blickte mich an. »Der Gemüseladen seines Bruders. Aber ich stellte keinen Zusammenhang her. Ich versuchte, im Krankenhaus etwas über ihn herauszufinden. Er hieß Tomar, arbeitete in der Physiotherapie. Mehr konnte ich nicht entdecken.«

»Was hat sie Ihnen gesagt?«

»Hören Sie, ich sagte Ihnen, Sie würden es nicht verstehen. Sie wollen jetzt nicht meine Lebensgeschichte hören, richtig? Das würde eine Woche dauern. Sie müssen nur verstehen …« Er suchte nach Worten. »Unsere Ehe war bereits ruiniert. Das war nur noch ein … es war schon vorher passiert, wir … wenn ich nicht im Krankenhaus auf ihn gestoßen wäre, hätte ich nicht einmal …«

»In Ordnung, ich verstehe«, sagte ich, obwohl es nicht ganz stimmte. »Damit befassen wir uns nicht. Machen Sie mit Tomar weiter.«

»Ein paar Tage nachdem ich Tomar im Krankenhaus gesehen hatte, begriff ich, was mich quälte. Ich ging an Amins Gemüseladen vorbei, und der Groschen fiel. Ich sagte zu Amin, es gebe einen Pfleger im Krankenhaus, der ihm sehr ähnlich sehe. ›Stimmt‹, sagte Amin zu mir, ›das ist mein Bruder, Tamar.‹ ›Tamar? Nicht Tomar?‹ ›Wissen Sie, er nennt sich Tomar im

Krankenhaus, damit er keine Probleme kriegt. Verstehen Sie?‹ ›Ja, ja, das verstehe ich‹, antwortete ich und ging. Nach ein paar Schritten setzte ich mich auf eine Bank. Ich wollte mich übergeben. Ich kochte vor Scham …« Schneidermann hob die Augen und sah mich kurz an. Wieder suchte er nach Worten. Ich blickte ihn nur an. »… Dieser Staat … hören Sie, ich weiß nicht, wie Sie denken. Im Krankenhaus wage ich überhaupt nicht zu reden. Es gibt hier eine Hexenjagd auf jeden, der zu sagen wagt, dass dieser Staat dem Abgrund entgegengeht. Es braucht jemand Starken hier, einen Führer, der weiß … Vielleicht haben Sie *Der graue Wolf* gelesen, die Biografie von Kemal Atatürk?« Ich schüttelte den Kopf. »Wissen Sie, wer das ist?«

»Ja, ein Türke, nicht? Er …«

»Genau. Lesen Sie es. Der Untertitel dieses Buches lautet *Das Leben des Diktators Mustafa Kemal.* Ich werde Ihnen noch was sagen.« Er beugte sich jetzt zu mir, dämpfte die Stimme. »Lesen Sie *Mein Kampf*. Und wenn Sie wollen: Ich habe Aufnahmen von Hitlers Reden in Nürnberg.« Ich blickte mich unbehaglich um, aber das Café war fast leer. »Man braucht mir nicht zu erzählen, wer Hitler war, aber nur ein Blinder sieht nicht, dass das, was hier passiert, anfängt, einem Weimar zu ähneln. Die Herrschaft der Linken in den Medien, die Angst vor den Arabern, der Hass der ganzen Welt …« Er nahm sich noch eine Zigarette aus meiner Schachtel. Ich fragte: »Sind Sie sicher, dass diese Zigaretten gut für Sie sind?«

»Ich bin mir sicher, dass sie es nicht sind«, lachte er und zündete sie an. »Dieser unverschämte Kerl«, sagte er. Ich saß ihm gegenüber und fühlte mich gefangen. Ich wollte das nicht hören. Die Angst war aus seinem Gesicht verschwunden, und ich glaube, sie begann, mich anzukriechen.

»Ich dachte daran, mich in der Nacht zu Amins Laden zu schleichen und ihn anzuzünden. Ich dachte darüber nach, wie ich Tamar selbst etwas antun könnte. Tagelang rannten vergiftete Mäuse in meinem Hirn herum, ersannen Pläne, knabberten an Stückchen. Verstehen Sie mich nicht falsch, ich habe kein Problem mit ihnen, ich habe kein Problem damit, dass sie mir Obst und Gemüse verkaufen, so wie Amin. Aber … aber … ich erinnere mich an einen Anschlag, in Jerusalem. Ich saß vor dem Fernseher und wollte, dass jemand … du sitzt vor dem Fernseher und verstehst diese Ohnmacht nicht. Zum Teufel mit der Welt, zum Teufel mit dem Ganzen. Sie geben uns einen Grundkurs, die Araber, man muss ihnen etwas beibringen.« Einige Minuten lang hielt Schneidermann eine Rede. Er zögerte nicht mehr. Er hatte seine Stimme gefunden.

Er war als Baby am Ende des Zweiten Weltkriegs aus Ungarn nach Israel gekommen, er erinnerte sich nicht an Europa, aber an seine Kindheit in Israel, Unabhängigkeitsfeiern, Araber, pausenlose Angriffe auf Chadera. Seine Eltern waren beide bei der Untergrundorganisation Etzel. Er war Anfang der Sechzigerjahre beim Militär gewesen, in den ereignislosen Jahren, und hatte als Funker gedient. Wenn er die Siedler in Samaria sah, einen Pessachabend in Hebron, leuchteten seine Augen vor Stolz. Die Nuklearmedizin ergab sich von selbst: eine Mutter, die wollte, dass ihr Sohn Arzt wurde, der Sohn zu schwach, um sich zu widersetzen. Eines führte zum anderen, eine Stufe nach der anderen. Universitätsgrad, Facharztausbildung, Frau und Kinder. »Kinder?«, fragte ich. Er nickte und ließ sich nicht weiter darüber aus. Er war mir ein Rätsel. Er hatte eine normale, ehrenwerte Seite. Doch er war losgelöst. Gehörte nicht dazu. Ein paar Minuten zuvor hatte er von einer Ehe in Trümmern, einem Staat am Rande des Abgrunds und *Mein Kampf* gesprochen.

Er bat die Bedienung um ein weiteres Glas Tee. Nahm sich noch eine Zigarette. Seine Finger zitterten stark. Mir fiel die E-Mail ein, die mir Bar am Morgen geschickt hatte: »Frau Schneidermann = der Araber hat sie genagelt«, gemäß seinem Gematrieprogramm. Ich verschluckte ein Lächeln.

»Und Gueta?«, drängte ich, denn ich hatte immer noch keine Ahnung, wie er zu alldem passte.

»Ich traf ihn in Jerusalem«, antwortete er. »Ich fuhr hin, um eine Fortbildung im dortigen Hadassa-Krankenhaus zu geben. Sie bekamen ein neues System, ein herrliches Gerät, das unsere Abteilung im Ichilov als Erste in Israel ein Jahr davor erhalten hatte, und daher war ich der führende Spezialist im Land. Positronentomographie, mit Scanner und Teilchenbeschleuniger, ein Verfahren, das eine funktionale Darstellung des menschlichen Körpers in physiologischen und pathologischen Situationen ermöglicht. Ein komplexes, einzigartiges System, das Ichilov war nicht nur das erste Krankenhaus im Land, sondern eines der ersten auf der Welt, die es benutzen. Es ist das einzige System auf der Welt, das die zwei Komponenten der Positronentomographie und der Teilchenbeschleunigung koppelt.«

Er lachte, als er meinen Gesichtsausdruck sah. »Egal«, sagte er. »Ich fuhr für drei Tage nach Jerusalem. Ich zog den Komfort des König-Schaul-Hotels dem Hin- und Herfahren zwischen Tel Aviv und Jerusalem im Stau vor. Gueta war Sicherheitsmann im Hotel. Ich beachtete ihn nicht am ersten Tag, man schaut sich die Gesichter des Wachpersonals nie an, aber wir kamen am Getränkeautomaten in der Lobby ins Gespräch. Ihm fehlte ein Schekel, und ich gab ihm einen. Es war ein besonders heißer Tag, Ende des Sommers, vor über einem Jahr. Gueta sagte zu mir, ›Ich schulde Ihnen einen Gefallen.‹ Ich winkte ab und erwiderte, ›Wieso, Sie schulden mir gar nichts. Wohl bekomm's. Trinken Sie viel.‹ Und dann dachte ich plötzlich … Jerusalem deprimiert mich immer … Ich hatte den *Grauen Wolf* mitgenommen und das Buch in der vorangegangenen Nacht gelesen, und ich dachte an Debora und diesen Jungen … und …« Er schüttelte den Kopf bei der Erinnerung.

»Als ich am nächsten Tag das Hotel betrat, nach einem Tag im Hadassa, stand Gueta am Eingang. Er erinnerte sich an mich und lächelte. Ich sagte zu ihm: ›Wollen Sie nach Ende Ihrer Schicht in der Lobby einen Kaffee mit mir trinken?‹ Er sah mich mit einem komischen Blick an. ›Keine Sorge, ich bin nicht andersrum‹, lachte ich, ›aber vielleicht kann ich Ihnen eine Arbeit anbieten.‹« Schneidermann nahm die Brille ab und putzte sie mit dem Hemdsärmel. Ich war bei meiner zweiten heißen Schokolade. Er hustete.

»Er erzählte mir, dass er vor kurzem aus der Armee entlassen worden war. Die Arbeit als Sicherheitsmann wurde vom Ministerium gefördert. Er arbeitete sechs Monate, erhielt einen Zuschuss und dachte darüber nach, was er tun sollte. Er wollte ein Geschäft aufmachen oder Computerprogrammierer werden.«

Ich spürte einen Druck in der Brust. Ich sah Gueta, neben mir im kleinen Neuner, den Palm in der Hand. Ich verlangte ein Glas Wasser.

»Alles in Ordnung mit Ihnen?«, fragte Schneidermann. Ich nickte. »Ich fragte ihn, was er in der Armee gemacht habe. Grenzwache. In Gaza. Das hörte sich interessant für mich an. Und dann sagte er, dass sie ihn den ›Killer‹ nannten. Dass er drei X auf den Lauf seines Gewehrs eingeritzt hätte. Er war zwei Jahre in Gaza. Er hatte viel Abscheuliches gesehen. Die Araber widerten ihn an, sagte er. ›Wenn die ganzen Linken mal eine Woche in Gaza wären, würden sie ihre Meinung ändern.‹ Ich will Ihnen was sagen, ich hatte das Gefühl, dass ich nicht nur eine Gelegenheit hatte, sondern mehr noch, dass ich nicht einfach so nach Jerusalem geraten war und diesen Jungen getroffen hatte. Verstehen Sie?« Ich nickte schwach. »Ich sagte, ich hätte einen Vorschlag für ihn, der ihm gefallen würde. Viel Geld, aber streng geheim. ›Treffen wir uns in Tel Aviv‹, sagte ich zu ihm, ›um es abzuschließen. Keine Sorge, es ist nichts, was Sie nicht schon gemacht haben.‹ Haha. ›Aber für Ihre Geheimhaltung‹, sagte ich zu ihm, ›und für dieses Gespräch schreibe ich Ihnen jetzt einen Scheck aus, tausend Schekel.‹ Guetas Augen leuchteten auf. ›Nehmen Sie's‹, sagte ich, ›egal, ob Sie den Job dann annehmen oder nicht. Sie können verschwinden. Aber Sie sollten wissen, dass noch viel Geld dabei zu verdienen ist.‹ Ich ließ mir seine Telefonnummer und E-Mail-Adresse geben.«

Ich sagte zu Schneidermann, er solle sich nicht vom Platz rühren, und ging auf die Toilette. Dort stand ich vor der glatten Wand, die unterwürfig meinen Strahl auffing, und dachte über die Situation nach. Ich, im Café, mit einem ungarischen Holocaust-Überlebenden, der Hitler las und mir erzählte, wie er einen Jungen dafür bezahlt hatte, den Liebhaber seiner Frau zu ermorden, und der Grund, aus dem ich mich hier befand, war, dass mich die Freundin des Jungen – in die ich mich im Laufe des eines Tages verliebte, an dessen Ende sie starb – gebeten hatte, herauszufinden, was ihr Freund in Tel Aviv gemacht hatte. Was mich in jenem Augenblick erstaunte, als ich minutenlang über meinem Körper schwebte und das Ganze von außen betrachtete, waren nicht diese Dinge an sich. Sie passieren ständig – Betrug, Mord, Terroranschläge. Was mich überraschte, war mein Anteil an der Geschichte. Wie ausgerechnet ich all diese Punkte verband. Warum ich in dem Café saß und dieser Geschichte zuhörte.

Otto Schneidermann machte an der Stelle weiter, an der er aufgehört hatte. »Wir trafen uns in Tel Aviv im Coffee Bean in der Jehuda-Hamaccabi, wie Sie wissen. Ich erzählte ihm von Tamar und bot ihm dreißigtausend Schekel an, zehntausend im Voraus. Er sagte, er nehme an. Er bat nicht einmal um Bedenkzeit. Ich gab ihm Tamars Personalien, und er gab sie in seinen kleinen Computer ein. Wir vereinbarten einen Termin. Tauschten einen Händedruck. Ich hatte Angst, aber Gueta war ideal. Jung, aber erfahren. Enthusiastisch, aber auch zuverlässig. Nicht in die Unterwelt involviert. Er war begeistert. Er hatte schon beim Militär getötet. Dreißigtausend Schekel waren ein Vermögen für ihn. Er sagte, er würde problemlos für einen Tag einen Revolver beschaffen können.«

Ich wusste jetzt, was Gueta in Tel Aviv gemacht hatte. Und was fühlte ich? Nichts. Ich blickte den ungarischen Professor an und spürte gar nichts. Wie viele Monate hatten Bar und ich uns mit dieser »Ermittlung« beschäftigt. Jetzt war der Fall gelöst, und? Ich verlangte die Rechnung und bestand darauf zu bezahlen. Wir zogen die Jacken an und traten hinaus in die Kühle. »Tatsächlich habe ich es bereits bereut, noch bevor ich wusste, dass Gueta getötet worden war«, sagte Schneidermann, als wir die Allee entlanggingen. »Ich versuchte, ihn anzurufen, aber die Leitung war tot. Ich hinterließ eine Nachricht. Ich schrieb ihm eine E-Mail. Als ich in der Zeitung las, dass er tot war, ich schäme mich dessen, aber das Erste, was ich dachte, war, dass ich anscheinend einen Fehler gemacht hatte. So wie ich in Jerusalem gedacht hatte, dass ich es unbedingt tun müsse. Manchmal gibt einem das Leben einen solchen Fingerzeig, kennen Sie das? Erst danach dachte ich an ihn, an das junge Leben, das er verloren hat. Wieder. Wegen dieses verfluchten, geschlagenen Orts.«

Wir gingen auf der König-David-Allee, und ich fragte mich, was ich jetzt machen sollte. Wie sollte es weitergehen? Schneidermann war im Automatikgang, packte alles aus, also ließ ich ihn. »Debora und ich sind immer noch zusammen, irgendwie. Sie hat mir eines Abends gebeichtet. Ich tat so, als hätte ich nichts gewusst. Ich hatte ihr ja vorher im Herzen bereits verziehen. Ich war schon verletzt gewesen, hatte gehasst und mich gerächt, ohne dass sie davon wusste, und ich hatte schon verziehen. Ich sagte ihr nichts. Ein oder zwei Tage nach dem Anschlag erhielt ich einen Anruf von Guetas Freundin, die wissen wollte, was er in Tel Aviv gemacht hatte. Ich schaltete das Telefon aus und warf es in den Mülleimer. Am nächsten Tag verlangte ich eine neue Nummer.«

Wir gingen schweigend noch ein bisschen weiter. Schließlich hielt ich an und blieb vor ihm stehen. »Ich muss los«, sagte ich. Er fragte: »Was werden Sie tun?«

»Ich weiß es nicht«, sagte ich, drehte mich um und ging.

Ich ging nach Hause. Es war mittags in der Woche. Gaj hatte gesagt, er würde anrufen, falls er mich bei Time's Arrow brauchte. Er rief nicht an. Ich war zu Hause, auf dem Sofa, und ich wusste nicht, was ich tun sollte. Ich hatte keine Kraft, mich mit Schneidermann zu befassen. Ich dachte daran, Elmaz alles zu erzählen, aber ich verzichtete darauf. Was spielte es für eine Rolle? Gueta war tot. Der arme Schneidermann. Würde es irgendjemand helfen, wenn er jetzt ins Gefängnis käme? Und um ehrlich zu sein, es kümmerte mich nicht mehr. Ich hatte das meine getan. Ich hatte das Rätsel gelöst.

Das Telefon klingelte, doch ich ging nicht dran. Ich blickte ringsherum auf die weißen, leeren Wände, atmete tief und schloss die Augen. Streichelte, ohne darauf zu achten, die Narbe auf meiner Stirn. Ich dachte an Schuli. Der Augenblick, in dem wir die Plätze getauscht hatten, ihr Lächeln, mein Streicheln, der Blickwinkel. Meine Augen füllten sich mit Tränen. Ich dachte an Dutschy, und dumpfer Schmerz überfiel mich. Das Telefon klingelte wieder. Ich ging dran. Es war mein Bruder.

Wir holten Dafdaf mit seinem Mietwagen von der Arbeit ab und donnerten nach Jerusalem.

Wir trafen Mama am Eingang.

Die Ärzte sagten, es sei ein verhältnismäßig leichter Anfall gewesen.

Mein Vater lag auf einem Krankenhausrollbett, im Pyjama. Er war blass, und an seiner Nase war ein Beatmungsgerät befestigt. Er blickte mich an. Ich hielt seine kalte Hand fest und brach in Tränen aus, und ich hörte nicht mehr auf. Hörte nicht mehr auf zu weinen.

Dank an die Ucross Foundation, Wyoming, USA,
und an Michael Greer